Depuis *Légende*, son premier roman publié en 1984 et récompensé par le prix Tour Eiffel en France, **David Gemmell** n'a eu à son actif que des best-sellers. Reconnu comme le roi de l'*heroic fantasy* en Grande-Bretagne, cet ancien journaliste, grand gaillard de deux mètres, avait été videur dans les bars de Soho à Londres avant de prendre la plume. Sa gouaille naturelle lui avait toujours permis d'éviter de se servir de ses cent vingt kilos. Cette gouaille se retrouve dans ses ouvrages dont le rythme soutenu entraîne le lecteur dans des aventures épiques et hautes en couleur, où Gemmell savait mettre tout son cœur. Ce même cœur qui l'a abandonné en juillet 2006, à l'âge de cinquante-sept ans.

Du même auteur,
aux éditions Bragelonne,
en grand format :

Drenaï :
Légende
Druss la Légende
La Légende de Marche-Mort
Waylander
Waylander II :
Dans le royaume du loup
Waylander III :
Le Héros dans l'ombre
Le Roi sur le Seuil
La Quête des héros perdus
Les Guerriers de l'hiver
Loup Blanc
Les Épées de la Nuit et du Jour

Rigante :
1. *L'Épée de l'Orage*
2. *Le Faucon de Minuit*
3. *Le Cœur de Corbeau*
4. *Le Cavalier de l'Orage*

Jon Shannow :
1. *Le Loup dans l'ombre*
2. *L'Ultime Sentinelle*
3. *Pierre de sang*

Troie :
1. *Le Seigneur de l'Arc d'Argent*
2. *Le Bouclier du Tonnerre*
3. *La Chute des rois*

Romans isolés :
Dark Moon
L'Étoile du Matin
L'Écho du Grand Chant
Le Fantôme du roi
La Dernière Épée de pouvoir
Reine des batailles
Le Faucon éternel

Chez Milady,
en poche :

Drenaï :
Légende
Druss la Légende
Waylander
Waylander II :
Dans le royaume du loup
Waylander III :
Le Héros dans l'ombre
Le Roi sur le Seuil
La Quête des héros perdus
La Légende de Marche-Mort
Les Guerriers de l'hiver
Loup blanc

Chez d'autres éditeurs :

Le Lion de Macédoine (cycle)
Renégats

www.milady.fr

David Gemmell

La Quête des héros perdus

Traduit de l'anglais (Grande-Bretagne) par Alain Névant

Bragelonne

Milady est un label des éditions Bragelonne

Cet ouvrage a été originellement publié en France par Bragelonne

CE LIVRE EST ÉGALEMENT DISPONIBLE
AU FORMAT NUMÉRIQUE

Titre original : *Quest for Lost Heroes*

ISBN : 978-2-8112-0532-4

1re édition : juin 2011
2e tirage : janvier 2013

Bragelonne – Milady
60-62, rue d'Hauteville – 75010 Paris

E-mail : info@milady.fr
Site Internet : www.milady.fr

Dédicace

Certains hommes gravissent des montagnes ou fondent des empires, d'autres font fortune ou écrivent des chefs-d'œuvre. Mais *La Quête des héros perdus* est dédiée avec amour à Bill Woodford, qui a rempli le rôle de beau-père pour un enfant de six ans timide, introverti et illégitime, sans jamais le laisser tomber. Grâce à ses encouragements patients, sa force tranquille et son affection illimitée, il a donné à son fils la fierté et la confiance de livrer ses propres batailles – dans la vie comme sur la page blanche. Merci, p'pa !

Remerciements

Toute ma reconnaissance va à Liza Reeves pour ses conseils, à Jean Maund pour ses corrections, et à Tom Taylor, Stella Graham, Edith Graham et Val Gemmell pour leur relecture.

Prologue

Trois hommes étaient au sol et les quatre autres formaient un demi-cercle autour de l'affreux géant vêtu d'un gilet en peau d'ours.

— Vous voulez savoir c'que ça fait d'être en haut de la montagne ? leur demanda-t-il en mangeant ses mots.

Il cracha du sang, tachant sa propre barbe argentée de filets rouges. Ses agresseurs se jetèrent sur lui, et il cueillit le premier d'un coup de poing au menton. La victime s'étala sur le sol poussiéreux. Une pluie de coups s'abattit alors sur le géant. Il rentra sa tête chauve dans ses épaules et chargea les trois derniers assaillants. Mais il trébucha et tomba sur l'un d'eux, l'entraînant dans sa chute. Une botte lui piétina le visage. Il se dévissa et attrapa la jambe, faisant perdre l'équilibre à l'homme. L'affreux géant se releva tant bien que mal, et s'adossa au comptoir. Il plissa les yeux en voyant deux des agresseurs dégainer des dagues qu'ils portaient au ceinturon. Il baissa son bras droit et sortit un long couteau d'équarrissage de sa botte. Il était à double tranchant et méchamment aiguisé.

L'aubergiste se glissa dans le dos du géant. Le coup qu'il lui assena à la nuque fut fulgurant. Le regard de l'affreux se vitrifia. Son couteau lui glissa des doigts et il s'étala à son tour au milieu de ses victimes.

— Je vais lui arracher le cœur, déclara l'un des agresseurs en faisant un pas en avant.

— Ce ne serait pas prudent, intervint l'aubergiste. Cet homme est un ami. Et je serais obligé de te tuer.

Les mots avaient été prononcés doucement, mais avec une telle confiance qu'ils tranchèrent net l'atmosphère de colère et de violence.

L'homme rengaina sa dague.

— Un jour, quelqu'un le tuera, affirma-t-il.

— Malheureusement, tu as raison, convint l'aubergiste en ouvrant le comptoir pour aller s'agenouiller à côté du géant à la peau d'ours. Est-ce que tes amis sont vivants ?

Deux d'entre eux poussaient de petits grognements et un troisième tentait de se relever.

— Oui, ils sont vivants. Qu'est-ce que c'était que ces histoires de montagne ?

— C'est sans importance, répondit l'aubergiste. Il y a un pichet de bière à côté du tonneau. Sers-toi un verre – ce soir, tu ne paies pas.

— C'est gentil de ta part, dit l'homme. Tiens, laisse-moi te donner un coup de main.

À deux, ils réussirent à relever le géant pour le porter dans une chambre à l'arrière de la taverne. Une lanterne était allumée et les draps du lit ouverts. Ils allongèrent le guerrier encore inconscient dans le lit et l'aubergiste s'assit à ses côtés. Il regarda l'homme qui venait de l'aider ; sa colère semblait avoir entièrement disparu.

— Va boire ta bière, déclara l'aubergiste. Ma femme va te l'apporter.

Une fois que l'homme fut parti, il tâta le pouls de son ami. Il battait fort.

— Tu peux arrêter de faire semblant, à présent, fit-il remarquer. Nous sommes seuls.

Le hideux bonhomme ouvrit les yeux et se redressa sur les gros oreillers.

— Je ne voulais tuer personne, dit-il avec un sourire penaud où manquait une dent. Merci d'y avoir mis fin, Naza.

— De rien. Mais quand vas-tu te décider à oublier ? Le passé n'est plus.

— Pourtant j'y étais. J'étais en haut de la montagne. Et personne ne m'enlèvera ça.

— Personne ne le voudrait, mon ami, répondit tristement Naza.

L'affreux géant ferma les yeux.

— Ce n'est pas ce dont j'avais rêvé.

— Rien ne l'est jamais, répliqua Naza en se levant pour souffler sur la flamme de la lanterne.

Plus tard, lorsque Naza et sa femme, Mael, eurent débarrassé les gobelets, les pichets, les plateaux et fermé les portes, ils s'assirent devant le feu qui se mourait. Mael toucha le bras de son mari ; celui-ci lui sourit et caressa sa main.

— Pourquoi est-ce que tu le supportes ? s'enquit Mael. C'est la troisième bagarre ce mois-ci. C'est mauvais pour le commerce.

— Il s'agit de mon ami.

— Si c'était vraiment ton ami, il ne te causerait pas autant de soucis, fit-elle remarquer.

Il acquiesça.

— Ce n'est pas faux, mon amour. Mais je ressens sa tristesse ; j'ai mal pour lui.

Elle se leva et l'embrassa sur le front.

— Tu es trop sensible. Mais c'est une des raisons pour lesquelles je t'aime. Donc je ne vais pas me plaindre. J'espère seulement qu'il ne te décevra pas.

Il l'attira sur ses genoux.

— Malheureusement si ; ce n'est pas de sa faute. Il a escaladé la montagne, et à présent il n'a plus nulle part où aller.

— Quelle montagne ?

— La pire de toutes, Mael. Celle qu'on escalade d'abord pour la porter ensuite.

— Il est trop tard pour les devinettes.

— Oui, convint-il en se levant et en la prenant dans ses bras. Je vais te porter au lit.

— Quel lit ? Tu as mis ton ami ivre mort dans le nôtre !

— La chambre du haut est libre.

— Et tu penses être encore assez jeune pour me porter jusque-là ?

Il gloussa et la reposa par terre.

— Sans doute – mais je crois que je vais conserver ce qu'il me reste de force pour quand on y sera. Monte allumer la lanterne. Je te rejoins dans quelques instants.

Il retourna dans sa propre chambre et ôta les bottes du géant endormi. Un deuxième couteau tomba par terre. Il recouvrit son ami d'une couverture et traversa de nouveau la pièce.

— Dors bien, murmura-t-il en refermant la porte derrière lui.

Chapitre premier

Dix-sept personnes regardaient le duel. Aucun son n'était perceptible au-delà du souffle des lames et de la musique discordante de l'acier contre l'acier. Le comte fit un moulinet et assena un grand coup d'estoc vers le visage masqué de son adversaire. Celui-ci baissa les épaules et fit un pas de côté, lançant une riposte foudroyante que le comte para de justesse. Pendant plusieurs minutes, les duellistes restèrent bloqués dans une bataille stratégique, puis le comte attaqua en force. Son adversaire – un homme grand et fin, portant l'habit de moine sous son masque et sa cotte de mailles – se défendit de manière désespérée. Dans un ultime sifflement, les deux épées s'entrechoquèrent et la lame du comte glissa contre celle du moine, le touchant en pleine poitrine.

Les deux duellistes se saluèrent, et une légère cascade d'applaudissements monta des spectateurs. La femme du comte et leurs trois fils avancèrent dans la salle.

— Vous avez été magnifique, père, déclara le plus jeune, un garçon aux cheveux blonds de sept ans.

Le comte de Talgithir lui ébouriffa les cheveux.

— Cette démonstration vous a plu ? demanda-t-il.

— Oui, père, répondirent en chœur les trois garçons.

— Avec quelle botte votre père m'a-t-il vaincu ? demanda le moine en retirant son masque.

— La Classique de Chare, répondit l'aîné.

Le moine sourit.

— Tout à fait, seigneur Patris. Vous avez bien étudié.

Le comte autorisa sa femme à quitter la salle avec les garçons et, d'un mouvement de la main, incita ses domestiques à les imiter. Une fois la salle déserte, il prit le moine par le bras et le guida dans l'aile sud où un pichet de jus de fruit et des gobelets les attendaient.

Le comte les remplit.

— Êtes-vous vraiment heureux ici ? demanda-t-il.

Le moine haussa les épaules.

— Aussi heureux que je pourrais l'être ailleurs, mon seigneur. Pourquoi cette question ?

Le comte regarda dans les yeux l'homme qui se tenait face à lui. Le visage qu'il contemplait était puissant, le nez long et aquilin, la bouche large sous une moustache bien taillée.

— On rapporte beaucoup de légendes sur votre compte, Charéos, dit-il. Certaines rapportent que vous êtes un prince. Le saviez-vous ?

— Je l'ai entendu dire, admit Charéos. Cela n'a pas d'importance.

— Alors, qu'est-ce qui en a ? Vous êtes le meilleur bretteur que j'aie jamais vu. Vous étiez l'un des héros de Bel-azar. Vous auriez pu devenir plus riche que dans les rêves du commun des mortels.

— Je suis plus riche, mon seigneur. Et *ça*, c'est important. Cette vie me convient. Je suis un étudiant par nature. Les bibliothèques, ici, en Gothir, sont parmi les meilleures au monde. On dit que plus au sud, à Drenan, elles contiennent davantage de livres, mais ici il y a les œuvres complètes de Tertullus. Il va me falloir bien des années pour les lire toutes.

— Cela ne me semble pas juste, commenta le comte. Je me souviens que mon père m'avait fait grimper sur ses épaules pour pouvoir admirer les héros de Bel-azar tandis qu'ils marchaient dans les rues de la Nouvelle-Gulgothir. Je me souviens parfaitement de ce jour. Vous chevauchiez un bel étalon blanc de dix-sept mains, portiez une cotte de mailles en argent et aviez un heaume avec un panache blanc. Beltzer était derrière vous, la hache à la main. Puis Maggrig et Finn. Les gens dans la foule essayaient de vous toucher comme si vous étiez un aimant. Quelle journée magnifique.

— Le soleil brillait, reconnut Charéos, mais ce n'était qu'une parade, mon seigneur – et il y a beaucoup de parades.

— Que sont devenus les autres ? s'enquit le comte. Êtes-vous restés amis ? Je n'ai pas entendu parler d'eux depuis des années.

— Moi non plus, répondit Charéos.

Le moine détourna son regard sombre et se remémora Beltzer tel qu'il l'avait vu la dernière fois – ivre mort, les yeux rouges et pleurant, sa hache vendue aux enchères pour payer ses dettes. Le fermier était devenu un héros, et cela l'avait détruit plus sûrement que n'auraient réussi à le faire les Nadirs. Maggrig et Finn étaient là, également ; ils avaient laissé Beltzer dans l'arrière-salle d'une auberge pour rejoindre Charéos au-dehors.

— Nous repartons dans les montagnes, avait dit Finn.

— Il n'y a rien là-bas, avait répliqué Charéos.

Finn avait souri.

— Il n'y a rien nulle part, Maître d'armes.

Sans ajouter un mot, l'archer à la barbe noire avait soulevé son paquetage et s'en était allé.

Le jeune Maggrig avait souri en tendant la main à Charéos.

— Nous nous reverrons un jour, avait-il dit. Il a sans doute besoin d'un peu de solitude, loin des foules.

— Comment arrives-tu à supporter ses humeurs et ses dépressions ? avait demandé Charéos.

— Je ne les vois pas, avait rétorqué Maggrig. Je ne vois que l'homme.

À présent Charéos buvait son jus de fruit en regardant par une grande fenêtre. Il était assis trop loin pour voir la cour et les jardins derrière. Mais d'ici, il apercevait les grands murs du monastère et le paysage au sud, où la forêt se dressait comme une brume verdâtre sur les montagnes. Il regarda vers l'est les chaînes de collines qui menaient aux steppes nadires. L'espace d'un instant, il sentit une piqûre glacée. La peur.

— Vous pensez que les Nadirs nous attaqueront cet été ? s'enquit le comte comme s'il lisait dans ses pensées.

Charéos soupesa la question. Les Nadirs vivaient pour la guerre – c'était un peuple nomade, austère, qui ne s'égayait que dans la bataille. Pendant des siècles, ils avaient été sous l'emprise des rois gothirs, qui étaient persuadés que leurs tribus se détestaient davantage qu'ils ne détestaient l'occupant. Puis vint Ulric, le premier des grands seigneurs de guerre. Il avait unifié les tribus, les transformant en une force invincible de plusieurs centaines de milliers de guerriers au regard farouche. Les Gothirs avaient été écrasés, le roi tué, et les réfugiés s'étaient enfuis ici, au nord-ouest, afin de construire leurs nouvelles maisons. Seule la grande citadelle drenaïe, Dros Delnoch, loin au sud-est, avait réussi à les repousser. Mais un siècle plus tard, un nouveau seigneur de guerre s'était dressé, et il avait été impossible de l'arrêter. Tenaka Khan avait brisé les Drenaïs et envahi les terres vagriannes. Ses armées s'étaient déversées jusqu'à la mer, à Mashrapur, et le long des côtes jusqu'en Lentria.

Charéos frissonna. Attaqueraient-ils cet été ? La Source seule le savait. En tout cas, une chose était aussi sûre que la mort : un jour, les Nadirs viendraient. Ils se répandraient entre les collines, hurlant leurs cris de guerre assourdissants, et l'herbe deviendrait un désert boueux sous les sabots de leurs poneys de guerre. Charéos déglutit, les yeux rivés sur les collines. Il visualisait les hordes assoiffées de sang recouvrant la verte Gothir comme une marée sombre.

— Eh bien ? s'enquit le comte. Pensez-vous qu'ils attaqueront ?

— Je ne peux le dire, mon seigneur. Je n'écoute plus les rapports comme autrefois. On raconte que les Drenaïs se sont de nouveau soulevés, avec à leur tête quelqu'un qui se prétend de nouveau le Comte de Bronze ressuscité. Il me semble que c'est la cinquième fois en trente ans, depuis que Tenaka Khan s'est emparé de Dros Delnoch. Mais si c'est vrai, un tel soulèvement pourrait bien contrecarrer les plans des Nadirs.

— Le nouveau prétendant au titre a subi le même sort que les autres, déclara le comte. Il a été capturé et crucifié ; la rébellion a été écrasée net. On dit que le nouveau Khan a envoyé ses troupes dans le nord.

— Cela fait des années qu'on le dit, commenta Charéos. Il n'y a pas grand-chose pour eux ici. Le butin qu'ils ont amassé suite à la conquête de Drenan, la Vagria et la Lentria les a rendus riches. Nous n'avons rien à leur offrir – nous ne sommes même pas le passage obligé pour atteindre des royaumes plus opulents. Au-delà de la Nouvelle-Gulgothir se trouve la mer. Peut-être vont-ils nous laisser tranquilles.

Tout en prononçant les mots, Charéos sentit le mensonge s'asseoir dans sa gorge. Les Nadirs ne vivaient pas pour devenir riches, mais pour tuer et conquérir. Peu leur importait qu'il n'y ait qu'un maigre butin à gagner. Ce qui les motivait était leur soif de revanche ancestrale face aux Gothirs.

— Vous ne croyez pas ce que vous dites, Maître d'armes. Je le vois dans vos yeux, déclara le comte en se levant. Non, les Nadirs nous haïssent pour notre passé et le souvenir de Bel-azar les hante – la seule défaite à avoir terni la réputation de Tenaka Khan.

Charéos se leva à son tour et aida le comte à enfiler son manteau. Puis, il regarda le jeune homme dans les yeux.

— Bel-azar fut un miracle. Je ne sais pas comment nous avons fait – ni pourquoi Tenaka Khan nous a *permis* de tenir. Mais cela fait vingt ans et je n'y pense plus vraiment à présent.

— La vieille forteresse est en ruine, annonça le comte. Autant dire qu'elle fait maintenant partie du territoire nadir. Merci pour la leçon. J'ai l'impression que je me rapproche de votre niveau.

— Plus encore, mon seigneur. Aujourd'hui, vous m'avez battu.

— Êtes-vous sûr de ne pas m'avoir laissé gagner – simplement parce que mes fils nous regardaient ?

— Vous avez gagné honnêtement, mon seigneur. Mais la semaine prochaine, je me battrai mieux.

— La semaine prochaine, vous venez au château. Après quoi nous irons à cheval dans les Bois de Chasse afin de voir si nous pouvons débusquer un sanglier ou deux.

Charéos s'inclina et le comte quitta la pièce. Il y avait encore du jus dans le pichet et il remplit son gobelet.

Puis, il se rendit à la fenêtre pour voir l'escorte du comte s'éloigner au galop du monastère.

Cela faisait longtemps que ces noms n'avaient pas été prononcés : Beltzer, Maggrig et Finn. Il revoyait encore le géant à la barbe rousse abattre sa hache de guerre sur les rangs des Nadirs qui tentaient d'escalader la tour au-dessus de la herse. Il se souvenait encore que chaque soir, Maggrig et Finn comparaient leurs scores de la journée et les marquaient avec un morceau de charbon sur un mur en granit. *Maggrig en a tué onze aujourd'hui, ce qui porte son total à trente et un. Mort aux Nadirs !* Le vieux Kalin contestait leurs chiffres tout en préparant le repas du soir au-dessus du brasero. Cet homme avait un don avec la nourriture, se souvint Charéos – entre ses mains, le morceau d'aloyau le plus succulent avait un goût d'entrailles de mouton. Il avait péri le dernier jour.

Durant toute la bataille, ce fut cette tour qui subit le plus de pertes. De l'effectif initial de quarante-cinq hommes, seuls Beltzer, Maggrig, Finn et Charéos avaient survécu. Les Nadirs s'étaient emparés de la forteresse, mais Beltzer avait sauté en bas de la tour et, à lui seul, il avait repris l'étendard gothir, pour le ramener jusqu'aux portes, à grands coups de hache. Une fois à l'intérieur, les soldats s'étaient barricadés dans la tour et avaient défié les guerriers nadirs qui les encerclaient. La plus grande partie de la journée, l'ennemi avait escaladé les murs pour se faire repousser par les épées et les haches des défenseurs.

Cette même nuit, Tenaka Khan en personne était venu au pied de la tour, accompagné de son shaman.

— Rendez-vous et je vous laisserai partir vivants, avait-il dit d'une voix forte.

— Ce serait contraire à nos ordres, lui avait répondu Charéos.

— Qu'est-ce qui est le plus important pour vous, votre devoir ou votre liberté ? avait demandé le Khan.

— Une question fort intéressante, monsieur, avait répliqué Charéos. Pourquoi ne grimpez-vous pas ici pour en débattre ?

— Jetez-moi une corde, avait rétorqué le Khan.

Charéos sourit en se remémorant la scène. Il entendit des pas dans la salle et se retourna pour voir approcher le Frère Supérieur.

— Est-ce que je te dérange ? s'enquit le vieil homme.

— Pas le moins du monde, Parnio. Je vous en prie, joignez-vous à moi.

Le Frère Supérieur, dans sa robe de bure blanche, s'assit à la table et contempla le ciel.

— Les Cieux sont incroyables, murmura-t-il. Toujours changeants et pourtant constants dans leur beauté.

— Tout à fait, accorda Charéos en s'asseyant face au vieil homme.

— As-tu enfin touché le pouvoir de la Source, mon fils ?

— Non, mon père. Je suis toujours un sceptique. Cela vous inquiète ?

Le Frère Supérieur agita une main fine.

— Aucunement. Ceux qui Le cherchent, Le trouvent… mais seulement lorsqu'Il estime le moment venu. Cela fait cependant deux ans que tu es ici, et je me demande ce qui te retient. Tu n'as pas besoin de porter la robe pour avoir accès à la bibliothèque.

Charéos sourit.

— Cela fait du bien de se sentir appartenir à quelque chose, mon père. Comme une forme d'anonymat.

— Si c'était l'anonymat que tu cherchais, tu n'aurais pas conservé ton nom et encore moins accédé à la requête du comte de lui apprendre de nouvelles techniques d'escrime.

— C'est vrai. La réponse est peut-être, tout simplement, que je ne sais pas. Toujours est-il que je ne souhaite pas partir.

— Comparé à moi, mon fils, tu es un jeune homme. Tu devrais avoir une femme et des enfants ; il devrait y avoir de l'amour dans ta vie. Est-ce que j'ai tort de le penser ?

Charéos se leva et se rendit de nouveau à la fenêtre.

— Non, Frère Supérieur. J'ai aimé… et à dire vrai je pourrais aimer encore. Mais la douleur de la perte est trop forte pour moi. Je préfère vivre seul que de revivre cela.

— Alors tu es ici pour te cacher, Charéos, et ce n'est pas une bonne raison. La vie est un don trop précieux pour être gâché ainsi. Penses-y. Pourquoi le fameux héros de Bel-azar aurait-il peur de la joie d'aimer ?

Charéos se retourna vers le vieil homme, les yeux plissés et emplis de colère.

— Bel-azar ! Cela fait deux fois que j'entends ce nom aujourd'hui. Il ne veut plus rien dire. J'avais une épée… Je savais bien m'en servir. Des hommes sont morts. Je ne vois rien d'héroïque en cela, Frère Supérieur. Il y a des années, j'ai vu un vieil homme perclus de rhumatismes essayer d'aider une femme qu'on agressait. Le vieil homme est mort au premier coup de poing. Mais son geste était héroïque – car il n'avait aucune chance. Est-ce que vous comprenez ce que j'essaie de vous expliquer ? Le soldat, lui, a toujours une chance. Tous les jours, il y a des hommes et des femmes qui commettent des actes héroïques, mais personne ne les voit. Mais moi – parce que j'ai un bon œil et un bras rapide – je suis l'un des héros de Bel-azar. Mon nom est chanté dans les salles des fêtes et les tavernes.

— Tu te trompes, Charéos. Les *hommes* te chantent. Mais les actions de ce vieil homme sont chantées devant Dieu. Il y a une différence.

— Il y en aurait une – si j'avais la foi. Mais ce n'est pas le cas.

— Laisse-toi du temps – et fais attention au comte, mon fils. Il y a de la force en lui, mais également de la cruauté. Quand tu iras au château pour lui enseigner ton art, ne porte pas le Gris. Ici, nous ne sommes pas des guerriers ; ce n'est pas un Temple des Trente.

— Comme vous voudrez, mon père.

Le vieil homme se leva.

— Quand je suis arrivé dans cette pièce, dit-il doucement, tu étais perdu dans tes pensées. Accepterais-tu de partager tes souvenirs ?

— Je repensais à Bel-azar et à Tenaka Khan. Je réfléchissais à cette dernière nuit, lorsqu'il a escaladé seul le mur pour venir se joindre à nous. Il nous a parlé de sa vie et de ses rêves, et nous lui avons parlé des nôtres. Beltzer voulait le garder en otage, mais je m'y suis opposé. À l'aube, il est redescendu de la tour et est reparti avec ses troupes. Nous avions toujours l'étendard gothir, aussi – en théorie, du moins – la victoire était à nous.

— Tu admirais l'homme ?

— Oui. Il avait une noblesse d'esprit. Mais je ne sais pas pourquoi il nous a laissés en vie.

— Il ne vous l'a pas dit ?

— Non. Mais ce n'était pas le genre d'homme à agir sans raison. Et cela me hante depuis des années. Quand il est mort, je me suis rendu en territoire nadir pour aller me recueillir devant la grande tombe d'Ulric où Tenaka Khan était lui aussi enterré. J'avais été comme attiré. Je suis entré dans le campement des Têtes-de-Loups et me suis agenouillé devant le shaman. Je lui ai demandé pourquoi nous avions été épargnés ce fameux jour. Il a haussé les épaules. Il m'a dit que nous étions les *Shio-kas-atra* – les fantômes-à-venir.

— Est-ce que tu as compris ce qu'il voulait dire ?

— Non. Et vous ?

— Je vais prier pour cela, mon fils.

Beltzer se réveilla, le crâne en proie à une mer en furie. Il grogna et s'assit sur le lit. Son estomac se souleva d'un bond. Il enfila ses bottes, se redressa et tituba jusqu'à la fenêtre afin de l'ouvrir en grand. Une légère brise amenait un peu d'air frais. Il renifla et cracha ; sa lèvre était fendue et il y avait un peu de sang dans son phlegmon. Comme un miroir était posé sur la commode, il s'effondra sur le fauteuil qui était en face pour contempler son reflet. Il avait un œil poché ainsi qu'une large estafilade sur la joue droite ; du sang avait coagulé dans sa barbe rousse et argentée. Il ne se sentait pas très bien. Derrière lui la porte s'ouvrit, faisant s'envoler les rideaux. Il se retourna et vit Mael entrer, un plateau dans les mains avec du pain grillé, du fromage et une cruche – avec un peu de chance ce serait de la bière.

— Merci, dit-il comme elle posait le plateau.

Elle le dévisagea et secoua la tête.

— Quelle honte, lui lança-t-elle, les mains arquées sur ses larges hanches.

— Pas de sermon, Mael. Par pitié ! Ma tête...

— Garde ta douleur pour toi. Je n'ai pas de pitié pour les buveurs invétérés. Non mais regardez-moi tout ce sang sur les draps ! Et l'odeur a de quoi soulever le cœur d'un honnête homme. Depuis combien de temps n'as-tu pas pris un bain ?

— J'en ai pris un cette année, j'en suis sûr.

— Quand tu auras fini ton petit déjeuner, tu iras dans l'abri à bois. Là, tu travailleras jusqu'à ce que tu aies payé ta note. La hache et la scie vont t'éclaircir le cerveau.

— Où est Naza ? demanda Beltzer, en s'efforçant de rester concentré sur la femme aux cheveux de lin.

— Il est parti à la ville. C'est jour de marché. Et à son retour tu seras parti – tu m'as comprise ?

— Il… me le doit.

— Il ne te doit rien. Tu m'entends ? Rien ! Cela fait deux mois que tu es ici. Tu n'as pas payé le moindre raq pour ta nourriture, ton logement ou ta bière. Et pendant tout ce temps tu as réussi à insulter nos clients, déclencher des bagarres et fait de ton mieux pour ruiner le commerce de mon mari. Tu vas aller couper du bois et ensuite tu t'en iras.

Son poing s'abattit sur la commode. Il se releva d'un bond.

— Comment oses-tu me parler comme ça ? gronda-t-il. Tu sais qui je suis, femme ?

— Je sais, dit-elle en se rapprochant de lui. Tu es Beltzer. Beltzer l'ivrogne. Beltzer le fainéant. Beltzer le vantard. Et tu pues. Tu pues la sueur, la vieille bière et le vomi. Évidemment que je sais qui tu es !

Il leva la main comme pour la frapper, mais elle se contenta de rire.

— Vas-y, grand héros de Bel-azar. Allez, frappe !

Beltzer la bouscula et s'enfuit dans la pièce vide à côté. Mais elle le suivit et sa colère le lacéra comme un fouet de feu. Titubant, il sortit dans la cour, derrière l'auberge. La vive lumière du jour lui fit ciller des yeux. L'abri à bois était sur sa droite ; sur sa gauche, des champs vides s'étendaient à perte de vue.

Il prit le chemin de gauche et s'en alla dans la campagne. Il n'avait pas fait plus de deux kilomètres qu'il s'assit sur un rocher pour contempler le paysage accidenté. Encore cinq kilomètres et il atteindrait sa cabane. Mais elle serait vide : pas de nourriture ni de boisson ; rien que le hurlement des loups et le vide que seuls les solitaires connaissent.

Le cœur lourd de honte, il s'en retourna vers l'abri à bois.

Il s'arrêta près d'un cours d'eau et retira son gilet en peau d'ours et sa tunique de laine. Il plaça ses bottes derrière ses vêtements et pénétra dans l'eau. Sans savon pour se laver, il frotta son corps avec des feuilles de menthe sauvage et nettoya le sang dans sa barbe. De retour sur la berge, il souleva sa tunique et l'odeur manqua de le faire vomir.

Tu es tombé bien bas, se dit-il.

Il lava la tunique, la frappant contre une pierre afin d'en faire sortir la crasse, puis il l'essora et s'acharna à l'enfiler. Il se contenta de prendre sa peau d'ours sous le bras.

Mael le regarda revenir dans la cour et jura entre ses dents. Elle attendit jusqu'à ce que résonnent les premiers bruits sourds de cognée. Puis elle partit dans sa cuisine afin d'y préparer les tourtes que les ouvriers et laboureurs réclameraient à midi.

Dans l'abri à bois, Beltzer travaillait dur. Il aimait la sensation de ne tenir la hache qu'à une main, ainsi que la courbe du manche. Son bras n'avait rien perdu de sa précision, et chaque coup porté était net, coupant les rondins en bûchettes qui brûleraient bien dans les braseros en fer situés à chaque extrémité de la grand-salle de l'auberge.

Il s'arrêta juste avant midi et transporta le bois dans la cour. Puis il entra dans l'auberge et fit des tas à côté de chaque brasero. Mael ne lui adressa pas la parole, ce qui l'arrangea car il n'avait pas envie de subir le tranchant de sa langue. Elle se contenta de lui tendre une assiette de bouillon et du pain lorsque l'effervescence du déjeuner fut un peu retombée. Il mangea en silence. Il mourait d'envie de demander un pichet de bière, mais avait peur d'essuyer un refus.

Naza revint à la tombée de la nuit et apporta de la bière dans l'abri à bois.

— Comment te sens-tu, mon ami ? demanda-t-il en lui servant une chope.

Le regard de Beltzer s'illumina de reconnaissance.

— Pire que si j'étais mort, répondit-il en vidant la chope d'un trait.

— Tu n'avais pas à faire tout cela, déclara Naza. Tu aurais dû te reposer aujourd'hui. Tu as pris une sacrée raclée la nuit dernière.

Beltzer secoua la tête.

— Ta femme me comprend mieux que toi. C'est ce dont j'avais besoin, dit-il en reposant la chope. Tu sais, Naza, il y a quelque chose de fou dans tout ça. J'étais la personne la plus célèbre de tout le Gothir. J'étais le porte-étendard. On m'offrait à boire et à manger, de l'argent aussi, on me couvrait de cadeaux. J'étais en haut de la montagne. Mais il n'y a rien là-haut. Rien. Que des nuages. J'ai vite compris qu'on ne pouvait pas y vivre. Mais quand la montagne te rejette – oh, alors, tu n'aspires plus qu'à y retourner ! Je tuerais pour pouvoir l'escalader de nouveau. Je vendrais mon âme. C'est tellement bête. Avec la gloire, j'ai cru que je *deviendrais* quelqu'un. Mais non. Oh, bien sûr, pendant un temps les nobles m'ont invité dans leurs châteaux. Mais je ne parlais pas la même langue qu'eux. Et j'étais encore moins capable de parler politique ou poésie. J'étais un fermier. Je ne sais ni lire ni écrire. Je me contentais de rester avec eux, et j'avais l'impression d'être un abruti, ce que je suis. Je n'ai qu'un seul talent – je sais manier une hache. J'ai tué quelques Nadirs. J'ai récupéré l'étendard. Et aujourd'hui, je ne peux même pas redevenir un fermier. La montagne ne me le permet pas.

— Pourquoi ne vas-tu pas rendre visite à Finn et Maggrig ? Ils doivent toujours avoir leur cabane dans la Haute Vallée. Ils seraient contents de te voir et vous pourriez vous remémorer le bon vieux temps.

— Ce sont des solitaires, on n'a jamais été vraiment proches. Non, j'aurais dû mourir à Bel-azar. Depuis, tout est allé de travers.

— La mort vient bien assez tôt pour les hommes, objecta Naza. Ne la désire pas trop. Allez viens, rentrons boire un verre.

— Non. Je crois que ce soir je vais rester assis là pour penser un peu. Sans boire. Sans me battre. Rester assis.

— Je te ferai apporter un pichet – et un repas chaud. Et des couvertures chaudes, également.

— Tu n'as pas à faire tout ça pour moi, Naza.

— Je te le dois, mon ami.

— Non, répondit tristement Beltzer. Tu ne me dois rien. Dorénavant, je travaillerai pour gagner ma nourriture.

Quarante piquets en bois de cinq centimètres de diamètre avaient été plantés dans le gazon ; ils étaient disposés par rangées de huit, et placés à un mètre de distance les uns des autres. Les huit jeunes étudiants se tenaient debout devant eux, attendant les instructions de Charéos. Le soleil brillait dans le ciel matinal, une légère brise caressait les ormes qui longeaient le gazon.

— À présent, messieurs, annonça Charéos, je veux que vous montiez sur les piquets et que vous alliez jusqu'au bout pour revenir, en allant aussi vite que possible.

— Puis-je savoir pourquoi ? s'enquit Patris, l'aîné du comte. Ne sommes-nous pas supposés apprendre le maniement de l'épée ?

— Tout à fait, mon seigneur. Mais vous tenez votre épée à la main, et ce n'est qu'un des aspects du talent de bretteur. Le plus important est l'équilibre. Maintenant, s'il vous plaît, prenez position.

Les jeunes montèrent sur leurs piquets et se mirent précautionneusement en marche. Patris se déplaçait en souplesse. Il fit volte-face et revint rapidement jusqu'à Charéos. Les autres jeunes prenaient davantage leur temps. Trois d'entre eux glissèrent et durent recommencer ; Charéos les prit à part.

— Vous allez continuer à vous entraîner sur ces piquets jusqu'à ce que je revienne, leur dit-il.

L'un était un gros garçon nommé Akarin, fils du Grand Magistrat de la ville. Il ne deviendrait jamais un épéiste, mais il avait de la volonté et Charéos l'aimait bien.

Il emmena alors les cinq autres vers la Coursive. Elle venait juste d'être terminée et Charéos en était content. C'était une longue planche qui se terminait en angle pour rejoindre une plate-forme faite de rondins à deux mètres au-dessus du sol. Les rondins étaient en équilibre sur des sphères de bois graissées, ce qui les rendait légèrement roulants. Au bout de la Coursive pendait une corde à nœuds. Grâce à elle, on pouvait se balancer jusqu'à un deuxième assemblage de rondins six mètres plus loin, qui permettait de redescendre au sol par une deuxième planche graisseuse. Les jeunes examinèrent la structure et échangèrent enfin des regards inquiets.

— Qui veut passer en premier ? demanda Charéos. (Mais personne ne répondit.) Alors, ce sera toi, jeune Lorin, dit le moine en désignant le fils roux de Salida, capitaine des lanciers du comte.

Courageusement le garçon courut le long de la première planche et atteignit les rondins. Ceux-ci se mirent à osciller fortement sous ses pieds et il manqua de tomber. Il réussit cependant à recouvrer l'équilibre et, lentement, se dirigea vers la corde. D'un saut, il passa sur la deuxième plate-forme, lâcha la corde, et perdit pied. Il tomba sur le sol meuble. Les autres jeunes ne rirent pas ; ils savaient que leur tour viendrait. Un par un, ils échouèrent sur la Coursive jusqu'à ce que, finalement, ce soit au tour de Patris. Ce dernier courut avec agilité le long de la planche et sur la première structure. Se déplaçant avec précaution, il saisit la corde puis se lança. Juste avant d'atterrir, il orienta son corps de travers et, pliant des genoux, se laissa tomber accroupi. Bien que les rondins se mirent à rouler, son équilibre était parfait. Mais la planche graissée à la fin de la Coursive le désarçonna. Il glissa et tomba de côté dans la boue.

Charéos leur demanda de se regrouper autour de lui. Leurs belles tuniques brodées de soie étaient couvertes de boue et de crasse.

— Messieurs, vous voilà dans un bien piteux état. Mais la guerre sera pire. Les soldats se battent sous la pluie et dans la boue, dans la neige et sur la glace, dans la sécheresse et les inondations. Il est rare qu'un guerrier puisse se battre confortablement. Alors, vous allez essayer encore deux fois chacun – dans le même ordre, s'il vous plaît. Patris, venez me voir. (Il conduisit le fils du comte à l'écart des autres.) Vous vous en êtes bien sorti, lui dit-il, mais vous n'avez pas fait preuve d'initiative en fin de parcours. Vous avez observé et appris des erreurs de vos camarades. La planche graissée vous a vaincu parce que vous n'avez pas su envisager le problème.

— Mais à présent, je sais comment la descendre, maître Charéos, répondit le garçon.

— Je n'en doute pas. Cependant dans une vraie bataille, un officier ne peut avoir qu'une seule chance. Il faut considérer chaque problème en soi.

— Je saurai m'en souvenir.

Charéos s'en alla voir les trois jeunes qui étaient toujours sur leurs piquets. Ils arrivaient plus ou moins à s'en sortir, à l'exception d'Akarin.

— Laissez-moi vous regarder, lui dit le moine.

Le garçon rouge d'effort resta immobile devant le maître d'armes. Charéos lui attrapa les bourrelets au-dessus des hanches.

— Évidemment, vous savez que vous croulez sous votre propre poids. Vos jambes sont fortes, mais votre corps manque d'équilibre. Si vous désirez vraiment devenir un épéiste, ne prenez plus qu'un seul repas par jour. Du bouillon, avec de la viande et des légumes. Plus de gâteaux au miel. Vous êtes un beau garçon, mais votre mère vous gâte un peu trop.

Les deux autres jeunes furent autorisés à essayer la Coursive mais échouèrent lamentablement. Akarin supplia Charéos de le laisser essayer à son tour.

— Sinon ils vont se moquer de moi, plaida-t-il. Je vous en prie, laissez-moi essayer.

Charéos acquiesça et le gros garçon courut sur la planche. Il franchit les rondins, puis avança en zigzaguant jusqu'à la corde. Sous son poids, les rondins n'oscillaient pas autant qu'avec les autres. Il sauta, mais n'arriva pas à maintenir sa prise sur la corde. Il chuta dans une mare de boue. Un énorme plouf se fit entendre, suivi par l'explosion de rire des autres enfants.

Akarin se hissa hors de la mare et retint ses larmes.

Il y en avait toujours un, et Charéos le savait, qui devait subir les brimades. C'était dans la nature de la meute.

Il les emmena alors jusqu'à un champ non loin de là, et ouvrit un coffre qui s'y trouvait, contenant des épées, des masques et des cottes de mailles. Puis, il fit travailler les jeunes par deux, associant Patris à Akarin. Le fils du comte vint voir le moine.

— Pourquoi dois-je me retrouver en binôme avec le porcelet ? demanda-t-il.

— Parce que vous êtes le meilleur, répondit Charéos.

— Je ne comprends pas.

— Apprenez-lui.

— Et moi, qui va m'apprendre ?

— Mon seigneur, en tant qu'officier, vous allez avoir beaucoup d'hommes sous vos ordres et ils ne seront pas tous doués. Vous devez apprendre à tirer le meilleur parti de chacun de ces hommes. Akarin bénéficiera d'un binôme avec vous, plus qu'avec n'importe qui d'autre… et moi, je vous enseignerai.

— Si je comprends bien, à partir de maintenant, c'est une charge pour moi ?

— Je pense que ce sera dans son intérêt – et le vôtre.

— Nous verrons bien, rétorqua Patris.

Lorsque, en fin d'après-midi, la session s'arrêta, Akarin avait énormément appris de Patris, même si ses bras et ses jambes étaient couverts de bleus causés par les épées d'entraînement en bois que l'aîné maîtrisait bien.

— Je vous reverrai demain, messieurs, fit Charéos en les regardant rentrer chez eux, épuisés. Essayez de porter des vêtements plus adéquats cette fois, leur lança-t-il.

Le lendemain après-midi les jeunes se regroupèrent autour des piquets et attendirent que Charéos les rejoigne. Akarin n'était pas là ; un jeune homme fin se tenait au côté de Patris.

— Et qui est-ce donc ? s'enquit Charéos.

— Mon cousin, Aleyn, répondit Patris.

— Où est Akarin ?

— Il a décidé de ne plus suivre de leçons.

— Et c'est vous qui avez organisé tout cela, mon seigneur ? demanda Charéos doucement.

— Oui. Vous aviez tort, maître Charéos. Quand je serai officier, je n'aurai personne sous mes ordres qui n'excelle dans chaque discipline. En tout cas, je n'aurai pas de porc sous mes ordres.

— Moi non plus, mon seigneur. Je suggère que vous et votre cousin rentriez chez vous immédiatement. Le reste d'entre vous, messieurs, peut débuter sur les piquets.

— Que personne ne bouge ! ordonna Patris, et les jeunes s'immobilisèrent net. Comment osez-vous m'insulter ? demanda le garçon à Charéos.

— Vous avez jeté le discrédit sur vous-même, mon seigneur, répondit Charéos d'une voix glaciale, et je ne resterai pas une seconde de plus à votre service. Puisque ces jeunes gens sont vos amis, et d'une certaine manière dépendants de vos bonnes grâces, je ne leur demanderai pas de rester non plus afin qu'ils ne souffrent pas de votre mécontentement. Il n'y aura plus de leçons. Bonne journée.

Charéos s'inclina devant le groupe et s'en alla.

— Vous me paierez ça ! hurla Patris.

Le moine l'ignora et retourna dans ses quartiers, essayant à grand-peine de calmer sa rage. Il n'était pas furieux contre Patris ; il aurait dû le voir venir plus tôt. Le fils du comte était un bel athlète, mais il y avait un défaut dans sa personnalité. On sentait en lui une arrogance impossible à refréner et une cruauté qui ne serait jamais contrôlée.

Après un long moment, il réussit à calmer ses émotions et entra dans la bibliothèque. Là, dans le froid de la salle de lecture en pierre, il s'assit et étudia les écrits du philosophe Neucean.

Perdu dans sa lecture, il ne vit pas les heures passer. Soudain une main se posa sur son épaule.

— Le comte t'attend dans la grand-salle, annonça le Frère Supérieur.

Charéos sortit de la bibliothèque et traversa les arcades du jardin en direction des marches de la grand-salle. Il s'était attendu à une réaction suite au renvoi de Patris –mais une visite du comte ? Et si vite ? Cela le mettait mal à l'aise. En Gothir, les vieilles lois féodales avaient été révisées, mais le comte demeurait le pouvoir absolu dans les terres du sud et, sur un simple caprice, il pouvait faire fouetter ou enfermer un homme, voire les deux.

Charéos rassembla ses pensées et gravit l'escalier qui menait à la salle. Le comte se tenait seul devant la fenêtre sud, ses doigts martelant en rythme le rebord.

— Bienvenue, mon seigneur, dit Charéos.

Le jeune homme fin se retourna, un sourire forcé sur les lèvres. Les traits de son visage étaient réguliers, ses cheveux longs et blonds, frisés à la mode de la cour du seigneur régent.

— Qu'allons-nous décider pour cette affaire, Charéos ? demanda le comte en désignant au moine une chaise près de la fenêtre.

Charéos s'assit, mais le comte resta debout.

— Vous parlez des leçons ?

— Pour quelle autre raison serais-je ici ? Vous avez causé bien du remue-ménage. Mon épouse veut que vous soyez fouetté ; le capitaine des gardes veut vous défier en duel ; mon fils veut que vous soyez pendu – mais je lui ai expliqué qu'arrêter de donner des leçons n'était pas franchement un crime. Alors, que faisons-nous ?

— Le sujet est-il si important que cela, mon seigneur ? Il y a beaucoup de maîtres d'armes.

— Ce n'est pas la question et vous le savez, Charéos. Vous avez insulté l'héritier du Comté et, ce faisant, d'aucuns pourraient prétendre que vous m'avez insulté, moi.

— L'aspect moral de la question doit être envisagé, déclara le moine.

— Le petit gros ? Oui. Mais je veux que cette affaire soit résolue. Je suggère que vous invitiez cet enfant – comment s'appelle-t-il, déjà ? Akarin ? – à reprendre les cours. Vous pourrez alors le mettre en binôme avec quelqu'un d'autre et les leçons pourront reprendre.

Charéos examina la chose et secoua la tête.

— Je suis réellement désolé que vous vous sentiez obligé de vous impliquer dans cette… affaire insignifiante. Avec tous les problèmes que vous avez en ce moment, les Nadirs, les razzias d'esclavagistes et vos responsabilités quotidiennes, c'est une source inutile d'irritation. Toutefois, je ne pense pas que la reprise des classes soit une solution. Votre fils est très doué, mais arrogant. La reprise des leçons sera pour lui comme une victoire. Il serait préférable pour l'enfant qu'on le place avec un autre maître.

— Et vous osez me parler d'arrogance ? cracha le comte. Il a tous les droits d'être arrogant. C'est mon fils – et nous, la Maison d'Arngir, sommes habitués à la victoire. Les leçons doivent reprendre.

Charéos se leva et fixa le regard glacial du comte.

— Mon seigneur, je dois vous faire remarquer que je ne suis pas payé pour cela. J'ai choisi – en tant qu'homme libre – de dispenser des cours. Et en tant qu'homme libre, j'ai choisi d'arrêter. Je ne suis lié contractuellement à personne, et par conséquent ne tombe pas sous le coup de la loi.

— Vous voulez dire que l'insulte envers ma famille demeure ? Soyez prudent, Charéos. Réfléchissez aux conséquences.

Le moine prit une longue et profonde inspiration.

— Mon seigneur, dit-il enfin, je vous tiens en très haute estime. Si vous pensez que mes actions ont jeté le discrédit sur vous, alors je vous prie d'accepter mes excuses les plus sincères. Mais dès le début, il était clair pour chaque étudiant que durant les leçons il n'y avait plus de rang qui tienne. Qu'il n'y aurait aucun privilège. Patris a non seulement renvoyé l'un de mes étudiants, mais il a empêché les autres d'obéir à un de mes ordres. Du fait de toutes les règles qu'il – et vous – avez acceptées, il était normal qu'il parte. Je ne peux pas revenir sur ma décision.

— Vous ne pouvez pas ? Allons, bonhomme, soyez honnête. Vous ne *voulez* pas.

— Je ne veux pas.

Un silence glacial s'installa entre les deux hommes, mais le comte ne semblait pas décidé à mettre un terme à leur entrevue. Durant quelques minutes il fit les cent pas devant la fenêtre.

— Très bien, dit-il enfin. Nous ferons comme vous le demandez. Logar vous remplacera comme Maître d'armes.

Comme convenu, je vous verrai dans le hall du château le Jour des Pétitions.

— Vous désirez toujours que je m'entraîne avec vous, mon seigneur ?

— Mais oui. Ou est-ce que vous souhaitez également vous dégager de cette tâche ?

— Pas du tout, seigneur. La perspective m'enchante déjà.

Le comte sourit.

— Alors, à bientôt, conclut-il en tournant sur ses talons et s'en allant à grands pas.

Charéos s'assit. Ses mains tremblaient et son cœur battait la chamade.

Que le comte veuille le garder à son service n'avait pas de sens. Il eut le sentiment que la prochaine séance d'entraînement ne serait pas une expérience agréable. Allait-il être publiquement humilié ?

Il erra jusqu'à la fenêtre. C'était peut-être le bon moment pour partir. Il pouvait aller vers le nord, dans la capitale, ou au sud-est, en Vagria. Voire au sud, à travers le territoire nadir, et continuer jusqu'à la Grande Bibliothèque de Drenan.

Il pensa aux douze pièces d'or qu'il avait cachées dans sa chambrée. Il pouvait acheter deux chevaux et des provisions pour le voyage. Il parcourut la grand-salle des yeux ; il avait failli être heureux ici.

Ses pensées remontèrent jusqu'à la dernière nuit dans cette tour où Tenaka Khan, le seigneur aux yeux violets des Nadirs, s'était assis avec eux.

— Pourquoi nous as-tu laissés en vie ? murmura Charéos.

Le service de deux heures tirait à sa fin. Charéos appréciait le chant des hymnes, des rituels et des prières, et le sentiment d'appartenance qui découlait des dévotions matinales. Peu lui importait que sa foi soit moins vivace que celle de ses frères. Il avait le sentiment de ne faire qu'un avec l'Ordre Gris, et en soi, cela était suffisant pour l'ancien soldat.

Il se releva et se mit dans la file avec les autres, la tête baissée, le visage caché par la grande capuche. En sortant dans le Long Jardin, Charéos accueillit le soleil de l'aube avec joie, car il faisait froid dans la nef. Il descendit les marches en direction de la porte méridionale. Celle-ci franchie, la paix monacale disparaissait dans le tourbillon des bruits de la foule qui se rendait au marché. Charéos se laissa emporter par le flot jusqu'à la grand-place où il se dégagea de la foule pour emprunter une allée étroite qui menait à la foire aux bestiaux. Des fermiers perspicaces et des nobles y assistaient à des enchères quotidiennes, et des pedigrees de taureaux ou de chevaux étaient discutés à n'en plus finir dans les stalles qui entouraient l'arène circulaire. Charéos se laissa glisser sur le premier banc derrière la rambarde, et resta assis en silence tandis qu'on amenait les taureaux sur la piste. Les enchères furent animées, surtout autour des taureaux drenaïs – des bêtes puissantes à petites cornes, mais croulant littéralement sous leur propre viande. Une heure plus tard on amena les chevaux. Charéos fit une enchère sur un hongre bai, mais perdit face à un jeune noble assis trois rangs derrière lui. Il enchérit de nouveau sur une jument isabelle, mais fut battu cette fois par une enchère du fond de la salle. La plupart des chevaux qui restaient avaient le dos ensellé ou n'étaient plus dans leur prime jeunesse, aussi commença-t-il à se désintéresser des enchères. Lorsqu'on amena un gris.

Charéos n'avait pas envie d'enchérir sur un gris ; on les repérait de loin dans la nature, pas comme un bai ou un alezan. Mais ce cheval avait une allure incroyable. Son cou était long et arqué, ses oreilles collées sur son crâne, ses yeux fiers et farouches. L'homme qui le menait avait l'air nerveux, comme s'il craignait qu'à n'importe quel moment la bête rue pour lui briser le crâne. Les enchères furent lentes, et Charéos se surprit à lever le bras, et plus surpris encore lorsqu'il remporta l'enchère pour la moitié du prix qu'il avait proposé pour le hongre.

L'homme assis à ses côtés se pencha vers lui.

— Méfiez-vous, mon frère, c'est la monture qui a tué Trondian – elle l'a désarçonné et l'a piétiné.

— Merci pour votre sollicitude, déclara Charéos en se levant.

Puis, il se rendit à l'écurie derrière l'arène, où l'étalon avait été enfermé. Le moine se tint à côté de l'animal et flatta ses flancs luisants.

— À ce qu'on m'a dit, tu es un tueur. Mais je pense que j'ignore une partie de l'histoire. (Avec précaution, il inspecta les pattes de l'étalon.) En tout cas, tu es une belle bête.

Il sortit du box pour aller à la table des ventes.

— Je le chevaucherai cet après-midi, déclara-t-il, mais j'aimerais que vous le gardiez à l'écurie jusqu'au Jour des Pétitions.

— Comme vous voulez, répondit le priseur. Cela vous fait douze pièces d'argent pour le cheval et six pour la semaine. Avez-vous besoin d'une selle ? Nous en avons plusieurs qui pourraient lui aller.

Charéos choisit une selle vagrianne avec un haut pommeau et un bon harnais, puis il solda son compte et quitta le marché. Il marcha un moment et s'engouffra dans la rue de la Laine. Là, il acheta des habits d'équitation – des bottes en cuir souple, des pantalons de laine sombre, deux épaisses chemises blanches et un pardessus en cuir, rembourré aux épaules et fendu au niveau des côtes pour faciliter les mouvements. Il acheta également une houppelande de cuir noir bordée de fourrure.

— Un excellent choix, monsieur, lui confia le marchand. Le cuir est ventrian et restera souple même durant l'hiver le plus glacial. Il est bien lustré et résistera à la pluie.

— Merci. Dites-moi, qui est le meilleur forgeron par ici ?

— Eh bien, c'est sujet à discussion, comme vous vous en doutez. Mais, mon frère…

— Est-ce que votre frère approvisionne le comte ?

— Non, mais…

— Qui l'approvisionne ?

L'homme soupira.

— Vous parlez de Mathlin. Il a une forge, pas loin d'ici, du côté de la Porte Occidentale. Continuez dans la rue de la Laine jusqu'à ce que vous arriviez à la taverne du Hibou Gris. Là, prenez à droite et continuez jusqu'au Temple. C'est la deuxième à gauche.

Mathlin – un Drenaï de puissante carrure à la barbe noire – fit entrer le moine dans son atelier et le conduisit jusqu'à un bâtiment derrière la forge. Sur les murs étaient suspendues des épées de toutes sortes – des glaives à large lame, de longs couteaux, des sabres et des rapières prisées des nobles gothirs. On avait même exposé des tulwars et des haches à deux lames.

— Quel genre de lame cherchez-vous, monsieur le moine ?

— Un sabre de cavalerie.

— Puis-je vous suggérer l'établissement de Benin ? Ses armes sont moins chères que les miennes, et elles vous iraient tout aussi bien.

Charéos sourit.

— Ce qui me va, forgeron, c'est ce qui existe de mieux. Montrez-moi un sabre.

Mathlin se rendit au mur du fond et décrocha une arme brillante. La lame n'était que très légèrement courbée, et le manche recouvert d'une garde en fer. Il la lança à Charéos qui l'attrapa adroitement. Puis, il souleva l'arme et fendit l'air par deux fois, moulina du poignet et feignit un coup d'estoc.

— Le poids n'est pas bien réparti, dit-il. Le manque d'équilibre le rend peu maniable. Peut-être que vous devriez m'indiquer où je pourrais trouver Benin.

Mathlin sourit.

— Il a été fait par mon apprenti et il a encore beaucoup à apprendre. Très bien, monsieur le moine. Voulez-vous me suivre ?

Il le guida dans une deuxième pièce. Les épées qui s'y trouvaient étaient admirablement forgées, mais sans décoration – ni dorures, ni lisérés d'argent. Mathlin décrocha un sabre et le tendit à Charéos. La lame avait une largeur d'à peine deux doigts et elle était aiguisée comme un rasoir. La garde enveloppait le poing, protégeant ainsi la main.

— Forgé dans le meilleur acier ventrian et trempé dans le sang du forgeron, dit Mathlin. S'il existe un meilleur sabre, je ne l'ai pas encore vu à ce jour. Mais avez-vous de quoi vous l'acheter ?

— Combien en demandez-vous ?

— Trois pièces d'or.

— Je pourrais acheter cinq chevaux avec une telle somme.

— C'est son prix. Et ici, monsieur le moine, on ne marchande pas.

— Rajoutez un couteau de chasse et un bon fourreau et l'affaire est conclue, promit Charéos.

Mathlin haussa les épaules.

— D'accord. Mais le couteau sera un de ceux fabriqués par mon apprenti. Rien de ce que je fais n'est gratuit.

Chapitre 2

L'après-midi même, vêtu de ses nouveaux vêtements, Charéos se prépara à enfourcher le gris pour la première fois. Il vérifia le tapis de selle pour s'assurer qu'il n'y aurait ni pli ni bourrelet pour gêner le dos de la bête. Puis il examina la bride et le mors. Ce dernier était lourd et strié.

— Enlevez-le, ordonna Charéos au palefrenier.

— C'est une bête agitée, monsieur. Peut-être aurez-vous besoin du mors.

— Je veux un cheval en bonne santé. Cette… monstruosité… va lui réduire la bouche en bouillie.

— P'têt' bien. Mais ça vous permettra de le maîtriser.

Charéos secoua la tête.

— Regardez sa bouche – il y a déjà des cicatrices… de vieilles cicatrices. Et sur ses flancs. Ses anciens maîtres étaient des gens durs.

Il prit une pomme dans un baril à côté de la porte et la coupa en quartiers avec son nouveau couteau de chasse. Puis il offrit un quartier au gris, qui détourna la tête. Charéos mangea le premier quartier ; il offrit au cheval le suivant. Cette fois, le gris accepta l'offrande, mais son regard était toujours inquiet.

— Je parie qu'il est rapide, déclara le palefrenier. Il est bâti pour. Avec cette couleur, ce serait préférable. Vous l'utiliserez pour des balades l'après-midi, m'sieur ?

— Peut-être. Je vais le prendre pour un voyage ou deux.

Le palefrenier gloussa.

— Ne vous risquez pas dans les Terres Sauvages. Sa couleur le fera repérer à des kilomètres à la ronde et vous aurez plus de voleurs vous tournant autour que de mouches autour d'une crotte de chien.

— Je tâcherai de m'en souvenir, fit Charéos d'un ton irrité.

Il grimpa en selle et mena l'étalon dans la rue derrière les entrepôts de la foire aux bestiaux.

Vingt minutes plus tard, il était dans les contreforts au sud de la ville. Le vent lui soufflait dans les cheveux comme l'étalon galopait à toutes jambes. Il laissa la bête aller à son allure sur cinq cents mètres et tira sur la rêne de gauche pour lui faire grimper une petite montée. Arrivé au sommet, il permit au cheval de marcher au pas un moment afin d'observer sa respiration. Il n'avait aucune raison de s'inquiéter ; au bout de quelques minutes l'étalon ne reniflait plus, et l'on voyait à peine la sueur sur ses flancs.

— Tu es fort, lui dit Charéos en flattant son long cou, et rapide. Mais quand vas-tu m'expliquer les raisons de ton agitation ?

L'étalon continua à avancer au pas, et dès que Charéos lui intima de passer au trot, le cheval répondit instantanément à l'ordre. Au bout d'une heure, la ville était loin, même si Charéos pouvait toujours apercevoir les tourelles dans le lointain brumeux. Il se décida à faire demi-tour, car la nuit allait bientôt tomber et le grand étalon montrait les premiers signes de fatigue. Il fit descendre la bête le long d'une petite pente et remarqua des nuages de fumée qui venaient du sud, derrière les collines. Il pénétra dans une clairière et tomba nez à nez avec un groupe de soldats assis autour de petits feux de camp.

Il reconnut aussitôt l'officier – qui était assis à l'écart de ses hommes – comme étant Logar, le champion du comte.

— Il y a un grand incendie au sud d'ici, derrière les collines, lui dit Charéos. Vous n'avez pas vu la fumée ?

— Qu'est-ce que ça peut vous faire ? demanda Logar en se levant en douceur.

C'était un jeune homme grand et mince avec des yeux froids et une barbe en trident. Il avança jusqu'à la hauteur de l'étalon. Le cheval n'aima pas la proximité du soldat et recula ; Charéos le calma.

— Ce ne sont effectivement pas mes affaires, répondit-il. Je vous souhaite une bonne journée.

Il sortit de la clairière, gravit les collines, et une fois sur les hauteurs contempla la scène de dévastation. Douze maisons brûlaient et plusieurs cadavres étaient éparpillés sur le sol. Ailleurs, des gens essayaient de maîtriser le feu qui dévastait la grange commune. Charéos jura et retourna au campement des soldats.

Logar jouait aux dés avec un sous-lieutenant et les deux hommes levèrent les yeux à son approche.

— Il y a un village non loin d'ici, les informa Charéos, qui vient d'être attaqué. Prenez vos hommes et allez les aider à éteindre les flammes. À titre d'information, je vais vous dénoncer au comte pour manquement à votre devoir.

Le sang reflua du visage de Logar. Il se leva et attrapa la poignée de son sabre.

— Descends voir, espèce de fils de pute ! Je vais pas me laisser insulter par quelqu'un de ton espèce.

— Trop tard, rétorqua Charéos. Et maintenant faites ce que je vous ai dit.

Il tourna bride et repartit vers le village. Il attacha son cheval sous le vent afin de ne pas l'enfumer et courut aider les villageois. Le feu à la grange était incontrôlable.

Un homme passa à côté de lui, un seau d'eau à la main, et Charéos l'arrêta.

— Débrouillez-vous pour sauver ce qui peut encore l'être, la grange ne tiendra plus longtemps, lui affirma-t-il.

L'homme acquiesça et courut prévenir les autres. Les soldats arrivèrent alors et se joignirent aux villageois. Trois maisons furent sauvées, mais la grange continuait à se consumer. Des hommes munis de haches se frayèrent un chemin à travers les portes à l'arrière du bâtiment, afin de permettre à d'autres d'y pénétrer pour sauver les sacs de grain encore intacts. La bataille dura une bonne partie de la nuit, et le feu finit par s'éteindre.

Charéos marcha jusqu'à un petit cours d'eau et lava la suie qu'il avait sur le visage et les mains. Il regarda ses nouveaux habits. Le gilet était brûlé, tout comme le pantalon ; la chemise était noire de fumée et les bottes éraflées.

Il s'assit. Ses poumons le brûlaient, et il avait un goût de charbon de bois dans la bouche. Un jeune homme s'approcha de lui.

— Ils ont enlevé onze de nos femmes, monsieur. Quand allez-vous vous mettre en chasse ?

Charéos se leva.

— Je ne suis pas soldat ; je ne faisais que passer. Il faut que vous alliez voir l'officier en charge ; il se nomme Logar.

— Que la peste l'emporte ! cracha le jeune homme.

Charéos ne dit rien mais examina davantage le villageois. Il était grand et fin, avait des cheveux longs et noirs, ainsi que de grands yeux bleus sous d'épais sourcils. Malgré la suie qui lui couvrait la face, c'était un beau visage.

— Faites attention à ce que vous dites, jeune homme, le prévint Charéos. Logar est le champion du comte.

— Je m'en moque. Le vieux Paccus nous avait prévenus de la razzia et nous avons envoyé un message au comte pour recevoir de l'aide il y a trois jours. Où étaient les soldats quand nous avions besoin d'eux ?

— Comment a-t-il su, pour la razzia ?

— C'est un devin : il nous a donné le jour et l'heure. Nous avons essayé de les repousser, mais nous n'avions pas d'armes.

— Qui étaient-ils ?

— Des Nadrens. Des hors-la-loi qui traitent avec les Nadirs. Des esclavagistes ! Nous devons récupérer les femmes. Il le faut !

— Alors, allez parler à l'officier. Et si cela ne suffit pas, allez voir le comte. Ce sera bientôt le Jour des Pétitions.

— Vous croyez qu'il va se soucier de ce qui arrive à de pauvres fermiers ?

— Je ne sais pas, répondit Charéos. Où est Paccus ?

Le jeune homme désigna le village en ruine. Il y avait un vieil homme assis par terre, emmitouflé dans une couverture. Charéos alla le voir.

— Bonjour, monsieur.

Le vieil homme leva les yeux. Ses pupilles brillaient dans le clair de lune.

— Cela a donc commencé, dit-il doucement. Bienvenue, Charéos. Comment puis-je vous aider ?

— Vous me connaissez ? Nous sommes-nous déjà rencontrés ?

— Non. Comment puis-je vous aider ?

— Il y a un jeune homme qui prétend que vous étiez au courant de la razzia. Il est furieux – et cela se comprend. Comment avez-vous su ?

— Je l'ai vu en rêve. Je vois beaucoup de choses dans mes rêves. Je vous ai vu dans la clairière demander au vil Logar ce qu'il allait faire à propos de la fumée. Lui et ses hommes ont campé ici toute la journée, mais il n'a pas voulu prendre part à la bataille. Qui pourrait lui en vouloir ?

— Moi. Il n'y a pas de place pour les lâches dans l'armée.

— Vous croyez que c'est par lâcheté, Charéos ? Nous parlons d'un homme qui a tué seize personnes en duel. Non, il était payé par les esclavagistes. Depuis que l'esclavage a été aboli en Gothir, le prix par tête a quadruplé. Nos onze femmes rapporteront peut-être chacune quinze pièces d'or ; Ravenna en rapportera plus.

— Cela fait beaucoup d'argent, acquiesça Charéos.

— Les Nadirs peuvent se le permettre. Leurs trésors regorgent d'or et de joyaux de Drenan, Lentria, Vagria et Mashrapur.

— Comment savez-vous que Logar a été acheté ?

— Comment sais-je que vous comptez quitter la ville le Jour des Pétitions ? Comment sais-je que vous ne voyagerez pas seul ? Comment sais-je qu'un vieil ami vous attend dans les montagnes ? Comment ? Parce que je suis un devin. Et aujourd'hui, je souhaiterais n'être jamais né avec le Talent.

Le vieil homme détourna la tête et contempla le sol couvert de cendres. Charéos se leva. Alors qu'il rejoignait son étalon, une grande silhouette s'interposa.

— Que voulez-vous, Logar ?

— Vous m'avez insulté. Maintenant, vous allez en payer le prix !

— Vous me défiez en duel ?

— Je ne vous connais pas, par conséquent les lois du duel ne s'appliquent pas. Nous allons simplement nous battre.

— Mais vous me connaissez, Logar. Regardez-moi bien. Imaginez ce visage avec la robe grise d'un moine.

— Charéos ? Malédiction ! Allez-vous rester caché derrière le règlement de l'Ordre ? Ou allez-vous m'affronter comme un homme ?

— Tout d'abord, je vais aller voir le comte et lui parler de votre... étrange comportement d'aujourd'hui. Puis j'envisagerai votre défi. Je vous souhaite une bonne nuit. (Il reprit son chemin et se retourna.) Oh, pendant que j'y pense... quand vous dépenserez l'or que vous avez gagné aujourd'hui, pensez aux corps qui sont étendus ici. J'ai vu qu'il y avait deux enfants parmi les cadavres. Peut-être pourriez-vous aider à les enterrer.

L'étalon attendait patiemment. Charéos grimpa en selle. Le cavalier regarda une dernière fois les restes fumants du village et partit au galop en direction de la lointaine ville.

— Je suis profondément désolé que tu aies décidé de nous quitter, déclara le Frère Supérieur en se levant de sa chaise.

Il se pencha au-dessus de son bureau, une main tendue. Charéos accepta la poignée de main.

— Moi aussi je regrette, mon père. Mais le temps est venu.

— Le temps, mon fils ? Qu'est-ce que le temps, si ce n'est un souffle entre la naissance et la mort ? Je croyais que tu avais commencé à saisir le sens de la Vie, à reconnaître la Volonté de la Source dans toute chose. Cela me fait beaucoup de peine de te voir ainsi armé, dit-il en montrant du doigt le sabre et le couteau de chasse.

— Je risque d'avoir besoin d'eux là où je me rends, mon père.

— J'ai appris il y a longtemps que l'épée n'est d'aucune protection, Charéos.

— Je n'ai pas envie d'en débattre, mon père. Pourtant, reconnaissez que les moines vivent ici en sécurité et en paix grâce aux épées de leurs défenseurs. Ce n'est pas pour minimiser votre point de vue – si seulement tous les hommes le partageaient. Mais ce n'est pas le cas. Je suis venu à vous en homme brisé, et vous m'avez reconstruit. Mais si tous les hommes vivaient comme vous et moi, il n'y aurait pas d'enfants et pas d'humanité. Où se trouverait alors la Volonté de la Source ?

Le Frère sourit.

— Oh, Charéos, quelle étroitesse d'esprit. Crois-tu vraiment qu'il n'y a que *ça* ? Tu as été un acolyte, mon fils. D'ici à cinq ou dix ans, tu aurais été prêt à étudier les vrais Mystères, et tu aurais vu la magie de l'univers. Donne-moi une dernière fois ta main.

Charéos la lui tendit, et le vieux moine la retourna, paume vers le haut afin de lui saisir les doigts. Le Frère Supérieur ferma les yeux et resta immobile. Il donnait l'impression de ne pas respirer. Lentement les minutes s'égrenèrent et Charéos sentit son épaule s'ankyloser, comme son bras restait tendu au-dessus du bureau. Il retira finalement sa main de celle du Frère et attendit en silence. Finalement, le moine ouvrit les yeux, secoua la tête et prit un verre d'eau.

— Ton voyage sera long et périlleux, mon ami. Puisse le Seigneur de l'Harmonie t'accompagner.

— Qu'avez-vous vu, mon père ?

— Certains chagrins ne doivent pas être partagés avant leur temps, mon fils. Mais il n'y a aucun mal en toi. À présent va, je dois me reposer.

Charéos fit un dernier tour dans le monastère et se mit en marche vers le centre-ville et sa forteresse. Celle-ci avait été construite plusieurs siècles auparavant, afin de garder la route commerciale vers le nord. Mais lorsque les hordes nadires d'Ulric s'étaient réunies pour la première fois, elles avaient détruit la grande cité méridionale de Gulgothir, la capitale du royaume gothir. De fait, le pays avait été scindé en deux. Les réfugiés s'étaient déversés dans le nord, de l'autre côté des montagnes et loin de la tyrannie nadire. Une nouvelle capitale avait été bâtie sur la côte ouest de l'océan, et la forteresse de Talgithir était devenue l'extrémité sud des terres gothires. Elle avait grandi depuis ces jours lointains, et à présent, la forteresse n'était plus qu'un îlot au centre d'une métropole fourmillante.

Les grandes portes de chêne et de fer étaient fermées, mais Charéos rejoignit la queue à la porte adjacente qui se faufilait lentement à travers la cour extérieure. C'étaient les pétitionnaires, des hommes et des femmes qui avaient des griefs à formuler que seul le comte pouvait régler. Ils étaient plus de deux cents déjà présents, et chacun d'entre eux portait un disque d'argile frappé d'un numéro. Quand ce numéro était appelé, le pétitionnaire entrait dans la grand-salle et présentait son problème au comte. Des centaines qui attendaient, seuls une dizaine seraient entendus, les autres reviendraient le Jour des Pétitions suivant.

Charéos grimpa le grand escalier de pierre gardé en haut par deux soldats ; leurs lances étaient entrecroisées, mais ils le laissèrent passer dans les chambres intérieures. Par trois fois, il avait essayé de contacter le comte, afin de l'informer de la conduite de ses soldats. Mais à chaque tentative il avait été éconduit sous prétexte que le comte était trop occupé pour être dérangé.

Un serviteur guida Charéos jusqu'à la salle à manger. Les tables avaient été enlevées ; le comte et ses domestiques faisaient face à la porte. Le premier pétitionnaire était déjà devant eux, parlant d'une promesse non tenue au sujet de la vente de trois taureaux ; il avait reçu la moitié de la somme à la livraison, mais on lui avait refusé le solde. L'accusé était un noble, cousin éloigné du comte. Le cas fut prouvé et le comte ordonna que l'argent soit payé, plus cinq pièces d'argent accordées au plaignant afin de compenser la perte de temps occasionnée. Le noble dut également payer une amende de vingt pièces d'or.

Le plaignant fit une courbette et sortit de la pièce. La personne suivante était une veuve, qui expliquait que l'homme qui prétendait l'aimer lui avait volé son héritage. L'homme fut amené de force dans la salle, couvert de chaînes. Son visage était tuméfié et il reconnut l'accusation. Le comte ordonna qu'on le pende.

Un par un, les pétitionnaires se succédèrent jusqu'à midi, quand le comte se leva.

— Par les dieux, cela suffit pour aujourd'hui, dit-il.

Un jeune homme se fraya un chemin jusqu'à la porte et des gardes lui coururent après.

— Mon seigneur, écoutez-moi ! cria-t-il.

Deux gardes l'attrapèrent par les bras et l'entraînèrent dehors.

— Attendez ! fit le comte. Qu'on le laisse parler.

Charéos reconnut le grand jeune homme du village et se faufila jusqu'à lui pour l'entendre.

— Mon village a été attaqué par des pillards. Onze de nos femmes ont été enlevées pour être vendues aux Nadirs. Nous devons les récupérer, mon seigneur.

— Ah oui, le village. Une triste affaire, déclara le comte. Mais nous ne pouvons pas faire grand-chose.

Nous avons suivi leurs traces jusqu'aux montagnes, mais ils ont réussi à s'échapper dans le territoire nadir où je n'ai aucune juridiction.

—Alors, vous n'allez rien faire ? cria l'homme.

—Ne me parle pas sur ce ton, paysan ! gronda le comte.

—Nous vous payons des impôts, et espérons votre protection. Mais quand nous vous demandons de l'aide, vos hommes restent cachés dans les bois pendant que nos gens sont massacrés. Est-ce que le Gothir est gouverné par des lâches ?

—Emparez-vous de lui ! hurla le comte. (Des gardes se jetèrent sur le villageois et lui passèrent les bras dans le dos.) Je veux qu'il soit fouetté. Emmenez-le.

—Est-ce votre réponse ? cria le jeune homme. Est-ce votre justice ?

Le comte l'ignora. Le villageois fut emmené dehors et les portes fermées derrière lui.

—Ah, Charéos, fit le comte. Bienvenue. Êtes-vous prêt pour la démonstration ?

—Tout à fait, mon seigneur, répondit Charéos en faisant un pas en avant. Mais puis-je d'abord dire un mot au sujet du jeune homme ?

—Non, vous ne le pouvez pas ! cracha le comte. Logar ! (Le champion se leva de son siège et vint rejoindre les deux hommes.) Je me suis fait mal à l'épaule lors de la démonstration la semaine dernière, déclara le comte, et cela me gêne toujours. Mais plutôt que de décevoir nos invités, accepterais-tu de prendre ma place face au héros de Bel-azar ?

—Avec grand plaisir, mon seigneur, répondit Logar. Puis-je suggérer que le spectacle gagnerait en suspense si nous faisions étalage de nos talents sans masque ni cotte de mailles ?

— Mais n'est-ce pas dangereux ? s'enquit le comte. Je n'aimerais pas qu'il y ait un tragique accident.

— Le danger existe, mon seigneur, mais cela ne ferait que relever le niveau de la démonstration.

— Très bien, accepta le comte sans se soucier de Charéos. Qu'il en soit ainsi.

Un page apporta alors deux rapières. Charéos choisit la lame pour gaucher et s'écarta pour échauffer ses muscles. Il posa son sabre et son couteau sur un rebord de fenêtre, l'esprit bouillonnant. Il était certain que Logar allait essayer de le tuer, mais s'il tuait Logar, le comte le ferait arrêter. Mécaniquement, Charéos fit ses exercices, s'étirant les muscles des bras, des épaules et de l'aine. Il jeta un coup d'œil aux deux rangées de spectateurs et trouva le jeune seigneur Patris. Le garçon souriait comme une hyène. Charéos se détourna et s'approcha de Logar.

Les deux hommes levèrent leurs lames en guise de salut, et croisèrent le fer.

— Commencez ! ordonna le comte.

Logar lança une attaque foudroyante d'un coup de poignet, afin d'exécuter la Classique de Chare. Mais Charéos para l'attaque et se déplaça en souplesse sur la droite. Logar plissa les yeux. Trois fois de suite le soldat fondit sur le moine, et fut contré chaque fois. Charéos sentait monter en lui la colère. Logar ne faisait aucun effort pour se défendre, certain que Charéos ne pouvait pas – lors d'une démonstration – lui assener un coup mortel. Sa lame manqua deux fois de justesse la gorge de Charéos, et celui-ci sut que ce n'était plus qu'une question de temps avant que le champion n'arrive à percer ses défenses. Charéos bloqua un coup d'estoc et fit un bond en arrière, ce qui faillit faire tomber Logar. Le champion jura et repartit à l'attaque. Charéos prit une profonde inspiration et se prépara à le recevoir, certain à présent que Logar avait l'intention de le tuer. Mais était-ce le plan du comte, ou simplement le résultat de l'orgueil blessé de Logar ? La lame du champion fondit vers son œil et il fit un pas de côté, puis tourna les talons et sauta en arrière. Logar eut un large sourire et fendit les airs. Les deux hommes bataillèrent à travers toute la salle, avançant et reculant. Les spectateurs ayant du mal à retenir leur souffle se mirent à acclamer chaque attaque de Logar. Plusieurs minutes passèrent, et il n'y avait toujours aucune résolution à l'affrontement. Logar bondit en avant. Charéos ne bloqua qu'en partie le coup et sentit la lame de son adversaire découper la chair de sa joue.

À la vue du sang, les spectateurs se firent silencieux et regardèrent le comte afin qu'il arrête la démonstration. Mais celui-ci ne sembla pas vouloir faire le moindre signe. C'était donc le plan du comte, songea Charéos. Sa colère redoubla d'intensité mais il réussit à la maîtriser. Il ne pouvait tuer Logar, autrement le comte le ferait arrêter et condamner pour meurtre. En proie à une fureur froide, Charéos se mit à tourner autour du champion et se déplaça soudain sur la droite. Logar fondit sur lui. Charéos para trois attaques puis lança un coup de taille par-dessus la rapière de Logar. La pointe de l'épée de Charéos fendit la peau au-dessus de l'œil droit de Logar et sur son front. Du sang se mit à couler dans les yeux du champion, qui recula.

Charéos se retourna vers le comte.

— Est-ce que la démonstration est terminée, mon seigneur ?

— C'était un coup déloyal, déclara le comte. Vous auriez pu le tuer.

— C'est exact, car il n'est pas très doué. Mais avec de la chance, ce coup, dit Charéos en désignant la coupure sur sa propre joue, aurait pu me transpercer le crâne jusqu'au cerveau. Heureusement, il y a plus de peur que de mal, et sa blessure n'est pas sérieuse non plus. Aussi, avec votre permission…

Un son derrière lui le fit se retourner. Logar avait essuyé la plupart du sang sur son visage et courait vers lui l'épée tendue. Charéos fit un pas de côté et lui assena un coup derrière l'oreille gauche avec la garde de sa rapière. Le champion tomba inconscient sur le sol en marbre.

— Comme je le disais, fit froidement Charéos, avec votre permission, je vais me retirer.

— Vous n'êtes plus le bienvenu ici, siffla le comte, ni nulle part ailleurs dans ma juridiction.

Charéos s'inclina, recula de trois pas et récupéra son sabre et son couteau. Il sortit à grandes enjambées de la salle, la tête haute. Il pouvait sentir l'hostilité tout autour de lui.

Dans la cour, la majorité des pétitionnaires était restée pour voir la flagellation. Charéos descendit les marches, les yeux rivés sur la silhouette du villageois qui se tortillait de douleur comme le fouet lui lacérait la peau.

Il s'approcha du capitaine des gardes afin de lui poser une question.

— Combien a-t-il déjà encaissé de coups ?

— Dix-huit. Nous arrêterons à cinquante.

— Vous arrêterez à vingt, lui intima Charéos. C'est le prix pour insubordination.

— Le comte n'a pas spécifié le nombre, cracha l'officier.

— Peut-être pensait-il que vous connaissiez la loi, fit remarquer Charéos alors que le fouet résonnait une fois encore.

— Cela suffit, dit le capitaine. Détachez-le.

Ils traînèrent le villageois jusqu'à la porte poterne méridionale et le jetèrent sur le bas-côté de la route.

Charéos l'aida à se relever.

— Merci, souffla le jeune homme.

— Tu ne vas pas pouvoir rentrer chez toi dans cet état, lui confia Charéos. Tu ferais mieux de venir avec moi. Je vais prendre une chambre à la taverne du Hibou Gris et nous nous occuperons de ton dos.

La taverne du Hibou Gris était un bâtiment plein de coins et de recoins, construit autour d'une vieille auberge située sur la route de montagne qui menait à Gulgothir. Au centre, il y avait une grande salle en forme de L où des serveuses s'occupaient des buveurs et des dîneurs. Deux nouveaux bâtiments avaient été rajoutés à l'est et à l'ouest, ainsi qu'une étable à l'arrière.

Alors que Charéos se frayait un chemin au milieu des clients qui grouillaient dans la taverne, il heurta la jambe d'un homme avec son fourreau.

— Fais gaffe à ce que tu fais, espèce de fils de pute ! siffla le buveur.

Charéos l'ignora, mais tout en continuant sa progression, il posa la main sur le manche de son sabre afin de garder son fourreau contre sa jambe. Cela faisait très, très longtemps qu'il n'avait porté un baudrier et il se sentait maladroit avec.

Il passa une porte et grimpa un escalier en colimaçon jusqu'au couloir du premier étage. Au fond de celui-ci, il pénétra dans la chambre double qu'il avait payée pour l'après-midi. Le villageois dormait toujours, sa respiration était forte et espacée ; la gorgée de *lirium* que lui avait administrée l'apothicaire le tiendrait endormi jusqu'à l'aube. Charéos avait nettoyé les blessures causées par le fouet et les avait enduites de graisse d'oie, avant d'appliquer un grand carré de tissu sur le dos du jeune homme. Les entailles dues aux coups n'étaient pas profondes, mais la peau autour d'elles avait pelé, brûlée par le cuir du fouet.

Charéos tisonna le feu dans l'âtre situé contre le mur sud. L'automne approchait et un vent glacial sifflait entre les planches des volets. Il retira son baudrier et s'assit sur une grande chaise recouverte de cuir près du feu. Bien que fatigué, il n'arrivait pas à se détendre. Le sanctuaire du monastère lui semblait bien loin, et la dépression le heurta comme un coup de poing. Aujourd'hui, le comte avait essayé de le faire tuer – et pourquoi ? À cause des actes d'un enfant arrogant. Il contempla le villageois endormi. Ce jeune homme avait vu son village rasé, les gens qu'il aimait capturés, et pour ajouter à son supplice il avait été fouetté. *La justice n'existe que pour les riches… il en a toujours été ainsi*. Charéos se pencha en avant et ajouta un morceau de bois dans le feu. L'une des trois lanternes suspendues au mur s'éteignit, et il décida de vérifier les deux autres. Comme elles allaient bientôt s'éteindre, il tira la sonnette placée contre le mur ouest.

Quelques minutes plus tard, une domestique frappa à la porte. Charéos lui demanda de l'huile et commanda un repas et du vin. Elle s'absenta une demi-heure, pendant laquelle une deuxième lanterne mourut.

Le villageois grogna dans son sommeil, murmurant un nom. Charéos se rapprocha pour l'écouter, mais le jeune homme se rendormit profondément.

La domestique revint avec une jarre d'huile.

— Je suis désolée pour l'attente, monsieur, mais nous sommes toujours bondés et deux filles sont absentes ce soir. (Elle remplit les lanternes et les ralluma avec une grande allumette.) Votre repas sera bientôt prêt. Il n'y a plus de bœuf, mais l'agneau est délicieux.

— Ça ira.

Elle s'arrêta sur le pas de la porte et jeta un coup d'œil en arrière.

— C'est lui, le villageois qui a été fouetté aujourd'hui ? murmura-t-elle.

— Oui, c'est lui.

— Alors vous devez être Charéos, le moine ?

Comme il acquiesçait, elle rentra dans la chambre. Elle était petite et potelée, avec des cheveux couleur maïs, et un charmant visage rond.

— Je me mêle peut-être de ce qui ne me regarde pas, mais il y a des hommes qui vous cherchent – des hommes avec des épées. L'un d'entre eux a un bandage sur le front.

— Est-ce qu'ils savent que je suis ici ?

— Oui, monsieur. Il y a trois hommes dans l'étable et deux qui sont en ce moment assis dans la grand-salle. Peut-être qu'il y en a d'autres.

— Merci infiniment, dit-il en lui glissant une demi-pièce d'argent dans la main.

Une fois qu'elle fut partie, il mit le verrou à la porte et se réinstalla devant le feu où il somnola jusqu'à ce qu'on retape à sa porte. Il sortit son sabre de son fourreau.

— Qui est-ce ? demanda-t-il.

— C'est moi, monsieur. J'ai votre repas et du vin.

Il ôta le verrou et ouvrit la porte. La jeune femme entra et posa un plateau en bois sur la petite table devant la chaise.

— Ils sont toujours là, monsieur. Et l'homme au bandage parle en ce moment même avec Finbale – le propriétaire.

— Merci.

— Vous pourriez sortir par les quartiers des domestiques, proposa-t-elle.

— Mes chevaux sont à l'étable. N'ayez pas peur pour moi.

Elle sourit.

— C'est bien, ce que vous avez fait pour lui, dit-elle.

Elle s'en alla et ferma la porte derrière elle. Charéos remit le verrou et se mit à table. La viande était tendre, les légumes doux mais trop cuits, le vin juste passable ; pourtant le repas remplit son office et son estomac. Charéos se réinstalla plus confortablement dans la grande chaise et s'endormit. Ses rêves furent agités, mais quand il se réveilla, ceux-ci se dissipèrent comme une fumée dans la brise. Le ciel juste avant l'aurore avait pris une teinte grise. Le feu était presque mort et la pièce était froide. Charéos rajouta du bois sur les braises et souffla dessus pour faire repartir les flammes. Puis il rajouta des bûches. Il était courbaturé et il avait froid, son cou le faisait souffrir. Comme le feu avait repris il alla examiner le villageois. À présent la respiration du jeune homme était plus légère. Charéos lui toucha le bras. Le villageois grogna et ouvrit les yeux.

Il essaya de s'asseoir mais la douleur fut trop forte et il resta allongé.

— Tes blessures sont propres, lui dit Charéos, et bien qu'elles doivent être douloureuses, je te conseille de te lever et de t'habiller. Je t'ai acheté un cheval. Nous quittons la ville ce matin même.

— Merci… pour votre aide. Je m'appelle Kiall.

Le jeune homme réussit à s'asseoir. Son visage était tordu par la douleur qui lui déchirait le dos.

— Les blessures guériront vite, l'informa Charéos. Elles ne sont pas très profondes. La douleur vient des brûlures du fouet, mais elle disparaîtra d'ici à trois ou quatre jours.

—Je ne connais pas votre nom, dit Kiall.

—Charéos. Et maintenant habille-toi. Il y a des hommes qui nous attendent et qui vont compliquer notre départ.

—Charéos ? Le héros de Bel-azar ?

—Oui, cracha Charéos, le fabuleux géant des chansons et des contes. Est-ce que tu as entendu ce que je t'ai dit, mon garçon ? Nous sommes en danger. Allez, habille-toi.

Kiall se hissa tant bien que mal sur ses pieds et se débattit avec son pantalon et ses bottes. Mais il n'arrivait pas à lever les bras pour enfiler sa chemise. Charéos l'aida. Les traces de fouet allaient jusqu'aux hanches, et il ne put mettre sa ceinture.

—Pourquoi sommes-nous en danger ? s'enquit-il.

Charéos haussa les épaules.

—Je ne crois pas que cela ait un rapport avec toi. Je me suis battu en duel avec un dénommé Logar, et j'ai dans l'idée qu'il se sent un tantinet humilié. Bon, je voudrais que tu descendes à l'étable. Mes chevaux y sont. Le mien c'est le gris, et sa selle est posée sur la stalle à côté. Tu sais seller un cheval ?

—J'ai été garçon d'écurie.

—Bien. Assure-toi que la sangle est bien serrée. Deux stalles plus loin, il y a un hongre noir ; c'est ce que j'ai pu trouver de mieux pour toi. Il est vieux et épuisé, mais il pourra te porter jusqu'à ton village.

—Je ne retournerai pas au village, déclara doucement Kiall. Je vais pourchasser les pillards qui ont capturé Ravenna et les autres.

— Voilà qui me paraît une bonne idée, lança Charéos d'un ton irrité, mais en attendant sois gentil, va seller mon cheval.

Kiall rougit.

— Je vous dois peut-être la vie, mais ça ne vous donne pas le droit de vous moquer de moi, dit-il. Cela fait des années que je suis amoureux de Ravenna et je n'aurai pas de repos tant qu'elle ne sera pas libre, ou que je serai mort.

— Je pencherais pour la deuxième proposition. Mais c'est ta vie. Et maintenant, mon cheval, je te prie.

Kiall ouvrit la bouche, mais aucun mot n'en sortit. Il quitta la chambre en secouant la tête. Charéos attendit plusieurs minutes et descendit l'escalier qui menait aux cuisines où deux servantes préparaient la pâte à pain du jour. Il appela la première et lui demanda de lui empaqueter quelques provisions – du bœuf salé, un jambon, des biscuits de maïs et un petit sac d'avoine. Une fois que sa commande fut prête, il la paya et s'en alla dans la grand-salle devenue déserte. Le tavernier, Finbale, suspendait des chopes qu'on venait juste de laver à des crochets au-dessus du bar. Il fit un signe de la tête à Charéos et lui sourit en le voyant aller vers la porte. Mais Charéos s'arrêta et vint voir l'homme au bar.

— Bonjour, dit Finbale dans un large sourire qui révélait ses dents du bonheur.

— De même, répondit Charéos. Pouvez-vous me faire amener mon cheval devant la porte ?

— L'étable n'est que de l'autre côté de la cour, monsieur. Et mon garçon d'écurie n'est pas encore arrivé.

— Alors faites-le vous-même, suggéra froidement Charéos.

— Je suis très occupé, monsieur, répliqua Finbale que le sourire avait quitté.

Il s'affaira à ses tâches ménagères.

Donc, pensa Charéos, *ils sont toujours là*. Il prit ses provisions dans la main gauche et sortit dans la cour. Tout était paisible. L'aube pointait enfin à l'est. Le matin était frais et une odeur de bacon frit flottait dans l'air. Charéos scruta la cour. Il y avait un chariot non loin et un petit muret qui menait au poulailler. Sur sa gauche, la porte de l'étable était ouverte mais il n'y avait aucun signe de Kiall. Charéos avança dans la cour. À peine avait-il fait un pas qu'un homme courut vers lui depuis un côté du bâtiment ; il laissa tomber ses provisions et dégaina son sabre. Deux autres hommes sortirent de derrière le chariot, et Logar sortit de l'étable. Son front était bandé et du sang imbibait le tissu.

— Tu es très bon avec une rapière, déclara Logar. Mais comment te débrouilles-tu avec un sabre ?

— Je suis meilleur au sabre, répondit Charéos.

— Dans ce cas, nous n'allons pas prendre de risques, siffla Logar. Tuez-le !

Deux épéistes se jetèrent sur lui. Charéos bloqua un puissant coup de taille, pivota sur son talon afin d'éviter un deuxième coup et d'un revers de lame, trancha la gorge du premier agresseur. Du sang coula à gros bouillons de la blessure et l'homme tomba, lâchant son épée, tentant désespérément avec ses doigts d'endiguer le flot rouge qui fuyait de son corps. Le deuxième agresseur lança une attaque au niveau du visage de Charéos qui esquiva et lui passa son sabre à travers la poitrine. Un troisième épéiste recula, effaré.

— Eh bien ? dit Charéos en toisant Logar.

Le champion du comte poussa un hurlement et se jeta à l'attaque. Charéos bloqua le premier coup et sauta en arrière pour éviter un coup circulaire qui aurait pu l'éviscérer. Puis il riposta par un coup foudroyant qui sectionna l'artère fémorale de Logar. Ce dernier lâcha son sabre et regarda ébahi le sang qui trempait ses cuissardes ; ses jambes cédèrent et il tomba à genoux devant Charéos. Il leva la tête vers son tueur et cligna des yeux. Puis il s'affala sur le côté. Charéos se pencha au-dessus du cadavre et dégagea le baudrier afin de ranger le sabre du défunt dans le fourreau. Lorsque Kiall sortit dans la cour sur son hongre, en menant le gris de Charéos par la bride, l'ancien moine lui jeta le sabre de Logar, ramassa ses provisions et grimpa en selle. Le dernier épéiste restait là, silencieux. Charéos l'ignora et éperonna sa monture qui partit au trot vers la porte sud.

La cour avait été barrée par des cordages et des gardes étaient postés à chaque entrée. Derrière eux une foule s'était amassée, s'efforçant d'apercevoir les cadavres. Le comte était au-dessus du corps de Logar et regardait le visage grisâtre exsangue.

— Les faits parlent d'eux-mêmes, dit-il en désignant le cadavre. Regardez, il n'a pas d'épée. Il a été assassiné et je veux que le meurtrier soit traduit en justice. Qui aurait pu imaginer qu'un héros de Bel-azar s'abaisserait à un acte aussi vil ?

Les serviteurs agglutinés autour de lui ne bronchèrent pas. L'épéiste qui avait survécu détourna les yeux du comte.

— Prends vingt hommes, ordonna le comte à Salida, son capitaine des lanciers, et ramène-moi Charéos.

Salida se racla la gorge.

— Mon seigneur, cela ne ressemble pas à Logar de se déplacer sans arme – et ces deux autres hommes avaient leurs épées dégainées. Charéos est un maître d'armes. Je ne peux pas croire que…

— Assez ! cracha le comte qui se tourna vers le survivant. Toi… comment t'appelles-tu, déjà ?

— Kypha, mon seigneur, répondit l'homme, les yeux rivés sur le sol.

— Est-ce que Logar était armé lorsque Charéos l'a tué ?

— Non, mon seigneur.

— Qu'est-ce que je disais ! fit le comte. Et il suffit de croire ses yeux. Est-ce que tu vois une épée ?

— Non, mon seigneur, répondit Salida. Je vais partir à sa recherche. Et en ce qui concerne le villageois ?

— Il était complice du meurtre ; il sera pendu au côté de Charéos.

Les vingt et une femmes captives étaient regroupées dans quatre chariots. Des guerriers chevauchaient de chaque côté. C'étaient des hommes sombres au regard féroce. Ravenna était assise dans le second chariot, séparée de ses amies. Les femmes et les filles autour d'elle venaient d'autres razzias. Toutes étaient terrorisées et très peu conversaient.

Deux jours plus tôt, une fille avait essayé de s'échapper ; elle avait sauté d'un chariot à la tombée de la nuit et avait couru vers la frondaison des arbres, mais en quelques secondes ils l'avaient reprise et ramenée par les cheveux. Alors, les captives avaient été réunies en cercle afin de regarder la fille se faire fouetter. Ses hurlements résonnaient toujours aux oreilles de Ravenna.

Après cela, plusieurs hommes l'avaient amenée à l'écart du camp et l'avaient violée. Puis ils lui avaient attaché les bras et l'avaient jetée au milieu des autres.

— Retenez bien cette leçon, dit un homme balafré. Vous êtes des esclaves et vous devez commencer à penser en tant que telles. De cette façon vous pourrez survivre.

Si un esclave essaie de s'échapper il sera traité plus durement que celle-ci. Souvenez-vous-en.

Ravenna s'en souviendrait…

Elle ne pourrait pas s'échapper tant que les Nadrens s'occuperaient d'elle. Non, il fallait qu'elle soit plus intelligente que ça. Elle attendrait d'être achetée par un Nadir lubrique. Elle serait malléable et serviable, aimante et reconnaissante… et quand il aurait confiance en elle, alors elle s'échapperait.

— D'où viens-tu ? murmura une femme à côté d'elle. (Ravenna lui répondit.) Je suis passée par ton village une fois. C'était pour la foire du solstice d'été.

Ravenna contempla le visage osseux, scrutant les traits fins et examinant les cheveux noirs et brillants. Elle ne se souvenait pas d'elle.

— Es-tu fiancée ? lui demanda-t-elle.

— Oui, répondit la femme en haussant les épaules. Mais cela n'a plus d'importance à présent.

— Non, lui accorda Ravenna.

— Et toi ?

— J'étais censée me marier. Dans dix-huit jours – non, dix-sept.

— Es-tu vierge ? s'enquit la femme d'une voix presque inaudible.

— Non.

— À partir de maintenant, tu l'es. Ils te poseront la question. Les vierges valent plus d'argent. Ce qui voudra dire que ces… porcs… ne te toucheront pas. Tu comprends ?

— Oui. Mais l'homme qui m'achètera…

— Qu'est-ce qu'ils en savent, les hommes ! Trouve-toi une épingle, et pique-toi avec la première nuit.

Ravenna acquiesça.

— Merci. Je m'en souviendrai.

Elles se turent. Les chariots continuèrent à avancer. Les pillards chevauchaient prudemment et Ravenna ne pouvait pas s'empêcher de scruter l'horizon.

— N'espère pas qu'on vienne nous sauver, lui dit la femme.

— Il faut toujours garder espoir.

Cela fit sourire la femme.

— Alors espère que ce sera un beau sauvage avec des bonnes manières.

Les montagnes se dressaient devant eux comme une rangée de géants à la barbe blanche prêts au combat. Un vent glacé descendait des pics, fouettant le visage des cavaliers. Charéos rajusta la houppelande bordée de fourrure autour de ses épaules et se retourna pour voir le villageois. Le visage de Kiall était gris et il dodelinait sur sa selle, mais ne se plaignait pas. Charéos regarda par-delà le jeune homme, en direction de la ville. Elle était loin à présent, et on ne pouvait que distinguer ses hautes tourelles.

— Comment te sens-tu ? demanda-t-il à Kiall.

Le villageois fit un petit sourire. Le *lirium* ne faisait presque plus effet et la douleur lui consumait le dos comme des charbons ardents. Le vieux hongre était une bête paisible et la chevauchée aurait dû être agréable, mais chaque mouvement tirait sur la peau torturée de Kiall.

— On s'arrêtera bientôt, annonça Charéos, dès que nous aurons atteint les arbres. Il y a des lacs là-bas, avec une eau aussi claire que du cristal. On pourra se reposer un peu et j'examinerai tes blessures.

Kiall acquiesça et agrippa le pommeau de sa selle. Il se sentait mal. De la sueur se formait sur son visage. Charéos jura intérieurement puis se posta à la hauteur du hongre. Tout à coup, l'étalon arqua son cou et mordit brutalement le vieux hongre. Charéos tira sur les rênes, le hongre se cabra. Kiall manqua de tomber de selle. L'étalon lança une ruade et rentra la tête, mais Charéos se tint fermement en place, les genoux serrés sur les flancs de l'animal. Pendant quelques secondes, le cheval essaya de le désarçonner, puis comme rien ne se passait, il se calma tout seul. Charéos descendit de selle en flattant le long cou de l'étalon. Il se posta devant la tête de l'animal et lui frotta le museau. Puis il souffla lentement dans chaque naseau.

— Apprends à me reconnaître, murmura plusieurs fois Charéos. Je ne te ferai pas de mal. Je ne suis pas ton maître. Je suis un ami.

Il remonta en selle et le voyage reprit en direction du sud. Charéos n'était jamais passé par ces collines, mais des voyageurs lui avaient parlé d'une colonie autour d'une auberge. Il espérait que celle-ci soit proche – et qu'ils avaient un guérisseur. La fièvre de Kiall grimpait, et à ce qu'en savait Charéos cela signifiait peut-être que les plaies s'étaient infectées. La peau allait se recroqueviller et perdre sa pigmentation ; la fièvre s'amplifierait et la peau disparaîtrait progressivement. En tant que soldat, il avait vu beaucoup d'hommes mourir de ce qui n'avait semblé être qu'une petite blessure. Il se souvenait d'un jeune guerrier à Bel-azar qui s'était griffé la main avec une ronce. La main avait triplé de volume avant de devenir bleue, puis noire. Le chirurgien avait dû l'amputer. Et le garçon en était mort… en hurlant. Charéos regarda Kiall et se força à sourire, mais le jeune n'y répondit pas.

En fin d'après-midi, Kiall ne pouvait plus tenir en selle. Il était fiévreux et gémissait. Deux grandes blessures dans son dos s'étaient rouvertes. Charéos lui avait attaché les poignets au pommeau et guidait le hongre le long des berges d'un grand lac ; la surface était aussi lisse qu'un miroir et les montagnes s'y reflétaient. Il mit pied à terre, entrava les chevaux et aida Kiall à descendre. Le villageois tituba. Ses genoux le lâchèrent. Charéos le fit s'allonger et fit un feu. À l'époque où il était soldat, il avait vu beaucoup d'hommes se faire flageller. C'était souvent le choc de la punition qui venait à bout de l'homme, l'humiliation davantage que la souffrance. Une fois que le feu eut pris, il retourna Kiall sur le ventre et sentit ses blessures. Il n'y avait pas d'odeur de pourriture. Charéos lui passa une couverture sur le dos. Le jeune homme était fort et fier. Il ne s'était pas plaint de la douleur ; Charéos l'admirait pour cela.

Il s'assit près du feu et contempla les montagnes et les groupes de pins verts qui poussaient sous la neige. Il fut un temps où une telle vision l'aurait fait penser à la liberté ; la beauté sauvage, la grandeur majestueuse des sommets. Il réalisa qu'aujourd'hui, ils témoignaient de la futilité de l'Homme. Les guerres, les épidémies, les rois et les conquérants n'étaient rien comparés à ces pics.

— Que vous importent mes rêves ? leur demanda Charéos dans un murmure.

Comme chaque fois qu'il était d'humeur maussade, ses souvenirs de Tura refaisaient surface. Tura, la belle brune. Elle l'avait fait se sentir plus homme qu'il ne l'aurait jamais espéré. Avec elle il était devenu entier. Mais ce qu'elle avait semblé lui donner si librement, elle le lui avait cruellement repris. Rien que d'y penser, Charéos rougit de honte. Combien d'amants avait-elle pris avant qu'il ne s'en aperçoive ? Dix ? Vingt ? Combien de ses amis avaient accepté l'offrande de son corps ? Le héros de Bel-azar !

Si seulement ils savaient. Charéos n'y était pas allé pour se battre ; il y était allé pour mourir.

Ce n'était pas très héroïque en soi. Mais les bardes se moquaient du réalisme. Ils chantaient les lames d'argent et les gestes d'éclat – la honte du cocu n'avait pas sa place dans la saga de Bel-azar.

Il alla se promener sur les bords du lac. Puis, il s'agenouilla pour boire et ferma les yeux afin de ne pas voir son propre reflet. Lorsqu'il revint au feu de camp, il constata que Kiall dormait paisiblement. Le soleil tombait lentement à l'ouest et l'air se rafraîchissait. Charéos partit desserrer les sangles des chevaux et étala sa couverture à côté du feu.

Il s'allongea et regarda les étoiles. Il avait voulu tout pardonner à Tura, l'emmener loin du fort afin de commencer une nouvelle vie, mais elle lui avait ri au nez. Elle se plaisait bien là où elle était – là où elle avait des hommes sous la main, des hommes forts, des hommes vigoureux, des hommes qui lui faisaient des cadeaux. Il s'était imaginé la frapper et détruire sa beauté à grands coups de poing. Mais il ne l'avait pas fait. Il était sorti de la pièce, refoulé par la force du rire de Tura – l'amour qu'il avait laissé naître dans son cœur venait de se faire lacérer par les griffes de la trahison. Il n'avait plus jamais aimé, plus jamais porté une femme dans son cœur ou dans son lit.

Un loup hurla dans le lointain ; un son lugubre et solitaire. Charéos tisonna le feu avant de s'endormir.

Le chant des oiseaux se faufila dans ses rêves et il se réveilla. Il ne sentait pas reposé et sut aussitôt qu'il avait rêvé de Tura. Comme toujours il ne se souvenait que de bribes, et de son nom qui résonnait dans sa tête. Il s'assit, frissonnant. Le feu était presque mort. Il s'agenouilla, souffla sur les braises. Puis il jeta des brindilles sur les flammèches. Enfin, il se redressa et s'éloigna du campement pour ramasser du bois mort.

Lorsque le feu eut bien pris, il s'occupa de son étalon et lui flatta le cou. Il sortit de la viande froide de son sac à provisions puis retourna se réchauffer devant le brasier. Kiall se réveilla. Il se redressa prudemment. Il avait retrouvé des couleurs. Il sourit à Charéos.

L'ancien moine découpa une tranche de jambon avec son couteau de chasse et la passa au villageois.

—Où sommes-nous ? demanda Kiall.

—À une vingtaine de kilomètres de la vieille route à péage. Tu as meilleure mine.

—Je suis désolé d'être un fardeau pour vous. Et plus désolé encore que vous ayez dû tuer à cause de moi.

—Ce n'était pas de ta faute, Kiall. C'était après moi qu'ils en avaient. Un enfant méprisant se fait discipliner et trois hommes en meurent. Insensé.

—Pendant la bagarre vous avez été formidable. Je n'ai jamais rien vu de tel. Vous aviez l'air tellement calme…

—Tu sais pourquoi ils sont morts ? lui demanda Charéos.

—Parce qu'ils n'étaient pas aussi bons que vous ? suggéra Kiall.

—Effectivement, ils ne l'étaient pas, mais ce n'est pas la seule raison. Ils sont morts parce qu'ils tenaient à la vie. À présent, finis ton petit déjeuner.

Durant trois jours ils continuèrent leur ascension, franchissant cours d'eau et rivières. Au-dessus de leurs têtes volaient des oies des neiges en route pour leurs lieux d'accouplement. Dans les eaux, les castors luttaient à contre-courant pour construire leurs barrages. Grâce à l'air pur des montagnes, les blessures de Kiall guérissaient vite. Désormais il portait le sabre de Logar au côté.

Les deux compagnons n'avaient pas beaucoup parlé pendant leur voyage, ni même la nuit autour du feu de camp. Charéos s'asseyait toujours face au nord, perdu dans ses pensées.

— Où allons-nous ? demanda Kiall à l'aube du cinquième jour, tandis qu'ils sellaient leurs chevaux.

Charéos resta silencieux un instant.

— *Nous* nous rendons dans une colonie qui s'appelle Aubergeville. Là, *nous* achèterons des provisions. Mais ensuite, *je* m'en irai dans le sud, à travers les steppes. Et *je* voyagerai seul, Kiall.

— Vous n'allez pas m'aider à délivrer Ravenna ?

C'était la première fois depuis la taverne que le villageois parlait de la razzia. Charéos finit de sangler son étalon avant de se retourner pour répondre au jeune homme.

— Tu ne sais pas quelle direction ont pris les pillards. Tu ne connais pas le nom de leur chef. À l'heure qu'il est, les femmes ont déjà été vendues. C'est une cause perdue, Kiall. Oublie-la.

— Je ne peux pas, répondit le garçon. Je l'aime, Charéos. Je l'aime depuis l'enfance. Avez-vous déjà été amoureux ?

— L'amour, c'est bon pour les imbéciles. C'est un coup de sang dans le bas-ventre… il n'y a ni mystère ni magie. Trouve-toi quelqu'un d'autre, mon garçon. Elle a déjà dû être violée une bonne dizaine de fois et, si ça se trouve, elle y a pris goût.

Le visage de Kiall devint livide. Le sabre de Logar jaillit dans les airs. Charéos fit un bond en arrière.

— Par tous les diables, mais qu'est-ce qui t'prend ?

— Excuse-toi ! Tout de suite ! ordonna Kiall en avançant le sabre pointé vers la gorge de Charéos.

— Pour quelle raison ? Pour t'avoir dit l'évidence ?

Le sabre plongea et Charéos dut esquiver. Il dégaina son arme.

— Ne sois pas stupide, mon garçon. Tu n'es pas en état de te battre avec moi. Et même si tu l'étais, je te taillerais en pièces.

— Excuse-toi ! répéta Kiall.

— Non, répondit doucement Charéos.

Le villageois attaqua sauvagement. Charéos para avec facilité, ce qui déstabilisa Kiall, qui tomba par terre en lâchant son sabre. Il essaya de le ramasser, mais Charéos posa sa botte dessus. Kiall se dévissa et se jeta sur l'ancien moine tête la première, le percutant en plein estomac. Les deux hommes chutèrent. Le poing de Kiall vint s'écraser sur le menton de Charéos. Ce dernier bloqua le coup suivant, mais un troisième l'assomma à moitié et il lâcha lui aussi son sabre. Kiall récupéra la lame et se leva d'un bond. Charéos essaya de se relever à son tour, mais la pointe de son propre sabre piquait la peau de sa gorge.

— Tu es un garçon surprenant, remarqua Charéos.

— Et toi tu es un fils de pute, siffla Kiall, se détournant et jetant le sabre dans la neige.

Ses blessures s'étaient rouvertes, des zébrures de sang perlaient dans le dos de sa tunique.

Charéos se leva, récupéra son sabre et le rengaina.

— Je suis désolé, dit-il. (Les épaules de Kiall s'affaissèrent et Charéos se mit derrière lui.) Sérieusement. Je ne suis pas un homme qui aime beaucoup les femmes, mais je sais ce que c'est que d'être amoureux. Cela faisait longtemps que vous étiez mariés ?

— Nous ne l'étions pas, lui annonça Kiall.

— Fiancés ?

— Non.

— Alors quoi ? s'enquit Charéos mystifié.

— Elle allait épouser un autre homme. Son père possède tous les pâturages à l'est. C'était une bonne union.

— Mais elle t'aimait ?

— Non, admit Kiall. Non, elle ne m'a jamais aimé.

Le jeune homme se hissa en selle.

— Je ne comprends pas, fit Charéos. Tu t'embarques dans une quête pour sauver une femme qui ne t'aime même pas ?

— Dis-moi à quel point je suis un imbécile, répondit Kiall.

— Non, non, je m'excuse. Je suis plus âgé que toi, et cynique, Kiall. Mais je n'aurais pas dû me moquer. Je n'avais pas le droit. Mais qu'en est-il de son fiancé ? Il est mort ?

— Non. Il a conclu un accord avec le père de Ravenna, et maintenant il va épouser sa jeune sœur, Karys – elle n'a pas été capturée.

— Il ne l'a pas pleurée longtemps, fit remarquer Charéos.

— Il ne l'aimait pas. Il la voulait parce qu'elle est belle et que son père est riche – il élève des cochons, du bétail et des chevaux. C'est l'homme le plus laid que j'aie vu, mais ses filles ont été touchées par la grâce divine.

Charéos ramassa le sabre du garçon et le lui tendit par la garde.

Kiall baissa ses yeux sur l'arme.

— Cela ne sert à rien que je porte cette épée. Je ne suis pas doué avec ces trucs.

— Tu te trompes, déclara Charéos en souriant. Tu as une main sûre, un œil rapide et un cœur vaillant. Tout ce qui te manque, ce sont des leçons. Et je vais t'en donner – pendant que nous recherchons Ravenna.

— Tu vas venir avec moi ? Pourquoi ?

— À cheval donné on ne regarde pas les dents, répondit Charéos en sautant en selle. (L'étalon trembla.) Oh non…, murmura Charéos.

L'étalon se cabra violemment, puis rua. Charéos passa par-dessus la tête de l'animal et tomba les quatre fers en l'air dans la neige. L'étalon trotta jusqu'à lui. Charéos se leva sans un mot et remonta en selle.

— Étrange bête, fit observer Kiall. Je ne crois pas qu'elle t'aime beaucoup.

— Au contraire, mon garçon. La dernière personne qu'il n'aimait pas, il l'a piétinée.

Charéos éperonna sa monture et l'étalon partit en direction du sud.

Pendant toute la chevauchée du matin, il resta à quelques longueurs devant Kiall, sachant qu'il n'avait aucune réponse à donner que le garçon comprendrait. Il aurait pu lui parler d'un enfant sans espoir, il y a une trentaine d'années, qu'un guerrier du nom d'Attalis avait sauvé et qui était devenu comme un père pour lui. Il aurait pu lui parler d'une mère qui s'appelait également Ravenna ; une femme fière et courageuse qui avait refusé de quitter le mari qu'elle adorait, même pour le fils qu'elle aimait. Mais ce faisant, Charéos aurait partagé avec lui un secret qu'il portait honteusement – une tâche inaccomplie, une promesse trahie. Il sentit la brise fraîche du matin lui caresser la peau, amenant avec elle l'odeur des arbres et annonçant la neige. Il jeta un coup d'œil vers le ciel.

Il n'y avait rien qu'il puisse dire à Kiall. Le garçon était heureux. Le légendaire maître d'armes avait accepté de l'accompagner, et dans l'esprit de Kiall la réussite était assurée.

Charéos pensa alors à la jeune fermière et à l'homme qui l'aimait – de la même manière qu'il avait aimé Tura, c'était une émotion à sens unique, sans espoir. Aujourd'hui encore, après l'amertume et la souffrance, Charéos traverserait un lac de feu si Tura avait besoin de lui. Mais elle n'avait pas besoin de lui… elle n'en avait jamais eu.

Non, la seule personne qui avait besoin de lui, c'était la fille de l'éleveur de porcs. Il se dévissa sur sa selle et regarda Kiall, qui lui sourit en retour et le salua d'un geste de la main.

Il reporta son regard sur les montagnes devant lui. Charéos se rappela le jour où Tura l'avait quitté. Il était assis seul dans la petite cour derrière la maison. Le soleil se noyait derrière les nuages, qui semblaient s'embraser d'un feu rouge. C'est là que Finn l'avait trouvé.

L'archer s'était assis à côté de lui sur le banc en pierre.

— Elle ne t'aimait pas, mon vieux, avait-il dit.

Et Charéos s'était mis à pleurer comme un enfant. Finn était resté un long moment silencieux puis il avait placé une main sur l'épaule de Charéos.

— Les hommes rêvent de bien des choses, Maître d'armes, avait dit Finn tout bas. Nous rêvons d'une gloire que nous n'atteindrons jamais, des richesses que nous ne gagnerons jamais. Mais le plus imbécile de tous les rêves, c'est celui de l'amour, un amour durable. Oublie.

— Je peux pas, répondit Charéos.

— Alors cache-le, car les troupes attendent et la route est longue jusqu'à Bel-azar.

Chapitre 3

Le cerf pencha sa tête vers le ruisseau et lapa l'eau claire avec sa grande langue. Quelque chose le heurta violemment au flanc ; sa tête tressauta, une flèche lui pénétra dans l'œil, jusqu'au cerveau. Ses pattes avant s'affaissèrent et il tomba par terre, du sang s'échappant par sa bouche.

Les deux chasseurs sortirent des buissons où ils étaient cachés et traversèrent le ruisseau dans de grandes éclaboussures pour aller jusqu'à la carcasse. Ils portaient tous les deux des vêtements en daim à franges et à perles, et chacun avait un arc de chasse incurvé en corne vagrianne à la main. Le plus jeune – mince, blond et des yeux d'un bleu étincelant – s'agenouilla devant le daim et trancha l'artère sur le cou de la bête. L'autre homme, plus grand et très barbu, scrutait les sous-bois, immobile.

—Il n'y a personne dans les parages, Finn, lui lança le chasseur blond. Tu te fais vieux et tu commences à imaginer des choses.

L'homme barbu étouffa un juron.

—Je peux sentir la présence de ces salauds – ils ne sont pas loin. Mais je ne comprends pas pourquoi. Il n'y a rien à piller dans les environs. Pas de femmes. Pourtant, je t'assure qu'ils ne sont pas loin. Saloperie de Nadrens !

Le plus petit des deux éviscéra le cerf et commença à dépecer la carcasse avec un couteau de chasse à double tranchant. Finn encocha une flèche et continua à scruter les sous-bois sur l'autre rive.

— Tu me rends nerveux, lui annonça le jeune homme.

— Cela fait vingt ans que nous sommes ensemble, Maggrig, et tu lis aussi bien les signes qu'un aveugle lit un manuscrit.

— Ah bon ? Et qui a dit l'an passé que les Hommes Tatoués étaient en chasse ? Qui est resté quatre jours à monter la garde sans voir l'ombre d'un seul de ces chasseurs de têtes ?

— Ils étaient là, répondit Finn. Ils n'ont simplement pas voulu nous tuer. Combien de temps te faut-il pour préparer cette bestiole ?

Juste alors, quatre hommes sortirent des buissons de l'autre côté du cours d'eau. Ils étaient tous armés d'arcs, mais n'avaient pas encoché de flèches. Leurs épées étaient toujours dans leurs fourreaux.

— Cela vous dérangerait de partager votre prise avec nous ? cria un barbu élancé.

— Nous avons besoin de provisions pour l'hiver. Les cerfs se font rares ces temps-ci, lui rétorqua Finn.

Maggrig qui était à genoux derrière la carcasse rengaina son couteau de chasse. Il prit son arc ainsi qu'une flèche de son carquois.

— Il y en a deux de plus de notre côté, murmura-t-il.

— Je sais, confirma le vieil homme étouffant de nouveau un juron.

Avec deux Nadrens cachés dans les sous-bois derrière eux, ils étaient pris au piège.

— Voilà qui n'est pas très amical, cria le guerrier nadren tandis que ses trois compagnons entamaient avec lui la traversée du ruisseau.

— Je vous conseille de vous arrêter là où vous êtes, lui répondit Finn en bandant son arc. Nous n'aimons pas trop la compagnie.

Maggrig, persuadé que Finn pouvait contenir les hommes dans le cours d'eau, banda son arc et scruta les sous-bois derrière eux. Un archer surgit d'un buisson, visant Finn dans le dos. Maggrig relâcha sa corde aussitôt. Sa flèche alla se planter dans la gorge du pillard dont la propre flèche passa au-dessus de la tête de Finn pour aller se perdre dans le ruisseau aux pieds des quatre guerriers.

— Je ne lui ai pas donné l'ordre de faire ça, fit le barbu élancé en intimant à ses trois compagnons de reculer.

Ce qu'ils firent. Mais Finn ne répondit pas et se contenta de les fixer.

— L'autre est sur le point d'essayer, souffla Maggrig. Est-ce bien raisonnable de rester debout à tenter le diable ?

— Par les Portes de l'Enfer, je suis fatigué et j'ai froid, répondit Finn. Débusque-moi ce fils de pute.

Maggrig prit une seconde flèche et tira dans les buissons. Il y eut un glapissement de douleur, et un archer jaillit des buissons, une flèche plantée dans le haut du bras. Finn fit demi-tour sur ses talons et relâcha sa corde. Son trait alla se ficher en plein dans la poitrine de l'homme. Celui-ci tomba dans les sous-bois, tête la première. Finn se retourna aussitôt, mais les hommes de l'autre côté de la rive avaient disparu.

— Alors comme ça, je me fais vieux ? cracha Finn. Tes bottes ont plus de cervelle que toi.

Maggrig attrapa Finn par le gilet et le tira violemment en arrière. Trois flèches fendirent l'air et se plantèrent là où le vieux chasseur s'était tenu quelques secondes auparavant. Maggrig répliqua, mais sut qu'il n'avait rien touché.

—Il est temps de rentrer à la maison, vieillard, déclara-t-il.

Une flèche se planta juste devant lui, ricochant sur une pierre, et se ficha dans la carcasse. Rapidement, les deux hommes traînèrent le cerf hors de portée. Puis, ils se servirent de sa peau pour entasser les morceaux de choix et s'enfoncèrent dans les bois. Ils avancèrent prudemment sur plusieurs kilomètres, mais il ne semblait pas y avoir de signes de poursuite.

Finalement, ils bifurquèrent à travers le versant de la montagne jusqu'à leur cabane cachée sur la face nord. Dès qu'ils arrivèrent, Finn fit un feu et ôta ses bottes trempées pour les jeter sur une pierre devant le foyer. La cabane avait deux pièces. Un grand lit était collé contre le mur en face de l'âtre, et une seule fenêtre, à côté de la porte, éclairait la pièce durant la journée. Le sol était recouvert de peaux d'ours. Maggrig ouvrit la porte qui menait à l'atelier, où ils fabriquaient leurs arcs et leurs flèches, forgeant même les têtes en fer. Il entendit Finn jurer.

—Maudits Nadrens ! Quand j'avais ton âge, Maggrig, il y avait des patrouilles montées qui sillonnaient les montagnes à la recherche de racailles dans leur genre. Sale époque, s'ils se sentent suffisamment culottés pour venir voler le repas d'un honnête homme. Maudits soient-ils !

—Pourquoi est-ce que cela t'embête à ce point ? s'enquit Maggrig. On en a tué deux, *et* on a toujours notre souper. Ils ne nous ont pas causé de vrai problème, à part trois flèches de perdues.

—Ils vont nous en faire. Ce sont des sauvages assoiffés de sang, tous autant qu'ils sont. Ils vont nous traquer.

—Ah, oui, mais nous avons avec nous Finn, le Grand Chasseur, capable de sentir les ennuis ! Pas un oiseau ne peut péter dans ces montagnes sans que Finn en flaire la trace.

— Tu es aussi drôle qu'une jambe cassée. J'ai un mauvais pressentiment, mon garçon ; la mort est dans l'air, et elle pue davantage que l'hiver.

Il frissonna et tendit ses mains vers les flammes pour les réchauffer.

Maggrig porta le cerf découpé en morceaux à l'arrière de l'atelier et les suspendit à des crochets sur le mur du fond. Puis, il étala la peau, avant de commencer à en frotter la couenne. C'était un travail laborieux. Il avait besoin d'une nouvelle chemise pour l'hiver, et il adorait la couleur brun-roux du daim. Finn entra dans la pièce à son tour pour aller s'asseoir sur le tabouret devant l'établi. Pour passer le temps, il prit une tige de flèche et en apprécia la ligne. Il la reposa. En temps normal, il se serait mis à préparer des pennes, mais là, il se contenta de fixer l'établi.

Maggrig lui jeta un regard.

— Ton dos te fait encore souffrir ?

— Toujours, quand l'hiver approche. Bon sang ! Cela m'ennuie de descendre à Aubergeville, mais je crois qu'on n'a pas le choix. Il faut qu'on les prévienne au sujet des pillards.

— Peut-être qu'on y verra Beltzer.

Finn secoua la tête.

— Il sera soûl, comme d'habitude. Et si ce porc m'insulte encore une fois, je l'éventre !

Maggrig se leva et s'étira le dos.

— Tu ne penses pas ce que tu dis. Il est seul, c'est tout, Finn.

— Tu as de la peine pour lui ? Eh bien, pas moi. Il était acariâtre lorsqu'il s'est marié. À Bel-azar, il était exécrable. Il y a quelque chose de mauvais en lui – je ne le supporte pas.

— Alors pourquoi as-tu acheté sa hache lorsqu'elle a été mise aux enchères ? s'enquit le chasseur blond. Deux ans de chasse y sont passés ! Et qu'en as-tu fait ? Elle est emballée dans une toile cirée et rangée au fond du grand coffre.

Finn écarta les mains.

— Parfois, j'oublie de compter. Mais je crois que je n'aimais pas l'idée qu'un noble du nord la suspende à un mur. Aujourd'hui, je le regrette ; on aurait bien besoin de cet argent. Pour acheter du sel, tiens. Bon sang, ce que ça me manque, le sel. Peut-être qu'on pourrait vendre certains de nos arcs. Tu sais, je crois qu'on aurait dû prendre le temps de ramasser les armes des Nadrens. À coup sûr, on aurait pu les troquer contre du sel.

Un hurlement de loup déchira la nuit.

— Enfoirés de fils de putes ! lâcha Finn en se levant d'un bond.

Il repartit dans la pièce principale. Maggrig lui emboîta le pas.

— Tu en as après les loups, maintenant ?

— Le cri des loups n'a pas d'écho, mon garçon. Tu ne te souviendras donc jamais de rien ?

— J'ai été éduqué pour devenir prêtre, Finn. Mon père n'a pas pensé que j'aurais besoin de m'y connaître en loups et en hurlements.

Finn gloussa.

— Si jamais ils trouvent la cabane, tu pourras toujours aller à leur rencontre pour leur faire un sermon.

— Combien sont-ils, d'après toi ?

— Difficile à dire, répondit Finn. D'habitude, ils se déplacent par groupes de trente environ, mais là ils sont peut-être moins.

— Ou plus, suggéra doucement Maggrig.

Finn acquiesça. L'appel du loup résonna de nouveau. Cette fois-ci, il était proche.

Charéos arriva en haut d'une colline et tira sur les rênes. Il baissa les yeux vers la vallée.

— Qu'y a-t-il ? demanda Kiall. C'est la quatrième fois que tu regardes derrière nous.

— Je crois avoir vu des cavaliers. Le soleil se reflète sur leurs heaumes et leurs lances. C'est peut-être une patrouille.

— Mais ils ne seraient pas à notre poursuite, quand même ? Je veux dire, on n'a pas enfreint la loi ?

Charéos dévisagea Kiall et lut la peur sur ses traits.

— Je n'en ai aucune idée. Le comte est quelqu'un de revanchard et estime que je l'ai insulté. Mais même lui ne peut m'accuser de quoi que ce soit à ce sujet. Continuons. Nous devrions arriver à Aubergeville en milieu de matinée. Je vendrais mon âme pour un repas chaud et un bon lit.

Les nuages étaient lourds de promesse de neige, et la température avait brusquement baissé au cours des deux derniers jours. Kiall ne portait qu'une chemise en laine et un pantalon. Charéos grelottait rien qu'à le regarder.

— J'aurais dû acheter des gants, dit-il en soufflant dans ses mains.

— Il ne fait pas encore trop froid, répondit joyeusement Kiall.

— Tu verras quand tu auras mon âge, cracha Charéos.

Kiall gloussa.

— Tu n'as pas l'air d'avoir beaucoup plus de cinquante ans.

Charéos se retint de lui lancer une réplique cinglante et poussa son étalon à descendre la pente. Toute vie est un cycle, se rappela-t-il, en se remémorant les jours où ils taquinaient le vieux Kalin en le traitant de sénile. Le vieux Kalin ? Il avait alors quarante-deux ans – presque trois de moins que Charéos aujourd'hui.

L'étalon dévala la pente. Charéos releva la tête et se pencha en arrière sur la selle. Le gris retrouva son équilibre et atteignit le bas de la colline sans incident. La piste s'élargissait en route de montagne, aplatie par le poids des grosses roues bardées de cuir des chariots qui transportaient le bois jusqu'à Talgithir. Comme les arbres les abritaient du vent, Charéos se sentit plus à l'aise. Kiall chevauchait à sa hauteur, mais le gris essaya de mordre le hongre qui rua. Le villageois s'agrippa avec acharnement.

— Tu devrais vendre cette bête, déclara-t-il. Il a le diable au corps.

C'était un bon conseil, mais Charéos savait qu'il ne se séparerait pas du gris.

— Il a un sale caractère et c'est un solitaire. Mais je l'aime bien. Il me ressemble.

Ils émergèrent des bois au-dessus d'un groupe de bâtiments au centre desquels se trouvait une auberge. De la fumée grise sortait de ses deux cheminées de pierre, et l'on pouvait apercevoir des hommes agglutinés devant les portes.

— On tombe mal, grommela Charéos. Les bûcherons et les laboureurs attendent qu'on leur serve le repas du midi.

Les deux hommes pénétrèrent dans la colonie. Les étables étaient situées à l'arrière de l'auberge, et Charéos y dessella le gris pour l'emmener dans une stalle. Il fourcha du foin qu'il déposa dans la mangeoire et bichonna l'étalon. Puis, lui et Kiall entrèrent dans l'auberge. Elle était presque pleine et il n'y avait pas de place à côté des feux. Les deux hommes s'assirent alors sur une banquette.

Une femme dodue s'approcha d'eux.

— Bien le bonjour, messieurs. Nous avons des tourtes, du rôti de bœuf et des gâteaux au miel servis chauds.

— Avez-vous des chambres libres ? s'enquit Charéos.

— Oui, monsieur. La chambre du haut. Je vais faire préparer un feu ; elle sera prête sous peu.

— Nous y prendrons notre repas, lui dit-il. Mais pour l'instant, deux verres de vin chaud, s'il vous plaît.

La femme dodue fit une courbette et disparut dans la foule. Tous ces gens mettaient Charéos mal à l'aise ; l'air sentait le renfermé et la fumée de bois, la sueur et la viande grillée. Après un moment, la femme revint et les emmena par un escalier jusqu'à leur chambre. Celle-ci était spacieuse et froide, malgré le feu qui venait d'y être allumé. Les deux lits avaient des matelas confortables et il y avait quatre chaises en cuir autour d'une table.

— Cela va se réchauffer, déclara la femme. Vous devrez vite ouvrir la fenêtre. Le volet de droite est un peu dur, mais si l'on pousse un bon coup, il s'ouvre ; c'est le bois qui a joué. À présent, je vais vous apporter votre repas.

Charéos retira sa houppelande et tira une chaise devant le feu. Kiall s'assit en face de lui en se penchant légèrement ; son dos guérissait vite, mais les blessures étaient toujours douloureuses.

— Où irons-nous à partir d'ici ? demanda-t-il.

— Au sud-ouest, dans les territoires nadirs. Là-bas nous en apprendrons davantage sur les Nadrens qui ont attaqué ton village. Avec un peu de chance, Ravenna aura été vendue et nous pourrons la reprendre.

— Et les autres ?

— Par pitié, mon garçon ! Elles seront éparpillées un peu partout dans le pays. Certaines auront déjà été vendues deux fois. On ne pourra jamais les retrouver toutes. Sers-toi un peu de ta cervelle. Est-ce que tu as déjà été dans les Steppes ?

— Non, admit Kiall.

— C'est un très grand territoire. Gigantesque. Des prairies sans fin, des vallées cachées, des déserts. Les étoiles ont l'air très proches là-bas. On peut marcher dans ce pays pendant toute une année sans jamais voir un village de tentes. Les Nadirs sont des nomades. Ils peuvent tout à fait acheter un esclave à… disons, Talgithir… et être trois mois plus tard à Drenan. Ils vont où ça leur chante – à moins que le Khan les convoque pour partir en guerre. Cela va être suffisamment dur de trouver Ravenna. Crois-moi !

— Je n'arrête pas de penser à elle, dit Kiall en détournant les yeux pour contempler le feu. Elle doit être terrifiée. Je me sens coupable d'être assis là devant un bon feu.

— Rien de bon n'a jamais été fait dans la précipitation, Kiall. Tu dis que c'est une très belle femme. Par conséquent il ne lui arrivera rien. Est-elle encore vierge ?

— Évidemment ! siffla le garçon en rougissant.

— Bien. Alors ils ne la violeront pas. Ils vont essayer d'en tirer un bon prix. Ce qui signifie qu'ils risquent de la garder encore un mois ou deux. Détends-toi un peu, mon garçon.

— Malgré tout le respect que je te dois, Charéos, est-ce que tu pourrais éviter de m'appeler « mon garçon » ? Cela fait plus de cinq ans qu'on ne m'a pas appelé ainsi. J'ai dix-neuf ans.

— Et moi quarante-quatre – ce qui fait de toi un garçon à mes yeux. Mais je suis désolé si cela t'a offensé… Kiall.

Le villageois sourit.

— Je ne suis pas offensé. Je crois que je suis trop susceptible. C'est que, en ta compagnie, je me sens…

jeune et inutile. Je suis l'assistant de l'apothicaire ; je m'y connais en herbes et en remèdes. Par contre, je ne connais rien aux épées. Et je ne saurais pas par où commencer pour trouver Ravenna. M'appeler « mon garçon » ne fait que souligner… mon manque de valeur dans cette quête.

Charéos se pencha en avant et jeta un morceau de bois dans le brasier. Puis il plongea ses yeux dans ceux, gris et sérieux, du jeune homme.

— Ne me parle pas de manque de valeur, dit-il. Tu as prouvé ta valeur quand tu t'es adressé au comte… et davantage. Pas un homme sur cent ne se lancerait dans une telle quête. Tu apprendras, Kiall. Chaque jour. Voici ta première leçon : un guerrier n'a qu'un seul ami. Qu'une seule personne sur qui compter. Lui-même. Alors il nourrit bien son corps ; il le forme ; il travaille avec. Là où il manque de talent, il s'entraîne. Là où il manque de savoir, il étudie. Mais par-dessus tout, il doit avoir la foi. La foi en sa force de volonté, en son but, en son cœur et son âme. Ne parle pas de toi en mal, car le guerrier en toi entend tes paroles et s'en trouve diminué. Tu es fort et tu es brave. Il y a une noblesse d'esprit en toi. Laisse-la grandir – tu te débrouilleras bien. Et maintenant, où est cette fichue nourriture ?

À l'extérieur, deux chasseurs entraient à grandes enjambées dans la colonie. Le plus grand des deux jeta un coup d'œil derrière lui et jura.

Quarante cavaliers sortaient des bois, l'épée à la main.

Finn escalada les marches de l'auberge, ouvrit grand la porte et manqua de reculer devant la masse d'humanité réunie à l'intérieur.

— Des pillards ! gronda-t-il.

Puis il fit demi-tour et courut jusqu'à l'étable où Maggrig escaladait la corde qui montait au grenier à foin. Le martèlement des sabots s'intensifiait. Finn ne s'attarda pas à regarder derrière lui. Il sauta pour agripper la corde et se hissa pour s'agenouiller à côté de son mince compagnon. Maggrig encochait déjà une flèche.

— Nous aurions mieux fait de rester dans les bois, déclara-t-il. Je ne crois pas que nous soyons réellement à l'abri ici.

Finn ne répondit pas. Les cavaliers venaient d'entrer au galop au milieu des bâtiments, hurlant des cris de guerre et fendant l'air avec leurs épées recourbées. Il y avait parmi eux des guerriers nadirs vêtus de plastrons laqués, d'autres étaient des renégats gothirs armés de haches et de couteaux. Ils portaient tous un petit bouclier rond attaché à leur avant-bras gauche. Ils sautèrent en même temps au bas de leurs montures et s'élancèrent dans les maisons. Finn tira une flèche qui perfora le cou d'un d'entre eux. Maggrig envoya un trait, mais celui-ci ricocha sur un heaume à cornes et alla égratigner la peau du bras d'un autre guerrier. Sept des pillards chargèrent au pas de course en direction de la grange. Finn jura. Une deuxième flèche quitta son arc et fendit les airs en chantant, mais elle se ficha dans un bouclier levé. Une nouvelle flèche de Maggrig se planta dans l'aine d'un des hommes qui tituba et s'affala. Les six derniers pillards entrèrent dans la grange.

Finn se leva et scruta le grenier à foin. Il vit une échelle qui descendait par une trappe à dix mètres de lui. Il se précipita pour la remonter, mais un grand pillard se jeta dessus pour la retenir et la maintint au sol. Tiré d'un coup vers le bas, Finn manqua de chuter par la trappe.

— Je te reconnais, infâme salopard ! hurla le guerrier nadren au pied de l'échelle en regardant Finn. Tu es un homme mort. Je vais t'étriper vif.

Il plaça son bouclier au-dessus de sa tête et escalada les barreaux de l'échelle. Finn jura et retrouva Maggrig.

— Tu as choisi un bon endroit, souffla Finn.

Maggrig banda son arc et tira une flèche qui alla se planter dans le dos d'un homme qui courait vers l'auberge.

— Tu crois qu'on devrait partir ? demanda-t-il.

— Non, je crois qu'on devrait rester pour planter des fleurs, grommela Finn.

Derrière eux, le guerrier nadren s'était hissé à la hauteur du grenier. Finn lui décocha une flèche, mais l'homme la dévia avec son bouclier puis grimpa à l'intérieur. Finn lâcha son arc et se jeta sur lui, les pieds en avant. Du droit, il toucha l'homme en plein menton. À moitié assommé, le Nadren recula en titubant, mais il tenait toujours son épée avec laquelle il faisait des grands moulinets pour se protéger. Finn dut faire une roulade pour éviter de prendre un coup. Maggrig courut l'aider mais, d'un geste de la main, Finn lui intima de rester où il était. Le chasseur à la barbe noire se releva d'un bond et récupéra son arc et son carquois. Il les passa à l'épaule.

— Barrons-nous ! cria-t-il à Maggrig. Maintenant !

Il attrapa la corde et se laissa glisser depuis le grenier. À mi-chemin, il lâcha prise et se reçut par terre. Maggrig le rejoignit.

Au fond de la grange, derrière les caisses de provisions pour l'hiver, Beltzer se réveilla. Sa tête le lançait. Il s'assit et grogna. Il cligna des yeux et vit des guerriers nadrens au bas de l'échelle. Pire encore, l'un d'entre eux s'était retourné et l'avait aperçu. Il tenta tant bien que mal de se relever tandis que l'homme le chargeait, l'épée dressée.

Beltzer referma sa main droite sur le manche d'une hachette dont la tête était enfoncée dans un rondin de bois. Il la dégagea d'un coup et bondit en avant à la rencontre de son ennemi. La fine lame du sabre fondit vers sa tête, mais Beltzer se baissa pour l'esquiver et planta la hachette dans les côtes de l'homme. Sous l'impact, le manche en bois se brisa. Quatre autres guerriers se ruèrent sur lui. Dans un hurlement de rage, Beltzer rentra la tête et leur plongea dessus. Trois Nadrens furent soulevés de terre, mais le quatrième abattit son épée sur le géant. Juste à ce moment, une flèche lui transperça la tempe et il s'écroula à genoux. Beltzer martelait les guerriers autour de lui de ses énormes poings – ainsi bloqués dans ce corps à corps, ils n'arrivaient pas à se servir de leurs épées. Le géant se releva et donna un grand coup de pied sur la tête d'un des Nadrens. Puis, il courut se réfugier derrière les caisses à provisions. Les guerriers le suivirent.

Sur le mur du fond était attachée une grande hache de bûcheron. Beltzer l'attrapa et fit face à ses poursuivants. Deux hommes moururent dans les premières secondes du combat. Le survivant recula puis s'enfuit à toutes jambes dans la cour et sa sécurité toute relative. Une flèche de Finn le cueillit net et il tomba tête la première sur le sol.

— Mais, au nom des Sept Enfers, qu'est-ce qui se passe ici ? gronda Beltzer – mais Maggrig et Finn étaient déjà partis.

Il s'assit sur une souche d'arbre et contempla les cadavres. Un bruit depuis l'échelle attira son attention, et il vit un guerrier nadren descendre du grenier. L'homme jeta un coup d'œil au géant à la hache et s'enfuit sans demander son reste.

Dehors, Finn avait abandonné son arc et se battait avec un couteau de chasse dans chaque main. Ses lames étaient dégoulinantes de sang. Derrière lui étaient étendus deux cadavres de Nadrens et le corps de Maggrig. Huit pillards lui tournaient autour.

— Allez, venez mes enfants, leur cracha-t-il. C'est l'heure de mourir !

Beltzer fit quelques pas à l'extérieur de la grange, la hache à l'épaule, et vit Finn encerclé.

— Bel-azar ! rugit le géant.

Le cercle autour de Finn s'évanouit devant la charge du monstre, dont la hache dispersait les attaquants. Un guerrier muni d'une petite lance se jeta sur Finn, mais celui-ci fit un pas de côté et lui planta un de ses couteaux de chasse dans le ventre.

À l'intérieur de l'auberge, le chaos était général. Les pillards s'étaient forcé un passage et avaient taillé en pièces les ouvriers sans défense. Plusieurs étaient morts, d'autres blessés. Les survivants étaient prostrés sur le sol, évitant du regard les guerriers qui les gardaient. Un Nadren était grimpé sur le comptoir et tenait Mael, la femme de Naza, par la gorge. Une lame de couteau virevoltait dangereusement près de son œil droit. Naza était étendu dans une flaque de sang aux pieds du guerrier.

— Alors, grosse vache, où est-il ? siffla le guerrier.

Soudain, un mouvement à l'arrière de la pièce attira son attention. Il se retourna et fronça les sourcils. Une porte venait de s'ouvrir et un grand homme se tenait dans l'embrasure, un sabre rutilant à la main. Derrière lui se trouvait un deuxième homme, plus jeune, mais armé également. Les yeux du Nadren se reportèrent sur le premier ; ce n'était plus un jeunot, et pourtant il se déplaçait bien.

— Ne restez pas plantés là, dit-il à ses hommes. Attrapez-les !

Les ouvriers s'agglutinèrent pour laisser un passage et plusieurs Nadrens se ruèrent sur les nouveaux venus. Des épées scintillèrent dans l'air, et le choc de l'acier contre l'acier fut ponctué des hurlements des mourants. Le Nadren qui tenait Mael regarda ses hommes se faire massacrer par le grand épéiste. Il balança Mael par terre, sauta au pied du bar et courut jusqu'à la porte pour appeler à l'aide.

Mais il s'arrêta net sur le seuil – et jura, car une vingtaine de lanciers sortaient des bois et chargeaient vers la ville. Il sauta en selle du cheval le plus proche et arracha les rênes du poteau auquel elles étaient attachées.

— En selle ! En selle ! cria-t-il.

Mais les lanciers étaient sur eux. Les pillards, qui pour la plupart étaient à pied, se dispersèrent devant la charge, mais les lanciers guidèrent leurs montures pour fondre sur les fuyards. Une dizaine de pillards, qui avaient pu grimper en selle, contre-attaquèrent en essayant de s'ouvrir un chemin vers le sud.

Dans l'auberge, Charéos trébucha. Une épée fonça vers sa tête et il dut se jeter sur la droite, tombant lourdement sur les ouvriers allongés. Le dernier Nadren fondit sur lui, brandissant son épée, mais Kiall lui trancha la gorge d'un coup de taille. Charéos se releva et alla jusqu'à la porte. Dehors, il vit Salida et ses lanciers se battre désespérément contre les pillards. Les Nadrens, ayant réalisé soudain qu'ils étaient en infériorité numérique, attaquaient avec une intensité redoublée. Charéos rengaina son sabre et sortit son couteau de chasse. Il courut au milieu des cavaliers amassés et désarçonna un Nadren, lui plantant au passage son couteau entre les côtes. Il sauta en selle, dégaina son sabre et se fraya un chemin jusqu'à Salida.

À l'intérieur de l'auberge, Kiall observa les ouvriers.

— Qu'est-ce que vous allez raconter à vos enfants ? leur hurla-t-il. Que vous vous êtes cachés face au danger ? Debout ! Prenez des armes !

Sept hommes seulement se relevèrent mais dans l'ensemble personne ne bougea. Les sept ramassèrent des armes sur les cadavres des pillards et suivirent Kiall dehors.

— Sus ! cria le jeune villageois en courant dans la mêlée.

Il planta son sabre dans le dos d'un des cavaliers.

Du côté de la grange, Beltzer était agenouillé au côté de Finn. Assis par terre devant Maggrig, celui-ci lui tenait la tête dans ses bras. Le chasseur blond saignait d'une blessure au crâne.

Beltzer prit le pouls de Maggrig.

— Il est toujours en vie, annonça-t-il, mais Finn l'ignora.

Beltzer jura et se releva. Il poussa Finn et attrapa Maggrig par la chemise. Il tira le chasseur inconscient dans la grange, à l'abri des sabots des chevaux agglutinés.

Finn cligna des yeux et le suivit.

— En vie ? murmura-t-il.

— Reste avec lui, dit Beltzer en soulevant sa hache.

— Où vas-tu ? s'enquit Finn.

— Je vais aller tuer quelques Nadrens. Ensuite j'irai boire un coup – plusieurs coups.

Le géant disparut dans la mêlée. Finn s'assit et baissa les yeux sur Maggrig. Il chercha le pouls du jeune homme ; il battait fort et de manière régulière.

— Décidément, tu ne m'apportes que des ennuis, dit Finn.

Lentement, le sens de la bataille tourna. Les lanciers, qui se battaient à présent avec des sabres, étaient plus disciplinés que les pillards, et Charéos avait réussi à faire la jonction avec Salida au centre. Les deux épéistes semblaient invincibles.

Plusieurs Nadrens se dégagèrent du combat et lancèrent leurs chevaux au galop. D'autres les imitèrent. En tout, dix-sept Nadrens réussirent à s'échapper.

Les derniers furent tués comme des chiens.

Onze lanciers avaient trouvé la mort, quatre étaient gravement blessés. Le sol de la cour devant l'auberge était maculé de sang. Six chevaux avaient été tués et deux suffisamment blessés pour qu'on les achève. Il y avait des cadavres de guerriers un peu partout. Dans le calme soudain, Salida passa sa jambe par-dessus le pommeau de sa selle et se laissa glisser au sol. Il nettoya son sabre sur la chemise d'un cadavre et rengaina son arme. Charéos mit pied à terre à côté de lui.

— Une arrivée opportune, capitaine, déclara l'ancien moine.

— Comme vous dites, Charéos. Je vous remercie. Vous vous êtes bien battu.

— Nécessité fait loi, récita Charéos.

— Nous devons discuter, dit Salida en menant son cheval loin du massacre.

Charéos le suivit jusqu'à un puits à l'arrière de l'auberge où les deux hommes se désaltérèrent. Puis, Salida s'assit sur le rebord du puits.

— Le comte a ordonné votre arrestation. Il veut vous pendre.

— Pour quelle raison ? demanda Charéos. Même un comte doit en avoir une.

— Le meurtre de Logar.

— Comment peut-on être accusé de meurtre, lorsqu'on est attaqué par trois épéistes ?

— Logar n'était pas armé.

— Pas ar… Un instant. (Charéos repartit sur le champ de bataille et appela Kiall.) Donne-moi ton sabre une seconde. (Il apporta l'arme à Salida.) Vous reconnaissez ceci ?

Le capitaine examina la lame et releva les yeux.

— Oui, c'est le sabre de Logar. Mais cela ne prouve rien, Charéos. Il y a un témoin face à vous, et le comte veut votre mort.

— Me croyez-vous, au moins ?

Le capitaine sourit prudemment.

— Je vous croyais avant même d'avoir vu l'épée. Logar était un serpent. Mais ce n'est pas le sujet et vous me laissez dans une situation problématique. Mes ordres sont de vous ramener – si je le fais, vous serez pendu ; si je ne le fais pas, on me retirera ma commission. Au nom de Bar, pourquoi avez-vous décidé d'arrêter ces fichues leçons ?

Sans même attendre une réponse, Salida se leva et partit dans l'auberge. Il appela un sous-officier et donna des instructions pour nettoyer la cour de ses cadavres.

Charéos était resté assis sur le puits. Kiall était venu le rejoindre.

— Que vas-tu faire ? s'enquit le villageois. (Charéos haussa les épaules.) Tu ne vas quand même pas y retourner ? dit Kiall.

— Non, admit Charéos. Je ne vais pas y retourner.

Une ombre s'abattit sur eux et Charéos fut tout à coup soulevé de terre dans une étreinte d'ours. Beltzer le fit tournoyer plusieurs fois et l'embrassa sur chaque joue.

— Je n'en crois pas mes yeux, beugla le géant. Maître d'armes ! Mais que fais-tu ici ? Tu es venu me voir ? Tu as une mission pour moi ? Par tous les dieux du Ciel, quelle belle journée !

— Repose-moi par terre, espèce de singe ! gronda Charéos.

Beltzer obtempéra et recula, les mains sur les hanches.

— Dieux, mais t'as pris un sacré coup d'vieux. Maggrig et Finn sont là aussi. On est tous réunis ! C'est merveilleux. J'attendais que quelque chose comme ça arrive. N'importe quoi ! Mais de te voir ici… eh bien, dis quelque chose, Maître d'armes.

— Tu as une sale gueule, dit Charéos, et ton haleine ferait passer un poisson pourri pour du parfum de luxe. Et pour couronner le tout, je crois que tu m'as brisé deux côtes.

— Qui est le gosse ? demanda Beltzer, en désignant Kiall du pouce.

— Il s'appelle Kiall. Nous voyageons ensemble.

— Ravi de te connaître, dit Beltzer en donnant une grande claque dans le dos de Kiall. (Celui-ci poussa un gémissement et tituba.) Ben, qu'est-ce qu'il a ?

— Il a été fouetté, cracha Charéos en se massant les côtes, et je crois que tu viens de le lui rappeler. Tu vis ici à présent ?

— D'une certaine façon. J'aide Naza – l'aubergiste. Mais viens, tu dois mourir de soif. Allons boire un verre ou deux… ou trois. Par les dieux, quel jour de chance ! Je vais aller nous chercher de la bière.

Beltzer partit tranquillement vers l'auberge.

— Qu'est-ce que c'était que *ça* ? demanda Kiall.

— *Ça*, c'était Beltzer. Même si on ne le voit qu'une fois, on ne l'oublie jamais.

— Beltzer ? soupira Kiall. Le héros aux cheveux d'or de Bel-azar ?

— Kiall, tu découvriras avec le temps qu'on ne peut pas faire confiance aux chansons et aux fables. Dans le temps, peut-être qu'une truie aurait trouvé Beltzer à son goût – mais j'en doute. J'ai vu des putes le refuser alors que ses poches débordaient de pièces d'or.

— C'est incroyable, murmura Kiall. Il est laid et gras – et puis il pue.

— Et ce sont ses bons côtés, annonça Charéos. Attends de le connaître un peu mieux.

Il se leva et marcha jusqu'à la grange où Finn aidait Maggrig à se relever.

— Toujours attiré par les ennuis comme un papillon de nuit par une chandelle, fit remarquer Charéos en souriant.

— Il semblerait bien, Maître d'armes, répondit Finn. Le p'tit s'est fait casser la tête.

— Porte-le dans ma chambre.

— Je ne veux pas rester trop longtemps ici, dit Finn. Je déteste les endroits peuplés – tu le sais bien.

— Je m'en souviens. Mais accorde-moi une petite heure, s'il te plaît. Kiall va te montrer le chemin.

Charéos alla rejoindre Salida qui était assis sur l'allée en pierre qui entourait l'auberge.

— J'ai retrouvé de vieux amis, capitaine. Je serai dans ma chambre si vous souhaitez me parler.

Salida acquiesça.

— Trouvez un autre sabre pour votre ami. Je vais ramener celui de Logar au comte.

— Qu'en est-il de moi, mon ami ? Et de vous ?

— Allez où bon vous semble, Charéos. Et que la Source guide vos pas. Quant à moi… qui sait ? Je n'ai pas toujours été capitaine des lanciers – il y a peut-être d'autres rôles que j'aimerai jouer. Mais je crains cependant que le comte ne lance d'autres personnes à vos trousses. Il n'est plus très rationnel à votre sujet.

— Soyez prudent, Salida.

— Oui, c'est un monde pour des gens prudents, répondit-il en désignant d'un geste le champ de bataille.

À l'intérieur de l'auberge, on avait retiré les corps, ce qui avait laissé des traînées de sang sur le sol en bois. L'extrémité est de la salle à manger avait été transformée en hôpital, où les soldats recousaient des plaies et appliquaient des bandages. Charéos aperçut la femme de l'aubergiste assise au côté de son mari. Ce dernier avait une profonde blessure à l'épaule ainsi qu'un œuf de pigeon sur le crâne. Il était blanc comme un linge et encore sous le choc.

Charéos se joignit à eux, la femme lui sourit péniblement.

— Merci pour votre aide, monsieur, dit-elle. J'ai bien cru qu'ils allaient me tuer.

— Que voulaient-ils ? s'enquit Charéos.

— Les bûcherons seront payés demain. Nous gardons leur paie en pièces d'argent. Il y a quatre cents hommes, et ils doivent tous toucher un trimestre ; c'est une sacrée somme.

— Je vois. Puis-je me permettre de prendre quelque nourriture dans la cuisine pour aller manger dans ma chambre ? Mon compagnon et moi-même n'avons toujours pas mangé.

— Je vais vous préparer quelque chose tout de suite, offrit-elle en rougissant.

— Hors de question, répondit aussitôt Charéos. Restez avec votre mari. Cela ne me dérange absolument pas, je vous assure.

— Vous êtes bien bon, monsieur, dit Mael.

Charéos entra dans la cuisine. Plusieurs tables avaient été renversées. Des pots et de la vaisselle brisée jonchaient le sol. Cependant, une grosse marmite où cuisait un ragoût mijotait toujours sur l'énorme cuisinière en fer. Une serveuse entra par l'arrière du bâtiment. Elle était petite et mince, avec des cheveux bruns, courts et bouclés. Elle fit une courbette.

— Puis-je vous aider, monsieur ? s'enquit-elle.

— Apportez-nous à manger, ragoût, viande, pain… peu importe, à la chambre du haut. Nous aurons également besoin de vin – cinq gobelets. Oh oui, et des bandages. Pouvez-vous le faire tout de suite ? demanda-t-il en lui tendant une demi-pièce d'argent.

Elle empocha l'argent, et fit une nouvelle courbette.

Charéos retourna dans sa chambre où Finn était assis sur le bord d'un des grands lits, nettoyant la blessure à la tête de Maggrig à l'aide d'un tissu mouillé ; la coupure était profonde et sa tempe était bleue et enflée. Beltzer était assis devant le feu, une pinte à la main ; Kiall était debout à la fenêtre et contemplait l'ancien champ de bataille. Il s'était surpris aujourd'hui, lorsqu'il avait mené les ouvriers au combat – l'excitation avait été grande, et ses peurs avaient disparu au cœur de la mêlée. Il avait enfin l'impression d'être un guerrier. Il leva les yeux vers le ciel. Comme il était bleu, comme l'air était frais et pur. Il se retourna et sourit à Charéos, puis il porta son regard sur Beltzer. L'homme était vraiment laid, mais il maniait la hache comme un géant légendaire. Il n'avait pas vu Maggrig et Finn en action, mais le simple fait d'être dans la même pièce que les héros de Bel-azar le remplissait d'orgueil.

Une servante apporta de la nourriture, mais Kiall n'avait plus faim. Beltzer prit sa part, tandis que Charéos, assis tranquillement face au géant, avait le regard perdu dans les flammes. Finn avait appliqué un bandage en tissu autour de la tête de Maggrig. Le jeune homme s'allongea confortablement sur le lit et s'endormit. Il n'y avait aucune conversation, aussi Kiall prit une chaise et s'assit en silence. Ses mains se mirent à trembler et son estomac gargouilla. Charéos s'en aperçut et lui lança un morceau de pain noir.

— Mange, dit-il.

Kiall acquiesça. Il mâchonna la croûte et sentit la nausée passer.

— Et maintenant ? déclara Beltzer en reposant le pichet vide à côté de sa chaise. Couper du bois et me battre avec des bûcherons ?

— Que veux-tu ? demanda doucement Charéos.

— Je veux que tout redevienne comme avant, lui répondit le géant.

— Rien n'est plus comme avant. Et je vais te dire quelque chose. Beltzer, mon vieil ami – avant n'a jamais existé.

— Et je suis censé comprendre ça, hein ? Tu as toujours été doué avec les mots. Mais pour moi, ça ne vaut pas un pet de cochon. Je ne suis pas vieux, je peux affronter n'importe qui. Je peux boire une montagne de bière et soulever un baril de sable au-dessus de ma tête. Il n'y a pas un homme au monde capable de se mesurer à moi dans un combat.

— C'est certainement vrai, admit Charéos, mais tu n'es plus jeune. Quel âge as-tu, Beltzer ? Cinquante ans ?

— Quarante-huit. Et ce n'est *pas* vieux !

— C'est plus vieux que n'était Kalin à Bel-azar. Ne lui conseillais-tu pas de rentrer chez lui et de laisser les combats aux jeunes ?

— C'était une boutade, cracha Beltzer. Et à l'époque, je ne savais pas ce que je sais aujourd'hui. Par les dieux,

Maître d'armes, il doit forcément y avoir quelque chose pour moi en ce monde !

Charéos se cala confortablement sur sa chaise et étendit ses jambes vers le feu.

— Je poursuis une quête, annonça-t-il doucement.

Beltzer se pencha en avant, les yeux brillants.

— Raconte, le pria-t-il.

— J'aide le jeune Kiall à sauver une femme capturée par les Nadrens.

— Une noble ? Une princesse ?

— Non, une villageoise – la fille de l'éleveur de porcs.

— Quoi ? Qui ? Où est la gloire là-dedans ? Cela fait des siècles que les Nadrens enlèvent des femmes. Qui chanterait la chanson des sauveurs de la fille de l'éleveur de porcs ?

— Personne, admit Charéos, mais si tu préfères rester ici et couper du bois…

— Je n'ai pas dit ça – ne me fais pas dire ce que je n'ai pas dit. Quel groupe l'a enlevée ?

— Personne ne sait.

— Vers quel campement nadir se dirigent-ils ?

Charéos haussa les épaules.

— On ne sait pas.

— Si tu te moques de moi, je vais te casser la tête, déclara Beltzer. Qu'est-ce qu'ON sait ?

— On sait qu'elle a été enlevée. À présent, tout ce qui nous reste à faire, c'est la retrouver – et la reprendre.

— Tu vas avoir besoin de l'Homme Tatoué, pour ça – et il est parti. Sans doute mort.

— Je me disais la même chose, admit Charéos, mais je vais quand même me rendre dans la Vallée pour le chercher. À moins que tu aies un autre plan ?

— Rien de mieux, fit Beltzer. Ils vont te couper la tête et la réduire pour l'accrocher à leur ceinture. Tu ne parles même pas leur langue.

— Mais toi oui.

— J'ai besoin d'une autre bière, fit Beltzer en se levant et en quittant la pièce.

— Qui est l'Homme Tatoué ? s'enquit Kiall. Et où se trouve la Vallée ?

— Le Portail n'appartient pas à notre monde, répondit Finn en se joignant à eux. Et il faudrait être un idiot lunatique pour s'aventurer là-bas. À quel jeu joues-tu, Charéos ? Personne ne va dans la Vallée.

— Ce n'est pas un jeu, Finn, lui répondit Charéos. En l'état des choses, la quête est impossible… sauf si l'on trouve un homme capable de suivre la piste des esprits. Est-ce que tu connais qui que ce soit de plus doué qu'Okas ?

— Non, admit Finn. Mais la Vallée ? Je ne m'y rendrais pas, même si mon âme en dépendait. Et Beltzer non plus. Là-bas, ils n'aiment pas les visiteurs.

— Moi je t'accompagne, déclara Kiall. J'irais n'importe où s'il y a une chance de sauver Ravenna.

— Je me souviens du temps où *nous* parlions comme cela, commenta Finn à voix haute. C'est un miracle que nous ayons survécu si longtemps, Maître d'armes. Mais si tu tiens à mourir, pourquoi ne sautes-tu pas plutôt d'une falaise ? Ou tu pourrais aussi t'ouvrir les veines ? Les Hommes Tatoués te tueront à petit feu. Mais tu le sais bien.

Charéos se tourna vers Finn et lui sourit.

— Je connais les risques, Finn, et je n'irai pas sans Beltzer. Pour une raison que j'ignore, Okas l'aimait bien.

— C'était peut-être l'odeur, proposa Finn. C'est le seul homme que j'ai rencontré qui puait plus que notre géant. Mais quand bien même, ce n'est pas un périple que j'aimerais entreprendre.

— Qu'y a-t-il de si terrible, là-bas ? demanda Kiall.

Finn se gratta la barbe.

— D'après Okas, il fait très chaud et les bêtes qui y vivent se nourrissent de chair humaine. Et puis, les Hommes Tatoués collectionnent les têtes et les réduisent par magie. Il y a une vingtaine d'années, un noble nommé Carsis a mené une petite expédition dans la Vallée ; leurs têtes réduites ont été retrouvées sur des piques à l'entrée. Pendant dix ans, chaque fois qu'un voyageur passait par là, les têtes poussaient des hurlements pour le mettre en garde. Je les ai vues une fois – oui, je les ai entendues aussi. Elles m'ont parlé des terreurs de l'Enfer.

— Elles n'y sont plus aujourd'hui, alors ? s'enquit Kiall.

— Non. Le seigneur régent a envoyé une section de lanciers dans les collines – ils ont fait un grand bûcher et ont brûlé toutes les têtes.

— Est-ce que les Hommes Tatoués s'aventurent dans nos terres ?

— Quelquefois, mon garçon. Et quand cela arrive, un homme ferme bien sa porte la nuit et les attend l'épée et l'arc à la main. Alors, tu veux toujours y aller ?

Kiall déglutit difficilement.

— J'irai là où je le dois.

— Voilà qui est parlé comme un héros, dit Finn avec aigreur.

La porte s'ouvrit et Beltzer entra avec un pichet de bière dans chaque main.

— Je viens avec toi, annonça-t-il à Charéos.

— Voilà qui est parlé comme un idiot, murmura Finn.

Les soldats creusèrent une profonde tranchée à près d'un kilomètre de la colonie. Les cadavres des Nadrens, dépouillés de leurs armures et de leurs armes, y furent jetés sans autre forme de cérémonie. Les corps des soldats, onze en tout, furent enveloppés dans des couvertures et disposés révérencieusement à l'arrière d'un chariot afin qu'ils bénéficient d'un enterrement avec tous les honneurs à Talgithir.

Salida donna l'ordre de remplir la fosse commune des Nadrens avec des pierres, afin d'empêcher les loups et les renards de creuser pour se nourrir. La nuit allait bientôt tomber, et il était épuisé. Sept des morts étaient de nouvelles recrues, non préparées à la guerre, mais quatre étaient des vétérans aguerris. L'un d'entre eux avait été son valet, un homme amusant et intelligent, nommé Caphes ; il avait une femme et cinq fils à Talgithir. Salida ne voulait pas penser à la visite qu'il devrait leur rendre dès son retour. Le son des sabots d'un cheval le tira de sa rêverie. Il se retourna. Charéos s'approchait sur son grand étalon gris.

L'ancien moine descendit de selle et vint à sa rencontre.

— Je voulais m'assurer, fit-il, que vous n'aviez pas changé d'avis à propos de mon arrestation.

Salida scruta les yeux sombres de Charéos, incapable de déceler ses pensées.

— Non, je n'ai pas changé d'avis, répondit-il.

Charéos acquiesça.

— Vous êtes quelqu'un de bien, Salida. Tenez, je vous ai apporté le sabre de Logar.

Il tendit à l'officier l'arme dans son fourreau. Puis, il plongea les mains dans la sacoche suspendue à sa selle et en sortit une outre à vin ainsi que deux coupes recouvertes de cuir.

— Vous vous joindrez bien à moi ? s'enquit-il.

— Pourquoi pas ? Mais éloignons-nous de la puanteur des cadavres – j'en ai eu tout mon soûl.

— Vous avez l'air fatigué, lui confia Charéos. Et pas seulement à cause de la bataille. Je me trompe ?

Ils marchèrent jusqu'à un amas de rochers et s'y assirent ; Salida défit son plastron en fer et le posa à côté de lui.

— Non, vous avez raison. À présent, j'ai une famille, Charéos. Il fut un temps où je croyais que les soldats pouvaient faire la différence. (Il accepta la coupe de vin et la but.) Mais aujourd'hui ? J'ai trois fils et une femme magnifique. Les Nadirs se rassemblent une fois de plus, et un jour prochain, ils franchiront les montagnes et détruiront le Gothir. Que deviendront mes fils et leurs rêves ?

— Peut-être que les Nadirs ne viendront pas, rétorqua Charéos. Le Gothir ne possède pas grand-chose ; ce n'est pas un pays riche.

— Ils se moquent des richesses, ils vivent pour la guerre. Qu'avons-nous à leur opposer ? L'armée a été réduite à deux mille hommes. Aujourd'hui, on ne pourrait même plus tenir Bel-azar. (Salida finit son vin et tendit la coupe pour en ravoir. Charéos la remplit et resta silencieux.) Je ne suis pas né à la bonne époque, continua-t-il en s'efforçant de sourire. J'aurais dû être officier à la grande époque où le Gothir se déversait sur les terres nadires, jusqu'aux montagnes de Delnoch.

— C'est un cycle, lui expliqua Charéos. Les Gothirs ont eu leur heure, comme les Drenaïs ou les Vagrians. À présent, c'est au tour des Nadirs. Un jour cela changera ; un officier comme vous s'assiéra dans le dernier bastion de l'Empire nadir et attendra son heure, s'interrogeant sur les rêves de ses fils.

Salida acquiesça.

— Puisse ce jour venir bientôt, dit-il en souriant. Est-ce vrai que vous étiez autrefois un prince drenaï ?

Charéos sourit et remplit à son tour sa coupe.

— C'est ce qu'essaient de nous faire croire les poètes.

— N'avez-vous jamais pensé à retourner chez vous ?

— Je suis chez moi, ici. Mais oui, j'ai déjà pensé à franchir la chaîne des montagnes de Delnoch… un jour, peut-être.

— Quand j'étais enfant, j'ai visité le Castel Tenaka, avoua Salida. C'est un endroit incroyable : six grands murs et une forteresse avec des murailles d'un mètre d'épaisseur.

— Moi, je l'ai connue quand elle s'appelait encore Dros Delnoch, lui confia Charéos. La légende disait qu'elle était imprenable. J'ai grandi avec les histoires de Druss la Légende, de Rek, du Comte de Bronze. N'est-ce pas étrange qu'elle soit finalement tombée face à un descendant de Rek… Castel Tenaka ? Je n'aime pas comme cela sonne.

— Vous l'avez rencontré, n'est-ce pas ? Le Grand Khan ?

— Oui. Il y a très longtemps. Dans une autre vie. (Charéos se leva.) Si vous n'y voyez pas d'objection, j'aimerais trouver un nouveau sabre pour mon compagnon. Je me doute que les Nadrens n'avaient rien sur eux d'une qualité équivalente, mais comme il n'est pas un bon épéiste, ce n'est pas trop grave.

— Inutile de passer les armes des Nadrens en revue – leur fer est de piètre qualité, mal façonné. J'avais donné une épée à mon valet. C'est une bonne lame, et il n'en a plus besoin. Prenez-la avec ma bénédiction. (Salida se rendit au chariot et en retira un sabre de cavalerie dans un fourreau de bois et de cuir.) L'équilibre est bon et elle est bien affûtée.

— Merci, mon ami, dit Charéos en offrant sa main.

Salida la serra.

— Je pourrai au moins raconter à mes enfants que je me suis battu au côté d'un héros de Bel-azar.

— Que la Source soit avec vous, Salida.

Le capitaine regarda Charéos grimper en selle. L'étalon rua et partit au grand galop. Salida resta immobile quelques minutes, observant le cavalier devenir de plus en plus petit dans le lointain. Puis, il retourna à ses tâches – faire atteler le chariot et y attacher les chevaux qui n'avaient plus de cavaliers.

Le voyage de retour jusqu'à Talgithir n'allait pas être gai.

Chapitre 4

Tandis que les premières lueurs de l'aube baignaient l'auberge, un silence inquiétant recouvrit la forêt tel un manteau invisible. Kiall observa la colonie qu'on aurait pu croire déserte. Il n'y avait presque plus trace de la bataille, à part les taches de sang sur la neige. Beltzer hissa son barda sur ses épaules et frappa des pieds.

— Je déteste le froid, déclara-t-il.

— On n'est pas encore parti que tu commences déjà à te plaindre, fit remarquer Finn.

Kiall qui portait à présent un épais gilet en peau de chèvre se débattait avec les sangles de son sac. Maggrig dut l'aider à passer ses bras.

— Il est trop grand pour moi, affirma Kiall.

— Quelle ingratitude, fit sèchement Beltzer, après tout le mal que je me suis donné pour te le procurer.

— Tu l'as pris sur le cadavre d'un Nadren, objecta Charéos.

— Mais j'ai dû le tuer, avant, rétorqua Beltzer mécontent.

Charéos l'ignora et ajusta son paquetage sur ses épaules. Finn lui avait prêté un manteau avec une doublure en fourrure et une grande capuche, qu'il enfila et s'attacha sous le menton. Il s'écarta un peu des autres et dégaina son sabre. Après quelques passes d'armes pour s'entraîner, il rengaina son sabre et régla mieux les sangles de son paquetage. Il laissa retomber ses bras, et le paquetage tomba… le sabre jaillit dans les airs. Charéos répéta deux fois la même manœuvre. Satisfait, il rejoignit les autres. Il n'était pas franchement à l'aise : les sangles lui rentraient dans les épaules et tout le poids de son paquetage était réparti sur le bas de son dos. Mais au moins, il pouvait s'en débarrasser d'un geste en cas d'urgence, et cela valait bien la gêne occasionnée.

Le groupe s'élança sur la piste verglacée. Charéos n'avait jamais aimé la marche, mais sur les conseils de Finn il avait laissé les chevaux à l'auberge. Il avait payé Naza pour qu'il s'en occupe pendant leur absence.

Les deux archers avaient décliné la proposition de se joindre aux quêteurs. Cependant Finn avait accepté de les guider jusqu'aux Portes de Hurle. Tout en marchant derrière Finn, Charéos évalua ce qui les attendait. Les Nadrens étaient toujours dans la forêt, mais cela ne lui faisait pas peur. Cinq hommes bien armés seraient suffisamment dissuasifs, surtout après la raclée que les pillards venaient d'essuyer. Non, le plus gros problème, c'était ce qui se trouvait derrière le Portail.

Les Hommes Tatoués étaient un vrai mystère. D'aucuns prétendaient qu'ils étaient originaires de notre monde, et qu'ils avaient été chassés dix siècles plus tôt par les migrations successives de peuples belligérants, comme les Drenaïs, les Gothirs ou les féroces Nadirs, venus respectivement du nord, du sud et de l'est. Une légende disait que les Hommes Tatoués avaient ouvert une porte entre les mondes grâce à leur sorcellerie, ce qui leur avait permis de s'échapper vers une sorte de pays de cocagne. Une autre voulait que le Portail datait des jours d'avant la Chute des Glaces, que c'était le dernier vestige d'une fière civilisation, et qu'il menait à des montagnes d'or.

Quelle que soit la vérité, le Portail existait bel et bien et, en de rares occasions, un ou plusieurs Tatoués se risquaient de l'autre côté. C'est ainsi qu'Okas avait pu se présenter dans le campement militaire six mois avant la bataille de Bel-azar. Il s'était accroupi devant le feu de camp de Charéos et avait attendu silencieusement jusqu'à ce que Beltzer lui offre une assiette de viande et de pain. C'était un petit homme, d'à peine un mètre cinquante, doté d'un ventre rond, et vêtu seulement d'un petit pagne en tissu décoré de pierres pâles. Son corps était entièrement couvert de tatouages bleus – en formes de feuilles, en symboles runiques qui ressemblaient à des scènes autour d'un feu de camp. Son visage était tatoué de traits curvilignes et son menton était entièrement bleu, à la place de la barbe, avec une moustache laquée au-dessous du nez. À la surprise générale, il parlait le langage commun de façon rudimentaire, et plus surprenant encore, au bout de quatre mois en sa compagnie, le rustre Beltzer parlait couramment la langue du Tatoué. Durant toute cette période, Okas s'était révélé d'une aide inestimable. Il n'avait pas son égal pour lire des traces – du moins pas chez les Gothirs. Et surtout, c'était un grand « trouveur ». L'officier supérieur de Charéos, Jochell, avait perdu un anneau en or d'une grande valeur. Il avait fait fouiller tous les quartiers des engagés. Par l'intermédiaire de Beltzer, Okas avait promis à l'officier qu'il retrouverait son anneau.

Jochell avait été dubitatif, pourtant il avait vu les talents d'Okas lorsqu'ils pourchassaient les pillards nadirs. Au grand amusement des soldats, Okas avait pris la main de l'officier et l'avait tenue ainsi un long moment, les yeux fermés. Puis il l'avait relâchée et s'en était allé hors du campement. Jochell avait sellé son cheval et l'avait suivi ; Charéos et Finn l'avaient imité, désireux de savoir comment tout cela allait finir. Deux heures plus tard, ils s'étaient retrouvés sur le champ de bataille de la veille, lorsqu'ils avaient affronté une escorte nadire. À l'ouest du lieu du combat coulait un petit cours d'eau. Okas s'était agenouillé au bord. Puis il avait poussé un grognement avant de désigner quelque chose du doigt. Jochell l'avait alors rejoint. Juste sous la surface de l'eau, niché au milieu de galets, se trouvait l'anneau en or dont l'opale centrale brillait d'un doux bleu.

Jochell avait été ravi. Il avait donné deux pièces d'or à Okas. Celui-ci les avait regardées un instant et les avait lancées à Charéos. Cette même nuit, Okas les avait quittés après s'être entretenu avec Beltzer pendant une bonne heure. Il n'avait fait ses adieux à personne d'autre. Il avait simplement ramassé sa couverture et était sorti du campement.

Le lendemain matin, Charéos était allé voir Beltzer.

— Qu'est-ce qu'il t'a dit ?

— Il m'a dit de rester à tes côtés, ainsi qu'à ceux de Maggrig et Finn dans les jours à venir. Il m'a également informé qu'avant la première lune d'hiver, l'anneau de Jochell ornerait la main d'un Nadir.

— J'aurais mieux fait de ne rien demander, avait dit Charéos.

— Cela ne fait que quelques heures qu'il est parti et il me manque déjà, avait avoué Beltzer. Tu crois qu'on le reverra ?

Aujourd'hui qu'il marchait dans la froidure du petit matin, Charéos se remémorait cette conversation et les multiples autres qui avaient suivi. Beltzer lui avait expliqué à quoi ressemblaient les terres de l'autre côté du Portail. Elles étaient chaudes et humides, avec des arbres gigantesques, des velds à perte de vue et des lacs. De gros animaux y vivaient, plus grands que des maisons, et de gros chats dotés de crocs plus longs qu'un couteau. C'était un monde où les tempêtes éclataient sans prévenir, et où la mort venait sans crier gare.

— Tu as l'intention d'y aller ? lui avait demandé Charéos.

Beltzer avait détourné les yeux, rougissant.

— J'aurais bien voulu, mais Okas m'a dit que les Hommes Tatoués tuaient les intrus. Leur histoire est ponctuée des massacres que nos peuples ont commis ; ils ont peur que cela se reproduise.

Le ciel se couvrit. Le tonnerre rappela Charéos au présent. Finn cria halte et se tourna vers lui.

— La nuit va bientôt tomber et la neige aussi, expliqua-t-il. Je propose que nous cherchions un endroit pour monter le camp. Il faut construire deux abris puis aller récupérer du bois.

Le groupe atteignit un grand bosquet de pins ; Finn et Maggrig examinèrent les environs et trouvèrent ainsi deux emplacements adéquats. Kiall regarda les chasseurs relier les sommets de quatre jeunes pins avec de la ficelle et tirer dessus pour les assembler. Finn envoya Beltzer et Charéos couper des branches sur les pins avoisinants. Celles-ci furent ensuite enchevêtrées dans les jeunes pins attachés, afin de former une cloche d'environ trois mètres de diamètre. Les archers laissèrent Kiall, Charéos et Beltzer finir les murs et partirent à une dizaine de mètres de là afin de confectionner leur propre abri.

La neige se mit à tomber – d'abord doucement, puis ce fut l'averse. Le vent s'intensifia, projetant la neige dans le visage des travailleurs ; de la glace se formait dans leurs barbes et leurs sourcils. Charéos continua à tresser les murs tandis que Kiall et Beltzer ramassaient du bois mort pour faire un feu. Lorsque le soleil disparut derrière les pics, la température baissa brusquement.

Charéos avait laissé une porte de fortune, sur le côté sud de la structure, par laquelle Kiall et Beltzer rentrèrent en rampant. Un petit feu brûlait au milieu d'un cercle de pierres, mais la chaleur n'était pas suffisante pour leur permettre de se réchauffer les mains. *On est à deux doigts de mourir de froid*, pensa Kiall. La neige tomba plus dru encore, recouvrant l'abri, et bouchant les trous dans les parois par où s'était infiltrée plus tôt la pluie glacée.

La température se mit à grimper doucement.

— Ôtez vos manteaux et vos gilets, ordonna Charéos.

— Je crois que j'ai suffisamment froid comme ça, rétorqua Kiall.

— Comme tu veux, répondit Charéos en retirant son manteau de fourrure et son maillot de corps en laine.

Il rajouta du bois dans le feu et s'allongea en posant sa tête contre son paquetage. Beltzer l'imita après avoir retiré sa peau de bête. Kiall resta assis à grelotter. Aucun des deux autres ne parla pendant un long moment. Puis, Kiall dégrafa la broche qui maintenait son manteau nadren. Aussitôt il se débattit dans son gilet en peau de chèvre, car il sentait la chaleur l'envelopper.

— Je ne comprends pas, fit-il.

Charéos se redressa sur son coude et sourit.

— La laine et la peau ne servent pas seulement à empêcher le froid de rentrer, elles servent à empêcher la chaleur de sortir. Par conséquent, elles fonctionnent à double sens. Si ton corps a froid et qu'il y a de la chaleur à l'extérieur, elles l'empêcheront de rentrer.

— Pourquoi ne me l'as-tu pas dit ?

— Je me suis souvent aperçu que les hommes apprenaient mieux dans la souffrance, répondit Charéos.

Kiall ignora la remarque.

—Pourquoi Finn et Maggrig se sont-ils fabriqué un abri pour eux ? demanda-t-il. Il y avait suffisamment de place pour tout le monde ici.

—Ils préfèrent rester entre eux, expliqua Beltzer. Depuis toujours. Et cela me chagrine qu'ils ne nous accompagnent pas de l'autre côté du Portail. Je n'ai jamais rencontré de meilleur archer que Finn, ni de combattant d'un sang-froid comparable à celui de Maggrig.

—Pour quelle raison ne viennent-ils pas avec nous ? l'interrogea Kiall.

—Question de bon sens, répondit Charéos.

Les rêves de Ravenna étaient étranges et fragmentés. Elle se voyait enfant dans les bras de sa mère – en sécurité, au chaud et câlinée. Puis, elle était une biche qui courait dans la forêt, poursuivie par des loups aux crocs longs et jaunes, acérés comme des épées. Elle était un oiseau, prisonnier dans une cage en fer, incapable d'écarter les ailes.

Elle se réveilla. Tout autour d'elle, les autres femmes dormaient. Cela sentait le renfermé ; il n'y avait aucune fenêtre. Demain elle se tiendrait nue sur l'estrade des enchères. Son cœur se mit à battre la chamade ; elle respira moins fort afin de se détendre.

Les rêves revinrent. À présent elle voyait un chevalier en armure scintillante qui passait les portes, et les Nadrens fuyaient devant lui. Il se pencha sur sa selle, la souleva de l'estrade des ventes, et ils s'en allèrent dans les Steppes. À l'abri des arbres, il l'aida à descendre et mit pied à terre à côté d'elle. Il souleva sa visière… dévoilant un visage pourri, mort depuis longtemps – des morceaux de chair pendaient sur le crâne grimaçant.

Elle hurla…

Et se réveilla. Les autres femmes dormaient toujours – c'était dans son rêve qu'elle avait hurlé. Elle en fut soulagée. Elle passa sa fine couverture autour de ses épaules et s'assit. Sa robe de laine jaune était sale. Elle sentait sa propre sueur incrustée dans le tissu.

Je survivrai, se dit-elle. *Il ne faut pas que je me laisse aller au désespoir.*

L'espace d'un instant, d'un instant seulement, cette pensée lui donna de la force, mais le poids de la captivité reprit vite ses droits et brisa aussitôt sa résolution.

Elle pleura en silence. La femme avec qui elle avait parlé dans le chariot sortit de ses couvertures pour s'approcher d'elle et lui passa un bras autour des épaules.

— Demain, lui dit-elle, lorsque tu seras sur la plate-forme, n'essaie pas de séduire un acheteur potentiel. Les Nadirs pensent que les femmes n'ont aucune valeur. Pour eux, nous ne sommes que du bétail. Une femme de caractère leur fait peur. Tu m'écoutes ? Baisse la tête, et obéis aux ordres du priseur. Soit douce et soumise.

— S'ils ont peur d'une femme avec du caractère, peut-être que personne ne voudra m'acheter ?

— Ne sois pas bête ! cracha l'aînée. Si tu leur tiens tête, le priseur te réduira par le fouet – ou alors tu seras achetée par un homme qui aime brutaliser les femmes. Ce dont tu as besoin, c'est d'un maître qui te traitera aussi bien qu'une autre. Il n'y a pas d'animal moins doux qu'un Nadir, mais mieux vaut être prise rapidement par un sauvage indifférent qu'être battue comme un chien.

— Comment se fait-il que tu saches tout ça ? demanda Ravenna.

— J'ai déjà été vendue, expliqua la femme. J'ai vécu trois ans comme putain à la Nouvelle-Gulgothir. Avant cela, j'avais été vendue à un chef de tribu nadir.

— Mais tu t'es échappée ?

— Oui. Et je m'échapperai encore.

— Comment fais-tu pour être aussi forte ?

— J'ai été mariée à un faible. À présent essaie de dormir. Et si tu n'y arrives pas, au moins repose-toi. Tu ne voudrais pas qu'il y ait de gros cernes noirs sous ces jolis yeux.

— Comment t'appelles-tu ?

— Quelle importance ? répondit la femme.

Salida pénétra dans la grand-salle, l'armure terne et couverte de taches, les yeux injectés de sang et las. Pourtant il se tenait bien droit, le menton haut. Il y avait un peu plus de quarante nobles présents. Il s'inclina devant le comte et leurs regards se croisèrent.

— Tu m'apportes Charéos ? demanda doucement le comte.

— Non, mon seigneur. Mais je vous rapporte le sabre de Logar. (Il montra à tous la lame dans son fourreau et la plaça sur le dais devant le comte.) Je vous amène également le propriétaire de la taverne du Hibou Gris qui a été témoin du combat ; il est à l'extérieur. Il affirme que Logar et deux autres personnes ont attaqué le moine, et que Charéos n'a fait que se défendre noblement. Le dénommé Kypha a menti.

— Tu as pris sur toi de mener cette enquête ? s'enquit le comte en se levant de sa chaise d'ébène, le regard glacial.

— Je sais à quel point vous tenez à la justice, mon seigneur. Je dois également vous confier que Charéos et le villageois, Kiall, ont combattu à mes côtés ainsi qu'aux côtés d'hommes de Talgithir contre un grand groupe de Nadrens. Charéos en a tué au moins six à lui tout seul dans une bataille endiablée. Sans lui, et Beltzer, Maggrig et Finn, nous aurions bien pu perdre l'affrontement. J'ai jugé – peut-être à tort – que vous n'apprécieriez pas de perdre votre temps à faire revenir Charéos.

Le comte resta silencieux quelques secondes puis il se mit à sourire.

—J'aime que mes officiers fassent preuve d'initiative, Salida, et tu viens d'en faire plus que preuve. Tu as également détruit une bande de pillards et fait montre, si j'en crois ce que l'on m'a dit, d'un grand courage. Tu mérites d'être récompensé – tant pour tes actions que pour ta discrétion. Va. Repose-toi. Tu l'as bien mérité.

Salida s'inclina, fit deux pas en arrière avant de faire demi-tour et sortit de la grand-salle. Conscient que tous les regards étaient posés sur lui, le comte se retourna vers ses invités. Pendant plus d'une heure il passa parmi eux, l'humeur légère et de bonne disposition. Juste avant la tombée de la nuit, il quitta la grand-salle et traversa d'un pas rapide les couloirs en pierre de la forteresse, jusqu'à ce qu'il atteigne l'escalier qui menait à ses appartements privés.

Il entra et ferma bien la porte derrière lui. Un grand homme l'attendait près de la fenêtre. Il était mince avec un visage de rapace, des yeux vert pâle séparés par un nez recourbé en forme de bec ; une cicatrice blanchâtre partait de son front et descendait jusqu'au menton, lui donnant un air menaçant. Il portait une cape de cuir noir qui brillait dans la lumière de la lanterne, et arborait un baudrier sur son torse où pendaient trois couteaux.

—Alors, Harokas ? s'enquit le comte.

— Le nommé Kypha est mort. Curieusement, il s'est noyé dans son bain, répondit Harokas. J'ai cru comprendre que l'autre affaire était terminée.

Le comte secoua la tête.

— Rien n'est terminé. Il m'a insulté, à travers mon fils, et m'a déshonoré en public. Trouve-le – et tue-le.

— Je suis habile avec une lame, mon seigneur – mais pas à ce point.

— Je ne t'ai pas dit de te battre avec lui. Je t'ai dit de le *tuer*.

— Ce n'est pas à moi de juger…

— Non, effectivement ! gronda le comte. (Harokas plissa des yeux, mais se retint de parler.) Je veux qu'il sache pourquoi il meurt, reprit le comte.

— Que dois-je lui dire, mon seigneur ? demanda Harokas. Qu'un héros de Bel-azar est condamné parce qu'il a discipliné un garçon arrogant ?

— Attention, Harokas, siffla le comte. Ma patience n'est pas sans limites – même avec ceux qui me servent bien et loyalement.

— Il en sera fait selon vos ordres.

Harokas s'inclina et quitta le bureau.

Les rêves de Kiall étaient agités. Il revoyait encore et encore les Nadrens envahir son village. Il entendait leurs cris de guerre et voyait le soleil se refléter sur leurs épées et leurs heaumes. Il était dans les bois qui surplombaient le village, soi-disant pour cueillir des herbes pour l'apothicaire – mais en réalité, il se promenait, rêvassant, s'imaginant dans la peau d'un chevalier, ou d'un barde, d'un noble investi d'une quête. Dans son esprit, il était un homme au courage indomptable et à l'habileté mortelle. Mais quand les cris des Nadrens avaient retenti, il était resté figé, à regarder le carnage, le pillage, le viol et le feu. Il avait vu Ravenna et les autres se faire prendre en selle par les conquérants et emmener dans le sud. Et il n'avait rien fait.

Il avait su alors, comme il le savait maintenant, pourquoi Ravenna l'avait rejeté. Il ressentait de nouveau la douleur née de leur rencontre dans la haute clairière, au bord du ruisseau argenté.

— Tu es un doux rêveur, Kiall, lui avait-elle dit, et je t'aime bien. Mais il me faut davantage que des rêves. Je veux un homme qui pourra bâtir, qui fera pousser. J'ai besoin d'un homme fort.

— Je peux faire tout ça, lui avait-il assuré.

— Oui, dans ta tête. Maintenant, laisse-moi. Si Jarel te voit me parler, il sera jaloux. Et cela ne serait pas prudent pour toi de rendre Jarel jaloux.

— Je n'ai pas peur de Jarel. Et je t'*aime*, Ravenna. Je n'arrive pas à croire que cela ne compte pas pour toi.

— Mon pauvre Kiall, avait-elle soupiré en lui caressant la joue. Toujours en train de rêver. L'amour ? Qu'est-ce que l'amour ?

Elle lui avait ri au nez et s'en était allée.

Kiall se réveilla. Il avait trop chaud sous la couverture. Pourtant, son visage était glacé. Il se redressa sur son coude et vit que le feu était en train de mourir. Il rajouta du bois et s'assit. Beltzer ronflait et Charéos semblait dans un profond sommeil. Les flammes léchèrent le combustible et s'élevèrent. Kiall se réchauffa les mains et s'enroula dans sa couverture.

Il renifla. Cela sentait le renfermé dans l'abri, la fumée aussi. Pourtant, il arrivait encore à percevoir l'odeur fétide qui émanait de Beltzer. Et ça, ce n'était pas un rêve. Il était assis avec les héros de Bel-azar, dans une quête pour sauver une belle demoiselle en détresse des griffes du mal. Pourtant, la réalité ne ressemblait pas à ce qu'il avait imaginé. Un Maître d'armes irascible, un guerrier puant, et deux chasseurs qui parlaient à peine et seulement entre eux.

Beltzer ronfla et se retourna, la bouche grande ouverte. Kiall s'aperçut qu'il avait perdu plusieurs dents et que celles qui restaient étaient décolorées et pourries. Comment ce vieux lourdaud avait-il pu être un jour le héros aux cheveux d'or des légendes ?

J'aurais dû rester au village, se dit-il, *et apprendre le métier d'apothicaire. Au moins, j'aurais pu me marier et construire une maison. Mais non, le maudit rêveur en moi est venu tout gâcher.*

Il entendit le crissement de bottes dans la neige au-dehors, et il pensa aussitôt que c'étaient des Nadrens venus les surprendre en plein sommeil. La peur monta en lui. Il se releva à toute allure et s'habilla. Puis, il reconnut la voix de Maggrig. Il enfila ses bottes, se mit à genoux, et sortit dans la clairière enneigée. Le ciel était d'un riche bleu de velours, et le soleil commençait à poindre derrière les pics à l'est. Maggrig et Finn dépeçaient quatre lapins blancs. La neige autour d'eux était maculée de sang.

— Bonjour, fit Kiall.

Le jeune chasseur lui sourit et le salua d'un geste de la main, mais Finn l'ignora. Kiall les rejoignit.

— Vous êtes debout de bonne heure, fit-il remarquer.

— Pour certains, grogna Finn. Tiens, rends-toi utile.

Il jeta un lapin à Kiall, qui le dépeça maladroitement. Finn ramassa toutes les entrailles et les balança dans les buissons. Puis, il gratta la couenne sur les peaux et les rangea au fond de son paquetage.

Kiall essuya ses mains pleines de sang dans la neige et alla s'asseoir sur un rocher contre lequel Finn avait posé son arc. Kiall fit mine de le prendre.

— N'y touche pas! cracha Finn.

Kiall se mit en colère.

— Tu crois que je vais le voler?

— Ça, je m'en moque – n'y touche pas, c'est tout.

Maggrig s'approcha de Kiall.

— Ne prends pas ça trop à cœur, dit-il doucement. Aucun archer n'aime qu'un autre que lui touche à son arc. C'est une… superstition, je pense. Tu vois, chaque arc est fait pour un archer et pour lui seulement. Finn fabrique ses propres arcs. Même moi, je n'ai pas le droit d'y toucher.

— Tu n'as pas à t'excuser pour moi, fit amèrement Finn.

Maggrig l'ignora.

— Quand nous arriverons à la cabane, lui dit-il, tu verras beaucoup d'arcs. Finn t'en donnera probablement un – une arme qui ira avec la longueur de tes bras, et ta force de tension.

— Cela ne servirait à rien, répondit Kiall. Je ne suis pas doué au tir.

— Je ne l'étais pas non plus avant de connaître Finn. Mais c'est incroyable ce qu'un homme peut apprendre quand il travaille avec un maître. Finn a remporté tous les trophées importants. Il a même gagné le talisman du seigneur régent face aux meilleurs archers des six pays: Drenaïs, Vagrians, Nadirs, Ventrians, et même des archers venus de Mashrapur. Personne ne peut rivaliser avec Finn.

— Ni hier, ni aujourd'hui, grommela Finn – mais son expression s'adoucit, et il sourit. Ne fais pas attention à moi, mon garçon, dit-il à Kiall. Je n'aime pas les gens.

Mais je ne te veux pas de mal – et j'espère même que tu trouveras ta belle.

—Je suis désolé que vous ne voyagiez pas avec nous, répondit Kiall.

—Pas moi. Je n'ai pas envie de finir la tête réduite et au bout d'une pique, ou me faire écorcher vif devant une tente nadire. Mes jours de bataille sont derrière moi depuis longtemps. Les quêtes et choses du même ordre sont pour les jeunes gens comme toi.

—Beltzer vient, lui, fit remarquer Kiall.

Finn grogna.

—Celui-là n'a jamais su grandir. Mais c'est un homme bien, dans une bagarre en tout cas.

—Charéos aussi, dit doucement Maggrig.

—Oui, approuva Finn. Un homme étrange, ce Charéos. Regarde-le bien, mon garçon, et apprends. Il n'y en a pas souvent des comme lui, si tu vois ce que je veux dire.

—Euh, pas vraiment ?

—C'est un homme avec des principes en acier trempé. Il sait que le monde est gris, mais il fait comme s'il était soit tout noir, soit tout blanc. Il y a de la noblesse en lui – de la galanterie, si tu préfères. D'ici à la fin de cette histoire, tu comprendras ce que je veux dire. Mais nous avons assez parlé pour le moment. Va réveiller tes compagnons. Ils ont intérêt à se lever s'ils veulent leur petit déjeuner. Moi, je ne vais pas les attendre.

La neige arrêta de tomber quelques jours, pourtant les voyageurs ne progressaient pas très vite à travers les pics. Le cinquième jour, Maggrig, qui menait le groupe, passa un peu trop près d'un léopard des neiges qui allaitait ses petits. On aurait cru que les sous-bois explosaient, dans une série de grondements et de crachements. Maggrig fut projeté à la renverse, sa tunique entièrement déchirée au niveau du bras droit. Beltzer et les autres se portèrent à son secours en criant à pleins poumons – mais l'animal, au lieu de s'enfuir, resta en position accroupie, les oreilles baissées, et montra les dents. Finn tira Maggrig en arrière, et les voyageurs contournèrent la bête. Maggrig avait le bras entaillé, mais pas trop profondément. Finn le recousit et le banda.

Le lendemain matin, ils atteignirent la vallée où les deux chasseurs avaient leur cabane. Ils marchaient en plein blizzard, tête baissée face au vent. Ils arrivèrent tant bien que mal jusqu'à la porte verglacée. La neige s'était accumulée sur le seuil, bloquant la porte, mais également la fenêtre à côté. Beltzer déblaya la neige avec ses grosses mains. Il faisait glacial à l'intérieur, aussi Finn alluma tout de suite un feu ; mais il fallut attendre une bonne heure que l'air se réchauffe un peu.

— On a eu de la chance, déclara Beltzer en enlevant sa peau de bête et en s'asseyant sur le tapis devant le feu. Ce blizzard aurait pu nous surprendre il y a quelques jours, et on serait restés bloqués dans les montagnes pendant des semaines.

— Pour toi, c'est peut-être de la chance, tête de fion, lâcha Finn, mais moi ça ne me plaît pas de savoir que ma cabane va être envahie de corps puants pendant des semaines.

Beltzer se fendit d'un large sourire à l'attention du chasseur à la barbe noire.

— Tu es l'homme le moins accueillant que je connaisse. Bon, où est-ce que tu caches tes boissons ?

— Dans le puits, dehors. Où veux-tu que je les mette ?

— Non, je veux dire la bière, ou le vin, ou même les petits spiritueux ?

— Il n'y a rien de tout ça ici.

— Rien ? demanda Beltzer en ouvrant grand les yeux. Rien de rien ?

— Pas une goutte, répondit Maggrig en souriant. Alors, tu penses toujours que c'était de la chance ?

Le jeune chasseur était d'une pâleur cadavérique, de la sueur lui coulait dans les yeux. Il essaya de se lever, mais retomba aussitôt sur sa chaise.

— Qu'est-ce qui t'arrive ? demanda Finn en s'approchant de lui.

Maggrig haussa les épaules.

— Je ne… me sens…

Il s'écroula. Maggrig le rattrapa de justesse et l'emporta dans le lit où Charéos le rejoignit.

— Il a de la fièvre, déclara Charéos en posant sa main sur le front du chasseur.

Maggrig ouvrit les yeux.

— La pièce tourne… soif…

Finn lui apporta un gobelet d'eau et lui leva la tête le temps qu'il boive.

Kiall s'éclaircit la voix.

— Si vous faites chauffer de l'eau, je vais lui faire une potion.

Finn se retourna pour le regarder.

— Qui es tu… un magicien ?

— J'ai été l'assistant d'un apothicaire, et j'ai acheté des herbes et des poudres à Aubergeville.

— Eh bien, qu'attends-tu, viens l'examiner, mon garçon ! gronda Finn. Ne reste pas planté là !

Kiall se pencha au-dessus du lit. Il commença par examiner la blessure à la tempe de Maggrig ; elle s'était refermée et semblait guérir, mais son maître lui avait toujours dit que les coups à la tête pouvaient souvent causer un choc au cerveau. Peut-être que la seconde blessure, causée par l'attaque du léopard, était survenue au mauvais moment pour le chasseur. Il essaya de se souvenir de ce que lui avait enseigné Ulthen à propos de ce genre de blessures. Il retira le bandage au bras de Maggrig ; c'était une vilaine blessure en zigzag, mais il n'y avait ni pus, ni aucun signe d'infection.

Kiall remplit d'eau un petit pot en cuivre et l'accrocha au-dessus du feu. En quelques minutes, le contenu se mit à bouillir. Alors, il ouvrit son paquetage et en sortit un gros paquet, emballé dans du papier gras. Il contenait une dizaine de paquets plus petits, chacun décoré d'un dessin fait à la main, d'une fleur ou d'une herbe. Kiall sélectionna deux paquets et les ouvrit. Il écrasa les feuilles et les jeta dans l'eau en ébullition. Puis il remua l'infusion à l'aide d'une grande cuillère. Il souleva enfin le pot et le posa par terre pour qu'il refroidisse.

— Ça sent bon, déclara Beltzer.

— Comment peux-tu le savoir ? siffla Finn. Qu'est-ce que tu as préparé, mon garçon ?

— Une potion à base de feuilles de saule et de camphre. C'est très bon contre la fièvre ; en plus le camphre purifie le sang et redonne des forces aux malades.

— Et à quoi ça sert d'autre ? s'enquit Beltzer.

— Cela aide à fortifier les os, réduit les bosses, et arrête la diarrhée. D'après ce que me disait mon maître, on s'en est déjà servi pour empêcher la gangrène. Oh oui… c'est aussi très bon contre les rhumatismes.

— Eh bien, puisque tes ingrédients sont sortis, mon garçon, dit Beltzer, profites-en pour en refaire un pot. J'ai des rhumatismes aux genoux. Ça me fait un mal de chien.

Une fois que l'infusion fut refroidie, Kiall l'apporta à Maggrig, et Finn lui souleva de nouveau la tête pour l'aider à boire. Il commença par s'étrangler, mais réussit à boire au moins la moitié du pot avant de s'évanouir. Kiall le couvrit d'une couverture et Finn s'assit en tête de lit pour essuyer la sueur qui perlait sur son front. Beltzer traversa la pièce pour finir l'infusion, et rota un grand coup.

Pendant une heure, il n'y eut aucune amélioration de l'état de Maggrig, puis il finit par s'endormir.

— Ses couleurs reviennent un peu, annonça Finn en regardant Kiall pour avoir confirmation. (Le jeune homme hocha la tête, même s'il ne voyait pas grand-chose.) Est-ce qu'il va aller mieux ? demanda Finn.

— Nous le saurons demain, répondit Kiall, prudent.

Il se leva et s'étira. Il regarda autour de lui et vit que Beltzer s'était endormi devant le feu. Charéos n'était plus dans la pièce. La porte de derrière était ouverte ; Kiall s'y rendit. Il faisait plus froid dans cette pièce, mais ce n'était pas désagréable. Charéos était assis à l'établi, en train d'examiner des morceaux de bois qui avaient été taillés pour faire un arc long.

— Je te dérange ? demanda le villageois.

Charéos leva les yeux.

— Comment va Maggrig ?

— Je ne sais pas vraiment, murmura Kiall. Je n'ai travaillé avec Ulthen que quelques mois. La potion va faire tomber la fièvre. En revanche, je ne suis sûr de rien pour la blessure au bras. Peut-être que le léopard avait quelque chose de coincé dans ses griffes – de la crotte, de la viande pourrie…

— Eh bien, il n'a donc que deux choix – vivre ou mourir, déclara Charéos. Garde un œil sur lui. Fais ce que tu peux.

— Ben, il n'y a pas grand-chose que je puisse faire pour le moment. C'est un arc fin, pas vrai ? dit-il d'un coup en regardant le mince morceau de bois dans la main de Charéos.

— Ce n'est qu'une section de l'arc : il y en a deux autres. Finn va les assembler pour que la souplesse soit plus grande. Tu sais de quel genre d'arbre il s'agit ?

— Non.

— C'est de l'if. Un arbre vraiment curieux. Quand tu le découpes, il y a toujours deux couleurs – claire et sombre. Le clair est souple et le sombre compact. (Il souleva un morceau et le montra à Kiall.) Tu vois ? Le bois clair est utilisé pour la courbe extérieure, où la plus grande souplesse est nécessaire ; le noir sert pour l'intérieur, où il est compact. C'est un bois magnifique. Ce sera une arme superbe.

— Je ne savais pas que tu étais un archer.

— Je ne le suis pas, Kiall, mais j'ai été soldat, et il est préférable qu'un soldat comprenne comment fonctionnent les armes de mort. Je commence à avoir froid ici – et faim aussi.

Charéos replaça le morceau de bois sur l'établi et retourna à grandes enjambées dans la pièce principale, où Finn dormait au côté de Maggrig, tandis que Beltzer était allongé immobile sur le sol. Charéos enjamba le géant et rajouta du bois dans le feu. Puis, il prit de la viande séchée et des fruits secs dans son paquetage, qu'il partagea avec Kiall.

— Merci d'avoir accepté de m'aider, dit doucement ce dernier. Cela compte beaucoup pour moi. Finn m'a dit que tu étais quelqu'un de galant.

Charéos sourit et se renfonça sur sa chaise.

— Je ne suis pas galant, Kiall. Je suis égoïste, comme la plupart des hommes. Je fais ce que je veux, vais où je veux. Je n'ai de compte à rendre à personne. Et tu me remercieras lorsqu'on l'aura libérée.

— Pourquoi *as-tu* accepté, alors ?

— Pourquoi faut-il toujours des réponses à tout ? contra Charéos. Peut-être que je m'ennuyais. Peut-être parce que ma mère s'appelait Ravenna. Peut-être parce que je suis secrètement un prince qui vit en quête de l'impossible. (Il ferma les yeux et resta silencieux un petit moment.) Et peut-être que je ne le sais pas moi-même, souffla-t-il.

En milieu de matinée, Maggrig n'avait plus de fièvre. Il était réveillé et affamé. Finn ne montra pas son soulagement, il se contenta de prendre son arc et ses flèches et, suivi de Beltzer et Charéos, il alla reconnaître la piste enneigée qui menait à la Vallée du Portail. Kiall resta avec le jeune chasseur ; il lui prépara un déjeuner d'avoine et de miel. Puis il fit un feu. Enfin, il tira une chaise jusqu'au lit de Maggrig et les deux hommes restèrent à discuter jusqu'à midi.

Maggrig ne voulut pas parler de la bataille de Bel-azar, mais il confia à Kiall qu'il avait été étudiant dans un monastère. Il s'était enfui le jour de ses seize ans, et avait rejoint une compagnie d'archers de Talgithir. Il avait passé deux mois avec eux avant d'être envoyé à la forteresse ; là, il avait rencontré Finn et les autres.

— Ce n'est pas l'homme le plus amical que j'aie rencontré, déclara Kiall.

Maggrig sourit.

— On apprend vite à voir ce qui se cache sous les mots durs, et à juger plutôt les actions. Si je ne l'avais pas rencontré, je n'aurais pas survécu à Bel-azar. Il est rusé et c'est un guerrier-né. Finn parle moins qu'un caillou, il n'a jamais aimé être en compagnie. Vous avoir tous ici doit le rendre dingue.

Kiall inspecta l'intérieur de la cabane.

— Comment tu supportes ça ? Vivre ici, je veux dire ? Vous êtes à plusieurs journées de marche de toute civilisation, dans des montagnes aussi peu accueillantes que sauvages.

— C'est ce que pense Finn des villes, répondit Maggrig. Nous vivons une belle vie, ici. La montagne regorge de cerfs et de chamois. Il y a des pigeons et des lapins, plusieurs espèces de racines et de tubercules pour épicer nos bouillons. Et si tu pouvais voir les montagnes au printemps, elles resplendissent de couleurs, sous un ciel si bleu qu'il te ferait pleurer. Qu'est-ce qu'un homme peut désirer de plus ?

Kiall observa le chasseur blond – ses yeux bleu clair et ses beaux traits, presque parfaits. Il ne dit rien. Maggrig croisa son regard et opina. Une compréhension venait de passer entre eux.

— Parle-moi de Ravenna, lui proposa Maggrig. Est-elle belle ?

— Oui. Elle a de longs cheveux noirs. Ses yeux sont marron. Elle a de longues jambes, et elle balance des hanches quand elle marche. Son rire est comme un rayon de soleil après l'orage. Je la retrouverai, Maggrig… un jour.

— Je te le souhaite, dit le chasseur en tapotant le bras de Kiall, et je te souhaite également de ne pas être trop déçu. Elle ne sera peut-être plus aussi belle que dans tes souvenirs. Elle aura peut-être changé.

— Je sais. Elle sera peut-être mariée à un guerrier nadir et aura des bébés à ses jupons. Je m'en moque.

— Tu les éduqueras comme si c'étaient les tiens ? s'enquit Maggrig.

Son expression était difficile à déchiffrer, ce qui fit rougir Kiall.

— Je n'y avais pas pensé. Mais… oui, si c'est ce qu'elle veut.

— Et si elle te demande de la laisser ?

— Comment cela ?

— Je suis désolé, mon ami – ce n'est pas mon rôle de critiquer. Si je comprends bien, cette dame t'a déjà rejeté une fois. Peut-être qu'elle le refera. Quand une femme a des enfants, elle change ; ils deviennent sa raison de vivre. Et si leur père les aime – et les Nadirs aiment beaucoup leurs enfants – elle souhaitera peut-être rester avec lui. As-tu envisagé cette possibilité ?

— Non, répondit Kiall en toute honnêteté, mais si je devais tout envisager… Si cela se trouve, elle est morte, ou forcée de se prostituer. Elle est peut-être gravement malade. Ou mariée. Mais quelle que soit sa situation, la mort mise à part, elle saura qu'elle comptait suffisamment à mes yeux pour que je vienne la chercher. Je crois que c'est très important.

Maggrig acquiesça.

— Tu as raison, mon ami. Tu as une tête fort sage pour des épaules aussi jeunes. Mais réponds-moi, si tu le peux : est-ce que la dame a des vertus autres que sa beauté ?

— Des vertus ?

— Est-elle douce, aimante, compréhensive, compatissante ?

— Je… Je ne sais pas, admit Kiall. Je n'y ai jamais pensé.

— Un homme ne devrait pas risquer sa vie seulement pour la beauté, Kiall, car elle s'estompe vite. C'est comme si tu risquais ta vie pour une rose. Penses-y.

Finn marcha autour du campement. La neige avait été tassée par de lourdes bottes, et il y avait trois abris abandonnés.

— Combien d'hommes ? demanda Charéos.

— Je dirais sept, ou huit.

— Il y a combien de temps ? s'enquit Beltzer.

— La nuit dernière. Ils sont partis vers l'est. S'ils croisent nos traces, ils vont les remonter directement jusqu'à la cabane.

— Tu es sûr que ce sont des Nadrens ? l'interrogea Charéos.

— Il n'y a personne à ces hauteurs, répondit Finn. Nous ferions mieux de rentrer. Maggrig n'est pas en état de se battre, et ton villageois n'est pas de taille face à eux.

Kiall se tenait sur le pas de la porte. Le soleil lui chauffait le visage. Les longues stalactites de glace qui pendaient du toit gouttaient de façon régulière. Il retourna à l'intérieur.

— C'est étrange, dit-il à Maggrig qui découpait de la viande dans un grand pot en fer. Le soleil est chaud comme en été, et la glace fond.

— Nous ne sommes qu'en automne, lui expliqua Maggrig. Le blizzard était un avant-goût de l'hiver. Cela arrive souvent. La température se dégrade pendant plusieurs jours, et puis on a l'impression que c'est de nouveau le printemps. La neige aura disparu d'ici à un ou deux jours.

Kiall enfila ses bottes et prit le sabre que Charéos lui avait donné.

— Où vas-tu ? demanda Maggrig.

Kiall sourit.

— J'aimerais m'entraîner un peu avec cette lame avant leur retour. Je ne suis pas un épéiste, tu vois.

— Moi non plus, je n'ai jamais compris le truc.

Maggrig s'affaira à son bouillon, y rajoutant des légumes et du sel. Une fois le pot suspendu au-dessus du feu, il s'autorisa à retourner sur sa chaise. Il se sentait faible et sa tête tournait.

Kiall sortit au soleil et fendit l'air avec le sabre, de gauche et de droite. C'était une belle lame, bien affûtée, munie d'une poignée recouverte de cuir et d'une garde en fer. Plus d'une fois, dans sa jeunesse, il avait arpenté les bois un grand bâton à la main, faisant semblant d'être un chevalier – ses ennemis reculaient face à l'arme démoniaque qu'il portait, consternés devant son niveau de maîtrise. Il levait le sabre, et à grands coups d'estoc et de taille, il se défaisait de tous ses adversaires imaginaires : trois, quatre, cinq hommes moururent sous les coups de l'arme resplendissante. De la sueur lui coulait dans le dos, et il commençait à avoir mal au bras. Deux adversaires de plus tombaient. Il faisait volte-face afin de bloquer une attaque venue de derrière… et sa lame claqua dans un bruit métallique contre la tête d'une flèche, coupant la tige en deux. Kiall cligna des yeux et baissa la tête pour découvrir à ses pieds, dans la neige, le projectile cassé.

Il leva les yeux et vit les Nadrens dans la frondaison des arbres. Un homme brandissait un arc, et sous le coup de la surprise, avait la bouche grande ouverte. Il y avait sept hommes en tout – quatre d'entre eux avaient des bandages aux bras ou à la tête. Ils restaient là, immobiles, à contempler le jeune épéiste.

Kiall était paralysé par la peur. Mais son esprit travaillait à toute allure.

— C'est un joli coup, dit l'un des nouveaux arrivants, un petit homme trapu avec une barbe poivre et sel. Je n'avais encore jamais vu une flèche se faire découper en plein vol. Et je n'aurais jamais cru qu'un homme puisse se déplacer aussi vite.

Kiall jeta un nouveau coup d'œil à la flèche et prit une profonde inspiration.

— Je me demandais quand vous alliez enfin vous montrer, dit-il.

Il fut surpris d'entendre que sa voix était douce et calme.

— Je ne lui avais pas dit de tirer, déclara le chef nadren.

— Ce n'est pas mon problème, répliqua Kiall d'un ton hautain. Que venez-vous faire ici ?

— Nous cherchons à manger. C'est tout.

Il vit que les yeux de l'homme étaient attirés vers la droite et il se retourna. Maggrig se tenait dans l'embrasure de la porte, l'arc bandé. Un silence inconfortable tomba sur la scène. Les Nadrens étaient tendus, la main sur leurs armes.

Un guerrier se pencha vers le chef et lui murmura quelque chose à l'oreille, que Kiall ne put entendre. Le chef opina et s'adressa à Kiall.

— Tu étais l'un des épéistes qu'on a vus en ville. Tu étais avec le grand guerrier – le guerrier de glace.

— Oui, admit Kiall. C'était une sacrée bataille, pas vrai ?

— Il nous a taillés en pièces. Je n'ai jamais vu son pareil.

— Il est assez doué, fit Kiall, mais c'est surtout un tyran pour un étudiant comme moi.

— C'est ton maître d'armes ?

— Oui. Difficile de trouver mieux.

— Je comprends à présent pourquoi tu as trouvé facile de découper une flèche en plein vol. (Le Nadren écarta les mains.) Néanmoins, nous devons nous battre ou mourir de faim. Il est temps que nous mettions ton talent à l'épreuve.

Il dégaina son épée courte du fourreau en cuir à sa taille.

— Est-ce bien prudent ? lui demanda Kiall. Quatre d'entre vous sont déjà blessés. Ce ne sera pas un défi pour moi – et un guerrier devrait se battre pour quelque chose qui a un peu plus de valeur qu'une marmite de bouillon.

L'homme resta silencieux un instant et sourit finalement à Kiall.

— Tu nous laisserais entrer à l'intérieur ? demanda-t-il doucement.

— Bien sûr, répondit Kiall. Mais en gage de vos bonnes manières, vous devrez laisser vos armes là où vous êtes.

— Ha ! Et alors, qu'est-ce qui t'empêcherait de nous massacrer ?

— Qu'est-ce qui m'en empêche maintenant ? riposta Kiall.

— Tu es un jeune coq bien sûr de toi, cracha le chef. Mais je t'ai vu en action, et tu as raison de l'être.

Il rengaina violemment sa lame dans son fourreau, défit la boucle de son ceinturon et laissa tomber son arme par terre. Les autres Nadrens l'imitèrent.

— Et maintenant, où est ce bouillon ?

Kiall rengaina son sabre et leur indiqua la cabane. Maggrig recula à l'intérieur. Kiall prit une longue inspiration pour se calmer, et les suivit.

Au début, l'atmosphère fut plutôt tendue dans la cabane. Maggrig était assis, dos au lit, aiguisant un couteau de chasse à grands coups de pierre à affûter. Kiall faisait le service. Le bouillon n'était pas assez cuit, mais les Nadrens l'engloutirent quand même. L'un d'entre eux avait l'air plus faible que les autres. Il avait une blessure à l'épaule ;

son bandage était très épais, pourtant du sang en coulait régulièrement. Kiall s'approcha de lui.

— Fais-moi voir ça, dit-il.

Le Nadren ne se plaignit pas comme Kiall lui ôtait déjà doucement le bandage. La chair se détachait, l'entaille était vilaine et enflée. Kiall remplaça le bandage et prit des herbes dans son paquetage. Il sélectionna les feuilles dont il avait besoin.

— Qu'est-ce que c'est que ça ? grogna le guerrier. On dirait des herbes.

— Elles ont différents noms, lui expliqua Kiall. En général, on appelle celles-ci du chénopode blanc. On nourrit les poulets avec.

— Ben, je suis pas un poulet, moi !

— Cela guérit également les blessures infectées. À toi de voir.

— Tu es aussi un chirurgien ? demanda le chef.

— Un guerrier doit reconnaître les blessures et savoir les soigner, répondit Kiall.

— Laisse-le faire, dit le chef.

Le guerrier obéit, mais ses yeux bridés et sombres fixèrent le visage de Kiall. Le jeune homme ressentit la haine qui émanait de son regard. Il replaça la peau et la recousit, puis il appliqua les feuilles dessus. Maggrig apporta un morceau de tissu pour que Kiall fasse un nouveau bandage.

Le guerrier ne broncha pas. Il alla se caler contre le mur et se roula en boule sur le sol pour dormir. Le chef des Nadrens s'approcha de Kiall.

— Je m'appelle Chellin, dit-il. Tu t'es bien comporté avec nous. Je te remercie.

— Je suis Kiall.

— J'aurais besoin d'un gars comme toi. Si jamais tu vas au sud, après les Pics Moyens, demande-moi.

— Je m'en souviendrai, répondit Kiall.

La tension dans la pièce se relâcha un peu et les Nadrens s'installèrent confortablement. Kiall fit un nouveau feu et se servit un bol de bouillon. Il en offrit à Maggrig, qui refusa de la tête et sourit.

Comme le soleil de l'après-midi commençait sa lente descente derrière les montagnes occidentales, Chellin réveilla ses hommes et sortit avec Kiall. Alors qu'ils réunissaient leurs armes, Charéos, Finn et Beltzer apparurent. Charéos avait son sabre à la main.

Kiall leur fit un geste du bras et se tourna vers Chellin.

— Bonne chance dans votre voyage, dit-il.

— À toi aussi. Je suis heureux que le guerrier de glace n'ait pas été là lorsque nous sommes arrivés.

Kiall gloussa.

— Moi aussi.

Le guerrier dont Kiall s'était occupé de l'épaule s'approcha de lui.

— La douleur est presque entièrement partie, affirma-t-il.

Son visage était totalement inexpressif. Il tendit sa main et donna à Kiall un raq d'or.

— Ce n'est pas la peine, dit Kiall.

— Oh que si, rétorqua l'homme. Je ne suis plus ton débiteur. La prochaine fois que je te verrai, je te tuerai – comme tu as tué mon frère durant l'attaque.

Quand les Nadrens furent partis, Kiall retourna dans la cabane. Alors qu'il montait les trois marches qui menaient à l'entrée, le rire de Charéos retentit. À l'intérieur, Maggrig les régalait de l'histoire de Kiall, le Pourfendeur de Flèches.

Kiall devint tout rouge. Charéos se leva et lui donna une bonne claque dans le dos.

— Tu t'en es bien sorti, déclara-t-il. Tu as pensé vite et tu as pris le contrôle de la situation. Mais comment as-tu fait pour dévier la flèche ?

— C'était un accident – je ne savais même pas qu'ils étaient là. Je m'entraînais avec le sabre et je me suis retourné. La flèche a heurté la lame du sabre.

Charéos se fendit d'un grand sourire.

— Encore mieux. Un guerrier a besoin de chance, Kiall, et ces Nadrens vont propager la légende de ton exploit. Cela ne peut pas te faire de mal. Mais tu as pris un énorme risque. Maggrig m'a dit que tu avais menacé de les tuer tous. Allons nous promener un peu.

Ensemble, le maître d'armes et le villageois partirent dans le soleil couchant.

— Je suis content de toi, lui dit Charéos, mais je crois qu'il est temps que je t'enseigne quelques trucs. Peut-être que la prochaine fois où tu seras confronté à des hommes armés, tu n'auras plus besoin de bluffer.

Pendant une heure, Charéos travailla avec le villageois, lui montrant comment tenir un sabre, comment rouler son poignet, comme fendre et parer. Kiall apprenait vite, et ses réflexes étaient bons. Les deux hommes firent une pause et s'assirent sur un tronc d'arbre tombé.

— Être habile requiert beaucoup de travail, Kiall, mais être dangereux demande un peu plus que cela. Il y a une magie dans le maniement de l'épée que peu d'hommes maîtrisent. Oublie les lames, ou le jeu de jambes – c'est dans la tête que se gagne un combat. Je me suis battu une fois avec un homme qui était bien plus doué que moi, plus rapide et plus fort. Mais c'est à cause d'un sourire qu'il a perdu. Il a lancé un coup d'estoc, j'ai paré, et alors que nos lames étaient entrecroisées, je lui ai souri. Il s'est énervé, croyant sans doute que je me moquais de lui. Il s'est jeté sur moi comme un fou et je l'ai tué... comme ça. Il ne faut jamais laisser la colère, les insultes ou la peur, te dominer. C'est un conseil facile à dire, mais dur à suivre. Des hommes te taquineront, ils riront de toi, se moqueront. Mais ce n'est que du bruit, Kiall. Ils feront du mal aux gens que tu aimes. Ils feront tout pour te rendre furieux ou émotif. La seule façon de leur rendre la pareille, c'est de gagner. Et pour cela, il faut rester calme. À présent, allons manger – si les Nadrens nous ont laissé un peu de bouillon.

Charéos était assis sous les étoiles, le manteau lâchement enveloppé autour de ses épaules. La brise nocturne caressait son visage. Tout était silencieux à l'intérieur, à part les ronflements rythmés de Beltzer. Une chouette blanche plongea en piqué. Charéos ne vit pas sa proie, ni si elle l'avait attrapée ou pas. Un renard sortit des sous-bois et se risqua à pas de velours sur la neige, sans prêter attention à l'homme.

Les souvenirs s'accumulaient dans l'esprit de Charéos. Les jours de sa jeunesse ambitieuse, le temps des merveilles et de la gloire, les nuits du désespoir et de la mélancolie la plus sombre. *Qu'as-tu fait de ta vie?* se demanda-t-il. Enfin, qu'y avait-il à faire? Il se souvenait du jour où il avait quitté ses parents, et du long et froid voyage qui avait suivi; cela avait été très dur pour le jeune garçon. Ses souvenirs étaient tranchants. Il essaya de les refouler. Il avait vécu une adolescence solitaire à la Nouvelle-Gulgothir – malgré l'amitié et les conseils d'Attalis, son maître d'armes et gardien. Charéos ne s'était jamais senti à l'aise avec les enfants de son âge mais, pire encore, il n'avait jamais réussi à s'adapter au curieux mode de vie de la noblesse gothire. C'était au cours d'un voyage dans le nord qu'il avait commencé à les comprendre. Il était passé près d'un village niché au pied d'une montagne. Il y avait un énorme piton rocheux, couvert de pierres, au-dessus du village.

— Ça m'a l'air dangereux, avait fait remarquer Charéos.

Le vieil Attalis avait acquiescé.

— Un jour, il tombera, avait-il déclaré. Peu en réchapperont.

— Dans ce cas, pourquoi vivent-ils là ?

— Ils ont toujours vécu là, mon petit. Et au bout d'un moment, ils ont oublié le danger. On ne peut pas vivre indéfiniment avec la peur. Il faut l'absorber et elle perdra ses pouvoirs.

Les Gothirs avaient toujours été ainsi. Ils vivaient dans la crainte d'une invasion nadire qu'ils ne pouvaient empêcher. La noblesse organisait des fêtes en permanence, des banquets et toutes sortes de divertissements : ils ne conservaient qu'une armée de parade pour garnir les remparts de Bel-azar. Charéos était entré dans l'âge adulte durant ces années d'apathie et de gratification immédiate. Expert à l'épée grâce à la tutelle d'Attalis, il avait gagné son brevet pour incorporer les Sabres – une force d'élite fondée par le seigneur régent. Il se remémorait aujourd'hui avec embarras la fierté qu'il avait ressentie quand on lui avait remis pour la première fois sa cape blanche et son sabre d'argent. Ils étaient deux cents jeunes hommes debout devant un balcon, le dos bien droit, les yeux rivés sur le seigneur régent, assis sur son trône. Le destin lui souriait.

Deux semaines plus tard, son monde était réduit en cendres. Attalis, qui avait toujours été un homme fier, s'était brouillé pour une raison ridicule avec Targon, le champion du seigneur régent. La brouille s'était transformée en querelle de sang et Targon avait défié le vieil homme en public. Le duel avait eu lieu dans la Cour Royale. Il n'avait pas duré longtemps. Charéos, qui patrouillait avec les Sabres, ne l'avait appris que deux jours plus tard. Attalis avait été blessé d'un coup d'estoc à l'épaule. Il était tombé à genoux en lâchant son sabre sur les pavés. Targon s'était avancé et avait tranché la gorge du vieil homme.

Charéos avait demandé une permission pour assister aux funérailles et on la lui avait accordée. Il avait utilisé ses maigres économies – et une reconnaissance de dettes contre son salaire de l'année suivante – afin d'acheter un petit lot de terrain, un sarcophage en marbre et une statue pour mettre au-dessus de la tombe. Une fois cela fait, il était allé trouver Targon. Celui-ci faisait une tête de plus que Charéos et était taillé comme un fil ; il était rapide et sûr de lui, confiant dans son talent. Une fois de plus, le duel avait eu lieu dans la Cour Royale.

Targon avait lancé un sourire moqueur au jeune officier.

— J'espère que tu me donneras plus de mal que le vieillard, avait-il dit.

Charéos n'avait pas répondu. Il avait gardé ses yeux fixés sur les traits basanés de Targon tout en dégainant la rapière qu'il avait empruntée.

— T'as la frousse, mon garçon ? avait demandé Targon. Si non, tu devrais.

Le seigneur régent avait levé les bras et les deux hommes s'étaient salués. Le duel avait commencé à une allure foudroyante par une série d'estocs, de parades et de ripostes. Charéos avait su en quelques secondes qu'il était surpassé, mais il était resté calme – certain de savoir que, quoi qu'il arrive, sa lame trouverait un chemin dans la chair de l'homme qu'il affrontait. Les deux guerriers s'étaient battus, avançant et reculant à tour de rôle, à travers toute la Cour. Leurs lames étincelaient dans le petit matin. Charéos avait senti l'épée de son adversaire lui entailler la peau – deux fois sur le haut du bras, une fois sur la joue. Un fin liseré de sang avait coulé sur son menton. Pourtant Targon n'était pas arrivé à trouver une ouverture pour porter le coup fatal. Il avait commencé à perdre patience et s'était mis à attaquer rageusement, mais son jeune adversaire avait bloqué tous ses coups.

Les deux hommes s'étaient légèrement éloignés l'un de l'autre, le visage en sueur.

— Tu mets du temps à mourir, mon garçon, avait fait remarquer Targon.

Charéos avait souri.

— Tu te bats comme une femme de tente nadire, avait-il lancé au champion.

Targon était devenu tout rouge et était reparti aussitôt à l'attaque.

Charéos avait bloqué sa lame, et d'un coup de poignet avait enfoncé sa rapière dans l'épaule droite de Targon, tranchant les muscles, arrachant tendons et ligaments. Targon avait lâché sa rapière, et pour la première fois, on avait pu lire de la peur dans ses yeux clairs. Charéos était resté quelques secondes immobile, puis sa lame avait décrit une arabesque dans les airs, déchirant dans un sifflement la gorge de Targon.

Le champion du seigneur régent était parti en arrière, se tenant le cou. Du sang avait coulé entre ses doigts, à gros bouillons, et il était tombé à genoux. Charéos s'était avancé et avait posé sa botte sur le torse du mourant. Puis, il l'avait poussé d'un coup plein de mépris, et Targon était tombé sur le dos. Un silence de mort s'était abattu sur les spectateurs et le seigneur régent avait appelé Charéos.

Des pages s'étaient précipités vers Targon pour essayer de contenir le saignement.

— Tu n'as pas seulement pris sa vie, mais sa dignité, avait déclaré le seigneur régent.

— Si je le pouvais, mon seigneur, je le suivrais en Enfer et je prendrais aussi son âme, lui avait répondu Charéos.

L'après-midi du même jour, Charéos s'était rendu sur la tombe d'Attalis.

— Tu es vengé, mon ami, avait-il dit. Il est mort de la même façon que toi. Je ne sais pas si c'est important à tes yeux. Mais je me suis souvenu de tes enseignements, et je n'ai pas laissé ma haine prendre le dessus. Tu en aurais été plus fier, je crois. (Il était resté silencieux un moment jusqu'à ce que ses yeux se soient remplis de larmes.) Tu as été un père pour moi, Attalis. Je ne t'ai jamais dit ce que tu représentais à mes yeux, ni remercié pour ton amitié et ta présence. Je le fais maintenant. Repose en paix, mon ami.

Un quart de siècle plus tard, à l'extérieur de la cabane de Finn, Charéos le Maître d'armes pleurait de nouveau pour le vieil homme, pour la ruine de ses espérances et l'échec de ses rêves.

La volonté d'Attalis avait toujours été qu'il retourne un jour chez lui et restaure ce qui avait été perdu. Sans le vieil homme, Charéos avait envisagé ce rêve avec une logique glacée – et l'avait écarté.

À présent, il s'essuyait les yeux avec un bout de son manteau.

— Que penserais-tu de cette quête, Attalis ? murmura-t-il. À la poursuite de la fille de l'éleveur de porcs ? Oui, je peux presque t'entendre rire.

Il se leva et rentra dans la cabane. Le feu était retombé, mais la pièce était chaude et douillette. Kiall et Beltzer dormaient devant l'âtre, Maggrig était dans le lit contre le mur, perdu dans ses rêves. La lumière d'une lanterne filtrait de la petite pièce à l'arrière et Charéos alla passer tranquillement la tête par la porte. Finn était assis à l'établi, les pieds sur le banc, à tailler des pennes pour de nouvelles flèches.

— Je n'arrivais pas à dormir, fit Charéos en allant s'asseoir face au chasseur barbu.

Finn reposa ses jambes sur le sol et se frotta les yeux.

— Moi non plus. On ne s'arrange pas avec le temps, pas vrai ?

Charéos haussa les épaules. À la lumière de la lanterne, Finn avait l'air plus âgé. On aurait dit que son visage avait été taillé dans du teck. De grandes ombres étaient projetées sur ses yeux et son cou, et des poils gris brillaient comme de l'argent dans sa barbe.

— J'ai le sentiment que tu es enfin en paix, mon ami, dit Charéos. Ici, dans les montagnes, tu as trouvé la liberté et plus de terres que bien des rois.

— Ce n'est pas vraiment une vie pour le garçon – même s'il ne se plaint pas.

— Le *garçon* doit avoir trente-six ans, aujourd'hui. Si cette vie ne lui plaît pas, il est assez grand – c'est un homme – pour le dire.

— Peut-être, commenta Finn qui n'avait pas l'air convaincu. Quand même, je crois que le temps est venu de bouger un peu.

— Il n'y a nulle part ailleurs de plus beau, Finn.

— Je sais, cracha le chasseur, mais il n'y a pas que ça. Je ne suis plus un jeunot, Charéos, je me sens vieux. L'hiver, mes os me font souffrir, et mes yeux ne sont plus ce qu'ils étaient. Un jour, je vais mourir. Je ne veux pas laisser le… Maggrig… ici, tout seul. Je n'aime pas trop les gens : ils ont une sale mentalité, de mauvaises manières, toujours prêts à voler, à mentir ou à calomnier. Mais peut-être que c'est moi. Maggrig, lui, il s'entend bien avec les gens, il aime leur compagnie. Je crois que le temps est venu pour lui de réapprendre à vivre avec les autres.

— Penses-y encore un peu, Finn, lui conseilla Charéos. Tu es heureux ici.

— Je *l'étais*. Mais rien n'est éternel, Maître d'armes. Ni la vie, ni l'amour, ni les rêves. Et je reconnais que j'ai eu plus que ma part des trois. Je suis assez content.

— Que vas-tu faire ?

Finn leva les yeux et croisa le regard de Charéos.

— Je n'ai jamais eu beaucoup d'amis. Je n'en ai jamais eu besoin. Mais toi – et ce gros porc – êtes ce que j'ai de plus proche d'une famille. Alors, on va venir avec vous – enfin, si vous voulez bien.

— Tu n'as pas besoin de le demander, Finn.

— Tant mieux, lança-t-il en se levant. Cela me fait un poids de moins sur le cœur. Et peut-être qu'on va retrouver cette fille. Qui sait ?

Tsudaï regardait les enchères sans grand intérêt. Il n'appréciait pas ces femmes gothires avec leur peau pâle, leurs yeux bleu glacé, leur grosse poitrine de vache. Il se détourna de la fenêtre et regarda la femme brune assise sur le divan en satin. Voilà une vraie beauté nadire.

Il l'avait vue pour la première fois lorsque Tenaka Khan l'avait amenée à Ulrickham. Elle avait alors quatorze ans, la peau dorée, le regard fier. Toute sa vie, Tsudaï avait été persuadé que les femmes fières étaient une malédiction. Il avait toujours voulu la fouetter, la voir s'agenouiller à ses pieds. Rien qu'en y repensant, il était tout excité.

Il alla s'asseoir à côté d'elle. Elle lui sourit et se recula légèrement. Il rougit mais se força à rester calme.

— Ton frère, Jungir, t'envoie ses salutations. Il espère que tu te portes bien, expliqua Tsudaï. Je le lui confirmerai, car je ne t'ai jamais vue aussi belle, Tanaki.

— Et pourquoi ne me porterais-je pas bien ? lui demanda-t-elle. Est-ce que Jungir ne m'a pas envoyée dans cette région désolée pour que je puisse profiter du bon air frais ?

— C'était pour ta sécurité, princesse. Il y avait des rumeurs de complots contre ta vie.

Elle se mit à rire. Cette cascade musicale ne fit qu'amplifier le malaise physique qu'éprouvait Tsudaï. Son regard croisa le sien, et pour la première fois il eut le sentiment qu'elle lui souriait avec une chaleur véritable.

— Pourquoi jouons-nous à ces jeux stupides, Tsudaï ? Nous sommes seuls, et nous savons tous les deux pourquoi mon frère m'a envoyée là. Il a tué ses frères et, probablement, son propre père. Pourquoi rechigne-t-il à tuer sa petite sœur ? Je vais te le dire : parce que je suis le seul espoir des Nadirs pour assurer un héritier mâle. Malgré tous ses talents pour les chevaux et les armes, Jungir est stérile.

Tsudaï pâlit.

— Ne dis pas ça ! Si jamais je le répétais au Khan…

— Même toi tu n'oserais pas répéter à voix haute ce que tu viens d'entendre. Allons, dis-moi plutôt pourquoi tu es réellement venu, Tsudaï ?

Il ravala sa colère. Il n'était pas à l'aise dans son armure intégrale qui témoignait de son rang. Il essaya de défaire la boucle de son plastron noir et argent.

— Ne te déshabille pas, le taquina-t-elle. Ce ne serait pas convenable.

— Convenable ? Que sais-tu des convenances ? Tu as pris un nombre incroyable de barbares pour amants, et tu en changes tous les jours. Ce n'est pas une façon de se conduire pour quelqu'un de ton sang.

Tanaki se leva et s'étira, les bras au-dessus de la tête. Son corps était mince et leste, et sa petite tunique en soie laissait apercevoir ses douces cuisses dorées.

— Tu fais ça pour attiser mon sang, cracha Tsudaï en se levant.

Il était plus que conscient du désir qui parcourait son corps.

— Un volcan ne pourrait l'attiser, dit-elle. Et maintenant, pour la dernière fois, explique-moi pourquoi tu es là.

Il la regarda méchamment dans ses yeux violets et réprima l'envie de la frapper, de la forcer à ramper à ses pieds.

— Ton frère s'inquiète simplement de ta santé, répondit-il. Est-ce trop difficile à croire ?

Elle éclata de rire, et le son eut l'effet d'un millier de piqûres d'abeille sur ses sens.

— Ma santé ? Comme c'est touchant ! J'ai vu ton aide examiner les esclaves. Le grand guerrier Tsudaï, réduit à chercher des concubines. En as-tu vu qui te plaisent, Tsudaï ?

— Je n'en trouve aucune d'attirante, mais il y en a une ou deux qui pourraient faire l'affaire. Mais tu me sous-estimes, Tanaki. Je suis venu ici pour te parler. Tu sais à quel point ta position est périlleuse. Tu sais qu'à n'importe quel moment ta mort peut être décidée. Il y a quatre ans, je t'ai offert de devenir ma femme. Je te fais la même offre aujourd'hui. Accepte, et tu seras en sécurité.

Elle s'approcha de lui et son parfum fit chavirer ses sens. Elle posa ses mains sur les épaules du guerrier et le regarda droit dans ses yeux bridés et noirs.

— En sécurité ? Avec toi ? Je me souviens du temps où tu convoitais ma main. J'ai envisagé cela sérieusement. J'ai envoyé des espions dans ton palais, Tsudaï. Pas une de tes femmes n'est exempte de marques de fouet. Je sais ce que tu veux, murmura-t-elle d'une voix enrouée, et tu ne l'auras jamais !

Elle se mit à rire de plus belle et recula. Il la frappa au visage. Mais elle réussit à esquiver et fit un pas en avant. Tsudaï s'immobilisa. La pointe d'une dague lui caressait le cou.

— Je pourrais te tuer tout de suite, lui dit-elle.

Ce fut à son tour de rire, en écartant la main de Tanaki.

— Oui, mais tu tiens trop à la vie, pas vrai ? Si tu m'attaques, tu signes ton arrêt de mort. Je t'ai proposé ma main, Tanaki. Mais dorénavant je vais attendre. Et quand le jour viendra pour toi de souffrir, ce sera Tsudaï qui s'en chargera. C'est Tsudaï que tu imploreras. Et je te promets aujourd'hui que je n'entendrai pas tes supplications. La prochaine fois que nous nous verrons, tu ne seras pas si hautaine.

Le guerrier fit demi-tour sur ses talons et sortit de la pièce. Tanaki rangea sa petite dague dans son fourreau et se servit un verre de vin.

Elle avait été idiote d'énerver Tsudaï. Comme il était le conseiller le plus fidèle de Jungir, il aurait mieux valu le garder comme courtisan. Mais il y avait quelque chose chez lui, une froideur d'âme, une méchanceté, qu'elle ne pouvait tolérer. Son père, Tenaka, n'avait déjà pas confiance en lui.

« Je n'ai rien contre un homme qui discipline sa maisonnée, avait dit un jour Tenaka à sa fille, mais tout homme qui a besoin d'un fouet pour raisonner sa femme n'a pas sa place à mon service. »

Tanaki déglutit avec peine en se remémorant son père, ses yeux violets pleins de chaleur, son sourire telle la lumière de l'aube – accueillant, rassurant. Son estomac se noua et des larmes apparurent dans ses yeux. Comment pouvait-il être mort ? Comment le plus grand homme au monde pouvait-il être mort ?

Elle cligna des yeux pour arrêter les larmes et s'en alla à la fenêtre pour regarder les enchères. Elle se demandait quelles femmes Tsudaï allaient acheter. Elle se sentait rarement concernée par le sort des esclaves. Mais aujourd'hui…

Elle aperçut une jeune femme brune qu'on amenait sur l'estrade. On venait de lui arracher sa robe jaune. Elle avait un beau corps et ses seins n'étaient pas trop gros. Tanaki chercha des yeux l'acheteur de Tsudaï et le vit lever la main.

Il y avait d'autres acheteurs, mais la femme fut quand même vendue au général nadir.

— Fais attention où tu mets les pieds, ma fille, murmura Tanaki. Ta vie en dépend.

Chapitre 5

L'état de fébrilité de Maggrig dura cinq jours encore, pendant lesquels Charéos continua d'apprendre à Kiall les bases de l'escrime. Beltzer, de mauvaise humeur, en profita pour aller se promener dans les bois. Finn, lui, passa la majorité du temps dans l'atelier, à confectionner un nouvel arc.

La neige avait entièrement fondu tout autour de la cabane, et le soleil brillait chaudement par-dessus les montagnes.

Au matin du sixième jour, alors que les quêteurs se préparaient à partir pour le Portail de la Vallée de Hurle, Finn appela Beltzer dans son atelier. Les autres vinrent se mettre en cercle autour du vieux chasseur qui tirait de sa cachette sous le banc un coffre en chêne aux armatures en bronze. Finn l'ouvrit pour en retirer un long objet, enveloppé dans une toile cirée. Il le posa sur l'établi et coupa les nœuds qui l'enserraient avec son couteau de chasse. Puis il fit un signe à Beltzer.

— Elle est à toi. Prends-la.

Le géant déballa l'objet et révéla une hache à deux lames étincelante. Le manche faisait la taille d'un bras d'homme – il était en chêne renforcé de fils d'argent. Les têtes étaient recourbées, les pointes travaillées à l'acide, et décorées avec des runes d'argent. Beltzer referma sa main autour du manche et leva l'arme.

— Ça me fait plaisir de la revoir, dit-il.

Et sans un mot de plus, il sortit de l'atelier.

— Ignorant, porc ingrat, gronda Maggrig. Il n'a même pas dit merci.

Finn haussa les épaules et, une fois n'était pas coutume, se fendit d'un sourire.

— L'important est qu'il l'ait, déclara-t-il.

— Elle t'a coûté une fortune. On s'est privé de sel pendant deux ans, et de plein d'autres choses tout aussi précieuses.

— Oublie ça. C'est déjà du passé.

Charéos posa sa main sur l'épaule de Finn.

— Tu as fait un geste d'une rare noblesse. Beltzer n'était plus le même sans sa hache. Il l'avait vendue un jour d'ivresse à Talgithir et ne savait pas ce qu'elle était devenue.

— Je sais. Allez, mettons-nous en route.

Le voyage jusqu'à la Vallée prit trois jours. Ils ne virent aucun signe des Nadrens, et n'aperçurent qu'une fois un cavalier, loin au sud. L'air devenait rare, aussi les quêteurs ne parlaient plus que rarement. La nuit, ils s'asseyaient simplement autour du feu de camp, se couchaient tôt et se levaient à l'aube.

Kiall trouva l'expérience étrange. C'était une aventure pleine de promesses – pourtant ces hommes, ces frères d'armes, n'échangeaient pas un mot. Lorsqu'ils le faisaient, c'était pour parler du temps et de la nourriture. Pas une seule fois ils n'évoquèrent le Portail, les Nadirs ou la quête. Quand Kiall essaya d'aborder ces sujets, ils évitèrent la conversation d'un haussement d'épaules.

La Vallée s'avéra anodine aux yeux de Kiall. Elle ressemblait à toutes celles qu'ils avaient traversées pendant le voyage. Il y avait des bois de pins sur ses flancs, qui tombaient dans une profonde faille entre les montagnes ;

des clairières à sa base, et un cours d'eau sur toute sa longueur. Des cerfs gambadaient gentiment le long des collines, et des moutons et des chèvres broutaient non loin.

Finn et Maggrig choisirent un emplacement pour camper. Ils déposèrent leurs paquetages, empoignèrent leurs arcs et allèrent chasser le dîner. Charéos gravit une colline proche afin de repérer les environs, tandis que Beltzer préparait le feu. Il s'assit et regarda les flammes danser et vaciller.

Kiall s'assit en face du géant chauve.

— C'est une belle hache, dit-il.

— La meilleure, grogna Beltzer. On raconte que Druss avait une hache des Jours Anciens qui ne rouillait jamais et qui restait tout le temps affûtée. Mais je ne crois pas qu'elle fut mieux que celle-ci.

— Tu l'avais à Bel-azar ?

Beltzer leva ses petits yeux ronds et les posa sur Kiall.

— Qu'est-ce qui te fascine tant dans cet endroit ? Tu n'y étais pas – tu ne sais pas comment c'était.

— C'était formidable. Cela fait partie de notre histoire, rétorqua Kiall. Quelques-uns face à une masse. C'était le temps des héros.

— Le temps des survivants – comme dans toutes les guerres. Il y avait des hommes bien parmi ceux qui sont morts le premier jour, et des lâches qui ont survécu presque jusqu'au bout. Mais aussi des voleurs, des tueurs et des violeurs. Il y avait la puanteur des boyaux répandus sur le sol. Les hurlements, les plaintes et les gémissements. Il n'y a eu rien de bon à Bel-azar. Rien.

— Mais tu as gagné, insista Kiall. Tu as été honoré dans tout le pays.

— Ouais, c'était le meilleur – les honneurs, je veux dire. Les parades, les banquets et les femmes. Je n'ai jamais eu autant de femmes. Des jeunes, des vieilles, des grosses, des maigres : elles voulaient toutes ouvrir leurs jambes pour le héros de Bel-azar. C'est la seule gloire que j'en ai retirée, mon garçon – l'après-bataille. Par les dieux, je vendrais mon âme pour un verre !

— Est-ce que Charéos pense comme toi, à propos de Bel-azar ?

Beltzer gloussa.

— Il croit que je ne sais pas… mais je sais. Le Maître d'armes avait une femme, dit-il en tournant la tête pour s'assurer que Charéos était toujours sur sa colline. Par les dieux, elle était belle. Des cheveux noirs qui brillaient comme si on les avait huilés, un corps divin. Tura, qu'elle s'appelait. C'était la fille d'un marchand. Bon sang, comme ce dernier a été content de s'en débarrasser ! Enfin, Charéos la lui a enlevée, et lui a construit une maison. Un bel endroit. De beaux jardins. Cela faisait à peine quatre mois qu'ils étaient mariés lorsqu'elle a pris son premier amant. C'était un éclaireur des Sabres – le premier d'une grande liste à venir s'ébattre dans le lit que Charéos avait construit pour sa femme. Et lui ? Le Maître d'armes, le plus redoutable épéiste que j'aie jamais vu ? Lui ne savait rien. Il lui achetait des cadeaux, et parlait tout le temps d'elle. Alors que nous, nous savions tous. Puis il l'a découvert… je ne sais pas comment. C'était juste avant Bel-azar. Bon sang, il a vraiment cherché à mourir là-bas ! Plus que n'importe qui d'autre. Mais c'est bien ça qui fait que la vie est une pute, pas vrai ? Personne n'arrivait à le tuer. Il portait une épée courte et une dague, et il est certainement né sous une bonne étoile. Il faut dire que j'étais à ses côtés, et je ne chôme pas quand il s'agit de tuer. Quand les Nadirs sont partis, on n'avait jamais vu quelqu'un d'aussi déçu. (Kiall ne dit rien. Il regardait le feu, perdu dans ses pensées.) Je t'ai choqué, pas vrai, mon garçon ? fit Beltzer. Eh bien, la vie est pleine de chocs. C'est de la folie douce. Charéos était le meilleur de tous les maris. Dieux, ce qu'il pouvait l'aimer. Et tu sais comment elle a fini ? (Kiall secoua la tête.) Elle est devenue putain à la Nouvelle-Gulgothir. Le Maître d'armes ne le sait pas, mais je l'ai vue vendre ses charmes du côté des quais. Pour deux pièces de cuivre. (Beltzer se mit à rire.) Il lui manquait deux dents de devant, et elle n'était plus très jolie. Je me la suis faite. Dans une allée. Ça valait les deux pièces de cuivre. Elle m'a supplié de l'emmener ; elle était prête à aller n'importe où, disait-elle. À faire tout ce que je voulais. Elle racontait qu'elle n'avait pas d'ami ni nulle part où aller.

—Que lui est-il arrivé ?

—Elle s'est tuée en se jetant des quais. On a retrouvé son corps en train de flotter à la sortie des égouts.

—Pourquoi la haïssais-tu ? demanda Kiall. Elle ne t'avait rien fait.

—La haïr ? C'est possible. Je vais te dire pourquoi. Parce que pendant tout le temps où elle cocufiait Charéos, elle ne me l'a jamais proposé. Elle me traitait comme de la merde.

—Et tu aurais accepté ?

—Évidemment. Je te l'ai dit, elle était magnifique.

Kiall dévisagea Beltzer et se remémora la chanson de Bel-azar. Puis, il détourna les yeux et remit du bois sur le feu.

—Tu ne veux plus parler, jeune Kiall ? demanda Beltzer.

—Il y a des choses qu'on ferait mieux de ne pas entendre, déclara le villageois. J'aurais préféré que tu ne me dises rien.

— La vie des putes ne fait pas de jolies histoires.

— Non, c'est possible. Ton histoire m'écœure autant qu'elle.

Kiall se leva et partit. Le soleil tombait et les ombres grandissaient. Il trouva Charéos assis sur un tronc d'arbre, contemplant le coucher de soleil. Le ciel rougeoyait de mille bannières qui passaient au-dessus des montagnes.

— C'est magnifique ! s'exclama Kiall. J'ai toujours aimé les couchers de soleil.

— Tu es un romantique, déclara Charéos.

— C'est mal ?

— Non, c'est la meilleure façon de vivre. J'étais comme toi dans le temps – et je n'ai jamais été plus heureux. (Charéos se leva et s'étira le dos.) Accroche-toi à tes rêves, Kiall. Ils sont plus importants que tu ne le crois.

— D'accord. Dis-moi, aimes-tu Beltzer ?

Charéos rigola si fort que le son, riche et plein de joie, se répercuta dans toute la vallée.

— Personne n'aime Beltzer, finit-il par dire. À commencer par Beltzer lui-même.

— Alors pourquoi reste-t-il avec vous ? Pourquoi Finn lui a racheté sa hache ?

— C'est toi le rêveur, Kiall. À toi de me le dire.

— Je ne sais pas. Je n'arrive pas à comprendre. Il est vraiment grossier ; son discours est vil, et il ne comprend rien ni à la loyauté ni à l'amitié.

Charéos secoua la tête.

— Ne le juge pas à ses mots, mon ami. Si je me tenais seul ici, dans la vallée, encerclé par une centaine de guerriers nadirs, et que je criais son nom, il arriverait en courant. Et il ferait la même chose pour Finn, ou Maggrig.

— J'ai du mal à le croire, déclara Kiall.

— Espérons que tu n'auras pas l'occasion de le vérifier.

À l'aube, le lendemain, les quêteurs partirent en direction du nord, à l'ombre des pins, suivant la piste de cerfs qui descendait vers un cours d'eau peu profond. Ils le traversèrent et escaladèrent une petite pente qui menait à une clairière. Il y avait des rafales de vent. Un hurlement inquiétant et aigu retentit tout autour d'eux. Finn et Maggrig quittèrent la piste d'un bond et disparurent dans les sous-bois. Beltzer s'empara de sa hache, cracha dans ses mains, et attendit. Charéos était imperturbable, la main sur la garde de son sabre.

Kiall se surprit à trembler de tous ses membres et réprima l'envie de quitter la clairière à toutes jambes. Le cri résonna de nouveau, un hululement à glacer le sang. Charéos reprit sa marche, Beltzer lui emboîta le pas. De la sueur coulait dans les yeux de Kiall et il n'arrivait pas à se remettre en route. Il prit une profonde inspiration et se força à avancer.

Au centre de la clairière, à cinquante mètres, se dressait un énorme édifice en pierre et devant lui, sur des lances décorées de pierres de toutes les couleurs et de plumes, étaient plantées deux têtes tranchées.

Kiall n'arrivait pas à détacher son regard des têtes réduites. Les orbites étaient vides, mais les bouches bougeaient à chaque hurlement. Maggrig et Finn réapparurent.

— On ne peut pas arrêter ce bruit ? siffla Beltzer.

Charéos acquiesça. Il marcha d'un pas rapide jusqu'à la première lance et passa sa main derrière une des têtes. Le hurlement s'arrêta net. Charéos dégagea la tête et la plaça sur le sol. Il répéta les gestes avec la seconde. À présent, le silence était revenu, mis à part le vent. Les quêteurs s'approchèrent. Charéos s'accroupit et souleva la tête silencieuse, puis la retourna dans ses mains. Il prit son couteau de chasse et l'enfonça profondément sous le scalp, épluchant la peau, qui se détendit de manière incroyable avant de rompre, pour révéler un crâne en bois. Il se releva et porta le morceau de bois à ses lèvres. Aussitôt le cri à faire dresser les cheveux sur la tête retentit de plus belle. Il jeta l'objet à Finn.

— Ce n'est qu'une sorte de flûte, annonça l'ancien moine. Le vent entre par les trois trous à la base, et les anches situées dans la bouche font le reste. En tout cas, c'est un très bel objet. (Il se pencha et ramassa la peau par les cheveux.) Je ne sais pas ce que c'est, dit-il, mais ce n'est pas de la peau humaine. Regardez, les cheveux ont été cousus.

Kiall ramassa la seconde tête et l'examina de plus près. Difficile de savoir à présent comment cette chose avait pu lui insuffler une telle peur. Il la retourna. Le vent s'engouffra à l'intérieur et un léger gémissement s'en échappa. Kiall sursauta et laissa tomber la tête. Il se maudit lui-même en entendant le rire de ses compagnons.

Charéos avança jusqu'à l'édifice. Il y avait deux piliers carrés en pierre de quatre mètres de haut et d'un mètre de côté, couverts d'inscriptions gravées qu'il n'arrivait pas à déchiffrer. Un énorme linteau était posé au sommet des piliers, créant une sorte de portail. Charéos s'agenouilla devant l'édifice et lut les inscriptions.

Kiall passa derrière.

— Il y a des symboles de ce côté également, et la pierre est d'une couleur différente. Je ne sais pas, plus blanche…

Il avança.

— Stop ! hurla Charéos. N'essaie pas de passer entre les piliers.

— Pourquoi ? s'enquit Kiall.

Charéos ramassa une petite pierre ronde.

— Attrape, dit-il en lui lançant par l'ouverture.

Kiall ouvrit ses mains, mais la pierre disparut.

— À présent, lance-m'en une, ordonna le Maître d'armes.

Kiall obéit. La pierre disparut à son tour.

— Alors, on y va ? demanda Beltzer.

— Pas encore, répondit Charéos. Répète-moi tout ce que t'a dit Okas à propos du Portail.

— Il n'y avait pas grand-chose d'important. Il mène à un autre monde. C'est tout.

— Est-ce qu'il ne t'a pas dit que cela menait en fait vers plusieurs mondes ?

— Si, admit Beltzer, mais on ne sait pas comment fonctionne la magie.

— Exactement, déclara Charéos. Okas t'a-t-il donné une indication sur le moment où il fallait passer à travers le portail ? Pendant le jour, à minuit, au coucher du soleil ?

— Pas que je me souvienne. Tu crois que c'est important ?

— Est-ce qu'il t'a dit s'il fallait entrer par la face nord ou la face sud ?

— Non. Allez, entrons, on verra bien ce qu'on trouve, insista Beltzer.

Charéos se leva.

— Prends ma main et serre-la bien. Compte jusqu'à cinq et ramène-moi.

Il se plaça devant l'entrée et tendit son bras. Beltzer l'attrapa par le poignet. Charéos se pencha en avant, sa tête disparaissant progressivement. Beltzer le sentit s'affaisser – il ne prit pas la peine de compter et tira Charéos en arrière. Le visage du Maître d'armes était blanc, de la glace s'était formée dans sa moustache ; ses lèvres étaient bleues de froid. Beltzer l'allongea sur l'herbe, tandis que Finn massait sa peau gelée. Après un petit moment, Charéos ouvrit les yeux ; il jeta un regard furieux à Beltzer.

— Je t'ai dit de compter jusqu'à cinq, pas cinq mille.

— Tu n'es resté là-bas que quelques battements de cœur, lui apprit Finn. Qu'as-tu vu ?

— Quelques battements de cœur ? Je suis resté au moins une heure de l'autre côté. Je n'ai rien vu, à part de la neige et un blizzard. Pas un signe de vie. Et il y avait trois lunes dans le ciel.

Il s'assit.

— Qu'est-ce qu'on va faire ? demanda Beltzer.

— Un feu. Je vais réfléchir. Il faut que tu me dises tout ce dont tu te rappelles à propos d'Okas et de sa tribu. *Tout.*

Beltzer s'accroupit sur l'herbe aux côtés de Charéos.

— Il n'y a pas grand-chose à dire, Maître d'armes. Je n'ai pas la mémoire des détails. Ils s'appellent entre eux le Peuple du Pays des Rêves. Mais je ne sais pas ce que cela veut dire. Okas a essayé de me l'expliquer, mais j'ai perdu le fil – les mots tournaient dans ma tête comme des flocons de neige. Je crois qu'ils voient le monde comme quelque chose de vivant, une sorte de dieu gigantesque. Mais ils vénèrent une déesse borgne qu'ils appellent la Chasseresse. D'après eux, la lune est son œil mort. Le soleil est son œil valide.

Finn alluma le feu et rejoignit les deux hommes.

— Je les ai vus, dit-il. Dans les montagnes. Ils se déplacent la nuit – je crois qu'ils chassent.

— Nous allons attendre que la lune se lève, décida Charéos. Puis nous réessaierons.

Les heures défilèrent lentement. Finn cuisina un repas à base de gibier, avec les derniers morceaux qui restaient du daim tué la veille. Beltzer s'enroula dans ses couvertures, une main posée sur sa hache. Kiall s'éloigna un peu du feu et gravit la crête d'une colline avoisinante. Là, il s'assit et pensa à Ravenna. Il s'imagina la joie qu'il lirait sur son visage quand il apparaîtrait pour la sauver. Il frissonna, et la dépression le heurta de plein fouet. La sauverait-il jamais ? Et si oui, rirait-elle de lui comme elle l'avait déjà fait ? Désignerait-elle son nouveau mari en disant : « C'est mon homme. Il est fort. Pas un rêveur comme toi » ?

Un bruit retentit derrière Kiall. Il se retourna pour apercevoir Finn qui venait à sa rencontre.

— Tu souhaites rester seul ? demanda Finn.

— Non, pas du tout.

Finn s'assit et contempla le paysage déchiré.

— C'est une région magnifique, dit-il, et elle le restera jusqu'à ce que des gens la découvrent et y construisent des villes et des villages. Je pourrais vivre ici jusqu'à ma mort, et ne jamais le regretter.

— Maggrig m'a dit que tu détestais la vie en ville, déclara Kiall.

Le chasseur acquiesça.

— Ce n'est pas vraiment la pierre et les briques qui me gênent, ce sont les gens. Après Bel-azar, nous avons été amenés de ville en ville pour que les foules nous voient. On aurait pu se prendre pour des dieux. Nous avons tous détesté cette sensation – à part Beltzer, qui se sentait comme au paradis. Charéos fut le premier à dire : « Ça suffit ! » Un matin, il est parti.

— Il a eu une triste vie, si j'ai bien compris, dit Kiall.

— Triste ? Comment ça ?

— Sa femme. Beltzer m'en a parlé.

— Beltzer a une grande gueule, et la vie privée d'un homme ne regarde que lui. Je l'ai revue à la Nouvelle-Gulgothir, il y a trois ans. Elle a l'air heureuse, au moins.

— Elle est morte, annonça Kiall. Elle est devenue prostituée et s'est suicidée.

Finn secoua la tête.

— Oui, Beltzer m'a raconté ça, mais ce n'est pas vrai. C'était une pute, mais elle a épousé un marchand – elle lui a donné trois fils. Autant que je sache, ils sont toujours ensemble. Elle m'a dit avoir revu Beltzer – cela a été le pire moment de sa vie. Je peux le croire. Chaque fois que je vois Beltzer, je pense pareil. Non, Beltzer a entendu parler d'une pute qui s'était noyée et il a fantasmé le reste. Elle avait l'air heureuse quand je l'ai vue – pour la première fois de sa vie. Cela m'a fait plaisir de la retrouver.

— Alors tu ne la haïssais pas ?

— Pourquoi l'aurais-je haïe ? demanda Finn.

— Elle a trompé Charéos, répondit Kiall.

— Elle lui a été vendue par son père. Elle ne l'a jamais aimé. Elle était loufoque et pleine d'entrain – elle me faisait penser à une biche que j'avais croisée. Je la pourchassais et elle m'aperçut. Elle ne reconnut ni le chasseur, ni l'arc, donc elle n'eut pas peur. Je me levai et bandai mon arc. Alors, la biche trottina vers moi. Je laissai tomber ma flèche et elle se frotta le nez contre ma main. Et puis elle partit. Tura était exactement pareille. Une biche en quête d'un chasseur.

— Tu l'aimais ?

Finn ne répondit pas. Il se leva et repartit en bas de la colline. Le soleil se couchait, une lune spectrale se dessinait derrière les nuages.

Charéos attendit que la lune soit bien haute dans le ciel. La clairière était baignée dans une lumière argentée, et le Portail en pierre brillait comme du vieux fer. Il se leva et fit rouler sa tête, étirant les muscles de ses épaules et de son cou, essayant de faire baisser la tension née de la peur. Quelque chose au plus profond de lui l'alerta, comme une voix silencieuse lui rappelant de se méfier. Il eut conscience de s'embarquer dans un voyage qui allait l'emmener là où il n'avait pas envie d'aller, sur des sentiers sombres et périlleux. Il ne s'agissait pas de mots de mise en garde, simplement d'un sentiment de péril imminent.

— Alors, tu es prêt ? s'enquit Beltzer. Ou est-ce que tu veux que j'essaie d'abord ?

Charéos ne répondit pas. Il entra dans le portail et tendit son bras. Beltzer lui saisit le poignet tandis qu'il se penchait et que la moitié de son corps disparaissait. Quelques secondes plus tard il ressortit.

— Je ne sais pas si c'est le bon endroit, mais cela y ressemble. Il y a une jungle un peu plus loin. Le soleil est éclatant. (Il se retourna vers Finn et Maggrig.) Je n'ai besoin que de Beltzer. Restez ici et attendez qu'on revienne.

— Quand je suis assis trop longtemps, je m'ennuie, déclara Finn. On vient avec vous.

Charéos acquiesça.

— Alors partons, avant qu'on retrouve un peu de bon sens.

Il se retourna – et disparut. Beltzer le suivit et Maggrig et Finn passèrent ensemble. Kiall se retrouva tout seul dans la clairière. Son cœur battait la chamade ; la peur l'avait saisi. Pendant plusieurs battements de cœur il resta planté là, puis il poussa un hurlement sauvage, avant de sauter à travers le portail – percutant le dos de Beltzer, et s'affalant sur la piste boueuse. Beltzer jura, mais se pencha pour relever Kiall. Ce dernier sourit en guise d'excuse et regarda autour de lui. Des arbres gigantesques ornés de plantes grimpantes les entouraient. Autour de leurs troncs, le sol était jonché de plantes aux feuilles en forme de lances et aux grosses fleurs violettes. La chaleur était oppressante ; les quêteurs se mirent à transpirer fortement dans leurs vêtements d'hiver. Mais ce qui impressionna le plus Kiall fut l'odeur – irrespirable et mielleuse, mélange d'une végétation pourrissante et de l'arôme musqué d'un nombre incalculable de fleurs, de plantes et de pousses fongoïdes. Un rugissement guttural résonna au loin sur leur gauche. Une cacophonie de piaillements dans les arbres au-dessus lui répondit. De petites créatures sombres, avec de longues queues, sautaient de branche en branche, ou se balançaient le long de lianes.

— Est-ce que ce sont des démons ? souffla Beltzer.

Personne ne lui répondit. Charéos regarda le Portail derrière lui. De ce côté-ci, l'édifice brillait comme de l'argent et les inscriptions runiques étaient plus petites, ponctuées par des symboles de la lune et des étoiles. Il regarda le soleil.

— Il est près de midi, affirma-t-il. Demain à la même heure, nous rentrerons chez nous. À présent, je suggère de suivre cette piste afin de trouver un village. Qu'en penses-tu, Finn ?

— Cette idée en vaut une autre. Je vais baliser la piste, au cas où l'un d'entre nous se perdrait.

Finn dégaina son grand couteau de chasse et dessina une tête de flèche indiquant le Portail. À côté, il marqua le chiffre 10.

— Cela représente le nombre de pas. Je vais couvrir un large périmètre autour de la piste, et je baliserai les troncs de cette manière. Si on se retrouve séparés, cherchez ces signes.

Conscient que les remarques de Finn s'adressaient à lui, Kiall hocha la tête.

Le groupe se mit en marche avec précaution, suivant une piste sinueuse pendant près d'une heure. Souvent, Finn disparaissait à gauche et revenait par la droite. Les petites créatures sombres dans les arbres les suivaient. Parfois, elles descendaient sur les branches les plus basses, où elles se suspendaient avec leur queue, poussant de petits cris stridents à l'adresse des étrangers. Des oiseaux au plumage magistral, rouge, vert et bleu, étaient posés sur des branches, se lissant les plumes de leur bec courbe.

Au bout de cette première heure, Charéos fit halte. La chaleur était incroyable, et leurs habits étaient trempés de sueur.

— En gros, nous nous dirigeons vers le sud-est, fit Charéos à l'intention de Kiall. Souviens-t'en.

Un mouvement attira leur attention dans les sous-bois sur leur droite. Les feuilles en forme de lance s'écartèrent… et une tête monstrueuse apparut. Le visage était à moitié humain, aussi noir que de la suie, les yeux petits et ronds. Il avait de longs crocs, et, en se dressant de toute sa hauteur, dans les deux mètres de haut, ses énormes bras et ses épaules furent visibles de tous. Beltzer saisit sa hache et poussa un cri de guerre tonitruant. La créature cligna des yeux et le fixa sans broncher.

— Avancez. Doucement, suggéra Charéos.

Prudemment, le petit groupe continua sa progression sur la piste. Charéos en tête, et Finn, une flèche encochée à son arc de chasse bandé, en queue de peloton.

— Quelle obscénité, souffla Kiall en jetant un coup d'œil à la créature silencieuse qui se tenait en plein milieu de la piste, derrière eux.

— Ce n'est pas une façon de parler de la mère de Beltzer, le gronda Maggrig. Vous avez vu comment ces deux-là se sont reconnus ?

Finn et Charéos gloussèrent. Beltzer lança une insulte. La piste devint plus large et descendit vers une dépression en forme de bol, dénuée d'arbres. Il y avait là des huttes rondes et des feux de cuisine encore allumés. Mais personne ne cuisinerait plus. Des cadavres jonchaient le sol, d'autres étaient empalés ou cloués à des arbres à l'orée du village. De gros oiseaux bouffis recouvraient les cadavres ou étaient posés en rangs d'oignons sur le toit des huttes.

— Je crois que nous avons trouvé les Hommes Tatoués, déclara Finn.

Kiall était assis sur la pente qui surplombait le village dévasté et regardait ses compagnons se déplacer au milieu des ruines. Finn et Maggrig faisaient le tour des huttes pour lire les traces sur le sol, tandis que Charéos et Beltzer passaient de case en case à la recherche de survivants. Ils n'en trouvèrent aucun. Kiall fut gagné par le désespoir. C'était la troisième fois dans sa courte vie qu'il voyait le résultat d'une razzia. Dans le premier, Ravenna avait été capturée, mais d'autres, des femmes plus âgées, avait été battues ou violées. Des hommes avaient été tués. Dans le second, il avait été le témoin – actif – d'un combat sauvage et frénétique, où s'étaient entrechoqués couteaux et épées, un besoin de tuer faisant bouillir son sang. Et celui-ci était le troisième – le pire de tous. De sa position élevée, il pouvait voir les corps des femmes et des enfants, et bien que ses yeux ne fussent pas très entraînés à discerner ce genre de choses, il déchiffra la sauvagerie gratuite qui avait eu lieu. Ce n'était pas une razzia d'esclavagistes. Les Hommes Tatoués avaient été exterminés.

Au bout d'un moment, Maggrig passa son arc en bandoulière et grimpa s'asseoir auprès de Kiall.

— C'est répugnant, déclara le chasseur. Apparemment rien n'a été pris. Un peu plus tôt aujourd'hui, deux cents guerriers ont encerclé le village, ils sont entrés et ont tué tout le monde. Il y a des traces qui partent vers le nord et qui indiquent que des petits groupes d'Hommes Tatoués ont réussi à se frayer un chemin pour s'enfuir. Peut-être une dizaine. Mais ils ont été pris en chasse.

— Pourquoi les gens font-ils ce genre de chose, Maggrig ? Qu'est-ce qu'ils peuvent y gagner ?

Le chasseur écarta les mains.

— Je n'ai pas de réponse. J'ai participé une fois à un raid contre un campement nadir. Nous avions découvert plusieurs de nos hommes torturés près de leurs propres feux de camp, les yeux brûlés. Nous avons suivi les pillards jusqu'à leur village et les avons capturés. Notre officier, un homme cultivé, a donné l'ordre que les enfants soient amenés à l'avant du groupe des captifs. Il les a tués devant leurs parents. Après cela les Nadirs ont été pendus. Il nous a expliqué que les Nadirs n'avaient pas peur de la mort et que les tuer n'était pas une vraie punition. Par contre, massacrer leurs enfants sous leurs yeux, ça c'était faire justice.

Maggrig se tut.

Kiall reporta son regard sur le village.

— Rien de tout cela n'est juste, dit-il.

Les autres les rejoignirent. Ensemble ils remontèrent la pente pour aller dresser un camp. Finn n'arriva pas à faire un feu tant le bois était humide. Les quêteurs s'assirent en cercle et échangèrent quelques mots.

— Est-ce qu'Okas était parmi les morts ? demanda Kiall.

Charéos haussa les épaules.

— Difficile à dire. La plupart des cadavres ont été entièrement dépouillés, et il n'y a pas un tatouage qui m'a semblé familier.

— Est-ce que nous sommes arrivés au beau milieu d'une guerre interne ?

— Non, répondit Finn. Les Hommes Tatoués sont petits, et marchent les pieds en dedans. Les traces des pillards indiquent qu'ils étaient grands. J'ai trouvé ceci, ajouta-t-il en sortant un bracelet en or cassé de la poche de son gilet en daim.

En le voyant, Beltzer resta bouche bée.

— Grands dieux ! s'exclama-t-il. Combien pèse-t-il ? (Finn le lui lança.) Il doit valoir au moins cent raqs, estima le géant.

— Le propriétaire l'a jeté quand il s'est cassé, affirma Finn. L'or ne doit pas valoir grand-chose par ici.

— Non, acquiesça Charéos en révélant une pointe de flèche, en or elle aussi.

— Je crois que je vais me plaire ici, observa Beltzer. On pourrait rentrer riches en Gothir.

— Contentons-nous de rentrer vivants, cracha Charéos.

— Je vote pour, murmura Finn en tendant la main vers Beltzer qui lui rendit le bracelet à contrecœur.

Charéos se leva.

— La nuit va bientôt tomber. Je crois que nous ferions mieux de retourner au Portail pour dresser le camp.

Il passa son paquetage à l'épaule et conduisit les autres en direction du nord-ouest. Ils avancèrent prudemment, s'arrêtant souvent. Finn alla inspecter la piste en amont. Kiall devenait de plus en plus inquiet. Ils n'avaient aucune chance d'entendre l'arrivée d'une légion de guerriers ennemis, par-dessus les piaillements des créatures noires dans les arbres, le rugissement des félins, et le grondement des fleuves et autres cours d'eau invisibles. Il resta à côté de Charéos. Beltzer fermait la marche, son énorme hache à la main.

Alors en éclaireur, Finn s'accroupit d'un seul coup, leva le bras et serra le poing trois fois. Puis il fit une roulade sur la gauche et disparut. Maggrig plongea dans les sous-bois, suivi rapidement par Charéos et Beltzer. Kiall resta tout seul sur la piste. Trois grands guerriers apparurent, traînant une jeune femme. Ils aperçurent Kiall et s'arrêtèrent, perplexes. Ils étaient grands, la peau couleur de bronze, les cheveux droits et noirs. De l'or brillait sur leurs bras et leurs chevilles. Deux d'entre eux portaient des armes en bois sombre, tandis que le troisième avait un long couteau en or bruni. Ils arboraient des colliers de pierres colorées, leurs visages étaient peinturlurés. La femme était petite, sa peau cuivrée. Elle avait un tatouage bleu sur le front, et ne portait qu'un pagne en peau de bête.

Lentement, Kiall dégaina son sabre. L'un des hommes lança un cri de guerre et lui fonça dessus, son gourdin brandi. Kiall adopta la posture de profil que lui avait enseignée Charéos, puis bondit en avant. Il enfonça son sabre dans la poitrine de l'assaillant. Celui-ci recula en titubant alors que le jeune homme retirait son arme. Il baissa les yeux vers sa blessure pour voir le sang qui jaillissait à gros bouillons ; il s'écroula face contre terre. La jeune femme se dégagea et courut vers Kiall qui s'écarta pour la laisser passer. Les deux autres guerriers restèrent un moment interdits. Derrière eux arriva un groupe de leurs camarades.

Kiall plongea sur sa gauche dans les sous-bois. Les guerriers se ruèrent à sa poursuite. Le sol se déroba et il trébucha, dégringolant une pente boueuse. Il atterrit tout en bas, les quatre fers en l'air.

Le souffle à moitié coupé, il se releva tant bien que mal. Il ramassa son sabre, puis leva la tête : les guerriers de bronze fonçaient sur lui. Il fit demi-tour et courut à toutes jambes le long d'un sentier. De grandes feuilles lui lacéraient le visage, des branches épineuses déchiraient ses vêtements. Il glissa et tomba deux fois, mais les cris à glacer le sang de ses poursuivants nourrissaient sa panique, lui insufflant de nouvelles forces.

Où sont mes amis ? Pourquoi est-ce qu'ils ne m'aident pas ?

Il se fraya un chemin dans une dernière section de sous-bois dense et émergea sur la rive boueuse d'un grand fleuve, plus large encore que les lacs de son pays natal. Sa respiration était saccadée, et son cœur battait la chamade.

Où est-ce que je peux aller ?

Il avait perdu le sens de l'orientation, et de gros nuages noirs et bas obscurcissaient le ciel. Il entendit des cris sur sa gauche et partit en courant vers la droite, le long du fleuve.

Un énorme dragon sortit de l'eau, la gueule bordée de dents pointues. Kiall poussa un hurlement et bondit en arrière. Une lance fendit les airs au-dessus de sa tête. Il se retourna juste à temps pour voir un guerrier de bronze lui sauter dessus. Le guerrier percuta Kiall, et ils tombèrent tous les deux à la renverse sur les bords du fleuve. Comme il avait perdu son sabre dans la collision, Kiall se releva et balança un crochet du droit en plein visage de son adversaire, le faisant tomber sur le côté. Le guerrier essaya de se redresser, mais Kiall sauta à pieds joints sur sa poitrine, le propulsant dans le fleuve noirâtre. Tandis que le guerrier pataugeait à la surface pour atteindre la rive, la tête du dragon surgit derrière lui, et les monstrueuses mâchoires se refermèrent sur une jambe. Il poussa un cri d'agonie et essaya de planter son couteau en or dans la peau écailleuse du monstre. Du sang s'éleva en tourbillons à la surface de l'eau, et Kiall vit avec horreur le guerrier disparaître sous les flots.

Il s'arracha à la scène et ramassa son sabre. Il scruta les arbres à la recherche d'un ennemi. Un mouvement furtif derrière le fit se retourner, l'épée levée. C'était la jeune femme, qui lui faisait signe de la rejoindre dans les sous-bois où elle était cachée. Il courut jusqu'à elle, tomba à genoux et rampa à travers les buissons d'épineux. Elle replaça doucement les feuilles sur son passage.

Quelques secondes à peine plus tard, de nouveaux guerriers arrivèrent sur les lieux. Ils se tinrent sur la rive, à regarder la fin du combat qui opposait le mourant et le dragon. Quand celui-ci s'acheva, les chasseurs s'accroupirent en cercle et parlèrent à voix basse ; l'un d'eux désignait la piste, et il sembla à Kiall qu'ils discutaient sur la direction à prendre. Une énorme araignée, gonflée mais sans poils, passa sur sa main. Il retint un cri. La fille se pencha précipitamment vers lui et cueillit délicatement l'arachnide qu'elle déposa ensuite sur une feuille.

Les chasseurs se relevèrent et partirent dans la jungle.

Kiall s'allongea sur le dos. Il sourit à la jeune femme. Elle ne répondit pas au geste, mais elle posa sa main sur ses seins, puis sur son front, et pressa ses doigts sur les lèvres de Kiall. Ne sachant que répondre, Kiall lui prit la main et l'embrassa. Elle s'allongea à côté de lui et s'endormit.

Il resta éveillé un long moment, trop effrayé pour quitter le sanctuaire des sous-bois. Puis, lui aussi somnola – pour se réveiller alors que la lune était haute dans le ciel. La femme s'assit et rampa à l'air libre. Kiall la suivit. Elle lui murmura quelque chose, dans un langage qu'il n'avait jamais entendu.

— Okas ? lui demanda-t-il. (Elle pencha la tête.) Je cherche Okas.

Elle haussa les épaules et gambada le long de la rive. Il la suivit ainsi dans la jungle illuminée par le clair de lune, par-dessus des collines et sous des voûtes de lianes jusqu'à l'entrée d'une grotte où elle s'arrêta. Elle lui tendit la main. Il la prit et fut conduit à l'intérieur. Des torches vacillaient, et il vit une trentaine d'Hommes Tatoués assis autour de feux construits dans des cercles de pierre. Deux jeunes hommes vinrent à leur rencontre. Une fois que la femme leur eut parlé, on le mena plus loin dans la grotte.

Un vieillard presque édenté était assis en hauteur, jambes croisées, sur un rocher. Son corps était entièrement couvert de tatouages, le bas de son visage était teint en bleu, comme pour imiter une barbe qui remontait vers une moustache naturelle, mais inversée.

La femme parla au vieil homme, dont le visage restait impassible. Enfin, elle se retourna vers Kiall et se prosterna à genoux. Elle prit sa main et l'embrassa deux fois. Puis elle se releva et s'en alla.

—Je suis Okas, déclara le vieil homme.

—Je suis…, commença Kiall.

—Je sais qui tu es. Que me veux-tu ?

—J'ai besoin de votre aide.

—Pourquoi voudrais-je aider l'âme de Tenaka Khan ?

—Je ne sais pas de quoi vous parlez, répondit Kiall. Je cherche à sauver une femme que j'aime – c'est tout.

—Où est le gros Beltzer ?

—Je les ai perdus quand nous avons été attaqués.

—Par les Azhtacs. Je sais ça aussi ! Donne-moi ta main.

Kiall tendit sa main. Okas la prit, puis la retourna, paume vers le haut.

—Tu as perdu ta femme – et pourtant ce n'est pas ta femme. À présent tu es embarqué dans une quête que tu ne comprends pas et qui déterminera le destin d'un peuple que tu ne connais pas. À dire vrai, Kiall, tu fais partie du Monde des Rêves.

—Acceptez-vous de m'aider ? Charéos m'a dit que vous pouviez suivre la piste des esprits ; que sans vous nous ne retrouverions jamais Ravenna.

Le vieil homme lui lâcha la main.

—Mon peuple est fini, le jour des Azhtacs est arrivé. Mais bientôt, un autre jour se lèvera, où les Azhtacs assisteront à la destruction de leurs foyers et au supplice de leur peuple. Pourtant, cela ne me procure aucune joie. Je ne veux pas non plus être là lorsqu'ils viendront pour mes enfants. J'avais pensé mourir ce soir, en silence, sur cette pierre. Mais à présent je vais venir avec toi, et mourir sur une autre pierre. Ainsi, je rejoindrai le Monde des Rêves.

—Je ne sais pas comment vous remercier, déclara Kiall.

—Viens, fit le vieil homme en se laissant tomber sur le sol à côté de lui, allons retrouver les *fantômes-à-venir*.

Charéos dégagea son épée de l'Azhtac en train de mourir et se retourna pour voir si aucun de ses compagnons n'avait besoin d'aide. Beltzer se tenait au-dessus d'un guerrier mort, la hache brandie. Maggrig et Finn avaient rengainé leurs couteaux et encoché des flèches. Il y avait neuf Azhtacs morts autour d'eux. Charéos regarda le soleil ; il était presque midi et le Portail gris argenté l'attendait.

—Au nom de Bar, où donc est Kiall ? siffla Charéos.

Finn le rejoignit.

—J'ai balisé le plus d'arbres possibles, Charéos. J'ai peur qu'il soit mort.

Beltzer s'agenouilla à côté d'un cadavre et lui retira un bandeau en or qu'il avait sur le front. Au même moment, Maggrig cria un avertissement, un grand groupe d'Azhtacs surgit des arbres.

— En arrière ! hurla Charéos.

Beltzer jura et se leva. Maggrig et Finn se jetèrent en courant dans le Portail. Beltzer brandit sa hache et poussa un cri de guerre, qui ralentit les Azhtacs. Puis il se retourna et passa à son tour dans le Portail, suivit de Charéos.

De l'autre côté, la lune était haute, et le froid engourdissant après la chaleur de la jungle. Une lance passa par le Portail et s'enfonça à moitié dans la neige. Beltzer se cala contre l'un des piliers du Portail ; lorsqu'un bras et une tête apparurent, sa hache s'abattit sur le crâne du téméraire, le catapultant là d'où il venait. Puis ce fut le silence.

— Tout cet or, dit Beltzer, et je n'en ai pas pris une once.

— Au moins, tu as ta vie, lui fit remarquer Beltzer.

Le géant se retourna vers lui.

— À quoi ça me sert ?

— Suffit ! gronda Charéos. Nous avons un camarade de l'autre côté. Arrêtez de vous disputer et laissez-moi réfléchir.

À faible distance du Portail, Maggrig fit un feu dans un cercle de pierres, et ils vinrent tous s'asseoir autour.

— Tu veux y retourner, Maître d'armes ? demanda Maggrig.

— Je ne sais pas, mon ami. Nous avons eu de la chance la première fois. Je pense qu'ils vont placer des gardes devant le Portail – ce qui pourrait multiplier les risques par deux.

— Moi, je dis qu'on doit y retourner, affirma Beltzer. Je suis prêt à prendre le risque.

— À cause du garçon, ou de l'or ? l'interrogea Maggrig.

— À cause des deux, si tu veux le savoir, cracha Beltzer.

Charéos secoua la tête.

— Non, dit-il, ce serait téméraire. Kiall est seul là-bas, mais c'est un garçon qui a de la ressource. Finn a balisé les arbres ; s'il est toujours en vie, il remontera la piste jusqu'au Portail. Nous allons l'attendre ici.

— Que se passera-t-il si tu as raison à propos des gardes, hein ? s'enquit Beltzer. Comment fera-t-il pour les éviter ?

— À mon avis, ils vont regarder vers le Portail pour s'assurer que personne n'en sort. Il aura sa chance.

— Je crois que tu oublies autre chose, Charéos, déclara Maggrig. S'il se trompe de moment pour passer, on ne sait pas où le Portail risque de l'envoyer.

— Comme je l'ai déjà dit, c'est un garçon qui a de la ressource. Attendons.

Ils restèrent assis un long moment sans rien dire. Le vent se leva, répandant de la neige autour d'eux ; le feu grésilla – il ne semblait pas dégager beaucoup de chaleur.

— On va mourir de froid à attendre sans rien faire, grommela Beltzer. Au moins, de l'autre côté, il fait chaud.

— Il fait plus froid que de saison, remarqua Finn soudain. Quand nous sommes partis, le dégel avait commencé. Le temps n'aurait pas dû tourner aussi vite.

— Il n'a pas forcément été vite, déclara Charéos en s'emmitouflant dans son manteau. La première fois que j'ai regardé de l'autre côté du Portail, j'ai eu l'impression d'y rester une heure à me geler. Et toi, tu as dit que ça n'avait duré que quelques battements de cœur. Eh bien, nous sommes restés de l'autre côté une journée entière – peut-être que cela fait une semaine ici, ou un mois.

— Il vaudrait mieux que ce ne soit pas un mois, Maître d'armes, annonça doucement Maggrig. Sinon, nous sommes bloqués pour l'hiver dans cette vallée. Et il n'y a pas assez de gibier.

— Conneries ! grogna Beltzer. On n'aurait qu'à passer de l'autre côté du Portail pour quelques jours, et on ressortirait au printemps. J'ai pas raison, Charéos ?

(Le Maître d'armes acquiesça.) Eh ben alors, qu'est-ce qu'on attend ? demanda Beltzer. Allons chercher le gamin.

Finn étouffa une vilaine répartie en voyant Beltzer se lever. C'est alors qu'une étincelle jaillit du feu et s'éleva dans les airs, gonflant lentement jusqu'à devenir un globe luminescent. La mâchoire de Beltzer s'affaissa et il s'empara de sa hache. Charéos et les autres contemplèrent, médusés, la sphère qui de manière surprenante grossit jusqu'à atteindre la taille d'une tête humaine. Les couleurs s'évanouirent et le globe devint presque transparent, si bien qu'ils apercevaient à l'intérieur une réplique minuscule du Portail derrière eux et de la neige qui était autour. Finn eut le souffle coupé en distinguant deux petites silhouettes à l'intérieur de la sphère en train de passer sous le Portail miniature.

— Voici Okas, affirma Beltzer en scrutant le globe. Le gamin est avec lui.

Il se retourna, mais le vrai Portail était vide. La scène à l'intérieur de la sphère se mit à osciller et à se transformer ; à présent ils voyaient la cabane de Finn, et un feu dans l'âtre. Okas était assis devant, les jambes croisées et les yeux fermés. Kiall était assis à la table.

La sphère disparut.

— Il a trouvé notre pote, dit Beltzer. Il a trouvé Okas.

— Oui, et ils sont revenus avant nous, continua Finn.

Les quatre compagnons se levèrent comme un seul homme. Charéos éteignit le feu et ils s'élancèrent dans la neige.

Dans la cabane, Okas ouvrit les yeux.

— Ils arrivent, dit-il.

— J'avais commencé à perdre espoir, répliqua Kiall. Douze jours, c'est plutôt long dans cette jungle.

Okas gloussa.

— Ils sont partis avant nous. Mais moi, je sais utiliser le Portail.

Il se releva et s'étira. C'était un petit homme, pas plus d'un mètre cinquante de haut, avec un dos voûté et une bedaine. Il pouvait avoir entre soixante et cent ans, et il donnait l'impression qu'un coup de vent pouvait le casser en deux. Pourtant il avait progressé dans la neige vêtu uniquement de son pagne, sans montrer un seul signe de gêne, ni paraître souffrir du froid ou de la fatigue. Et il ne laissait quasiment pas d'empreintes dans la neige, comme s'il ne pesait pas plus qu'un oiseau. Il leva les yeux vers Kiall.

— Dis-moi tout ce que tu sais du Grand Khan.

— En quoi est-ce que cela vous intéresse ? Je ne comprends pas, fit Kiall.

— J'étais là quand il a mené ses armées contre les terres drenaïes, lui confia Okas. Là encore lorsqu'il a marché sur Bel-azar. Un homme fort, le Khan. Peut-être même un grand homme. Mais il est mort, oui ?

— Je ne sais pas grand-chose sur lui. Il a conquis Drenaï et la Vagria. Il est mort il y a quelques années ; il est enterré dans la tombe d'Ulric.

— Non, il ne l'est pas, affirma Okas. Il est enterré dans une tombe sans nom. Mais je sais où elle est. Comment est-il mort ?

— Je ne sais pas. Je crois que son cœur a lâché. C'est ainsi que la plupart des gens meurent – même les rois. Êtes-vous sûr que Charéos va arriver ?

Okas acquiesça. Il se versa un verre d'eau.

— Je leur ai envoyé un message. Ils arrivent. Le gros Beltzer est déçu. Il voulait retourner dans la jungle pour te trouver – et pour devenir riche. Le gros Beltzer a toujours voulu devenir riche.

— C'est votre ami ?

— Tous les hommes sont mes amis, déclara Okas. Nous appartenons tous au Rêve. Mais oui, j'aime beaucoup le gros Beltzer.

— Pourquoi ? Comment peut-on l'aimer ? demanda Kiall.

— Repose-moi cette question dans six mois. Maintenant je vais dormir. Je suis plus vieux que je n'en ai l'air.

Kiall eut du mal à y croire, mais ne le fit pas remarquer. Okas s'assit devant le feu, croisa les bras, et s'endormit. Kiall souffla la lanterne et s'allongea sur le lit contre le mur.

Les autres arrivaient. Ils allaient pouvoir se lancer à la recherche de Ravenna.

Il dormit sans faire de rêves.

Il fallut attendre deux jours de plus avant que les voyageurs épuisés ne rejoignent le sanctuaire de la cabane. Beltzer fut le premier à l'intérieur. Il souleva Okas dans une étreinte et le fit tournoyer dans tous les sens jusqu'à ce que le petit homme éclate d'un rire joyeux.

— Comment cela se fait que tu sois encore en vie, gros homme ? demanda-t-il. Pourquoi personne ne t'a encore tué ?

— C'est pas faute d'essayer, répliqua Beltzer. (Il reposa le vieillard et examina sa peau ridée et ses yeux chassieux.) Par la Source, tu as l'air d'être mort, toi-même.

— Bientôt, répondit Okas en souriant. Le Rêve m'appelle. Mais je vais encore rester un peu avec mes vieux amis. (Il se tourna vers Charéos, qui avait fini de débarrasser son manteau de la glace qui y était incrustée et qui avait ôté ses vêtements trempés pour se réchauffer devant le feu.) Toi et moi, on parle. La pièce du fond, c'est bien pour ça.

— Tout de suite ?

— Oui, répondit Okas en se rendant dans l'atelier.

Charéos sortit une tunique propre de son paquetage et rejoignit Okas. Le vieil homme tendit le bras et lui saisit la main, la serrant quelques secondes.

— Assis, ordonna-t-il, et parle-moi de ta quête.

Charéos expliqua la razzia sur le village et l'amour de Kiall pour Ravenna.

— Les autres viennent pour différentes raisons. Beltzer est une âme perdue, descendue de sa montagne. Finn a peur que Maggrig se retrouve seul à sa mort.

— Et toi ?

— Moi ? Je n'ai rien de mieux à faire de ma vie.

— Est-ce la vérité, Charéos ? Ne portes-tu pas un rêve en toi ?

— Le rêve d'un autre. Il n'a jamais été le mien.

Okas escalada le rebord de l'établi et s'y assit. Ses petites jambes balançaient à mi-hauteur du sol. Il regarda fixement Charéos.

— Pas ton rêve, dis-tu. Alors toi non plus tu ne comprends pas la nature de la quête, ni où elle t'emmène. Parle-moi de Tenaka Khan, et de la nuit dans la tour de garde.

Charéos sourit.

— Mais tu sais donc tout, Okas ?

— Non, c'est pour cela que je pose des questions.

— Il est monté s'asseoir avec nous et nous avons parlé de beaucoup de choses : l'amour, la vie, le pouvoir, la conquête, le devoir. C'était un homme très cultivé.

Il avait un rêve, mais il nous a dit que les étoiles se dressaient sur sa route.

— Que voulait-il dire ?

— Je ne sais pas. Il n'était plus jeune. Peut-être qu'il parlait de la mort.

— Comment est-il mort ?

— D'après ce que je sais, il s'est effondré au cours d'un festin. Il buvait du vin et son cœur a lâché.

— Que s'est-il passé ensuite ? Après le festin ?

Charéos écarta les mains.

— Comment le saurais-je ? Ils l'ont enterré dans la tombe d'Ulric. Cela a été une grande cérémonie. Il y avait des milliers de gens présents. Nos propres ambassadeurs, et d'autres venus de Ventria et de l'est, y ont assisté. Puis son fils aîné, Jungir, est devenu Khan. Il a tué tous ses frères et dirige aujourd'hui les Nadirs. Mais quel rapport avec notre quête ? Ou n'est-ce que de la curiosité ?

Okas leva la main, l'index pointé vers le haut, et l'agita dans l'air. Une lumière dorée jaillit de son doigt, formant un cercle. D'autres cercles apparurent, s'entrecroisant avec le premier jusqu'à ce qu'une sphère se dessine. Il baissa la main et dessina une ligne droite.

— Cette ligne, c'est la façon dont tu vois ta quête ; plate, droite, début, fin. Mais ça, dit-il en jetant un regard au globe, c'est ce qu'elle est vraiment. Ta ligne est touchée par beaucoup d'autres. Je connais ton secret, Charéos. Je sais qui tu es. Tu es le fils du dernier comte de Dros Delnoch. Tu es l'héritier de l'Armure de Bronze. Ce qui fait de toi un parent de Tenaka Khan et le descendant à la fois d'Ulric et du comte Regnak, le second Comte de Bronze.

— J'espère que c'est un secret que tu ne partageras avec personne, souffla Charéos. Je n'ai pas envie de retourner en Drenaï, et je ne tiens pas à ce qu'on me recherche.

— Comme tu veux… mais le sang est fort, et il t'appelle du fond des siècles. Tu verras. Pourquoi Tenaka Khan t'a-t-il laissé vivre ?

— Je ne sais pas. Franchement, je ne sais pas.

— Et les *fantômes-à-venir* ?

— Ce n'est qu'une énigme de plus, répondit Charéos. Les hommes ne sont-ils pas les fantômes du futur ?

— Si. Mais en langue nadire, cette phrase peut également vouloir dire les *Compagnons du fantôme*, ou même les *Disciples du fantôme*. N'est-ce pas exact ?

— Je ne suis pas très doué avec les nuances en nadir. Quelle différence cela fait-il ?

Okas sauta sur le sol et atterrit en douceur.

— Je vais t'emmener dans le village nadren où Ravenna et les autres étaient retenues. Ensuite, on verra.

— Elle y est toujours ?

— Je ne peux pas dire. Je vais trouver la piste des esprits chez elle.

Okas retourna dans la pièce principale, où Kiall avait posé un paquet encombrant sur la table. Lorsqu'il l'ouvrit, des objets en or s'éparpillèrent sur la surface en bois, étincelants dans la lumière des lanternes. Il y avait des brassards, des colliers, des broches, des anneaux et même une ceinture avec de grosses attaches en or.

— Ô, joie ! cria Beltzer, en plongeant ses gros doigts dans le trésor et en soulevant une dizaine d'objets d'un coup. Charéos nous avait dit que tu avais de la ressource, mais il était loin de te rendre justice.

— Avec tout ça on va pouvoir racheter Ravenna, annonça Kiall.

— Tu pourrais acheter une centaine de femmes, oui, contra Beltzer. Quand est-ce qu'on partage ?

— Jamais, déclara Kiall. Comme je te l'ai dit, c'est pour Ravenna.

Beltzer devint tout rouge.

— J'ai travaillé dur, dit-il, et tu as dû prendre cet or sur les cadavres des hommes que j'ai tués au Portail. Une partie est à moi. À moi !

Il ramassa une poignée d'objets et les fourra dans ses poches. Kiall recula et dégaina son sabre, mais Beltzer le vit et s'empara de sa hache.

— Arrêtez ces enfantillages ! rugit Charéos en s'interposant. Range ta lame, Kiall. Et toi, Beltzer, rends l'or.

— Mais Charéos…, commença Beltzer.

— Maintenant !

Beltzer reposa lourdement l'or sur la table et partit s'asseoir à côté du feu. Charéos se retourna vers Kiall, le regard mauvais.

— Il y a du vrai dans ce qu'il a dit. Penses-y !

Kiall resta immobile un instant et se détendit.

— Tu n'as qu'à partager équitablement, Charéos, déclara le jeune homme. Je me servirai de ma part pour racheter Ravenna.

Finn s'approcha de la table et prit un petit anneau en or qu'il passa à son doigt.

— Cela me suffira amplement, dit-il.

Maggrig prit un bracelet. Charéos s'abstint.

Beltzer se leva et toisa les autres.

— Vous n'arriverez pas à me faire honte, siffla-t-il. Je vais prendre ce qui me revient !

Il enfourna une grande quantité d'objets dans ses poches et partit se rasseoir au coin du feu.

— Nous partons aux premières lueurs de l'aube pour Aubergeville, annonça Charéos. Nous y achèterons des chevaux supplémentaires. Vu que te voilà riche, Beltzer, tu achèteras le tien – ainsi que toute la nourriture dont tu auras besoin.

Chapitre 6

— Tu me dis que je cours un grave danger – et pourtant tu es incapable de me dire d'où il va venir ? demanda Jungir Khan, de façon posée mais d'un ton glacial.

Il s'enfonça plus profondément dans son trône serti d'ivoire et scruta le shaman qui était agenouillé devant lui.

Shotza continua à regarder le tapis et choisit avec soin ses mots. C'était le troisième shaman à servir Jungir Khan ; le premier avait été empalé, le second étranglé. Shotza était bien résolu à ce qu'il n'y en ait pas de quatrième.

— Grand Khan, dit-il, il y a actuellement une barrière magique à l'œuvre, il va me falloir du temps pour la percer. Je sais déjà de qui émane cette magie.

— Et de qui, je te prie ? murmura Jungir.

— D'Asta Khan, sire.

Shotza risqua un regard pour voir les effets qu'aurait le nom sur l'homme au-dessus de lui.

Le visage de Jungir ne trahit aucune émotion, n'étaient-ce ses yeux noirs qui se plissèrent.

— Il est toujours en vie ? Comment est-ce possible ? Il était déjà vieux quand mon père est devenu Khan. Il a quitté la ville pour aller mourir il y a plus de vingt ans.

— Mais il n'est pas mort, seigneur. Il vit toujours dans les Montagnes de la Lune. Il y a beaucoup de cavernes par là, et des tunnels qui descendent jusqu'au centre du monde.

Jungir se leva. Il était plutôt grand pour un Nadir, comme l'avait été son père, Tenaka. Il avait ses longs cheveux noirs attachés dans le dos, et une barbe ciselée en forme de fourche. Ses yeux étaient bridés et noirs, trahissant ses origines de sang-mêlé.

— Debout, ordonna-t-il au petit shaman.

Shotza s'exécuta. Il faisait un peu plus d'un mètre cinquante, et était maigre et chauve. Il avait moins de soixante ans, pourtant sa peau pendait par paquets de plis.

Jungir regarda dans les yeux étrangement clairs du shaman et lui sourit.

— As-tu peur pour moi ? s'enquit-il.

— Comme j'ai peur des vents de la mort, seigneur.

— Est-ce que tu m'aimes ?

— Vous aimer ? Vous êtes mon Khan. Le futur des Nadirs repose sur vos épaules, répondit Shotza. Pourquoi auriez-vous également besoin de mon amour ?

— Je n'en ai pas besoin. Mais ta réponse me plaît. À présent, parle-moi d'Asta.

Le Khan retourna sur son trône et s'assit la tête en arrière afin de contempler le plafond en soie qui donnait l'air à la salle d'être une tente gigantesque. Le tissu avait été offert par le royaume oriental de Kiatze, en guise de dot pour l'épouse qu'ils lui avaient envoyée.

— Après qu'Asta eut quitté les Loups, il a disparu du monde des hommes, commença Shotza. Nous pensions tous qu'il était mort. Mais à la dernière pleine lune, lorsque j'ai essayé de lire le grand Fil d'Argent de votre destinée, je me suis aperçu qu'une grande brume s'était installée sur le signe de votre maison. J'ai essayé de la percer, et au début je n'y suis pas arrivé. Puis, la brume s'est solidifiée en mur. Je me suis envolé haut, mais je n'ai pas réussi à atteindre le sommet. En utilisant tous les pouvoirs des arcanes que m'ont enseignés mes maîtres, j'ai fini par briser le mur. Mais trop brièvement. J'ai quand même eu le temps d'apercevoir le visage d'Asta Khan. Et j'ai ressenti les périls qui vous attendent dans l'année à venir. (Shotza s'humecta les lèvres, et de nouveau choisit ses mots avec précaution.) J'ai vu une Armure de Bronze scintillante qui flottait sous une étoile, et un épéiste de talent. Puis Asta s'est rendu compte de ma présence. J'ai été éjecté, et le mur s'est refermé une fois de plus.

— Et c'est tout ce que tu as vu ? demanda doucement Jungir.

— Tout ce que j'ai pu voir distinctement, répondit Shotza, inquiet de mentir aussi directement à son roi.

Le Khan acquiesça.

— Trouve Asta Khan – et tue-le. Prends une centaine de mes gardes. Fouille les montagnes. Rapporte-moi sa tête.

— Avec tout le respect que je vous dois, Grand Khan, vous pourriez envoyer un millier d'hommes et ne jamais le trouver. Asta était le plus grand de tous les shamans ; des hommes ne peuvent l'attraper.

— Sa magie est plus puissante que la tienne ?

Shotza ferma les yeux.

— Oui, seigneur. Il n'y a pas un homme au monde qui pourrait le vaincre.

— Je n'ai pas l'habitude d'avoir des inférieurs pour me servir, Shotza.

— Non, seigneur. Mais j'ai un moyen de le vaincre. J'ai six acolytes de valeur. Ensemble – et avec certains sacrifices obligatoires – nous pourrons défaire Asta.

— Des sacrifices obligatoires ?

— Des parents d'Asta Khan, sacrifiés la nuit du Solstice d'Hiver.

— Combien ?

— Au moins une vingtaine. Peut-être trente. Chaque sacrifié affaiblira le vieil homme.

— Et toi, bien sûr, tu sais où se trouve la famille d'Asta Khan ?

— Tout à fait, seigneur.

— Alors je te laisse à tes préparatifs, Shotza. En ce qui concerne l'Armure de Bronze, est-ce annonciateur d'une nouvelle insurrection drenaïe ?

— Je ne le pense pas, seigneur. J'ai vu l'image de l'armure, et pourtant l'étoile brillait au nord. Il ne peut y avoir de menace drenaïe en territoire gothir. Mais une fois que j'aurai percé le mur d'Asta, j'en apprendrai plus. J'apprendrai tout.

Shotza s'inclina profondément. Jungir le congédia d'un geste et le shaman s'en alla dans ses appartements où il s'assit sur un divan en soie. Loin des yeux perçants de Jungir Khan, il s'allongea pour laisser enfin s'exprimer sa peur. Son cœur palpitait et il avait du mal à respirer. Petit à petit il se calma, remerciant les dieux des Steppes que Jungir n'ait pas cherché à en savoir davantage sur les autres images.

Il avait vu un bébé enveloppé dans un manteau, posé sur un sol en pierre froid.

Au-dessus de l'enfant flottait le sinistre fantôme de Tenaka Khan, Seigneur des Loups.

Jungir regarda le petit homme partir et resta assis en silence quelques minutes. Il sentait encore la peur de Shotza et savait pertinemment que le shaman ne lui avait pas tout dit. Aucun de ces sorciers ne donnait jamais toute la vérité. C'était contre leur nature. Secrets, trompeurs et fourbes, ils étaient sevrés à la subtilité et la ruse. Mais ils avaient leur utilité. Et Shotza était le meilleur d'entre eux. Il avait dû lui falloir bien du courage pour admettre qu'Asta Khan était plus puissant que lui. Jungir se leva et s'étira. Il marcha jusqu'au mur en toile de tente suspendu qui masquait la fenêtre et l'écarta.

La jeune cité d'Ulrickham s'étendait à perte de vue. Elle était composée d'habitations d'un seul étage en brique de glaise et en pierre. Pourtant, à l'intérieur de chacune, il y avait les toiles de tentes qui étaient la vraie maison des Nadirs. Nomades depuis plus de dix mille ans, ils n'arrivaient pas à s'habituer aux villes de pierre. Pourtant, Tenaka avait insisté pour qu'on construise des bâtiments dans la cité, des écoles et des hôpitaux.

« Il ne sied pas à la plus grande des nations de vivre comme des sauvages, avait-il confié à Jungir. Comment pourrions-nous nous développer ? Comment pourrions nous contrôler tous les événements du monde si nous ne devenons pas civilisés ? Il ne suffit pas d'être craints sur un champ de bataille. »

Ces discours l'avaient rendu impopulaire auprès des vieux seigneurs de guerre nadirs. Mais comment auraient-ils pu se retourner contre l'homme qui avait réussi là où le puissant Ulric lui-même avait échoué ? Comment auraient-ils pu trahir l'homme qui avait conquis les gens aux yeux ronds du sud ?

Jungir recula de la fenêtre et se promena dans la Salle des Héros. Ici, à la mode des Drenaïs qu'ils avaient vaincus, se trouvaient les statues des guerriers nadirs. Jungir s'arrêta devant celle de son père. La ressemblance était frappante. Il fixa les yeux gris et froids.

— Comme je me souviens bien de toi, père, murmura-t-il. Froid et distant.

La statue avait été sculptée de façon experte. Elle montrait la puissance qui émanait du Khan, sa belle mâchoire et sa position pleine de noblesse. Dans une main il tenait une épée longue et dans l'autre le heaume d'Ulric.

— Je t'aimais, dit Jungir.

Une brise glacée fit vaciller les torches et des ombres se mirent à danser sur le visage de la statue, lui donnant un semblant de vie. Jungir pouvait presque voir les yeux briller d'une lueur violette, la bouche se tordre dans ce sourire cynique qui était celui de son père. Il frissonna.

— Oui, je t'aimais, répéta-t-il, mais je connaissais tes projets. Tu m'as bien entraîné, père. Moi aussi j'avais mes espions. Aucun homme ne devrait croire qu'il est éternel… pas même Tenaka Khan. Et si tu avais réussi, où aurait été la place de Jungir ? L'héritier éternel d'un dieu vivant ? Non. En moi aussi coule le sang d'Ulric. J'avais le droit de régner, de vivre ma propre vie. (La statue demeurait silencieuse.) Comme c'est étrange, père. Il n'y a aucune différence entre te parler maintenant et à l'époque où tu étais en vie. J'avais toujours l'impression de m'adresser à de la pierre. Eh bien, j'ai pleuré quand tu es mort. J'ai même failli t'empêcher de boire le poison. *Presque.* Je t'ai tendu la main. Tu m'as regardé dans les yeux, et tu n'as rien dit. Un seul mot de ta part et je t'aurais arrêté. Mais tu as détourné le regard. Je me suis souvent demandé si tu as su, au moment où le poison a touché ton âme ? Dans ces derniers instants où tu étais étendu sur le sol, avec moi à tes côtés, as-tu deviné qui avait mis la poudre noire dans ton vin ? Dis ? (Il scruta une nouvelle fois les yeux froids.) Pourquoi ne m'as-tu jamais aimé ? demanda-t-il.

Mais la statue ne répondait toujours pas.

Les douze jours perdus de l'autre côté du Portail coûtèrent cher aux quêteurs, car un blizzard sauvage les bloqua dans la cabane pendant trois semaines.

La nourriture vint à manquer, et Finn faillit mourir après être parti en chasse. Il venait de tuer un cerf et avait été pris dans un deuxième blizzard. Il avait trouvé refuge dans une grotte. Mais une avalanche avait obstrué l'entrée, et ce ne fut que grâce à la magie d'Okas que Charéos et les autres trouvèrent le chasseur et creusèrent un tunnel jusqu'à lui.

Les orages d'hiver s'arrêtèrent le dix-neuvième jour. Malgré cela il fallut encore trois semaines avant que le groupe n'atteigne Aubergeville, épuisé.

Beltzer les mena jusqu'à l'auberge, tambourina à la porte et appela Naza. Le petit homme hurla de joie en voyant le géant et l'embrassa.

— J'avais peur que tu sois mort, dit-il. Entrez, entrez ! Mael vient juste d'allumer un feu. Il fera bientôt chaud. Entrez !

— Où est tout le monde ? s'enquit Kiall.

— On ne coupe pas d'arbres à cette époque de l'année, expliqua Naza. Il n'y aura personne ici les deux prochains mois. La plupart des cols sont bloqués. Asseyez-vous près du feu. Je vais aller vous chercher du vin. (Son sourire disparut lorsque Okas entra dans l'auberge.) C'est un… un…, bégaya l'aubergiste.

— Oui, c'en est un, conclut rapidement Charéos. C'est aussi un ami, qui comme nous n'a pas mangé depuis trois jours.

— D'abord le vin, grogna Beltzer en passant son bras autour des épaules de Naza et en le menant vers la cave.

Les flammes prirent sur les bûches et s'élevèrent. Malgré cela, il faisait encore froid dans l'auberge. Charéos tira une chaise et s'assit. Il avait le regard hébété et des cernes mauves sous les yeux. Même le vaillant Finn était épuisé. Seuls Okas et Kiall n'avaient pas l'air d'avoir souffert du périple dans les montagnes. Le vieillard n'avait pas semblé remarquer le froid et le jeune homme s'était endurci avec le temps.

— Nous sommes trop vieux pour tout ça, affirma Finn en lisant dans les pensées de Charéos.

Celui-ci acquiesça, trop fatigué pour répondre. Beltzer revint avec du vin et planta un tison dans le feu qu'il laissa jusqu'à ce que le bout rougeoie. Puis, il le trempa dans le pichet de vin. Il versa cinq gobelets et en tendit un à chaque quêteur. Il descendit le sien rapidement et se resservit un verre. Naza leur apporta du pain, du fromage fumé et de la viande froide.

Après le repas, Charéos grimpa péniblement l'escalier jusqu'à la chambre du haut. Il retira ses bottes et s'endormit au moment où sa tête toucha les oreillers. Maggrig et Finn prirent une deuxième chambre, tandis qu'Okas s'allongeait sur l'âtre en pierre et s'endormait devant le feu.

Beltzer et Kiall restèrent assis ensemble. Le géant demanda un troisième pichet de vin.

Ce fut Mael qui l'apporta.

— Je présume que tu n'as toujours pas d'argent ? demanda-t-elle.

— Oh, mais si, répondit Kiall. Paie la note, Beltzer.

Beltzer marmonna une malédiction et plongea sa main dans sa poche. Il en sortit un gros anneau en or. Mael le prit et le soupesa.

— Cela devrait compenser pour moitié ce que tu dois à Naza, dit-elle en gardant la main tendue.

— Tu es dure, grommela Beltzer.

Il farfouilla dans ses poches, cherchant un petit objet, mais il n'en avait que des gros. Il sortit enfin un bracelet.

— Cela vaut dix fois ce que je dois, lui dit-il.

Mael lui rit au nez et examina l'objet.

— Je n'ai jamais vu une manufacture pareille, ni de l'or aussi rouge. Naza t'en donnera un bon prix. Et tu as raison, cela vaut bien plus que ce que tu dois. Je veillerai à ce qu'on te rende la différence.

— Ne t'embête pas, dit Beltzer en rougissant. Garde-le. Je reviendrai sans doute un jour sans un sou en poche.

— Tu n'as pas tort, répondit-elle.

Une fois qu'elle fut partie, Beltzer se tourna vers Kiall.

— Qu'est-ce que tu regardes, gamin ? Tu n'as jamais vu un homme régler ses dettes ?

Kiall avait bu trop de vin et cela lui avait monté à la tête, il était d'humeur insouciante.

— Je n'aurais jamais pensé te voir le faire, *toi*.

— Qu'est-ce que ça veut dire ?

— Je croyais que tu étais un porc égoïste et avide, déclara Kiall en souriant, inconscient de la colère qui montait en Beltzer.

— Je paie mes dettes, affirma ce dernier.

— Vraiment ? Je crois que tu n'as jamais remercié Finn pour avoir racheté ta hache – elle lui a coûté cher.

— C'est entre Finn et moi. Tu ne comptes pas, mon garçon. À présent, tiens ta langue – avant que je te la coupe !

Kiall cligna des yeux et dessoûla rapidement.

— Et toi tu es un menteur, dit-il. Tu m'as raconté que Tura était morte, noyée sur les quais. Que des mensonges. Et je n'ai pas peur de toi, espèce de gros porc. Ne me menace jamais !

Beltzer se leva d'un bond, Kiall cherchant aussi son sabre, mais les doigts de Beltzer se refermèrent sur son gilet avant qu'il n'ait pu le trouver. Et il se retrouva soulevé dans les airs. En voyant le poing de Beltzer se lever, Kiall lui balança un grand coup de pied dans l'entrejambe.

Le géant hurla de douleur, relâcha le jeune homme et recula. Kiall dégaina son sabre. Beltzer sourit – et avança.

— Qu'est-ce que tu vas faire avec ça, mon garçon ? Tu vas planter le vieux Beltzer ? Hein, dis ?

Kiall recula, conscient que la situation était devenue incontrôlable. Beltzer lui sauta dessus, déviant son sabre du plat de la main. Kiall lui balança un direct du gauche qui s'écrasa sur le visage du géant. Beltzer ignora le coup. Il donna une grande claque au jeune homme qui alla voler à l'autre bout de la pièce et s'écroula sur le plancher. À moitié assommé, Kiall s'accroupit, et plongea tête-bêche dans l'estomac de Beltzer. Le genou de ce dernier monta avec une force insurmontable, envoyant la tête de Kiall à la renverse…

Il se réveilla dans une chaise près du feu. Beltzer était assis en face de lui.

— Tu veux du vin ? demanda le géant.

Kiall refusa de la tête. Quelqu'un se servait d'un marteau à l'intérieur de son crâne.

— Tu te bats comme un animal sauvage, mon garçon, et peut-être qu'un jour tu deviendras un loup. Mais même les loups savent qu'il ne faut pas s'attaquer à un ours.

— Je m'en souviendrai, promit Kiall. Maintenant je veux bien un peu de vin.

Beltzer lui tendit un gobelet.

— J'adore le vieux Finn. Il sait combien ça compte pour moi d'avoir récupéré ma hache ; il n'avait pas besoin que je le lui dise. À Bel-azar, Finn s'est fait emporter des remparts par les Nadirs. Charéos, Maggrig et moi avons sauté au pied de la tour pour aller le sortir de là. C'est moi qui ai porté Finn sur mon dos et qui nous ai taillé un chemin de retour jusqu'à la tour. Il ne m'a jamais remercié ; ce n'était pas la peine. Tu comprends ?

— Je crois que oui.

— C'est la boisson. Elle me fait trop parler. Tu ne m'aimes pas, mon garçon, pas vrai ?

Kiall scruta le hideux visage bouffi et le crâne luisant ; il regarda le géant droit dans ses petits yeux ronds.

— Non, pas vraiment.

Beltzer acquiesça d'une façon solennelle.

— Eh bien, faut pas que ça te travaille. Moi non plus je ne m'aime pas beaucoup. Mais j'étais sur la montagne, mon garçon. Et personne ne peut m'enlever ça.

— Moi aussi j'ai été sur la montagne, déclara Kiall.

— Pas ma montagne. Mais peut-être qu'un jour tu y arriveras.

— Qu'est-ce qu'elle a de si spécial ?

— Rien, répondit Beltzer.

— Alors pourquoi est-ce que j'aurais envie d'y aller ?

Beltzer leva le nez de son gobelet de vin.

— Parce que c'est là que se trouve ta dame, Kiall.

Le clair de lune baignait les murs de pierre grise, et un ululement de chasse passa au ras des remparts. Charéos pouvait entendre les cris des blessés et des mourants. Pourtant, il n'y avait aucun corps sur la pierre, ni aucune mare de sang sur le perron de la tour de garde. Il s'assit sur les créneaux, et regarda la vallée de Bel-azar. Les cris se résorbèrent dans les échos de sa mémoire. À présent, la vallée était dénuée de vie. Là où les feux de camp nadirs avaient illuminé la vallée comme des étoiles tombées du ciel, il n'y avait que l'herbe ondoyante, les rochers épars et un arbre frappé jadis par la foudre.

Charéos était seul. Il ne se rappelait pas être venu à Bel-azar, mais cela n'avait pas d'importance. D'une certaine manière, il avait l'impression d'être de retour chez lui – à l'abri au milieu des fantômes du passé.

À l'abri ? Des formes sombres se déplaçaient à la périphérie de sa vision, disparaissant dans les ombres au moment où il se retourna pour leur faire face. Il recula jusqu'à la porte pourrie de la tour de garde et grimpa l'escalier en colimaçon qui menait aux remparts circulaires. Là, il dégaina son épée et attendit. Il entendait le bruit de serres racler la pierre dans l'escalier, sentait l'odeur fétide des habitants des ténèbres ; de la vase sur les poils, la douce mais écœurante puanteur des bouches de nécrophages.

Il claqua la porte. Il n'y avait pas de verrou, aussi coinça-t-il son sabre dans la fermeture afin de la bloquer. Des corps lourds se mirent à marteler le bois.

— Beltzer ! appela Charéos. À l'aide !

Il n'y eut pas de réponse.

— Maggrig, Finn !

— Il semblerait que tu sois seul, cousin, fit une voix tranquille.

Charéos se retourna, sachant qui il allait voir. Le grand homme était assis sur les remparts, ses cheveux noirs attachés sur la nuque, et ses yeux violets qui paraissaient gris au clair de lune.

— Et *toi*, vas-tu m'aider ? murmura Charéos.

— Le sang vient toujours à l'aide du sang, mon ami. N'es-tu pas mon cousin ?

— Si. Si, je le suis. Vas-tu m'aider ? S'il te plaît ?

La porte se fendit et une main griffue passa à travers le bois.

— Hors d'ici ! cria Tenaka Khan.

Les chuintements se transformèrent en silence de l'autre côté de la porte, et la main se rétracta.

— Ce sont tes créatures ? s'enquit Charéos.

— Non, mais elles reconnaissent la voix du pouvoir. Elles peuvent également sentir la peur comme un lion sent le sang. Pourquoi as-tu peur, Charéos ?

— Je ne sais pas pourquoi je suis venu ici. J'ai peur.

— Ce n'est pas une réponse. La peur t'a amené ici, mais quelle est la raison de cette peur ?

Charéos se mit à rire, mais il n'y avait aucune trace d'humour dans ce son.

— Tu oses me le demander ? Toi qui as tué mon père et ma mère, faisant de moi un paria ? Je devrais te haïr, Tenaka. Dans le temps, je croyais bien y être arrivé. Mais tu es monté dans cette tour, et tu t'es assis pour parler avec nous.

Charéos regarda l'homme qui était devant lui. Il était vêtu exactement comme il l'avait été lors de cette fameuse nuit, bien des années auparavant. Des bottes d'équitation noires, un pantalon de cuir, surmonté d'une chemise de soie noire brodée d'argent.

— Tu m'as appelé cousin, murmura Charéos. Tu sais qui je suis ?

— Je l'ai su dès que je t'ai vu sur cette tour, répondit Tenaka. Le sang reconnaît le sang.

— J'aurais dû te tuer ! siffla Charéos. Pour toute cette souffrance. J'avais douze ans quand on m'a renvoyé de Dros Delnoch. La nuit où tes hordes se sont finalement emparées du dernier mur, on m'a envoyé en territoire gothir. Les derniers mots de mon père ont été : « Venge-moi, mon fils. Et souviens-toi de Drenaï ! » Ma mère était déjà morte. Et pour quelle raison ? Pour qu'un misérable traître comme toi puisse amener les sauvages nadirs dans le dernier bastion de la civilisation. Quelle est la raison de ma peur ? Tu oses me le demander ?

— Je te le demande toujours, répliqua doucement le Khan. Tu n'as fait que me raconter une histoire que je connais déjà.

— Tu étais le descendant du Comte de Bronze et élevé par les Drenaïs. Comment as-tu pu les détruire ?

— C'est vrai, pourquoi ? répliqua le Khan. Si tu connaissais réellement ma vie, tu ne poserais pas ce genre de question. Comme tu le sais, j'ai été élevé par les Nadirs jusqu'à l'âge de quatorze ans. Tu crois être le seul enfant à avoir souffert du rejet ? On me détestait pour mon côté drenaï. Puis, comme convenu lors des accords de mariage de ma mère, on m'a emmené vivre chez les Drenaïs. Étaient-ils différents des Nadirs ? Non. Pour eux, je n'étais qu'un sauvage des Steppes – quelque chose qu'ils pouvaient appâter et torturer. Pourtant, j'ai appris à vivre avec eux. Je me suis battu pour eux. Je faisais partie du Dragon. Je me suis même fait des amis parmi eux. Mais quand l'empereur fou, Ceska, a déchaîné la terreur sur le pays, j'ai risqué ma vie et mon âme pour aider les Drenaïs. Je leur ai payé ma dette. J'ai amené les Nadirs pour écraser l'armée de l'empereur, et j'ai permis à Rayvan et à ton père de fonder une nouvelle république. Pourquoi est-ce que je me suis emparé de Dros Delnoch des années plus tard ? Parce que j'étais le Khan ! Parce que le jour des Nadirs était venu. Mais si je peux être accusé de traîtrise, alors parlons de toi. Pourquoi n'as-tu pas obéi à l'injonction de ton père ? Pourquoi n'es-tu pas rentré chez toi ?

— Avec quelle intention ? cria Charéos. Pour mourir ? À quoi bon ?

— Et c'est cela ta peur ? répondit Tenaka Khan. Tu as peur d'essayer. Tu as peur d'échouer.

— N'essaie pas de me juger ! gronda Charéos. Je ne vais pas me laisser prendre en défaut par un traître meurtrier.

Tenaka Khan écarta les mains.

— Qui ai-je trahi, Charéos ? J'étais le Khan des Nadirs. J'avais sauvé les Drenaïs une fois. Je les avais prévenus que je reviendrais. Mais toi, tu as trahi ton père et tous tes ancêtres depuis Regnak, le second Comte de Bronze. Il a tenu Dros Delnoch contre vents et marées. Des générations de guerriers drenaïs sont morts pour protéger leur patrie, mais pas toi. Non, tu te contentes d'épouser une pute et de remporter une petite victoire comme Bel-azar.

Charéos dégagea son épée qui était dans la serrure de la porte, et se tourna vers Tenaka.

— Est-ce ainsi que tu vas me remercier d'avoir sauvé ton âme ? demanda ce dernier avec douceur. Il y a quelques instants à peine, tu me demandais de l'aide face aux bêtes de la nuit.

Charéos abaissa son épée.

— Suis-je donc un lâche ? murmura-t-il.

— Il existe bien des formes de lâcheté, Charéos. Un homme peut affronter des dizaines d'ennemis avec une épée, mais pas une maladie. Un autre peut faire face à la mort avec le sourire, mais pas aux années de labeur d'une vie. Es-tu un lâche ?

Charéos s'assit sur les remparts, contemplant l'épée dans sa main.

— Je n'ai jamais eu peur d'un adversaire. Et pourtant oui, je suis un lâche. Je n'ai pas eu la force de retourner en Drenaï… et je ne l'ai toujours pas.

— Tu as trouvé l'Homme Tatoué ?

— Oui. Oui, nous l'avons trouvé. Et il va venir avec nous dans notre… voyage.

— Tu penses que cette quête n'est pas digne de toi ? demanda le Khan.

— Nous allons essayer de sauver la fille d'un éleveur de porcs, enlevée par des pillards nadrens. Est-ce que le soleil arrêtera de se lever si nous échouons ?

Tenaka se leva et posa ses mains sur les épaules de Charéos.

— Je suis revenu en Drenaï pour tuer un fou. Au lieu de cela, j'ai trouvé un ami, l'amour, et un foyer que je ne savais pas avoir perdu. De Prince des Ombres je suis devenu le Grand Khan, et j'ai mené les Nadirs vers des hauteurs insoupçonnées. Ne juge pas ta quête avant de l'avoir achevée. Tu te souviens de cette autre nuit, sur cette même tour ?

— Comment pourrais-je l'oublier ? Tu nous as laissés en vie.

— Un jour, bientôt, tu sauras pourquoi.

Charéos se réveilla. Le feu était mort, la chambre était froide ; il frissonna et se calfeutra sous les couvertures afin de réchauffer sa carcasse. Il avait toujours à l'esprit les yeux bridés et violets et sentait encore la force de sa poigne sur ses épaules.

La porte s'ouvrit, Okas entra. Il avança silencieusement sur le lit et s'y assit.

— L'aube est là, fit Okas. Ta quête t'attend.

— J'ai fait un rêve, Okas.

— Moi aussi. J'ai rêvé d'un lit de joncs et d'une femme à la peau douce.

— Et moi de Tenaka Khan.

— Était-il à Bel-azar ? s'enquit l'Homme Tatoué.

— Oui. (Charéos s'assit.) Comment le sais-tu ?

— Je ne le savais pas, répliqua Okas en clignant des yeux. C'était une question.

— Mais pourquoi me l'as-tu posée ?

Le vieil homme resta silencieux un moment.

— Il y a là une énigme. Tenaka Khan a été enterré avec son ancêtre Ulric dans le Grand Tombeau. Il a été scellé par son fils, Jungir, et un millier de sortilèges ont été lancés dessus afin qu'on ne puisse jamais l'ouvrir.

— Je sais tout cela, cracha Charéos.

— Tu ne sais pas, déclara Okas, sinon tu résoudrais l'énigme. Je comprends la magie qui est cachée dans ce monde ; je peux lire dans le cœur des hommes. Pourtant la Source de Toutes Choses a ses secrets à elle, et je ne peux les lire. Tenaka Khan est mort et enterré – cela nous le savons. Son fils était anxieux que personne ne puisse ouvrir la tombe ; ça aussi nous le savons. Mais voici l'énigme, Charéos : pourquoi est-ce que les os de Tenaka Khan sont cachés à Bel-azar ?

— C'est impossible. Ce serait un sacrilège.

— Tout à fait.

Charéos secoua la tête.

— Notre quête n'a rien à voir avec Tenaka Khan. Nous n'allons pas passer du côté de Bel-azar.

— Tu en es sûr ?

— Je parierais ma vie là-dessus.

Okas ne répondit pas.

Chapitre 7

Chien-tsu n'était pas un homme qui aimait voyager. Il n'aimait pas la poussière des Steppes, ni le pays aride et inhospitalier ; il détestait particulièrement les habitations basses, la puanteur des villes et l'hostilité à peine voilée des Nadirs. À Hao-tzing, on disait que les Nadirs étaient apparentés de manière proche au peuple du Royaume du Centre. Chien-tsu en doutait – malgré les similarités de couleur de peau et de langage, il ne pouvait croire qu'ils avaient des ancêtres communs. Il préférait le point de vue raisonnable qui voulait que les dieux avaient créé les Nadirs en premier et qu'en réalisant tous les défauts inhérents à leur espèce, ils avaient créé un peuple parfait et leur avaient donné le Royaume du Centre. Cette détestable visite renforçait son opinion. Les Nadirs ne semblaient pas disposés à prendre des bains, et ils portaient les mêmes vêtements sans jamais les laver de saison en saison – *en fait, très certainement de décade en décade*, pensa-t-il.

Et quel pays ! Bien qu'il voyageât léger, ce qui n'était pas convenable pour un ambassadeur de la Cité Suprême, Chien-tsu avait du mal à trouver un logement pour ses quarante-deux serviteurs, onze concubines et soixante membres de la Garde Royale. Il avait été contraint d'acheter seize chariots pour transporter le nécessaire, comme les tentes, les lits, les tables, les chaises, les draps de lin, les harpes, les flûtes, deux baignoires en émail et cinq miroirs de pieds. Il n'avait emporté que vingt-cinq coffres comme bagages personnels, qui contenaient ses propres – mais inadéquates – affaires de voyage.

Chien-tsu trouvait étrange que l'empereur ait autorisé une de ses filles à épouser un sauvage, mais le sage ne questionne pas les choix de Celui qui est Divin. Et Chien-tsu, comme le savaient tous les gens civilisés, était plus sage que ses trente-deux ans ne le laissaient supposer.

Il tira sur les rênes de son cheval et s'arrêta devant la ville. Il soupira. Dans l'ensemble, les bâtiments étaient laids, et le palais qui dominait au centre – malgré sa simplicité arrogante et presque primale – manquait de tout sens esthétique. Celui-ci comportait six tours carrées et des créneaux sur les remparts. Aucune bannière ne flottait. Chien-tsu fit arrêter les chariots et ordonna qu'on monte sa tente. Une fois que cela fut fait, on assembla ses miroirs et on lui prépara un bain. Ses servantes lavèrent la poussière sur son corps et le massèrent avec des huiles parfumées ; ses longs cheveux noirs furent graissés et peignés, puis tirés en arrière pour dégager le front, et enfin attachés avec des peignes d'ivoire. Puis il s'habilla, enfilant son pantalon de soie bleue, brodé d'or, et ses chaussures à lanières dorées. Sa chemise était de la soie la plus blanche ; il passa par-dessus un plastron de bois et de cuir décoré d'un dragon d'or. Sa longue épée recourbée pendait entre ses deux omoplates, et deux couteaux dans des étuis en bois lustré furent délicatement enfoncés dans la large ceinture en satin qui était à sa taille. Il ordonna qu'on apporte les offrandes pour Jungir Khan. Il y avait dix-sept coffres – un par année de la nouvelle reine des Nadirs. *Il sera agréable*, décida Chien-tsu, *de revoir Mai-syn une nouvelle fois*. Elle était la plus jeune des filles légitimes de l'empereur, et belle à couper le souffle. Elle jouait en outre de la harpe à neuf cordes avec une grâce exquise.

Il monta en selle et mena son entourage de cinq valets de pied et trente-quatre porteurs vers le palais.

Ils furent accueillis par une vingtaine de soldats, commandés par un officier arborant une chaîne en argent. Il inclina sa tête à la perfection en direction de l'ambassadeur. Mais Chien-tsu se raidit, car la révérence était quinze centimètres plus courte que ne l'exigeait la politesse. Il répondit au signe et releva la tête pour regarder l'officier dans les yeux… Le silence s'accrut. Il n'était pas poli de parler en premier, mais Chien-tsu sentait la colère monter en lui.

— Eh bien ? cracha finalement l'officier. Que voulez-vous ?

Chien-tsu fut interloqué, mais contrôla son humeur. Il ne serait pas convenable de tuer un homme dès son premier jour dans la ville.

— Je suis Chien-tsu, ambassadeur de l'empereur suprême à la cour de Jungir Khan. Je viens avec des cadeaux appropriés pour l'anniversaire de la reine. Veuillez me conduire devant Sa royale présence.

Comme l'avait prévu Chien-tsu, l'attitude de l'homme changea ; il s'inclina de nouveau, dépassant cette fois la hauteur qui était exigée. Puis il beugla un ordre et les vingt soldats firent demi-tour.

— Suivez-moi, dit-il à Chien-tsu.

Il n'y avait pas de cour derrière les grandes portes, simplement un labyrinthe de tunnels. Ils ressortirent rapidement dans un grand jardin d'arbustes à l'est des portes. Une rangée d'étables s'élevait sur la droite. Chien-tsu descendit de cheval, et le donna à un palefrenier. Lui et son groupe furent confiés à un deuxième officier

– plus grand que le premier, et qui portait un plastron et un heaume en argent. Il salua correctement Chien-tsu et lui sourit.

— Soyez le bienvenu, ambassadeur. Le seigneur Khan ne vous attendait pas si tôt.

— N'est-ce pas le jour de l'anniversaire ?

L'homme eut l'air troublé.

— Je vous en prie, suivez-moi, dit-il.

Chien-tsu et son groupe pénétrèrent dans un second système complexe de tunnels et de couloirs jusqu'à un large hall qui donnait sur des portes gigantesques en chêne rehaussé d'argent.

Quatre hommes gardaient les portes. Ils s'écartèrent devant l'officier, et les portes s'ouvrirent.

À l'intérieur, à la grande surprise de Chien-tsu, la grand-salle ressemblait à une tente géante avec des murs en soie. À l'extrémité de celle-ci, sur un dais, le Grand Khan était allongé sur un divan en satin. Chien-tsu entra et fit une profonde révérence, conservant la pose pendant les dix battements de cœur obligatoires.

Le Khan lui fit signe d'avancer.

— Bienvenue, ambassadeur. Voilà une agréable surprise.

La voix de l'homme était grave et puissante. Il se leva et descendit le dais.

— Nous ne vous attendions pas avant demain.

Chien-tsu claqua dans ses mains et les trente-quatre porteurs disposèrent les coffres en ligne devant le Khan. Ils se reculèrent ensuite, la tête baissée, les yeux rivés sur le sol. Chien-tsu s'inclina une fois de plus.

— Grand Khan, j'apporte des présents du Divin Seigneur du Royaume Doré, afin de célébrer la première année de votre mariage et m'enquérir, au nom de Sa

Majesté, si Mai-syn continue à insuffler une joie exquise dans votre cœur.

— En effet, répondit Jungir. À présent, les coffres, je vous prie.

Ce n'était pas la réponse à laquelle Chien-tsu s'attendait, mais il cacha sa consternation et ouvrit le premier coffre ferré d'argent. Il en exhiba un très joli manteau de soie argentée serti de perles, et le présenta au Khan.

— Plaisant, commenta le Khan. Il n'y a que des vêtements ?

— Non, Grand Khan, répondit Chien-tsu en se forçant à sourire.

Il ouvrit le deuxième coffre, qui était rempli d'émeraudes, certaines de la taille d'un poing.

— Que vaudrait ceci dans votre pays, disons en termes d'hommes et de chevaux ? s'enquit le Khan.

— Un homme pourrait équiper une armée de dix mille lanciers pour tout un été, dit Chien-tsu.

— Bien. Elles me plaisent. Qu'en est-il des autres ?

Certains contenaient de l'or, d'autres des parfums, des épices ou des vêtements. Mais ce fut le dernier coffre qui produisit le plus d'effet auprès du seigneur de guerre nadir. Car Chien-tsu en sortit un sabre d'une brillance incroyable. La garde était en or incrusté de pierres précieuses, la poignée était renforcée de fils d'or. La pierre qui constituait le pommeau était d'une blancheur lactée et avait été sculptée pour représenter une tête de loup.

Jungir prit la lame et fendit l'air.

— Il est parfait, dit-il, les yeux brillants. L'équilibre dépasse l'entendement, et le tranchant est remarquable. Je suis vraiment satisfait. Transmettez mes remerciements à votre roi ; dites-lui que je n'avais pas réalisé que son pays pouvait produire de telles richesses. Quand repartez-vous ? Demain ?

— Comme vous le désirez, Grand Khan.

— Demain serait un bon choix, car l'hiver va se rapprocher des ports et je n'aimerais pas que votre voyage de retour soit inconfortable.

— Vous êtes trop bon de vous soucier de mon confort. Mais Sa Majesté m'a demandé de voir sa fille, afin de lui transmettre un message d'amour et de dévotion.

— Je lui transmettrai le message, dit Jungir d'un ton hautain.

— Grand Khan, je ne doute pas que vous puissiez porter ce message de manière plus adroite que moi. Mais mon roi m'a ordonné de la voir et, je suis sûr que vous serez d'accord, un sujet doit obéir en tout point à son suzerain.

— C'est exact, déclara Jungir, mais j'ai bien peur que cela ne soit pas possible. La… reine est dans mon palais du sud. C'est un voyage de deux mois. Je suis sûr que votre roi comprendra que vous ne puissiez remplir ses exigences.

— Mais je le peux, Grand Khan. Je voyagerai dans le sud, puis je rentrerai. Avec votre permission, bien sûr.

Le visage de Jungir s'assombrit, mais son expression resta amicale.

— Je vous le déconseille, ambassadeur. Les Steppes sont… dangereuses pour les étrangers. Beaucoup de tribus continuent à harceler… ceux qui ne sont pas nadirs.

— Je comprends, sire. Même au cœur du Royaume du Centre il y a des bandits et des canailles qui désobéissent à la volonté de l'empereur. Cependant, je suis sûr que mes soldats seront de taille face à eux. J'apprécie grandement votre inquiétude à l'égard d'un modeste ambassadeur.

Jungir lui adressa un sourire embarrassé et remonta sur le dais.

— Des quartiers vont vous être attribués, ambassadeur. Mon chambellan va vous allouer des guides et des provisions afin que vous puissiez entreprendre votre voyage. À présent, des affaires d'État requièrent mon attention.

Chien-tsu s'inclina – mais pas très bas. Il se redressa aussitôt.

— Je ne pourrai jamais assez vous remercier, sire, pour le temps que vous m'avez accordé.

Il recula de sept pas au lieu de dix, et fit volte-face.

À peine les portes s'étaient-elles refermées que Jungir se tourna vers un guerrier aux larges épaules à côté de lui.

— Tu les guideras dans le sud pendant une semaine. Puis ils seront attaqués. Personne ne survivra. Tu as compris, Kubaï ?

— Oui, sire.

— Et assure-toi qu'ils ne se promènent pas dans le palais. Que personne ne parle de cette putain jaune.

— À vos ordres, seigneur Khan.

Le chambellan guida Chien-tsu à travers le labyrinthe de tunnels jusqu'à trois grandes chambres adjacentes. Les fenêtres sur le mur ouest donnaient sur un jardin exquisément laid. Dans la première chambre se trouvaient un lit, quatre chaises, une table et trois lanternes. Dans la deuxième, un petit lit et une seule lanterne. La dernière s'enorgueillissait d'une baignoire en métal, trois barils d'eau et de fines serviettes.

— C'est presque trop de luxe, déclara Chien-tsu sans une once de moquerie.

Le chambellan se fendit d'un sourire crispé et sortit. Chien-tsu se tourna vers son valet, Oshi, un ancien esclave sec et nerveux qui servait la famille de Chien-tsu depuis quarante ans.

— Trouve par quels trous dans le mur ils nous observent, ordonna Chien-tsu dans un obscur dialecte kiatze.

Oshi s'inclina et fouilla la chambre pendant plusieurs minutes.

— Il n'y en a pas, mon seigneur, dit finalement Oshi.

— Il n'y a donc pas de cesse à leurs insultes ? s'enquit Chien-tsu. Pensent-ils que je ne vaux pas la peine d'être épié ?

— Ce sont des sauvages, mon seigneur.

— Va voir où ils ont mis Sukaï et les autres. Envoie-moi Sukaï.

— Tout de suite, seigneur. Ou devrai-je d'abord vous préparer votre bain ?

— Je me baignerai demain. Je ne serais pas surpris que ces Nadirs aient uriné dans les barils d'eau.

Oshi gloussa et sortit. Chien-tsu tira un mouchoir en lin de sa poche et épousseta une chaise. Une forme sombre traversa la pièce derrière Chien-tsu et celui-ci se retourna, brandissant un petit couteau de lancer qu'il dissimulait dans sa manche. La lame fendit l'air, et le rat mourut sur le coup, à moitié coupé en deux.

Quelques minutes plus tard, alors que Chien-tsu regardait par la fenêtre le jardin d'arbustes gris-vert qui était censé être le jardin royal, un léger frottement retentit à la porte.

— Entrez ! ordonna-t-il.

Sukaï pénétra dans la chambre et s'inclina autant que son plastron en cuir le permettait. L'officier portait son casque de fer contre sa poitrine. Il n'était ni grand, ni d'apparence spectaculaire, pourtant son adresse à la longue lame recourbée, la *chantanaï*, était légendaire dans tout le

Royaume du Centre. Cela faisait onze ans qu'il était au service de Chien-tsu – et pas une seule fois Chien-tsu ne l'avait vu sans ses cheveux bien coiffés, laqués, parfumés. Pourtant, aujourd'hui, ils pendaient lamentablement sur ses épaules.

— Pourquoi te présentes-tu ici attifé comme un paysan ? s'enquit Chien-tsu, utilisant toujours le dialecte kiatze.

— Mille excuses, noble seigneur, répondit Sukaï. Je me préparais pour mon bain – j'ai estimé que vous ne vouliez pas attendre que je m'habille convenablement.

— Tu as tout à fait raison, Sukaï. Mais il n'est pas convenable de préparer ton bain sans vérifier d'abord si j'avais besoin de toi ou non. Néanmoins, dans une ville de barbares, il est difficile de maintenir des comportements civilisés. As-tu fouillé ta chambre ?

— Oui, seigneur. Il n'y a ni passage secret ni conduits pour nous écouter.

— Quelle honte !

— C'est un peuple insultant.

Oshi entra et salua deux fois – puis il aperçut le rat mort. Il retira le couteau de Chien-tsu et souleva le cadavre par la queue.

— Il a des puces, déclara-t-il, en tenant l'animal à bout de bras.

— Jette-le par la fenêtre, ordonna Chien-tsu. Si nous le laissons ici, ils vont certainement nous le servir pour souper.

Oshi jeta le rat en bas, dans les jardins, et partit dans sa chambre nettoyer l'arme. Chien-tsu se tourna vers le guerrier.

— Demain, nous partirons dans le sud.

— Oui, seigneur.

Chien-tsu hésita et ferma les yeux. Sa concentration s'affermit et il sentit la présence d'un esprit dans la pièce.

Il sourit. *Ainsi*, pensa-t-il, *ils ne sont pas si sauvages que ça.* Ses doigts tripotèrent sa ceinture. Sukaï lut le message et passa du kiatze au nadir.

— Est-ce que le seigneur Khan nous fournira des guides, seigneur ?

— Mais bien sûr. C'est un noble roi, d'une noble lignée. Mais je ne crois pas qu'il faille cependant tout attendre de son hospitalité. Par conséquent, tu vas organiser une garde d'une vingtaine d'hommes pour ramener les femmes et les valets, à part Oshi, en Kiatze. Je vais rédiger un message pour le divin empereur, lui indiquant le succès de notre mission et les aimables paroles de Jungir Khan. Le voyage au sud serait trop dur pour mes filles.

— À vos ordres, seigneur.

— Nous ne prendrons qu'un chariot – avec des cadeaux pour la reine. Toutes mes possessions peuvent rentrer dès à présent en Kiatze.

— À part votre tente, seigneur ?

— Non, qu'elle parte aussi. Je vais prendre mes peintures et mes pinceaux, c'est tout. Il y aura peut-être des fleurs intéressantes sur le trajet.

Ses doigts semblèrent balayer une poussière sur sa manche.

Sukaï s'inclina.

— J'ai aperçu des bourgeons rouges, seigneur.

— Tu en verras d'autres.

Le visage de Sukaï se durcit.

— Ai-je la permission d'écrire à ma famille, seigneur ?

— Évidemment. À présent, laisse-moi. Je te verrai à l'aube.

Au moment où l'officier sortait, Oshi revint dans la chambre avec le couteau de Chien-tsu entièrement nettoyé dans les mains. Chien-tsu replaça sa lame dans le fourreau huilé de sa manche.

Oshi porta la chaise propre devant la fenêtre. Chien-tsu s'y assit, visiblement perdu dans ses pensées. Il se concentra sur l'esprit intrus qui était dans la chambre et distingua un petit homme, ridé, avec des yeux pâles et un visage de fouine. Il flottait juste en dessous du plafond. Chien-tsu resta assis jusqu'à ce que l'espion disparaisse.

— Oshi !

— Oui, seigneur ?

— Va aux cuisines et trouve du pain. Ils n'auront pas de poisson, mais essaie de me trouver une viande pas trop avariée.

— Tout de suite !

Chien-tsu croisa les bras et songea à Mai-syn. Pour elle, cet endroit avait dû sembler pire que sordide. Il se concentra sur la beauté de son visage, essayant de communiquer avec son esprit. Mais il n'y avait qu'un silence cosmique. *Elle est probablement trop loin d'ici*, pensa-t-il.

Le chambellan frappa à la porte et annonça à Chien-tsu que le seigneur Jungir Khan avait organisé un festin en son honneur. Cette nuit au lever de lune. Il serait agréable que le seigneur ambassadeur emmène avec lui le chef de sa garde. Chien-tsu s'inclina et accepta.

Quelles nouvelles humiliations ces sauvages ont-ils en réserve pour ce soir ? se demanda-t-il.

La grand-salle était remplie à craquer de guerriers, assis sur des bancs autour de tables disposées afin de former un carré ouvert. Jungir Khan – dans une tunique serrée de cuir noir brodé de fil d'or – était assis du côté sud de la pièce, son trône sur le dais derrière lui. Chien-tsu était assis à sa droite, et Sukaï à la droite de Chien-tsu. Mal à l'aise, le Chef de la Garde peinait à manger. À gauche de Jungir, se tenait un homme ratatiné que le Khan présenta comme étant Shotza, le shaman de la cour. Chien-tsu inclina la tête à son intention.

— Nous avons beaucoup entendu parler du talent des shamans nadirs, déclara-t-il.

— Tout comme nous des magiciens kiatzes, répondit Shotza. Est-il vrai qu'ils font des petites machines dorées qui volent dans les airs comme des oiseaux ?

— Le Divin Roi en a trois, l'informa Chien-tsu.

Shotza acquiesça, sans paraître convaincu.

Le festin consistait à manger une quantité astronomique de viande qui, en Kiatze, aurait été refusée par les chiens de la cour. Dans l'ensemble, elle avait dépassé le stade de pourriture. Pour le dissimuler, les hôtes avaient couvert la nourriture d'épices. Chien-tsu grignota et but encore moins. La liqueur que consommaient les Nadirs était distillée, à ce qu'on lui avait dit, à partir de lait de chèvre tourné.

— Comme c'est ingénieux, avait-il répondu. *Comme c'est approprié*, avait-il pensé.

Entre les plats interminables, il y avait des démonstrations de jongleurs et d'acrobates. Ceux-ci n'étaient pas particulièrement doués, mais Chien-tsu applaudit poliment chaque fois.

— On nous a beaucoup vanté le talent martial des Kiatzes, dit soudainement Jungir Khan. Est-ce que votre officier pourrait nous en faire une démonstration ?

— De quel genre ? s'enquit Chien-tsu.

— Le maniement de l'épée.

— Avec tout le respect que je vous dois, seigneur Khan, ce n'est pas possible. L'âme d'un guerrier réside en partie dans sa lame. Elle ne doit pas être dégainée sauf pour faire couler le sang – et cela, je pense, n'est pas une démonstration de talent.

— Alors qu'ils se battent à mort, déclara le Khan.

— J'ai peur de ne pas vous comprendre, sire. Est-ce une plaisanterie ?

— Je ne plaisante jamais avec la guerre, ambassadeur. Je veux simplement que votre homme me montre les talents des Kiatzes. Je le prendrais très mal, si vous refusiez.

— J'espère, mon seigneur Khan, que vous n'allez pas interpréter mes paroles comme un refus. Je souhaite simplement que vous changiez d'avis. N'est-ce pas un mauvais présage qu'il y ait un mort à un banquet ?

— Cela dépend de qui meurt, répondit froidement le Khan.

— Très bien, sire, fit Chien-tsu en se tournant vers Sukaï. Le Khan désire voir les talents guerriers d'un officier kiatze. Veux-tu bien lui faire ce plaisir ?

— À vos ordres, répondit Sukaï.

Il se leva et bondit sur la table. Il n'était pas grand ni large d'épaules. Il avait un long visage plat et des yeux sombres ; il était bien rasé, n'était une fine moustache qui pendait jusqu'à son menton. Il dégaina sa longue épée recourbée à deux mains et attendit. Il tapota sa poitrine avec ses doigts. Chien-tsu lut la question qui venait d'être posée et trouva difficile de ne pas laisser paraître de la fierté dans ses yeux.

« Souhaitez-vous que je meure ? » avait demandé Sukaï.

Chien-tsu leva sa main et toucha délicatement ses cheveux laqués. Sukaï avait compris – il s'inclina.

Jungir Khan désigna un guerrier au fond de la salle.

— Montre donc à nos invités comment se battent les Nadirs, lança-t-il.

L'homme sauta dans le carré.

— Excusez-moi, sire, fit Chien-tsu le visage inexpressif.

— Qu'y a-t-il ?

— Cela ne me semble pas très juste qu'il n'y ait qu'un homme face à Sukaï. Il risque d'en être mortellement offensé.

Le visage du Khan s'assombrit et il leva la main. Le silence se fit dans la pièce.

— Notre invité, l'ambassadeur du pays des Kiatzes, vient de dire qu'un seul guerrier nadir n'était pas de taille face à son champion.

Un murmure de colère s'éleva. De nouveau, le Khan fendit l'air de la main et le silence suivit son geste.

— Est-ce possible ?

— Non ! rugirent les guerriers attablés.

— Mais il dit également que son champion sera insulté s'il n'affronte qu'un adversaire. A-t-on le droit d'insulter un si beau guerrier ? (Personne ne répondit et les Nadirs attendirent que le Khan le fasse.) Non, nous ne pouvons pas insulter nos invités. Par conséquent toi, Ulaï, et toi, Yet-zan, vous allez vous joindre à votre camarade. (Les deux guerriers sautèrent dans le carré.) Que la bataille commence, ordonna Jungir.

Les guerriers nadirs encerclèrent la silhouette toujours immobile de Sukaï, l'épée négligemment posée sur son épaule. Soudain, le premier Nadir se rua à l'attaque, et les autres l'imitèrent. Sukaï se dévissa sur les talons, son épée décrivant un arc de cercle vers le bas, tranchant dans la clavicule et la poitrine du premier attaquant. Il pivota et bloqua un coup d'estoc, coupa la tête du second, mit un genou à terre et enfonça sa lame dans le ventre du troisième.

Sukaï rengaina sa grande épée dans son dos et attendit, les mains sur les hanches. Il y avait trois cadavres à ses pieds ; leur sang tachait la mosaïque du sol.

— C'est un bon guerrier, fit Jungir Khan pour trancher le silence.

— Pas vraiment, mon seigneur, répliqua Chien-tsu en camouflant sa joie. J'ai trouvé que la dernière attaque était piètrement exécutée. À ce moment précis, un quatrième homme aurait pu le tuer.

Jungir Khan ne répondit pas mais fit un signe de la main. Des serviteurs apparurent au milieu des tables, qu'on écarta légèrement afin de pouvoir traîner les cadavres hors de la salle. Puis on versa de la sciure sur le sang.

Le banquet continua une heure de plus, mais Jungir n'adressa plus la parole à l'ambassadeur du pays des Kiatzes.

Vers minuit, les fêtards commencèrent à se retirer. Chien-tsu se leva et s'inclina devant Jungir.

— Avec votre permission, mon seigneur ?

Le Khan acquiesça.

— Que la chance soit avec vous dans votre voyage, dit-il.

— Je suis sûr que si vous l'exigez il en sera ainsi, répondit Chien-tsu. Je vous remercie pour le festin. Que les dieux vous accordent ce que vous méritez.

Chien-tsu sortit de la salle, Sukaï derrière lui.

Une fois devant ses appartements, il s'adressa à son officier.

— Je m'excuse, dit-il, pour l'affront qui vient de t'être fait. Il n'était pas convenable que je m'oppose à la volonté du Khan.

Sukaï s'inclina profondément, trois fois de suite.

— Inutile que vous vous excusiez, seigneur. Je ne vis que pour servir.

Une fois dans sa chambre, il constata qu'Oshi avait retiré le lin nadir des lits et recouvert les matelas de fins draps de soie et un duvet de plume d'oie. Le serviteur dormait au pied du lit.

Chien-tsu retira ses habits et les plia en silence. Puis il les posa sur la chaise près de la fenêtre. Il grimpa dans le lit et s'allongea, regrettant de ne pas avoir pris un bain chaud parfumé.

Oshi se redressa.

— Désirez-vous quelque chose, mon seigneur ?

— Non, merci.

Oshi se réinstalla sur le sol et Chien-tsu contempla les étoiles par la fenêtre. Selon toute probabilité, Mai-syn était morte. Il n'arrivait pas à sentir la chaleur de son esprit. On n'entendrait plus jamais son rire sous le ciel, ni sa douce voix chanter dans la nuit. Mais il ne pouvait pas en être totalement sûr. C'est pourquoi il devait partir dans le sud. Mais si elle était morte, Chien-tsu n'avait aucun doute qu'une fois loin de la ville ils seraient attaqués et massacrés. Jungir ne souhaiterait pas que la nouvelle de la mort de sa fille atteigne l'empereur. Non, le meurtre de Chien-tsu serait attribué à des pillards, des bandits, et par conséquent l'envoi de précieuses offrandes durerait une année de plus, au moins.

Il devait bien y avoir un moyen de contrecarrer le Khan. L'honneur l'exigeait.

Il resta éveillé plusieurs heures. Et un sourire illumina son visage.

Alors, seulement, il s'endormit.

Malgré l'approche du solstice d'hiver, la chaleur annonciatrice d'un printemps précoce était dans l'air. Les quêteurs descendaient une pente qui menait au village de

Kiall. Le jeune homme fut saisi d'une série d'émotions en contemplant les bâtiments en bois et la nouvelle palissade. Il était de retour chez lui – et pourtant ce n'était plus chez lui. Tous ses rêves d'enfant s'y trouvaient, les fantômes de sa jeunesse quand il jouait dans les bois. Il connaissait chaque tournant sur la piste, tous les endroits secrets, les arbres tombés et les grottes cachées. Les bâtiments qui avaient brûlé n'étaient plus visibles, et douze nouvelles maisons se dressaient à l'orée du village. Tanaï le boulanger avait été tué durant la razzia, et sa maison comme la boulangerie ravagées. À présent, une nouvelle boulangerie était érigée sur les lieux, et Kiall sentit que quelqu'un lui insérait un couteau chauffé à blanc dans la mémoire, brûlant et découpant des images qui lui étaient chères.

Charéos conduisit le petit groupe jusqu'au village et au-delà de la palissade inachevée. Ils arrivèrent enfin sur la place centrale. Les gens s'arrêtèrent de travailler pour observer les cavaliers. Un grand homme rondouillard dans une tunique de laine verte – son ventre gonflé maintenu par une grosse ceinture de cuir – vint se planter devant eux, ses bras musclés croisés sur sa poitrine.

— Que venez-vous faire ici ? demanda-t-il d'une grosse voix pompeuse.

Charéos descendit de cheval et s'approcha de lui.

— Nous cherchons de quoi nous loger pour la nuit.

— On n'aime pas les étrangers par ici.

C'en était trop pour Kiall ; il passa sa jambe par-dessus le pommeau de sa selle et sauta sur le sol.

— Je ne suis pas un étranger ! rugit-il. Mais, au nom de Bar, qui donc es-tu, toi ? Je ne te connais pas.

— Toi non plus, je ne te connais pas, répondit l'homme. Déclarez vos intentions – ou souffrez les conséquences.

— Les conséquences ? dit Beltzer en reniflant. Mais de quoi il parle ?

— Il parle des archers qui sont cachés dans les ruelles autour de nous, expliqua Finn.

— Oh, fit Beltzer.

Charéos scruta les alentours et aperçut les archers. Ils étaient nerveux et apeurés. Leurs doigts tremblaient sur les cordes de leurs arcs. À tout moment, un tir accidentel risquait de transformer la place en champ de bataille, Charéos en était certain.

— Nous ne sommes pas des Nadrens, déclara-t-il d'une voix douce. Je suis déjà venu ici, la nuit de la razzia, et j'ai essayé d'aider les gens. Ce jeune homme, là, s'appelle Kiall. Il vient de ce village.

— Eh bien moi je ne le connais pas, et je n'ai pas envie de le connaître, rétorqua l'homme d'un ton amer.

— Mon nom est Charéos. Il serait poli que vous me donniez le vôtre.

— Je n'ai pas à être poli avec des individus dans votre genre, dit l'homme. À présent, allez-vous-en !

Charéos écarta les mains et se rapprocha. Tout à coup, avec sa main gauche, il attrapa l'homme par la tunique et le tira d'un coup sec vers lui. Sa main droite jaillit, brandissant son couteau de chasse, et en posa la pointe contre la gorge de l'individu.

— Je déteste les mauvaises manières, dit-il calmement. Maintenant ordonne à tes hommes de déposer les armes, ou je te tranche la gorge.

L'homme déglutit à grand-peine, ce qui enfonça légèrement la pointe du couteau dans sa gorge. Un filet de sang goutta sur sa tunique.

— Posez… posez vos armes, murmura le chef.

— Plus fort, imbécile ! siffla Charéos.

L'homme s'exécuta.

Les archers obéirent à contrecœur et vinrent s'agglutiner autour du groupe. Charéos, qui tenait toujours le gros, se tourna vers la foule.

— Où est Paccus, le devin ? cria-t-il.

Personne ne répondit.

Kiall fit un pas en avant.

— Personne ne me reconnaît ? demanda-t-il. Toi, Ricka ? Ou toi, Anas ? C'est moi, Kiall.

— Kiall ? dit un grand homme fin au visage grêlé. (Il s'avança pour regarder le jeune guerrier de plus près.) Mais c'est bien *toi*, fit-il surpris. Tu as l'air si différent. Pourquoi es-tu revenu ?

— Pour chercher Ravenna, bien sûr.

— Pourquoi ? s'enquit Anas. Elle doit être mariée à un Nadir à présent – ou pire.

Kiall rougit.

— Je la trouverai quand même. Qu'est-ce qui se passe ici ? Qui est cet homme ? Où est Paccus ?

Anas haussa les épaules.

— Après la razzia, de nombreuses familles ont décidé de partir dans le nord, pour s'installer près de Talgithir. De nouvelles familles sont venues s'installer. Lui, c'est Norral ; c'est un homme bien, et notre chef. C'est lui qui a eu l'idée de la palissade – et des arcs aussi. À l'avenir, nous allons nous défendre, Kiall. La prochaine fois que les Nadrens viendront en territoire gothir, nous ne serons plus une proie si facile.

— Et Paccus ?

— Il est mort il y a trois jours.

Charéos rengaina son couteau et poussa Norral. Beltzer et les autres mirent pied à terre.

Kiall toisa la foule.

— Nous ne sommes pas des pillards, dit-il assez fort pour que tout le monde l'entende. Je suis originaire de ce village. Nous partirons demain matin à la recherche des femmes qui ont été enlevées au cours de la razzia. Et nous les ramènerons. Vous ne connaissez peut-être pas ces guerriers *de visu*, mais vous avez entendu parler d'eux. Celui-ci, c'est Charéos le Maître d'armes, et voici Beltzer, le Géant à la Hache. L'homme avec la barbe noire n'est nul autre que Finn l'archer, et derrière lui il y a son ami Maggrig. Ce sont les héros de Bel-azar, mes amis. L'autre personne est un mystique du pays des Hommes Tatoués ; il va suivre la piste des esprits qui nous permettra de libérer les nôtres.

Anas fixait Beltzer.

— C'est *lui* le célèbre Géant à la Hache ?

— Oui, c'est moi, cervelle de bouc ! gronda Beltzer en maniant sa hache sous le cou d'Anas. Mais peut-être que tu veux une preuve ?

— Non, non, ça va…, fit Anas, en reculant.

Norral s'approcha de Charéos.

— Mille excuses, murmura-t-il. Je ne savais pas, évidemment. Je vous en prie, venez chez moi. Ma maison est la vôtre. Je serais honoré si vous y passiez la nuit.

Charéos acquiesça.

— C'est très gentil, réussit-il à dire en se forçant à sourire. Je dois également m'excuser. Vous aviez toutes les raisons de vous méfier d'un groupe d'étrangers armés jusqu'aux dents, et vos précautions étaient louables.

Norral s'inclina.

La nourriture qu'il leur donna était excellente. Ses deux jolies filles bien dodues, Bea et Kara, étaient des cordons bleus. Mais la soirée fut monopolisée par Norral, qui leur raconta toute l'histoire de sa vie bien ennuyeuse en n'oubliant aucun détail. Il ponctua son récit d'anecdotes à propos de célèbres hommes d'État gothirs, de poètes ou de nobles. Chaque histoire se finissait de la même manière : comment ces hommes connus avaient félicité Norral pour sa sagacité, son esprit, sa clairvoyance et son intelligence.

Beltzer fut le premier à prendre une cruche de vin et à s'en aller prendre l'air frais, dans la nuit. Maggrig et Finn l'imitèrent très vite. Absolument pas dérangé par le flot de paroles qui sortait de la bouche de Norral, Okas se roula en boule sur le sol et s'endormit.

Charéos et Kiall restèrent avec le gros fermier bien après minuit, mais comme il ne montrait aucun signe de fatigue, Charéos bâilla de manière théâtrale.

— Je tiens à vous remercier, dit-il, pour cette soirée passionnante. Mais nous devons partir juste après l'aube. Aussi, si vous voulez bien m'excuser, je vais vous abandonner à la compagnie de Kiall. Il est plus jeune que nous autres, et je suis sûr qu'il a beaucoup à apprendre de vous.

Rigide d'ennui, Kiall prit sur lui de rester calme et s'installa pour une nouvelle histoire de Norral. Mais avec le dernier des héros de Bel-azar parti, Norral n'avait plus envie de parler seulement à un ancien villageois. Il s'excusa et alla se coucher.

Kiall se leva et sortit dans la nuit. Seul Beltzer était toujours éveillé. Kiall alla s'asseoir à ses côtés.

— Est-ce que la vieille baderne est à court d'histoires ? lui demanda le géant.

— Non, il est à court d'auditoire.

— Par les dieux, il n'a pas besoin de palissade ; il n'a qu'à rendre visite à un campement nadren lors d'une veillée. Les pillards éviteront ce village comme la peste.

Kiall ne commenta pas. Il resta assis le menton entre ses mains, à contempler les maisons autour de lui. De la lumière dorée filtrait en fins rayons par les volets fermés.

— Qu'est-ce qui t'arrive, mon garçon ? s'enquit Beltzer en finissant la dernière goutte de vin.

— Tout a changé, répondit Kiall. Ce n'est plus chez moi.

— Tout change, déclara Beltzer, à part les montagnes et le ciel.

— Mais cela ne fait que quelques mois. Aujourd'hui… c'est comme si Ravenna n'avait jamais existé.

— Ils ne peuvent pas s'offrir le luxe de la pleurer éternellement, Kiall. Regarde autour de toi. C'est un village de travailleurs ; il y a des champs à semer, il faut cultiver et récolter ; des animaux à nourrir, à abreuver, dont il faut prendre soin. Ravenna, c'était la récolte de l'an dernier. Par les dieux, mon gars, nous sommes tous la récolte de l'an dernier.

— Cela ne devrait pas être ainsi, objecta Kiall.

— Mais si, mon garçon. C'est la *seule* façon qui soit. (Il souleva le pichet vide et le tendit à Kiall.) Qu'est-ce que tu vois ?

— Il n'y a rien à voir. Tu l'as fini.

— Exactement. Le vin était bon, mais il n'est plus là. Pire, je le pisserai contre un arbre demain – et plus personne ne pourra dire si c'était du vin ou de l'eau.

— Nous ne sommes pas en train de parler de vin, nous parlons de personnes. De Ravenna.

— Il n'y a pas de différence. Ils pleurent… et maintenant ils revivent.

Peu après l'aube, Okas disparut dans les collines à la recherche de la piste des esprits. Kiall se mit en quête de la sœur de Ravenna. Il la trouva dans la maison de Jarel. Elle lui sourit et l'invita à entrer. Jarel était assis à côté de la fenêtre, contemplant les montagnes. Karyn versa un verre de vin coupé d'eau.

— Cela me fait plaisir de te revoir, dit-elle en souriant.

Elle ressemblait tellement à Ravenna que son cœur fit une embardée – les mêmes grands yeux, les mêmes cheveux noirs, luisant comme s'ils avaient été laqués.

— Moi aussi, répondit-il. Comment vas-tu ?

— J'aurai l'enfant de Jarel cet automne, lui confia-t-elle.

— Je vous félicite tous les deux, dit-il.

Jarel se retourna. C'était un jeune homme bien bâti avec des cheveux bruns, frisés, et des yeux bleus et durs.

— Pourquoi est-ce que tu t'entêtes dans cette aventure ? lui demanda-t-il. Pourquoi cours-tu après une morte ?

— Parce qu'elle ne l'est pas, rétorqua Kiall.

— C'est tout comme, cracha Jarel. Elle est salie… elle n'a plus sa place parmi les gens civilisés.

— Pas à mes yeux.

— Tu es toujours un rêveur. Elle parlait souvent de toi, Kiall. Elle se moquait de tes drôles d'idées. Enfin, inutile de la ramener ici, elle ne sera pas la bienvenue.

Kiall posa le verre sur la table et se leva, les mains tremblantes.

— Je ne te le dirai qu'une seule fois, Jarel. Quand je la ramènerai, si tu lui dis ne serait-ce qu'une méchanceté, je te tuerai.

— Toi ? renifla Jarel. Seulement dans tes rêves, Kiall.

Kiall s'approcha de Jarel en souriant, les mains sur les hanches. Jarel faisait une bonne tête de plus que lui et était bien plus lourd. Le poing de Kiall vint s'écraser sur son visage, le faisant tomber à la renverse. Du sang jaillit de ses lèvres fendues et sous le coup de la surprise, sa mâchoire s'affaissa. Puis la colère s'enflamma dans ses yeux et il se jeta en avant – pour s'arrêter net, en voyant le grand couteau de chasse dans la main de Kiall. C'est alors que la peur s'empara de lui.

Kiall s'en rendit compte et lui sourit.

— Souviens-toi de mon avertissement, Jarel. Souviens-t'en bien.

— Je m'en souviendrai, répondit le fermier, mais toi, souviens-toi de ceci : personne ici ne veut revoir ces femmes. Alors qu'est-ce que tu vas faire ? Leur construire de nouvelles maisons ? Deux des hommes dont les femmes ont été enlevées se sont remariés. Une vingtaine de familles sont parties, et personne ne sait où. Qu'espèrent trouver les captives en revenant ici ? Tout le monde s'en moque.

— Pas moi, affirma Kiall. Je ne m'en moque absolument pas. (Il se retourna vers Karyn.) Merci pour l'hospitalité.

Elle resta muette. Il rengaina son couteau et partit dans les premières lueurs de l'aube.

Chapitre 8

Okas était assis sous un orme, les jambes croisées, se concentrant sur le village en contrebas. Sa vision se mit à tourner, les bâtiments devinrent flous, et disparurent comme la brume sous l'effet du soleil. À présent, il ne contrôlait plus rien ; le temps n'avait plus de signification. Il vit des montagnes de glace rouler telle une vague sur la terre, remplissant les clairières, gravissant les pics. Lentement, à contrecœur au fil des siècles, la glace s'effaça au profit d'herbes grasses. D'énormes créatures se déplaçaient à la surface de la vallée, frottant leurs membres gigantesques contre les arbres, cassant les branches. Des milliards d'années passèrent et l'herbe continua à pousser. Le vent des âges adoucit l'escarpement des collines. La première racine de chêne prit sur la colline au sud, affermissant le sol. Des oiseaux se posèrent sur ses branches. En tombant, les graines donnèrent naissance à d'autres arbres qui poussèrent à leur tour, et Okas vit une jeune forêt s'étendre progressivement dans les collines.

Le premier groupe d'hommes arriva par l'ouest, vêtus de peaux de bêtes et portant des armes en bois et en os. Ils campèrent près du cours d'eau, chassèrent quelques élans et reprirent leur route.

D'autres les suivirent, et par un matin radieux, un jeune homme gravit la colline avec une femme à ses côtés. Il désigna la terre, et embrassa d'un geste du bras les montagnes au loin. Il construisit une maison avec un long toit en pente. Il n'y avait pas de cheminée ; deux trous furent laissés là où le toit faisait un angle, et Okas vit de la fumée s'élever lorsque les premières neiges tombèrent. D'autres voyageurs vinrent s'installer au fil des ans, et le jeune homme, devenu chef, vieillit.

Une tribu sauvage pénétra dans la vallée, y tuant tous les habitants. Ils vécurent un temps dans les maisons, mais comme tous les nomades, ils ne restèrent pas. Les maisons pourrirent et tombèrent en poussière ; de l'herbe poussa sur les fondations.

Okas regarda ainsi défiler les siècles, avec une patience infinie, jaugeant le passage du temps au mouvement des étoiles. Enfin, il aperçut les bâtiments familiers d'un présent proche et rapprocha son esprit du village. Il se concentra sur Kiall et se trouva attiré dans une petite maison du côté ouest. Là, il fut témoin de la naissance d'un garçon et du sourire plein d'orgueil de sa mère, épuisée, et vit la joie dans les yeux du père de Kiall lorsqu'il prit tendrement l'enfant dans ses bras.

Okas se détendit et laissa filer la vision. Il vit la mère de Kiall mourir de fièvres, et ses premiers pas. Il vit le père se blesser dans une chute et perdre la vie à cause de la gangrène qui s'était déclarée dans la plaie. Il regarda le garçon – élevé par des étrangers – grandir. Puis il vit la fille aux cheveux noirs, Ravenna.

Il arriva ainsi jusqu'à la razzia. Les Nadrens chargèrent dans le village, l'épée ou la lance à la main.

Okas s'écarta un peu du massacre et attendit que les pillards emmènent leurs captives dans les collines, où les attendaient des chariots chargés de chaînes et de menottes.

Il les suivit pendant près de cent cinquante kilomètres jusqu'à un village fortifié. Et la vision s'arrêta.

Il ouvrit les yeux et s'étira, retenant un grognement lorsque les ligaments au-dessus de ses hanches craquèrent. Le vent était froid sur sa peau ; il était à bout de forces.

Pourtant, il devait refaire un voyage astral. L'appel était très fort, et il s'y connecta. Son esprit s'éleva dans les airs ; il franchit les Steppes à une vitesse prodigieuse. De cette hauteur, les montagnes étaient magnifiques, emmitouflées dans un manteau de neige et une couronne de nuages. Son esprit chuta à l'approche du plus grand sommet. Il passa à travers et s'enfonça dans les ténèbres. Enfin, il déboucha dans une caverne où des torches vacillaient sur les murs. Là, un vieil homme était assis devant un feu. Okas l'examina de près. Il portait un collier à dents de lion autour de son cou squelettique ; sa petite barbe blanche n'avait pas plus de substance que la fumée du feu. Quand l'homme ouvrit ses yeux sombres et les fixa sur Okas, ce dernier put y lire une douleur si profonde et un chagrin si intense qu'il en eut les larmes aux yeux.

— Bienvenue, frère, déclara Asta Kahn.

Le shaman nadir grimaça et poussa un gémissement.

— Comment puis-je t'aider ? s'enquit Okas. Que te font-ils ?

— Ils tuent mes enfants. Tu ne peux rien faire. Bientôt, ils vont rassembler leurs forces pour m'attaquer, et c'est là que j'aurai besoin de toi. Les démons vont venir, et ma force ne suffira pas à les renvoyer dans l'abysse. Mais avec toi, j'aurai une chance.

— Alors je serai là, frère… et j'amènerai de l'aide.

Asta Khan acquiesça.
— Les *fantômes-à-venir.*
— Oui.
— Est-ce qu'ils viendront si tu leur demandes ?
— Je crois que oui.
— Ils affronteront des cauchemars au-delà de toute description. Les démons sentiront leurs peurs – et leur donneront forme.
— Ils viendront.
— Pourquoi fais-tu cela pour moi ? s'enquit Asta. Tu sais ce que je désire. Tu sais tout.
— Pas tout, répondit Okas. Aucun homme ne sait tout.
Asta poussa un hurlement et se roula par terre. Okas s'assit en silence et attendit que le vieux shaman se redresse, après qu'il eut essuyé ses larmes.
— Et maintenant, ils tuent les tout-petits ; je ne peux pas stopper leur douleur.
— Il ne le faut pas, déclara Okas. Viens, prends ma main.
L'esprit d'Asta Khan sortit de son frêle corps. Sous cette forme il avait l'air plus jeune, plus fort. Okas serra la main tendue et laissa passer un peu de sa force dans le corps du shaman.
— Pourquoi ? l'interrogea une fois de plus Asta Khan. Pourquoi fais-tu cela pour moi ?
— Peut-être que ce n'est pas pour toi.
— Pour qui, alors ? Tenaka ? Ce n'était pas ton seigneur.
— L'important est que je le fasse. Je dois retourner dans ma chair. Quand tu en auras besoin, je serai là.

La colère de Kiall ne dura pas longtemps. Les quêteurs attendaient à l'orée de la forêt le retour d'Okas. Kiall, assis à côté de Charéos, le gratifia de sa rage.
Charéos l'interrompit.

— Suis-moi, dit-il brusquement.

Le Maître d'armes se leva et partit entre les arbres, hors de portée d'écoute des autres. Puis, il se retourna vers Kiall, le visage sévère, ses yeux noirs bouillant de colère.

— Ne déverse pas ta colère d'autosatisfaction sur moi, mon garçon. Je ne l'accepte pas. Quand les pillards sont arrivés, toi – et tous ces villageois – n'avez rien fait. Bien sûr qu'ils *pensent* ne plus vouloir revoir les captives. Tu sais pourquoi ? Parce que ce serait comme se regarder dans un miroir pour y voir sa propre lâcheté. Et ils devraient vivre avec ce miroir tous les jours. Chaque fois qu'ils croiseraient une ancienne captive, ils verraient leurs propres défauts. Alors arrête de pleurnicher.

— Pourquoi es-tu si énervé ? demanda Kiall. Tu pouvais me l'expliquer calmement.

— T'expliquer... ?

Charéos renversa sa tête pour contempler le ciel. Il resta silencieux quelques secondes, et Kiall comprit qu'il essayait de garder son calme. Puis, il s'assit et l'invita à l'imiter. Ce que fit aussitôt le jeune homme.

— Je n'ai pas le temps de toujours tout t'expliquer, Kiall, déclara patiemment son aîné, et en plus, je n'ai pas un penchant pour ça. J'ai toujours pensé qu'un homme devait réfléchir par lui-même. S'il a besoin des autres pour avoir des pensées ou des raisons, alors son cerveau se vide et devient inutile. Pourquoi suis-je en colère ? Examinons la situation un instant. Comment crois-tu que les Nadrens savent quel village attaquer ? Quels villages ont de jolies jeunes filles ?

— Je ne sais pas.

— Réfléchis, nom de Dieu !

— Ils envoient des éclaireurs ? suggéra Kiall.

— Bien sûr. Mais aussi ?

— Ils écoutent les négociants, les marchands, les rétameurs qui passent par ces villages ?

— Bien. Qu'est-ce qu'ils écoutent particulièrement, d'après toi ?

— Des informations, répondit Kiall. Je ne comprends pas où cela nous mène.

— Laisse-moi un peu de temps. Comment est-ce qu'un village apprend ce qu'il se passe dans un autre village ?

— Les négociants, toujours, les voyageurs, les poètes – ce sont eux qui propagent les nouvelles, affirma Kiall. Mon père disait que c'était l'une des raisons pour lesquelles ils encourageaient le commerce. Les gens pouvaient se réunir autour des chariots des marchands et écouter les derniers ragots.

— Exactement. Et quel *ragot* est-ce que le prochain marchand qui va passer par ici colportera ?

Kiall rougit et déglutit avec peine.

— Il va raconter que les héros de Bel-azar sont à la recherche de Ravenna, murmura-t-il.

— Et qui risque d'entendre parler de cette bande de héros ? s'enquit Charéos, qui serrait la bouche à s'en rompre la mâchoire.

— Les Nadrens, admit Kiall. Je suis désolé. Je n'ai pas réfléchi.

— Comme tu dis ! gronda Charéos. J'ai entendu parler de ta dispute avec le fermier et du fait que tu l'avais menacé d'un couteau. Écoute bien, Kiall, ce que nous faisons est facile. Tu comprends ? Facile ! Ce que font les villageois est dur. Ils prient et espèrent qu'il y aura juste assez de pluie pour faire pousser les blés et suffisamment de soleil pour que la récolte soit mûre ; sans jamais savoir quand la sécheresse, la famine ou les pillards viendront détruire leur vie ou enlever les gens qu'ils aiment. Ne me demande plus jamais d'explications. Utilise ta cervelle.

Finn se fraya un chemin dans les sous-bois.

— Okas est revenu. Il dit qu'il y a cent cinquante kilomètres à parcourir. Et ce ne sera pas un trajet facile. J'ai envoyé Maggrig acheter des provisions. Ça te va, Maître d'armes ?

— Oui. Merci, Finn. Nous nous mettrons en route dès son retour et nous camperons loin d'ici. Je ne supporterai pas de passer une nuit de plus avec cet emmerdeur de Norral.

— Attends voir, Maître d'armes. Ce soir, c'est lui qui va divertir les villageois en leur racontant la façon dont tu l'as encensé. Un jour, on se souviendra de toi comme étant Charéos, l'ami du grand Norral.

— Cela ne m'étonnerait pas, admit Charéos en riant.

Il sortit des sous-bois et vit qu'Okas était tranquillement assis en compagnie de Beltzer. Le vieil homme avait l'air extrêmement las.

— Veux-tu te reposer un moment ? lui demanda Charéos.

— Pas de repos. Un long voyage nous attend. Je dormirai ce soir. Il y a un bon emplacement pour monter le campement à quatre heures d'ici au sud, si nous chevauchons bien.

— Est-ce que la fille est vivante ? s'enquit Charéos comme Kiall arrivait derrière lui.

— Elle l'était quand ils l'ont amenée dans ce fort, affirma Okas. Je n'ai pas pu en voir plus ; c'était trop loin pour moi. Et je n'ai pas de prise sur elle – si ce n'est l'amour de Kiall. Ce n'est pas assez. Si je l'avais connue, j'aurais été capable de la retrouver n'importe où.

— Combien de temps va nous prendre ce voyage ?

— Peut-être trois semaines. Un mois. C'est un pays sauvage. Et nous devrons progresser prudemment. Il y aura des Nadirs, les Têtes-de-Loup, des Nadrens. Et… d'autres dangers.

— Quels dangers ? demanda Beltzer.

— Des démons, répondit Okas.

Beltzer se fit le signe des cornes protectrices sur le front et le cœur, et Finn l'imita.

— Pourquoi des démons ? s'enquit Charéos. Qu'est-ce que la sorcellerie vient faire dans cette quête ?

Okas haussa les épaules et fixa le sol. Il se mit à dessiner des symboles dans la poussière.

Charéos s'agenouilla à côté de lui.

— Réponds-moi, mon ami. Pourquoi des démons ?

Okas leva les yeux et plongea son regard dans celui du Maître d'armes.

— Tu m'as demandé de venir ici pour vous aider, dit-il. Je vous aide. Et si je vous demandais de m'aider, moi ?

— Tu es un ami, répliqua Charéos sans l'ombre d'une hésitation. Si tu as besoin de moi – de n'importe lequel d'entre nous – tu n'as qu'à demander. Est-ce que des démons te pourchassent ?

— Non. Mais il y a un vieil homme – un ennemi de Jungir Khan. Il vit seul dans les montagnes loin d'ici. C'est lui que j'ai juré d'aider. Mais si j'y vais seul, je mourrai. Pourtant je dois y aller.

— Alors je viens avec toi, déclara Charéos.

— Et moi aussi, fit Beltzer en donnant une grande claque sur l'épaule d'Okas.

Okas acquiesça et continua à dessiner des symboles sur le sol. Il ne parla plus et Charéos le laissa tranquille.

Kiall se planta aux côtés de Charéos.

— Il faut que je te parle, dit-il en s'éloignant. (Charéos le suivit dans un endroit ombragé sous un orme majestueux.) En quoi cela va-t-il nous aider à retrouver Ravenna ? demanda le jeune homme.

— En rien, Kiall. On risque même d'y laisser la peau.

— Alors pourquoi ? Est-ce qu'on a fait tout ce chemin pour rien ? rugit Kiall.

— L'amitié, ce n'est pas *rien*. Sans nous, ce vieil homme risque de mourir. Alors veux-tu que je te dise ? Il n'y a pas beaucoup de vertus en ce bas monde, mon garçon, mais l'amitié en est une que je chéris. Mais si tu veux une raison qui n'a aucun rapport avec l'honneur, en voici une : quelle chance avons-nous de trouver Ravenna *sans* Okas ? (Charéos agrippa Kiall par l'épaule.) Je n'ai pas le choix, mon ami. Pas le choix du tout.

Kiall acquiesça.

— Alors je viens aussi, dit-il.

Maggrig revint avec des provisions – de la viande séchée, de l'avoine, du sel et une tisane douce au miel et à la racine de curcuma. Les quêteurs se mirent en route en direction du sud, Okas et Charéos en tête. Finn partit au galop en éclaireur, voir s'il trouvait les traces de pillards ou de brigands.

Kiall trottait en compagnie de Maggrig.

— L'idée d'affronter des démons me terrifie, confia-t-il.

— Et moi donc, reconnut Maggrig. J'ai vu le corps empaillé d'un Uni, quand je suis allé une fois à la Nouvelle-Gulgothir. C'était un homme-loup de trois mètres de haut – il avait été tué par Ananaïs, le héros drenaï, pendant les guerres de Ceska, il y a des dizaines d'années de cela. Mais jamais de démons. Finn m'a raconté qu'un de ses amis a été tué par des démons. Ils le pourchassaient dans son sommeil. Il se réveillait en hurlant. Une nuit il a hurlé, mais ne s'est pas réveillé. Et il n'y avait pas une seule marque sur lui.

Kiall frissonna.

Beltzer ralentit un peu son allure pour chevaucher à leurs côtés.

— Ce sont les shamans nadirs qui invoquent ces créatures, déclara-t-il. Dans le temps, j'ai connu un homme qui a survécu à une confrontation avec des démons. Il avait pillé un tombeau nadir. Et les rêves ont commencé ; il n'avait pas d'armes et les bêtes se rapprochaient de lui un peu plus chaque nuit.

— Qu'est-ce qu'il a fait ? demanda Maggrig.

— Il est parti dans un Temple des Trente près de Mashrapur. Ils l'ont fait passer au-dessus du bibelot qu'il avait volé – c'était un gobelet, je crois. Puis deux prêtres-guerriers se sont assis avec lui durant son sommeil. Il a rêvé qu'il était de nouveau dans les bois – mais cette fois les prêtres étaient avec lui, vêtus d'armures d'argent et portant des épées qui brillaient plus fort que des lanternes. Ils ont repoussé les démons et emmené l'esprit de l'homme auprès du shaman nadir qui les avait invoqués. Ils se sont mis d'accord sur la restitution de l'objet, et les rêves ont pris fin.

— Il a eu de la chance, déclara Maggrig.

— Pas vraiment. Il est mort juste après dans une taverne, lors d'une bagarre à propos d'une pute.

Beltzer éperonna sa monture et rattrapa Charéos et Okas en haut d'une pente.

Devant eux s'étendait une grande vallée, et derrière, les Steppes nadires, arides, et balayées par les vents.

Tanaki se leva de son lit, s'étira, et marcha jusqu'à la fenêtre, ouvrant les volets pour contempler la place vide.

Un mouvement derrière elle la fit se retourner, et elle sourit au nouvel arrivant.

— La moindre des politesses aurait été de te faire annoncer, Harokas, lança-t-elle à l'attention de l'assassin au visage de rapace.

Il haussa les épaules.

— Pas dans ma profession, dit-il avec un large sourire.

— Je ne pensais pas te revoir avant quelques semaines encore. Dis-moi que tu as chevauché nuit et jour pour te repaître de ma beauté.

— J'aimerais bien, princesse. Mais je suis porteur de nouvelles qui devraient t'intéresser. Il y a un groupe d'hommes en route pour ici qui a l'intention de venir sauver une esclave. Il y a de fortes chances que ta vie soit en danger.

— Combien sont-ils ?

— Six.

Elle gloussa.

— Tu crois que je vais avoir peur de six hommes ? Dans un bon jour, je serais probablement capable d'en venir à bout moi-même.

— Ces hommes sont spéciaux, princesse. Ils ont à leur tête Charéos le Maître d'armes. Et parmi eux, il y a Beltzer à la Hache – et les légendaires archers, Finn et Maggrig.

— Les héros de Bel-azar ? En quoi une paysanne peut-elle les intéresser ?

— On se le demande.

— Comment as-tu appris cela ? lui demanda Tanaki.

— Ils se sont vantés de leur mission dans un village. Toute la région ne parle que de ça.

— Mais qu'est-ce que tu ne me dis pas ? s'enquit-elle, une trace de sourire sur le visage.

— Toujours aussi clairvoyante, princesse, répliqua-t-il, en lui offrant ses bras.

Elle s'approcha et l'embrassa ; puis elle recula.

— Plus tard, lui dit-elle. Dis-moi tout d'abord.

— Oh, non, lui répondit-il en la soulevant de terre et en la portant dans la chambre carrée, à l'arrière de la salle.

Ils firent l'amour plus d'une heure ; finalement, il s'allongea sur le dos et ferma les yeux.

— À présent, dis-moi, fit-elle en se relevant sur un coude pour le regarder.

— Tu sais que si j'étais le genre d'homme à tomber amoureux, ce serait avec toi, princesse. Tu es forte, intelligente, courageuse et vive d'esprit. Et au lit…

— Oui, oui. Toi aussi tu étais très bien. Mais vas-tu me dire, enfin !

— Et quand tu as une idée quelque part, tu ne l'as pas ailleurs. J'adore ça. (Le visage de Tanaki s'assombrit.) D'accord, d'accord, dit-il en souriant. Le comte m'a chargé de tuer Charéos.

— Et tu voudrais que je le fasse pour toi ?

— Eh bien, je me fais vieux et je me fatigue vite.

— J'avais remarqué, fit-elle en s'asseyant. À présent il faut que je me mette au travail.

— Pourquoi Tsudaï est-il venu ici ?

Elle se retourna et se demanda si l'inquiétude qu'elle lisait dans ses yeux était réelle. Estimant que non, elle se contenta de hausser les épaules et se leva.

— Comment se fait-il que tu entendes toujours tout, Harokas ? Es-tu un devin ?

— Non, j'écoute, c'est tout. Et quand le général de Jungir Khan chevauche dans les Steppes, je sais que ce n'est pas pour faire de l'exercice.

— Il est venu acheter des femmes, voilà tout.

— À présent c'est toi qui ne me dis pas tout. Est-ce que tu veux qu'il meure, princesse ?

— Non ! répondit-elle brusquement.

— Comme tu veux. Mais il te hait, tu le sais ?

— Il dit qu'il m'aime.

Harokas grogna et roula hors du lit.

— Il ne connaît pas le sens de ce mot.

— Et toi ? demanda-t-elle en enfilant sa tunique.

— Parfois, je le crois. Que vas-tu faire pour Charéos ?

— Je vais envoyer des cavaliers aujourd'hui même.

— Envoie les meilleurs, princesse.

— Les héros de Bel-azar ne seront plus qu'un souvenir d'ici à la fin de la semaine.

— Peut-être, répondit-il tout bas.

Malgré son aspect désolé, le paysage qui menait aux Steppes regorgeait de vie. Kiall s'avoua fasciné par les merveilles du monde sauvage. Il avait vécu toute sa vie dans la vallée et connaissait les habitudes des cerfs et des moutons sauvages, mais il y avait ici des créatures d'une rare beauté et leur comportement pouvait être comique et mystique à la fois.

Au quatorzième jour de leur périple, il aperçut de grands oiseaux à longues ailes rectangulaires voler au-dessus d'eux. Ils planaient et partaient en vrille dans le ciel. Il devina qu'il s'agissait de vautours – mais d'un genre qu'il n'avait encore jamais vu. Il éperonna son cheval pour rejoindre Finn, qui était un petit kilomètre en amont du groupe.

Finn tira sur ses rênes et attendit le jeune homme.

— Il y a un problème ? s'enquit le chasseur.

— Non, je regardais les vautours. Est-ce que cela signifie que quelqu'un est sur le point de mourir ?

— Pas de mourir, répondit Finn en souriant. De naître. Quand ils volent ainsi en cercle, c'est qu'ils sont à la recherche d'une compagne. Si tu regardes bien, tu verras les mâles planer autour des femelles. Petit à petit, leurs mouvements seront comme des images dans un miroir.

Les vautours virevoltaient dans tous les sens, dans un ballet à couper le souffle.

— Tant de beauté chez des créatures aussi répugnantes, soupira Kiall.

— Pourquoi répugnantes ? rétorqua Finn. Parce qu'elles se nourrissent de charognes ? Elles nettoient la terre, Kiall. De bien des façons elles la conservent propre.

— Pourquoi s'accouplent-ils en hiver ? Le froid ne menace pas les œufs ?

— Non, expliqua Finn. Quand la femelle pond, elle couve les œufs pendant deux mois. Quand ils éclosent, elle nourrit ses petits pendant quatre mois. C'est long pour des oiseaux.

Les quêteurs continuèrent leur route, traversant des cours d'eau qui descendaient des montagnes, gonflés par la fonte des neiges. Le seizième jour, Finn attrapa trois grosses truites qu'il fit cuire. Il les avait attrapées avec les mains, ce qui impressionna beaucoup Kiall. Le chasseur secoua la tête.

— Pas besoin d'être très doué pour ça, Kiall. Pour elles aussi, c'est la saison des amours. Les truites s'installent au creux des sillons dans le lit du cours d'eau afin de pondre leurs œufs. Elles restent immobiles. Et si un homme est suffisamment rapide et adroit, il peut les chatouiller sur les flancs du bout des doigts et les jeter hors de l'eau.

Les jours passèrent et les voyageurs découvrirent de plus en plus d'animaux sauvages – de grands grèbes huppés sur des lacs profonds ; des foulques ; des hérons dans leur hilarante parade nuptiale, sautant d'une patte d'allumette sur l'autre afin d'attirer les femelles ; d'énormes milans noirs, descendant en piqué, puis remontant pour se rencontrer dans les airs.

Okas semblait s'effacer de plus en plus, chevauchant souvent les yeux fermés, perdu dans ses pensées. Une fois, il faillit même tomber de selle, mais Beltzer l'attrapa à temps.

L'après-midi du dix-septième jour, Okas incita son poney à se rapprocher de Charéos.

— Nous devons nous cacher, dit-il.

— Pourquoi ? Des ennemis approchent ?

— Oui, aussi. Mais cette nuit est celle des démons.

Charéos acquiesça et chevaucha jusqu'à Finn. Le chasseur partit au galop en direction de l'ouest, où des falaises rocheuses se dressaient sur un sol parsemé de neige. À la tombée de la nuit, les quêteurs campaient à l'intérieur d'une caverne, à flanc de colline.

Ils mangèrent en silence, assis autour d'un feu vacillant. Okas leur interdit la viande et s'assit la tête penchée, les yeux fermés. Enfin, il releva la tête et fixa Charéos.

— Ce sera une nuit pleine de dangers, dit-il doucement. Les forces qui viendront contre vous sont puissantes dans leurs maléfices et leur méchanceté. Elles ont été nourries de la mort de beaucoup, beaucoup de personnes.

— Parle-nous du vieil homme que nous devons protéger, l'invita Charéos.

La sueur coulait sur son front. Il pouvait sentir la brise fraîche de la nuit sur sa peau. En regardant le Maître d'armes, Kiall ressentit sa peur. Beltzer restait lui aussi silencieux. Ses petits yeux ronds étaient rivés sur Okas.

— Son nom est Asta Khan. Pendant de très longues années, il a été le shaman de Tenaka Khan, Seigneur des Loups. Quand Tenaka est… mort… il a quitté la tribu et s'est rendu – finalement – dans les Montagnes de la Lune. Le fils de Tenaka, Jungir, et son propre shaman, ont décidé qu'il était temps qu'Asta meure. Ils ont sacrifié quarante parents d'Asta afin de nourrir les esprits et d'affaiblir le vieil homme. Ce soir, les démons viennent.

— En quoi menace-t-il Jungir ? s'enquit Finn.

— Il connaît un secret que Jungir ne veut pas qu'on ébruite. Jungir Khan a assassiné son père.

— C'est tout ? demanda Beltzer.

— Pas tout, admit Okas, mais c'est tout ce dont je suis certain.

— Peut-on vaincre ces démons ? s'enquit Beltzer. Est-ce que ma hache peut les abattre ?

— Nous allons pénétrer dans leur monde. Dans cet endroit, oui, ils peuvent mourir. Mais leurs pouvoirs sont grands. Tu es fort, gros Beltzer, cependant là où nous allons, ce n'est pas la force du corps, mais celle du cœur qui compte. C'est un lieu de foi et de miracles, un lieu de l'Esprit.

— Comment allons-nous nous y rendre ? demanda Finn.

— Tu n'iras pas, lui répondit Okas. Deux d'entre nous doivent rester ici pour protéger les formes de chair de ceux qui voleront. Toi, Finn, tu es le meilleur pour ça.

La respiration de Kiall devint saccadée. Il sentait son cœur battre comme un papillon capturé. Mais il ne dit rien.

— J'y vais, déclara Charéos, avec Beltzer.

Il jeta un coup d'œil à Maggrig, puis à Kiall. Le chasseur blond sourit à Kiall en lisant la peur sur son visage.

— Je vais venir avec vous, décida Maggrig.

— Non, fit Okas. Tu restes. Il y a des ennemis qui ont découvert notre piste et qui arriveront cette nuit. Ton talent à l'arc sera plus utile ici.

— Alors, dit Kiall d'une voix tremblante, je dois y aller ?

— Tu ne le *dois* pas, mon ami, répondit Okas avec un doux sourire. C'est une tâche pour les *fantômes-à-venir.* Peut-être qu'avec seulement Beltzer, Charéos et moi, nous gagnerons.

— Je… Je viens, affirma Kiall. J'ai commencé cette quête et j'irai là où se trouve le danger.

Il déglutit difficilement.

Charéos s'approcha de lui et lui tapota sur l'épaule.

— Bien dit, Kiall.

— Reste à côté de moi, mon garçon, dit Beltzer à Kiall en levant sa hache. Je te ramènerai à la maison, sain et sauf.

— C'est l'heure, annonça Okas. Finn, quand nous serons partis, éteins les feux et dissimule nos traces. Avec de la chance, nous serons de retour à l'aube.

Il se leva et emmena les trois compagnons plus loin dans la caverne. Là, ils s'assirent en cercle. Okas se mit à chanter dans une langue sifflante que les autres ne comprenaient pas. En écoutant le chant, Kiall s'aperçut que son esprit se mettait à tournoyer. Des étoiles défilèrent devant ses yeux, et le rugissement d'un torrent emplit ses oreilles. Puis, les ténèbres, si intenses que toute sensation d'exister l'abandonna.

Il reprit conscience dans une explosion de lumière et se retrouva debout, avec les autres, devant un feu, mais dans une autre caverne. Le corps d'un vieil homme apparemment endormi était là. Son esprit jaillit de sa forme inerte et s'approcha d'eux.

Asta Khan ne dit rien, mais s'inclina profondément devant Okas. L'Homme Tatoué s'agenouilla et traça un grand cercle sur le sol de la caverne. Puis, il se leva et alla prendre Asta par la main, pour le mener jusqu'au centre du cercle. Asta Khan s'assit, tandis que Charéos,

Beltzer, Kiall et Okas se regroupaient autour de lui. Des filets de fumée noire suintèrent des parois de la caverne, se rapprochant des quêteurs. Beltzer leva sa hache. Charéos et Kiall dégainèrent leurs sabres. Un sifflement s'échappa de la fumée.

Okas se mit à psalmodier et la voix d'Asta Khan se joignit à la sienne. De la lumière blanche jaillit dans le cercle, émanant des lames des quêteurs.

La fumée s'écarta, et une grande silhouette en armure noire s'approcha. Il portait un heaume noir à ailettes, la visière baissée. Ses bras étaient croisés sur sa poitrine.

— Asta Khan, le moment est venu de mourir, déclara-t-il.

Finn s'agenouilla aux côtés des formes immobiles des quêteurs qui venaient de partir, contemplant silencieusement leurs corps inertes. Puis il ramassa son arc et regagna l'entrée de la caverne où Maggrig le rejoignit.

Les deux restèrent là un long moment assis, regardant les rayons de lune jouer sur les branches d'arbres qui oscillaient dans le vent.

— Tu vois quelque chose ? murmura Maggrig.

Finn haussa les épaules.

— Tu n'as qu'à prendre la piste vers la gauche ; je vais aller surveiller à droite. Mais ne t'éloigne pas trop de l'entrée de la caverne.

Maggrig acquiesça et lui sourit. Il encocha une flèche à son arc et fila à l'extérieur pour disparaître aussitôt dans les sous-bois. Finn attendit plusieurs minutes les yeux fermés, habituant ses sens aux ténèbres. Il y avait une multitude de sons nocturnes cachés dans le sifflement du vent et le bruissement des feuilles. Il ouvrit les yeux et scruta minutieusement la piste. Satisfait, il partit dans le clair de lune et bifurqua vers la droite. Les endroits pour se cacher ne manquaient pas, mais Finn avait besoin d'un lieu qui donnerait sur un terrain dégagé. L'arc n'était pas une arme faite pour la nuit. Il était dur de juger des distances, de plus, une bonne position défensive pouvait se révéler un panier de crabes s'il n'y avait pas une issue de secours.

Il s'accroupit derrière un écran de buissons et essaya de localiser Maggrig. Il n'y avait pas de signes du chasseur blond, et Finn sourit. Au moins, il avait retenu quelque chose ! Une heure passa... puis une autre.

Finn ferma les yeux, poussant sa concentration à suivre le rythme de la terre, y cherchant un son discordant. Rien – et cela l'ennuyait. Okas n'avait pas souvent tort, et s'il disait qu'il y avait des ennemis dans les parages, c'est qu'ils y étaient. Finn s'humecta les lèvres ; il sentit son cœur battre plus vite. S'il ne pouvait ni les entendre, ni les voir, il n'y avait alors que deux options à envisager : soit Okas avait tort, soit ceux qui les chassaient étaient aussi doués que les défenseurs. Conservant des gestes lents et fluides, Finn s'aplatit sur le sol et jeta un coup d'œil vers l'entrée de la caverne. Non, il n'y avait aucun mouvement perceptible. Il scruta la falaise, et fit jouer sa vision périphérique. Rien. Que des rochers, de l'herbe, des buissons sombres dispersés.

Il se releva légèrement, encocha une flèche et banda son arc. Si leurs ennemis étaient doués, alors peut-être qu'ils les avaient vus, Maggrig et lui, sortir de la caverne. La pensée d'un danger pour Maggrig le fit presque paniquer, mais il étouffa sauvagement son émotion. Si, en effet, ils les *avaient* vus, alors ils étaient en train de prendre position pour leur porter un coup fatal. Pourtant, Finn avait choisi son parcours avec précaution et son emplacement avec soin. Il était vraiment bien placé. Des rochers protégeaient son flanc droit, un terrain dégagé se trouvait devant lui et sur sa gauche. Derrière lui, il y avait un petit sentier qui bifurquait vers la droite et la paroi rocheuse. Il se mit à plat ventre et rampa jusqu'à ce que les broussailles le camouflent complètement. Il avait perdu l'avantage du terrain dégagé sur sa gauche, mais il était protégé d'une attaque immédiate et savait pertinemment que de là, ses ennemis ne pouvaient plus le voir.

C'est insensé, pensa-t-il. *Il n'y a personne ici. Tu as peur des ombres.*

Bon sang, réfléchis, mon gars !

Il se mit à la place des chasseurs.

Tu as vu la carrière. Qu'est-ce que tu dois faire, à présent ?

Tu dois l'obliger à se montrer, pour pouvoir le tuer.

Comment ?

Donne-lui une cible. Montre-toi.

Finn risqua un coup d'œil vers le terrain dégagé sur la droite devant lui.

Oui, c'est là que je donnerais l'ordre à quelqu'un d'aller. Finn devrait se lever pour viser.

Il reporta son regard sur les sous-bois derrière lui.

Il n'y a que deux endroits possibles où un assassin peut attendre : près du gros hêtre noueux, derrière son tronc argenté, ou derrière le rocher rond qui mène à l'entrée de la caverne. Ou peut-être les deux ?

Finn se mit à transpirer.

Battre en retraite semblait l'option la plus sensée. L'ennemi avait tous les avantages. Mais abandonner les lieux signifiait s'enfuir jusqu'à la caverne, ce qui ferait de lui une cible mouvante. Même s'il arrivait à la paroi, il serait ensuite coincé à l'intérieur. Et Maggrig se retrouverait isolé. Il posa doucement son arc sur le sol, plaça ses mains devant son visage, pouces serrés, et poussa quatre cris de chouette.

La toux grogneuse d'un blaireau retentit devant lui.

Maggrig allait toujours bien. Encore mieux, il était conscient du danger et avait repéré un ennemi.

Finn passa sous les buissons et fit marche arrière le plus silencieusement possible.

Un homme muni d'un arc sortit en terrain dégagé devant lui. L'homme avança dans la direction de sa cachette. Finn prit une grande inspiration et se leva, bandant son arc. Un autre assaillant apparut de derrière le rocher, une vingtaine de mètres plus loin ; Finn lui décocha la flèche, qui se planta en plein crâne. L'homme tomba au sol. Deux flèches fendirent les airs là où il s'était tenu quelques secondes plus tôt. Poussant sur ses cuisses, Finn sortit de sa cachette en courant, emportant buissons et cailloux sur son passage. Il sauta derrière un arbre mort. De là, il pouvait apercevoir le cadavre de l'homme qu'il avait tué.

Le jeu commençait à lui plaire. Ils l'avaient traqué avec beaucoup de maîtrise, mais ils étaient un peu trop arrogants à son goût. L'un d'eux était déjà mort, et l'autre serait forcément nerveux. Il se mit de nouveau à plat ventre et s'éloigna de l'arbre. Toujours allongé, il encocha une seconde flèche.

À présent, les assaillants étaient obligés d'attaquer par-devant. Mais y avait-il une autre possibilité ? Ils avaient dû voir que Finn était droitier. Par conséquent, ils devraient venir sur sa droite. Ils gagneraient ainsi un dixième de seconde pour le tuer. Il se pencha vers la droite et attendit.

Un guerrier muni d'une grande lance sauta par-dessus l'arbre mort. Finn lui tira dans la poitrine. L'homme tituba.

Un deuxième assaillant arriva par la gauche, portant également une lance… Finn jeta son arc, fit une roulade et se releva un couteau de chasse à la main. La lance était trop loin. Il planta sa lame dans l'estomac du deuxième. Il agrippa le mourant et s'en servit comme bouclier. Puis il scruta les sous-bois. Personne. Il poussa un juron, laissa tomber le corps et courut ramasser son arc. Alors qu'il se redressait, il vit un archer surgir devant lui, l'arc bandé. Cette fois, Finn était mort, il le savait…

Une flèche de Maggrig se ficha dans l'épaule de l'homme. Celui-ci hurla et tira. La flèche passa bien à gauche de Finn qui se jeta dans les buissons.

— La caverne, Finn ! cria Maggrig, défiant toutes les règles.

Finn se retourna et vit trois hommes franchir le terrain dégagé en courant. Il leur décocha une flèche, mais la distance était trop importante, et son tir alla se perdre dans la nature. Il jeta de nouveau son arc, dégaina son couteau de chasse et se lança à leur poursuite.

Mais ils s'engouffrèrent dans la caverne. Il arriverait trop tard.

— Tenez bon, ou nous sommes perdus, annonça Okas.

Kiall prit une profonde inspiration et regarda la fumée qui tourbillonnait.

Elle disparut pour laisser place à une étendue scintillante de grandes montagnes désolées et d'arbres squelettiques dénués de feuilles. Il y avait là six créatures à écailles dont les gueules béaient, révélant des rangées de dents pointues. Elles avancèrent vers Kiall, les bras tendus et traînant des pieds. Le jeune homme recula, horrifié. Elles n'avaient ni mains, ni pattes griffues, mais des têtes bouffies au bout des bras. Dans sa chair, des dents mordaient et claquaient dans le vide. Chaque démon faisait plus de deux mètres de haut, et leur peau cornée semblait pouvoir résister au sabre de Kiall. Il regarda sur sa droite, cherchant un mot d'encouragement de la part de Charéos.

Mais il n'y avait personne.

Kiall regarda à sa gauche. Il était seul. Une porte était ouverte, de l'autre côté de laquelle il apercevait un parterre de fleurs printanières. Des enfants jouaient dans l'herbe et l'écho de leurs rires résonnait jusque-là. La porte était attirante.

Mais le cliquetis de dents le fit se retourner. Les démons s'étaient rapprochés. Il n'avait qu'à passer par la porte pour être à l'abri.

Tenez bon, ou nous sommes perdus !

L'injonction d'Okas remontait du fond de sa mémoire.

Il pensa à Ravenna. S'il mourait ici, il ne pourrait pas devenir son sauveur. Il entendit une voix sur le pas de la porte.

— Cours, Kiall, cours ! Tu seras en sûreté de ce côté !

Il risqua un coup d'œil et vit sa mère qui lui souriait, lui faisant de grands signes de la main.

— Je ne peux pas ! hurla-t-il.

Il leva son épée. La porte disparut… Les démons se jetèrent sur lui.

Beltzer cligna des yeux sous le coup de la surprise. Il n'avait aucune idée d'où étaient passés les autres, seulement qu'il se retrouvait maintenant face à six hommes armés. Ils portaient tous une armure noire et une longue épée. Ils semblaient sur le point de passer à l'attaque. Rien en eux n'avait l'air démoniaque ; leurs visages étaient sinistres, mais humains.

Le géant trouva que sa hache était bien lourde et il laissa reposer la tête à double lame sur le sol. Il baissa les yeux vers ses mains. Elles étaient ridées et couvertes de petites taches noires. Ses bras étaient maigres et fins, ses jambes des os et des muscles décharnés. Une brise glacée souffla sur sa nuque et il se retourna lentement pour voir ce qu'il y avait derrière lui. C'était une montagne vertigineuse. Des torrents d'eau claire y coulaient et le soleil brillait de mille feux.

— Retourne sur la montagne, lui lança l'un des guerriers. Nous n'avons pas envie de nous battre avec un homme qui ne peut même pas tenir sa hache. Allez, va-t'en.

— Charéos ? murmura Beltzer.

Il se lécha les gencives ; il n'avait plus de dents. Une terrible lassitude s'empara de lui.

— Sur la montagne, tu redeviendras jeune, reprit le guerrier. Alors tu pourras nous affronter. Fais simplement un pas en arrière et tu sentiras la force revenir dans tes membres.

Beltzer recula d'un pas. C'était vrai. Il sentit ses muscles se revigorer et ses yeux s'éclaircir. Il n'avait qu'à repartir sur la montagne et il retrouverait suffisamment de forces pour affronter ces guerriers.

Tenez bon, ou nous sommes perdus !

L'injonction d'Okas remontait du fond de sa mémoire.

Beltzer dut faire appel à toutes ses forces pour soulever sa hache. Il toisa les sinistres guerriers.

— Venez, dit-il. Je n'ai pas l'intention de bouger davantage.

— Idiot ! siffla le chef des guerriers. Tu crois pouvoir te mesurer à nous ? Nous pourrions te tuer en un instant. Pourquoi ne souhaites-tu pas redevenir fort afin que nous puissions nous battre vraiment ?

— Vous allez bavasser toute la journée ? rugit Beltzer. Non, mais ! Nous battre pour de vrai ? Allez, venez les gars, vous allez gagner votre paie avec moi.

Les guerriers se regroupèrent – et chargèrent. Beltzer poussa un hurlement de défi. Soudain sa hache redevint légère dans ses mains et il contra leur charge par une autre. Ses membres étaient redevenus vigoureux, sa hache déchira leurs rangs. Leurs épées le tailladèrent, mais aucune blessure sérieuse ne le ralentit. En quelques secondes, les guerriers s'abattirent, et leurs corps disparurent. Beltzer se retourna vers la montagne. Elle n'était plus là. À la place se creusait un abîme sans fond qui descendait dans les profondeurs de la terre. Il lui tourna le dos.

Et attendit les prochains adversaires.

Charéos se tenait une fois de plus sur les murs ombragés de Bel-azar. La lune éclairait le versant des montagnes et se réverbérait sur les brins d'herbe dans la vallée. Les habitants des ténèbres gravissaient l'escalier – mais Tenaka Khan n'était pas là pour l'aider.

— Par ici, fit une douce voix de femme.

Il se retourna et vit un autre escalier qui menait à la vallée. Une femme en descendait ; sa beauté au clair de lune lui coupa le souffle.

— Tura ? Dieux du Ciel, Tura ?

— C'est bien moi, mon amour. Je ne supporterai pas de te voir mourir. Viens avec moi.

— Je ne peux pas. Je dois aider mes amis.

— Quels amis, Charéos ? Tu es seul ; ils t'ont abandonné. Viens avec moi. Je t'aime ; je t'ai toujours aimé. J'ai été idiote, Charéos, mais je vais me faire pardonner. Nous allons être bien tous les deux.

Il grogna, car son âme la désirait.

Une énorme main griffue réduisit la porte en miettes.

— Viens vite ! cria la femme.

— Non ! hurla Charéos.

Il bondit en avant et enfonça sa lame dans la gueule béante de la bête, à travers le palais jusqu'au cerveau.

— Aide-moi !

Charéos fit volte-face et vit qu'une deuxième créature était montée par l'autre escalier et entraînait Tura dans les ténèbres.

Tenez bon, ou nous sommes perdus !

L'injonction d'Okas remontait du fond de sa mémoire.

Il hurla son angoisse, mais resta là où il était. Deux nouvelles créatures se ruèrent sur lui ; il fit un pas de côté et tua la première d'un coup en plein cœur, la seconde d'un coup de taille fulgurant qui lui trancha le cou.

Un rire résonna et il vit la femme se perdre dans une étreinte avec le monstre de l'escalier, l'embrassant goulûment. Elle tourna son visage vers Charéos – il était blanc comme un linceul et des yeux de chat le fixaient. Lentement, elle leva sa jambe et la frotta contre la cuisse du démon.

— Tu n'as jamais été un vrai mâle, dit-elle. Pourquoi crois-tu que j'ai dû prendre tant d'amants ? (Il lui tourna le dos, mais ses mots le hantaient.) J'ai couché avec tout le monde, Charéos. Avec Finn, avec Beltzer. Avec tous tes amis. Je leur ai dit comment tu étais. Je leur ai dit que tu as pleuré la première nuit où nous avons fait l'amour… ça les a bien fait rire.

— Laisse-moi en paix !

Une autre bête surgit de l'escalier ; Charéos se baissa pour éviter un grand coup de griffes et lui passa son sabre à travers le corps. Elle retomba dans les ténèbres.

La voix de Tura se rapprocha, mais les mots se faisaient plus doux.

— J'ai dit ça pour te faire du mal, murmura-t-elle. Je suis désolée… si tu savais comme je suis désolée. (Elle se rapprocha encore et Charéos recula d'un pas.) Malgré tout ce que je t'ai dit, continua-t-elle, malgré tous les torts que je t'ai causés, tu ne m'as jamais fait de mal. Tu ne pourras jamais m'en faire.

Son bras jaillit. Le sabre de Charéos aussi… lui tranchant la tête, qui tomba d'un côté et son corps de l'autre. Un petit couteau courbé s'échappa de ses doigts.

— Non, déclara Charéos, je ne pourrais jamais faire de mal à Tura. Mais tu n'es pas Tura.

Kiall donnait des coups de taille et d'estoc aux monstres qui l'entouraient. Leurs bras aux dents acérées lui déchirèrent la peau ; la douleur le submergea. Pourtant il continua à les repousser avec son épée. Il glissa et tomba par terre. Les démons se penchèrent au-dessus de lui. C'est alors qu'un guerrier en noir, armé de deux épées courtes, sauta au milieu d'eux pour le protéger. Les monstres reculèrent. L'homme avait une maîtrise à couper le souffle ; il sautait et virevoltait comme un danseur, et à chaque mouvement une de ses lames étincelantes tailladait un démon. La dernière bête s'effondra. L'homme s'approcha de Kiall et lui sourit.

— Tu t'es bien battu, fit-il.

Kiall le regarda dans ses yeux bridés et violets. Il avait un visage dur et cruel.

— Qui êtes-vous ? demanda-t-il.

— Je suis un ami d'Asta Khan.

Les ténèbres fondirent sur Kiall qui eut juste le temps de cligner des yeux…

Il était de retour dans la caverne auprès du feu. Okas et Asta étaient assis ensemble, Beltzer et Charéos veillant sur eux.

— Est-ce qu'ils vont revenir ? s'enquit Beltzer.

— Je ne sais pas, répondit Okas d'un ton las.

— Ils ne reviendront pas, déclara Asta Khan, un éclat brillant dans les yeux. Il est temps à présent que mes ennemis découvrent *mes* pouvoirs.

Il ferma les yeux… et disparut.

Quatre cents kilomètres plus loin, Shotza poussa un hurlement. Le premier de ses douze acolytes, en transe, tomba à la renverse, la cage thoracique défoncée ; son cœur avait explosé. Shotza essaya de s'enfuir de la pièce, mais les portes étaient bloquées par une brume plus résistante que l'acier. Un à un ses acolytes moururent en silence, jusqu'à ce qu'il ne reste plus que lui.

Un visage apparut dans la brume et Shotza recula.

— Épargne-moi, puissant Asta, supplia-t-il. Je ne faisais qu'obéir aux ordres du Khan. Laisse-moi la vie sauve et je t'aiderai à le détruire.

— Je n'ai pas besoin de ton aide, répondit Asta en flottant vers lui.

La main astrale du vieux shaman jaillit. Ses doigts se transformèrent en griffes qui pénétrèrent dans la poitrine de Shotza. Celui-ci fut saisi d'une douleur terrible au cœur et il essaya de crier – mais il mourut avant que le son ne franchisse sa gorge.

Chapitre 9

Beltzer se réveilla le premier. Son corps était raide ; il s'étira. Au même moment, il vit les agresseurs courir dans la caverne. Il mit un genou au sol et se redressa la hache à la main. Le feu était mort, il y avait très peu de lumière. Beltzer poussa un cri de guerre avant de charger. Deux hommes se ruèrent sur lui, alors que le troisième l'esquivait pour continuer sa course vers le fond de la caverne. Beltzer l'ignora et abattit sa hache sur le premier attaquant. Une épée lui transperça le gilet, manquant de peu sa hanche. Il dégagea sa hache du corps qui tombait et d'un revers heurta les côtes du second. Les lames s'enfoncèrent jusqu'aux poumons du guerrier. Puis, le géant se retourna, s'attendant à une attaque dans le dos. Mais le troisième homme était mort, tué par Charéos.

Finn arriva en courant dans la caverne, brandissant son couteau. Il s'arrêta net en voyant Beltzer et Charéos au-dessus de trois cadavres.

— Tu parles d'un gardien ! déclara Beltzer.

Finn rengaina d'un geste sec le couteau dans son fourreau à sa taille.

— Nous en avons tué trois et blessé un quatrième, dit-il, mais ils ont réussi à se faufiler jusqu'ici.

— Combien en reste-t-il ? demanda Charéos en essuyant le sang sur sa lame.

— Je ne sais pas, répondit Finn.

— Débrouille-toi pour le savoir, lui ordonna Charéos.

Finn acquiesça, fit demi-tour sur les talons et sortit de la caverne en courant.

Beltzer s'assit et se mit à pouffer.

— Une nuit dont on se souviendra, hein, Maître d'armes ?

— Oui, admit Charéos de manière absente.

Il se tourna vers l'endroit où Kiall et Okas dormaient toujours. Il s'agenouilla et secoua le jeune homme par l'épaule.

Celui-ci ouvrit les yeux et tressaillit.

— Oh, souffla-t-il. Nous sommes en sûreté ?

— Nous sommes de retour dans la caverne, l'informa Charéos. Quant à savoir si nous sommes en sûreté ou non, cela reste à voir. Tu t'es bien débrouillé là-bas.

— Comment le sais-tu ? s'enquit Kiall.

— Tu es vivant, répondit simplement Charéos.

— On ne va pas donner un coup de main à Maggrig et Finn ? demanda Beltzer.

— Non. Ils jouent selon leurs règles. Nous ne serions qu'une gêne.

Charéos sortit sa boîte à amadou de son paquetage, nettoya les cendres et ralluma un feu. Les trois compagnons s'installèrent autour pour profiter de la chaleur. Un hurlement retentit à l'extérieur et Kiall sursauta.

— C'était peut-être Finn ou Maggrig ? dit-il.

— Peut-être, déclara Beltzer. Si on mangeait ?

— Bonne idée, déclara Charéos avant de se tourner vers Kiall. Prépare-nous un peu d'avoine. Mon estomac croit qu'on m'a tranché la gorge.

— Et Finn ? s'enquit Kiall.

— Il n'a qu'à attraper quelque chose, s'il veut manger, répondit Beltzer en souriant.

Kiall alla jusqu'aux paquetages pour prendre un sac d'avoine. Il jeta un coup d'œil à Okas.

— Il dort toujours, dit-il.

— J'en doute, rétorqua Charéos.

Les trois quêteurs s'assirent en silence, les yeux fixés sur l'avoine qui bouillait en s'épaississant dans le pot en cuivre sur le feu. Comme Kiall faisait le service, les premiers rayons de l'aube éclaircirent le ciel.

— Tu manges pas ? demanda Beltzer en voyant Kiall se rasseoir.

— Non, j'ai perdu l'appétit, répondit le jeune homme en regardant les cadavres ensanglantés. Comment pouvez-vous manger dans cette puanteur ?

Beltzer haussa les épaules.

— Ce n'est que de la viande, des boyaux et des tripes, mon garçon.

Finn entra dans la caverne un moment plus tard et s'assit. Il avait les yeux rouges et fatigués. Maggrig arriva ensuite. Les deux hommes mangèrent en silence.

— Alors ? s'enquit Charéos lorsqu'ils eurent fini de se rassasier.

— Il y en avait quatre de plus.

— Tu les as tous eus ? s'enquit Beltzer.

— Oui, mais ce fut juste. Ils étaient bons, très bons. Que fait-on à présent ?

— On attend Okas, répondit Charéos. Tu devrais aller dormir un peu.

Finn acquiesça et alla tout au fond de la caverne. Il s'enroula dans ses couvertures et posa sa tête contre sa selle.

— Ils ont bien failli nous avoir, leur apprit Maggrig. L'un d'entre eux était mieux placé que nous. Sa flèche a manqué la tête de Finn d'un centimètre à peine.

— Avez-vous trouvé leurs chevaux ? l'interrogea Charéos.

— Oui. Nous avons pris les selles et dispersé les bêtes. Finn pense que c'était l'avant-garde d'une troupe plus importante – certainement le même groupe qui a capturé Ravenna.

— Ils nous cherchaient, affirma Charéos.

— Bien sûr qu'ils nous cherchaient, cracha Beltzer. C'est pour ça qu'il y a des cadavres partout.

— Ce que Charéos a voulu dire, c'est qu'ils nous cherchaient spécifiquement, intervint Maggrig. Ils ne sont pas venus pour dévaliser un petit groupe de voyageurs ; ils en avaient après *nous*.

— Comment en es-tu arrivé à cette conclusion ? demanda Beltzer à Charéos.

— Dis-lui, Maggrig, fit Charéos.

— D'abord, leur adresse. Ils étaient extrêmement prudents, ce qui nous a fait dire, à Finn et moi, qu'ils connaissaient nos points forts. Ensuite, ils étaient prêts à subir des pertes ; cela ne les a pas dissuadés d'attaquer. Si nous n'avions été que de simples voyageurs, ils n'auraient pas pu savoir ce que nous transportions – et un peu de nourriture et quelques chevaux ne valent pas qu'on meure pour eux.

— Donc, conclut Beltzer, ils savent que nous venons.

— Apparemment, convint Charéos.

— Voilà qui est des plus curieux, déclara Chien-tsu. Le shaman nadir ne nous observe plus.

Sukaï tira sur les rênes de son gris et observa le campement en contrebas.

— Peut-être est-ce parce qu'ils ont l'intention de nous attaquer ce soir, seigneur, fit le soldat en mettant pied à terre.

Chien-tsu passa sa jambe par-dessus le pommeau de sa selle et sauta au sol.

— Non. Ils attaqueront demain, à la tombée de la nuit – du moins c'est le plan que ce Kubaï a évoqué lorsqu'il est parti voir les tueurs la nuit dernière.

Chien-tsu se souviendrait longtemps de l'horrible son que fit le rire de Kubaï lorsqu'il parla du massacre des « jaunes » aux deux éclaireurs nadirs. Son esprit flottait au-dessus du trio et il s'était entendu traiter d'« imbécile efféminé » et de « poupée peinturlurée ».

— C'est très vexant, déclara Sukaï.

— Vexant ? Excuse-moi, j'étais dans mes pensées.

— Être forcé de mourir de la main de ces barbares.

— Ah oui, tout à fait, admit Chien-tsu.

— Il aurait été agréable d'avoir une deuxième option.

En bas, les vingt soldats avaient fait trois feux de camp. De cette position, en haut de la colline, Chien-tsu pouvait apercevoir l'éclaireur, Kubaï, assis à l'écart de ses hommes. Chien-tsu déboutonna son manteau de brocart rouge en soie et se gratta une aisselle.

— Je ne serai pas mécontent de dire adieu à ces vêtements, dit-il. Ils commencent à puer.

— Cela faisait partie de notre plan, seigneur, déclara Sukaï en se fendant d'un grand sourire.

— Tout à fait ; il n'en demeure pas moins que c'est inconfortable. Qui le portera demain ?

— Nagasi, seigneur. Il est de votre taille et de votre carrure.

— Il faut que je lui présente mes excuses ; mourir au service de son seigneur est une chose – c'en est une autre de mourir dans un manteau sale.

— C'est un honneur pour lui, seigneur.

— Évidemment, mais les bonnes manières sont d'une importance capitale. Je le verrai ce soir. Est-ce que ce serait lui accorder trop de privilège que de l'inviter à manger avec nous ?

— J'en ai bien peur, seigneur.

— Je crois que tu as raison, Sukaï. Toi et moi dînerons ensemble – même si « dîner » est un bien grand mot pour un repas de lièvre grillé. Néanmoins, j'ai un bon vin, et nous allons le finir.

Chien-tsu grimpa en selle et attendit Sukaï. L'officier monta son hongre et jura entre ses dents.

— Qu'est-ce qui t'inquiète, mon ami ? s'enquit Chien-tsu.

— Ce Kubaï. J'aimerais assez séparer sa tête de son cou.

— Une pensée que j'apprécie – et partage. Toutefois, il est vital que les soldats kiatzes ne commettent aucun crime tant qu'ils sont en terres nadires. Tout ce que nous pouvons faire, c'est nous défendre.

— À vos ordres, seigneur, grommela Sukaï.

Il éperonna sa monture et lui fit descendre la colline jusqu'au camp.

À midi, le lendemain, l'éclaireur nadir, Kubaï, annonça qu'il partait chasser. Il s'en alla au grand galop en direction du sud-ouest. Sukaï le regarda partir, puis tourna bride et fit arrêter la colonne.

Chien-tsu galopa à sa hauteur.

— Nous avons quatre heures devant nous, peut-être cinq, affirma Chien-tsu. Commençons.

Sukaï fit des gestes aux vingt soldats qui descendirent de selle et attachèrent leurs chevaux. Puis ils se mirent au garde-à-vous. Chien-tsu inspecta le rang en silence, ne s'arrêtant que pour fustiger un soldat dont la garde du sabre en bronze argenté était ternie. L'homme rougit.

— Vous savez tous, déclara Chien-tsu en se tenant au milieu du rang, qu'une trahison nous guette. Les Nadirs vont nous attaquer à la tombée de la nuit. Il est impératif qu'ils croient nous surprendre. Par conséquent vous serez assis autour des feux de camp lorsqu'ils arriveront. Vous pouvez laisser vos chevaux sellés. Quand l'attaque commencera, vous serez libres de vous battre comme bon vous semble. La soif de conquêtes des Nadirs nous montre qu'un jour ils marcheront sur les terres kiatzes. Sachant cela, il est vital que vous fassiez bonne impression. Je m'attends à ce que vous tuiez au moins quatre ennemis chacun avant de mourir. Vous ne vous enfuirez pas ; vous mourrez ici ! (Chien-tsu s'éloigna, puis fit demi-tour.) Ce que je vais vous dire n'aurait normalement pas à être prononcé, mais comme nous sommes sous un ciel étranger et loin de chez nous... Vous êtes l'élite des guerriers et les meilleurs des hommes. Si ce n'était pas le cas, vous ne seriez pas ici avec moi. J'observerai le combat depuis le haut de cette colline ; puis j'irai établir que Mai-syn est toujours en vie. Après cela, j'irai trouver Jungir Khan, et je lui trancherai la tête. C'est tout.

Chien-tsu enleva son manteau rouge et appela Nagasi. Le guerrier ôta son plastron et enfila le vêtement. Puis, il s'inclina devant Chien-tsu.

— Je vais demander à Oshi d'arranger un peu tes cheveux, dit-il à Nagasi.

Puis, il alla rejoindre Sukaï qui était à côté du chariot. Le guerrier leva les yeux vers le ciel. Un orage se préparait.

— Combien seront-ils contre nous, seigneur ?

— Je ne sais pas. En quoi cela t'importe-t-il ?

— S'ils sont moins d'une centaine, nous risquons de gagner. Et cela nuirait au plan que vous avez minutieusement mis au point.

— C'est vrai, répondit Chien-tsu d'un ton grave, mais j'imagine que – suite à ta démonstration lors du banquet – ils voudront s'assurer de l'issue du combat. Une centaine serait le minimum que Jungir Khan enverrait.

— Et si nous gagnons ? s'enquit Sukaï.

— Eh bien, vous gagnez – nous penserons alors à un nouveau plan, déclara Chien-tsu. Maintenant, veux-tu bien me couper les cheveux ?

— Mais les hommes vont vous voir, s'indigna Sukaï. Ce n'est pas convenable.

Chien-tsu haussa les épaules.

— Il est important que je passe pour un nomade nadir. Un noble kiatze n'a pas la moindre chance de survivre dans ce pays barbare. Allons, Sukaï.

Il s'assit sur le sol. Sukaï prit une longue paire de ciseaux en cuivre et se mit à couper les cheveux fortement laqués de son seigneur, n'en laissant que sur le sommet du crâne. Chien-tsu se releva et enleva sa chemise et ses pantalons de soie bleue, ainsi que ses bottes montantes. Il souleva la toile à l'arrière du chariot et en sortit un gilet en peau de chèvre nadir, une culotte en cuir et une horrible paire de mocassins d'équitation.

— Je présume que tout cela a été nettoyé ? demanda-t-il en tenant le gilet à bout de bras.

Sukaï sourit.

— Trois fois, seigneur. Il n'y a plus dessus ni un pou ni une lente encore en vie.

— Il pue le feu de bois, grommela Chien-tsu en enfilant le vêtement.

Il passa la culotte trop grande pour lui et l'ajusta avec le ceinturon à lanières. Pour finir, il mit les mocassins aux pieds.

— De quoi ai-je l'air ? s'enquit-il.

— Ne me le demandez pas, répondit Sukaï.

Le guerrier convoqua Oshi, qui amena deux chevaux équipés de selles nadires en cuir mal taillé. Il n'y avait pas d'étriers.

— Enterre les autres selles, conseilla Chien-tsu. (Le guerrier acquiesça.) Et puis, ajouta-t-il, il serait préférable que Nagasi meure avec des blessures au visage.

— Je le lui ai déjà expliqué, déclara Sukaï.

— Alors il est temps de nous dire adieu, mon ami.

— Oui. Que votre route soit droite, et vos journées longues.

Chien-tsu s'inclina.

— Veille sur moi depuis le Paradis, Sukaï.

Le seigneur de guerre saisit la bride et sauta en selle. Oshi escalada tant bien que mal sa jument, et les deux cavaliers quittèrent le campement au grand galop.

Chien-tsu et Oshi gravirent les collines et s'arrêtèrent sur les hauteurs, dans un petit bois de peupliers. Puis, ils s'assirent en silence durant une bonne heure. Chien-tsu priait, et Oshi – qui avait l'air ridicule dans son accoutrement nadir – débattait dans sa tête du douloureux problème de s'occuper de son maître, dans ce pays sauvage et aride.

Ses prières terminées, Chien-tsu se leva et alla jusqu'à un petit promontoire rocheux qui dominait la vallée. Comme on lui avait ordonné, Sukaï avait fait allumer des feux, et les hommes assis autour, détendus, y faisaient cuire leur repas. Chien-tsu laissa la colère l'envahir. Il était intolérable qu'un guerrier comme Sukaï soit sacrifié de telle manière ; il n'y avait pas d'honneur dans ces terres barbares et traîtresses. Avec un peu de chance, son message secret à l'empereur, que transportait sa plus fidèle concubine, mettrait un terme aux offrandes annuelles. Peut-être même que le message encouragerait l'empereur à lever une armée.

Oshi rampa aux côtés de Chien-tsu.

— Ne devrions-nous pas mettre plus de distance entre nous et l'action, seigneur ? demanda le vieux servant.

Chien-tsu secoua la tête.

— Il ne serait pas convenable qu'ils meurent sans que personne ne les observe. S'il y a un risque pour nous, tant pis.

Le soleil entamait sa longue descente lorsque Chien-tsu aperçut un nuage de poussière au sud-ouest. Ses battements de cœur s'accélérèrent, mais il s'efforça de rester calme. Il voulait voir, avec un regard neutre, les derniers moments de la vie de Sukaï. Il avait l'espoir – même infime – d'écrire un jour un poème sur ce combat et de le délivrer en mains propres à la veuve de Sukaï.

Les Nadirs apparurent sur les crêtes des collines entourant le campement. Chien-tsu les balaya d'un regard expérimenté. Il y avait presque trois cents hommes dans le groupe d'assaillants et sa fierté s'enflamma. Enfin le premier compliment de ces barbares : trois cents contre vingt. Chien-tsu pouvait presque ressentir la joie de Sukaï en voyant ses hommes sauter en selle. Sukaï prit position au centre, dégainant ses deux épées. Nagasi, dans le manteau rouge de Chien-tsu, se tenait à côté de lui.

Les Nadirs poussèrent leur cri de guerre et chargèrent. Sukaï, qui était le point d'angle de la formation, éperonna son cheval et galopa à leur rencontre. Les sabots des chevaux soulevaient un nuage de poussière. Chien-tsu voulut se lever, mais Oshi tira nerveusement sur son gilet et, à contrecœur, Chien-tsu se rassit. Il pouvait voir Sukaï se tailler un chemin à travers les rangs des Nadirs, et distingua la silhouette du traître, Kubaï, à l'arrière. Sukaï faillit l'atteindre, mais une lance lui traversa la gorge ; il tua le porteur et enfonça sa seconde lame dans le corps d'un autre guerrier nadir. Puis, il tomba de selle. La bataille fut brève, mais Chien-tsu attendit pour compter le nombre de Nadirs morts. Pas moins de quatre-vingt-dix ennemis avaient été tués ou blessés.

Kubaï avança au milieu des rangs nadirs et descendit de cheval devant le corps de Sukaï, qu'il frappa trois fois du pied. Puis, il lui trancha la tête et la prit par les cheveux. Il se dévissa sur lui-même et la lança au loin. La tête roula dans la poussière.

Chien-tsu recula jusqu'aux chevaux et Oshi le suivit.

— Ils se sont bien battus, seigneur, déclara Oshi.

Chien-tsu acquiesça et sauta en selle.

— Le Khan paiera cher la mort de Sukaï. Je le jure sur l'âme de mes ancêtres.

Chien-tsu guida son cheval vers le sud-est et galopa en tête en direction des montagnes lointaines. L'épée dans le dos, l'arc à la main, il lâcha la bride à son étalon et le laissa courir. Le vent était froid sur sa tête rasée, mais son sang était encore chaud des images de la bataille.

Les montagnes se dressèrent progressivement devant lui, déchirant le ciel. Elles étaient gigantesques. Des nuages tournaient autour des pics.

— Est-ce que nous risquons de les croiser, seigneur ? demanda peureusement Oshi.

— Il y a un col étroit qui est sans danger pour les voyageurs. C'est là que nous allons.

— Ces montagnes ont un nom ? Des esprits y vivent ?

— Ce sont les Montagnes de la Lune… et il y a des esprits partout, Oshi. Il ne faut pas que cela t'inquiète.

— Je ne m'inquiète que pour vous, seigneur. Où vais-je trouver de la nourriture pour vous préparer à manger ? Où est-ce que vous allez vous baigner ? Comment vais-je nettoyer ces vêtements ?

Chien-tsu sourit et tira sur ses rênes, permettant ainsi à l'étalon d'aller au pas. Il se retourna vers Oshi.

— Je ne t'ai pas emmené avec moi pour que tu me serves. Je t'ai emmené parce que tu es un vieil homme et un ami, Oshi. Tu as servi mon père avec diligence et loyauté, ensuite moi-même avec loyauté et affection. Je me souviens toujours du temps où j'étais assis sur tes genoux pour écouter tes histoires de dragons et de héros. Je me rappelle de la fois où tu m'as laissé boire du *seichi*. Et quand je mangeais des gâteaux de riz devant ta cheminée. C'est toi, Oshi, qui m'as guéri de toutes les peurs de l'enfance : mes cauchemars. Ne m'appelle plus seigneur. Appelle-moi Chien-tsu, comme tu le faisais quand j'étais petit.

— Alors vous avez décidé de mourir, seigneur ? soupira Oshi, en retenant ses larmes.

— Même moi, je ne pense pas pouvoir attaquer la nation nadire tout entière et survivre, Oshi. J'ai juré de tuer Jungir Khan. Si besoin est, j'irai dans son palais et je le ferai devant ses généraux. Crois-tu que je pourrai m'échapper ensuite ?

— Vous pourriez le tuer d'une flèche, suggéra Oshi.

— C'est vrai. Mais alors il ne saurait pas pour quel crime il meurt. Non, ce sera à l'épée. Mais d'abord, nous devons établir ce qu'il est advenu de Mai-syn. Une fois fait, nous trouverons un navire pour que tu puisses rentrer chez nous.

— Je ne vous abandonnerai pas, seigneur… Chien-tsu. Que ferais-je seul ? Que deviendriez-vous sans moi ? Nous tuerons le Khan ensemble.

— Quelqu'un devra rapporter la nouvelle à l'empereur. Je te donnerai également des lettres pour mes épouses. Tu seras mon exécuteur testamentaire.

— Vous aviez tout prévu ? demanda doucement Oshi.

— Autant qu'il était possible à l'époque. Tout est soumis au changement. Maintenant, progressons un peu. Il va falloir trouver un endroit où camper.

Ils s'arrêtèrent sur le lit asséché d'une ancienne rivière. Ils allumèrent un feu contre la paroi de la rive et mangèrent un repas frugal à base de fruits secs. Chien-tsu n'était pas d'humeur à la conversation. Il déroula ses couvertures derrière sa selle, s'emmitoufla et s'allongea.

— Non, seigneur, venez plutôt ici, dit Oshi. J'ai enlevé les cailloux et il y a du sable fin en dessous. J'en ai assemblé pour vous faire un oreiller. Vous serez plus à l'aise.

Chien-tsu se déplaça jusqu'à l'endroit que lui avait préparé Oshi ; c'était effectivement plus confortable, et à l'abri du vent froid. Il s'endormit. Il rêva de son palais d'ivoire, avec ses jardins suspendus et ses terres richement dotées de cours d'eau et de cascades. C'était un lieu paisible. Mais il se réveilla en sursaut, en entendant le bruit de bottes sur les cailloux du lit de la rivière. Il sortit de ses couvertures en vitesse et se leva. La lune était pleine, et lumineuse. Kubaï se tenait devant lui, un large sourire sur le visage, accompagné de quatre guerriers nadirs. Oshi se réveilla et recula contre les rochers.

— Tu croyais que je ne savais pas compter ? l'interpella Kubaï. J'ai cherché ton corps parmi les cadavres. Tu sais pourquoi ?

— Je vous en prie, dites-le-moi, fit Chien-tsu en croisant les bras.

— À cause de lui, répliqua-t-il en désignant Oshi. Il n'était nulle part. Alors j'ai examiné le cadavre qu'on pensait être le tien. Il avait une grande entaille sur le visage, mais cela n'a pas suffi à me tromper.

— Votre intelligence me bouleverse, déclara Chien-tsu. Et vous avez raison. Je vous ai pris pour un stupide barbare, traître et puant. J'avais tort. Vous n'êtes pas stupide.

Kubaï se mit à rire.

— Tu n'arriveras pas à me mettre en colère, le jaune. Tu sais pourquoi ? Parce que ce soir je vais t'entendre hurler. Je vais te dépecer par petits bouts.

Kubaï dégaina son épée et avança. Chien-tsu se contenta de l'attendre, les bras croisés.

— Tu ne vas pas te défendre, le jaune ?

Les bras de Chien-tsu jaillirent à la vitesse d'un éclair et Kubaï s'arrêta net. Le manche en ébène d'un couteau de lancer saillait de sa gorge. Chien-tsu sauta en l'air et lui assena un coup de pied au visage, l'envoyant rouler par terre. Les autres Nadirs se ruèrent sur lui. Chien-tsu passa sous une épée et donna un coup, doigts tendus, dans les côtes flottantes du guerrier. Celui-ci se plia en deux, le souffle coupé. Chien-tsu fit un pas de côté pour éviter le tranchant d'une épée et de la paume de sa main, enfonça la carotide du deuxième. Puis, il fit une roulade avant sur les cailloux et se releva d'un mouvement fluide. Les deux derniers Nadirs s'approchèrent de lui prudemment. La main de Chien-tsu jaillit en avant et l'un d'eux s'écroula, une dague plantée dans l'œil. Le dernier guerrier recula, mais Oshi surgit derrière lui et lui enfonça une dague en plein cœur.

— Tu ne dois pas prendre de risques, le gronda Chien-tsu. Tu es trop vieux.

— Je m'excuse, seigneur.

Kubaï avait réussi à retirer la lame de sa gorge. Agenouillé sur le lit de la rivière, du sang coulait à gros bouillons sur son gilet en peau de chèvre. Chien-tsu s'accroupit à côté de lui et ramassa son couteau.

— Si cela vous intéresse, déclara-t-il, vos poumons sont en train de se remplir de sang. On dit qu'un homme dans cet état peut avoir des visions délicieuses. Mais toi, tu ne les mérites pas.

Chien-tsu planta sa lame dans le cœur de Kubaï et le poussa en arrière.

— Je faisais un rêve merveilleux, dit-il. J'étais dans mes jardins, à la maison, et – tu te souviens de cette plante que nous avons essayé de faire pousser du côté du vieux mur en pierre séchée ? (Oshi acquiesça.) Eh bien, elle était en fleur. Ses pétales étaient d'un violet des plus exquis. Et elle dispensait un parfum à faire pâlir les roses. Je me demande si cette plante a pris.

— Très certainement, seigneur. Vous avez la main verte avec les fleurs.

— J'aime à le croire.

Le Nadir auquel Chien-tsu avait coupé le souffle grogna. Le Kiatze se leva et lui assena un coup de talon en pleine tempe. Son cou se brisa, ce qui fit grimacer Oshi.

— Où en étais-je ? Ah, oui, les fleurs. Ce pays pourrait avoir plus de fleurs. Peut-être alors les Nadirs s'intéresseraient-ils davantage à la poésie qu'à la guerre. Selle les chevaux, Oshi. Cet endroit sordide me rend mélancolique.

Durant trois semaines, les quêteurs ne voyagèrent que la nuit, se cachant la journée dans des bois ou des cuvettes dont le pays était clairsemé. Ils progressèrent avec prudence dans le noir, surtout lorsqu'ils durent descendre de plateau rocheux en plateau rocheux. La piste était dangereuse, jonchée d'éboulis. Les quêteurs durent fréquemment mettre pied à terre afin de guider les chevaux.

Okas les prévint à quatre reprises de la proximité de chasseurs, et deux fois, les quêteurs bien cachés virent des bandes de Nadrens chercher leurs traces. Mais Finn les avait effacées.

L'eau était rare dans les Steppes, ce qui les forçait à faire de grands détours pour chercher des sources sur les plateaux. La plupart étaient gardées, obligeant les quêteurs à passer leur chemin la gorge sèche. Le peu qu'ils pouvaient transporter servait à nettoyer la poussière des naseaux et de la bouche de leurs montures.

— Nos ennemis ont tous les avantages de leur côté, déclara Finn alors qu'il montait leur troisième campement privé d'eau en autant de jours. Ils savent qu'on ne peut pas voyager sans eau, et donc ils ont arrêté de nous pourchasser. Maintenant, ils gardent les puits et les sources.

— Pas du tout, affirma Okas. Il y a un réservoir en pierre à une heure de cheval d'ici. L'eau est sombre mais bonne à boire.

— Pourquoi n'est-il pas gardé ? demanda Charéos.

— Il l'est, mais pas par des hommes.

— Si c'est encore des démons, croassa Beltzer, je préfère sucer de l'herbe une journée de plus.

— Pas des démons, fit Okas. Des lions. Mais ne vous inquiétez pas, je suis doué avec les animaux.

Avec une moitié de lune comme seul guide, les quêteurs traversèrent le plateau. Ils avaient enveloppé les sabots de leurs montures dans du tissu. La piste descendait légèrement, puis bifurquait à droite, et grimpait de manière abrupte. Les chevaux devinrent nerveux dès que l'odeur des lions fut dans l'air. Okas partit à pied. La piste s'élargissait pour donner sur une grande arène en forme de bol. Ils virent huit lions près du réservoir – un mâle, trois femelles et quatre petits. Les femelles furent les premières à se lever, en montrant les crocs. Okas se mit à chanter doucement ; il avança lentement vers les bêtes et s'assit à une dizaine de mètres d'elles. Le son de sa chanson rythmée se réverbéra contre la roche, et une lionne s'approcha de lui à pas de velours. Elle lui tourna autour, en fouettant le sol de sa queue. Puis, elle posa sa tête contre l'épaule d'Okas, et s'allongea à côté de lui. Les autres lions ignorèrent le vieillard.

La voix de l'Homme Tatoué retentit dans l'esprit de Charéos.

Conduisez les chevaux au réservoir. Qu'ils boivent tout leur soûl. Faites la même chose et remplissez les outres. Puis partez. Que personne ne parle.

Charéos se retourna vers ses compagnons et posa ses doigts sur sa bouche. Finn acquiesça et ils se mirent en marche en direction de l'eau.

La chanson d'Okas résonnait toujours lorsque les quêteurs approchèrent du réservoir avec leurs chevaux apeurés. Mais la soif vainquit leur peur, et ils commencèrent à boire. Charéos se mit à plat ventre et remplit sa bouche du breuvage froid. Il garda l'eau un long moment avant de la laisser descendre lentement dans sa gorge sèche. Puis il but jusqu'à plus soif. Ensuite il se mit à remplir les gourdes. Les autres l'imitèrent.

Kiall plongea sa tête dans l'eau.

— Ah, ça fait du bien, dit-il en s'asseyant.

Le lion rugit. Les chevaux se cabrèrent et Beltzer faillit lâcher les rênes. Le lion se leva et s'approcha de Kiall.

Ne bouge pas! fit la voix d'Okas dans son esprit. *Reste assis. Immobile!*

Le lion tourna autour de Kiall en lui montrant ses crocs jaunis. Okas chantait plus fort sa chanson, sur un rythme hypnotique. Le visage du lion s'éleva au-dessus de Kiall. Ses crocs lui touchèrent la peau. Il pouvait sentir l'odeur fétide de sa gueule. Puis, le lion retourna vers sa troupe et se coucha. Kiall se leva, les jambes chancelantes. Charéos avait pris les rênes de la monture du jeune homme et les lui tendit en silence; lentement, le groupe s'éloigna de la réserve et descendit la pente qui menait au plateau.

Okas les rejoignit et les quêteurs chevauchèrent pendant une heure, jusqu'au lever du soleil, où ils établirent leur campement dans un fossé naturel, peu profond, de pierre de lave.

Finn tapa dans le dos de Kiall.

— Peu d'hommes ont eu la chance d'être embrassés par un lion, dit-il. Cela te fera quelque chose à raconter à tes enfants.

— J'ai bien cru qu'il allait m'arracher la tête, fit Kiall.

— J'ai pensé l'aider, cracha Charéos. Tu n'avais pas vu que j'avais fait un signe demandant le silence? Tu as suivi des cours de stupidité, ou c'est naturel, chez toi?

— Laisse-le tranquille, Maître d'armes, intervint Finn. Toi aussi tu as été jeune. Sais-tu pourquoi le lion s'est frotté contre toi, Kiall?

— Non.

— Il a des glandes situées dans sa gueule. C'est souvent avec elles que les lions marquent leur territoire. Tu as eu de la chance – la plupart du temps, c'est avec de l'urine qu'ils délimitent leur domaine.

— Alors je suis doublement verni, déclara Kiall en souriant. (Il se retourna vers Okas.) Dans combien de temps atteindrons-nous le village fortifié des Nadrens ?

— Demain… ou après-demain. (Le vieil homme haussa les épaules.) Il y a des chasseurs partout. Nous devons continuer à avancer prudemment.

— Est-ce que tu crois que Ravenna sera encore là ? demanda Kiall à Charéos.

— J'en doute. Mais nous trouverons où elle est partie.

— Je suis désolé pour mon erreur, s'excusa Kiall, en voyant que Charéos était toujours contrarié.

Mais l'ancien moine lui sourit.

— Finn a raison, nous avons tous été jeunes. Mais ne prends pas l'habitude de faire des erreurs. Il y a cependant quelque chose dont nous devons parler. Nous n'avons aucune chance de pouvoir sauver toutes les femmes retenues chez les Nadrens – nous ne sommes pas suffisamment forts – alors attends-toi à être déçu, Kiall. Cela sera déjà bien si nous arrivons à apprendre où a été envoyée Ravenna. Et c'est tout ce que l'on peut espérer gagner. Tu comprends ?

— Mais si elles sont là, on doit quand même essayer, non ?

— À quoi cela servirait-il ? Tu vois par toi-même les difficultés que nous avons ne serait-ce que pour atteindre le fortin. Est-ce que tu imagines les chances que nous aurions d'en sortir ?

Kiall voulait discuter, trouver un argument imparable qui prouverait à Charéos qu'il avait tort. Mais il avait effectivement vu les terres arides des Steppes et savait qu'il n'y avait aucun moyen de s'échapper, encombré d'une vingtaine de captives. Il n'avait pas de réponse. Il détourna le regard et contempla les étoiles.

— Je sais que tu as fait une promesse, Kiall, reprit Charéos. Je sais à quel point cela compte pour toi. Mais c'était une promesse un peu téméraire. La vie est faite de compromis, et un homme doit simplement faire avec.

— Comme tu dis, j'ai fait une promesse, rétorqua Kiall. Et, oui, c'était un peu téméraire. Mais peut-être puis-je les racheter ? J'ai de l'or.

— Je suis sûr qu'ils te les vendraient – mais un jour ou deux plus tard, ils se lanceraient à ta poursuite, pour te tuer et reprendre ce qu'ils t'auraient vendu. Nous n'avons pas affaire à des hommes d'honneur.

— Nous verrons bien, déclara Kiall. Tu as peut-être raison. Mais ne prenons pas de décision avant que le moment ne soit venu.

— Dès que le soleil sera levé, le moment sera venu, lui rappela Charéos.

Kiall alla s'installer pour dormir, mais il ressassait trop de pensées. Il avait tellement cru arriver comme un chevalier à la rescousse de son aimée… Il s'était représenté la scène : elle derrière lui, le comblant de gratitude et d'amour. Mais cela faisait presque quatre mois maintenant qu'elle avait été enlevée, et il y avait de fortes chances qu'elle soit mariée à un sauvage, ou qu'elle soit morte. Quant aux autres femmes, il n'en connaissait pas la majorité. Il avait toujours été timide en compagnie des femmes, et elles s'étaient souvent moquées de lui quand il rougissait. Lucia, la fille du boulanger, avait toujours été gentille avec lui. Mais que pourrait-il lui offrir aujourd'hui ? Son père était mort, sa maison en cendres. S'il la ramenait, elle n'aurait nulle part où vivre. Elle serait sans doute obligée d'aller travailler à Talgithir. Et puis il y avait Tranis, la nièce de

Paccus le devin. Elle non plus n'avait pas de parents en vie. Il passa en revue dans son esprit la liste de tous les noms : Cascia, Juna, Colia, Menea… il y en avait tant.

Charéos avait raison. Comment pouvaient-ils tenter de sauver une vingtaine, ou plus, de jeunes femmes et les faire avancer discrètement à travers les Steppes ?

Mais s'ils n'essayaient pas, alors Kiall passerait pour un menteur et un vantard.

Il dormit toute la journée. Juste après le coucher du soleil, les quêteurs se remirent en route, évitant les horizons dénudés et les hauteurs. Okas les guida sur un sentier qui serpentait et s'arrêta dans une clairière entourée de peupliers. Là, il descendit de selle et marcha jusqu'à la crête d'une colline. Charéos et les autres le rejoignirent, pour découvrir en contrebas, de l'autre côté, une grande colonie. Il y avait une barricade assez haute qui entourait le village, et des tourelles en bois à chaque coin. À l'intérieur s'agglutinaient une soixantaine de bâtiments et une grande salle. Des gardes patrouillaient le long des remparts, et il y avait des lanternes suspendues au-dessus des portes d'entrée.

— On dirait plutôt une satanée forteresse, déclara Beltzer.

— Nous ne sommes pas venus pour l'attaquer, lui rappela Charéos.

— Dieu merci.

Charéos étudia la configuration des lieux et les allées et venues des habitants. L'aube venait à peine de se lever, on apercevait encore peu de monde. Deux femmes portaient des seaux en bois sur une palanche et se rendaient vers l'arrière de la palissade. Une issue de secours ? Charéos se concentra dessus ; elle ressemblait à une herse, avec des gros barreaux en métal, qu'on levait grâce à deux roues en bois fixées sur les remparts.

Charéos se recula et rejoignit les autres.

— Je ne vois pas comment nous pourrions entrer sans être vus, dit-il, à moins d'avoir quelqu'un à l'intérieur.

— Qui ? demanda Beltzer.

— Je vais y aller, proposa Charéos.

— Non, fit Kiall. Cela n'a pas de sens que notre chef se mette en danger. Que ferait-on si tu étais capturé ? Non, c'est moi qui vais y aller.

— Que vas-tu leur dire, mon garçon ? glousse Beltzer. Que tu es venu chercher ta dame et qu'ils feraient mieux de se rendre, sinon… ?

— Quelque chose comme ça, répondit Kiall.

Il se leva et alla à son cheval. Rapidement, il vida ses sacoches de tout l'or qu'elles contenaient, ne gardant qu'un seul anneau d'or rouge. Puis, il retourna vers le groupe.

— Je vais dire à leur chef, quel qu'il soit, que je suis prêt à racheter toutes les femmes qui ont été capturées. S'il est favorable à l'échange, je vous ferai un signal depuis les remparts ; j'agiterai mon bras droit. Si je pense qu'il y a de la trahison dans l'air, j'agiterai le gauche.

— Que serons-nous censés faire ensuite, général ? railla Beltzer. Prendre la citadelle d'assaut ?

— La ferme, espèce de balourd ! cracha Charéos. Dans l'ensemble, ça m'a l'air d'être un bon plan. À minuit, Finn et moi nous rendrons du côté du mur sud. Si d'ici là tu ne t'es pas manifesté, nous viendrons te chercher. Sois prudent, Kiall. Ces gens sont des tueurs. La vie n'a pas de valeur pour eux.

— Je sais, répondit Kiall.

Alors qu'il se dirigeait vers son cheval pour l'enfourcher, la voix d'Okas résonna dans son esprit.

Je serai avec toi et je verrai par tes yeux.

Il décocha un sourire à l'Homme Tatoué et éperonna son cheval.

Le soleil brillait déjà fort lorsqu'il entama la descente vers le village. Il leva les yeux vers une sentinelle qui venait d'encocher une flèche. Kiall lui fit un geste amical et lui sourit. Les portes s'ouvrirent, il pénétra dans l'enceinte. La sueur lui coulait dans le dos, et il se força à ne pas regarder l'archer. Il guida sa monture jusqu'à une poutre, mit pied à terre et l'attacha. Il y avait un puits non loin. Il alla tirer un seau et but dans une écuelle en métal.

Il entendit le bruit d'hommes qui approchaient et se retourna. Il découvrit quatre gardes à l'épée dégainée. Il écarta ses mains en signe de protestation.

— La violence n'est pas nécessaire, mes amis. Je suis là pour acheter une femme — peut-être deux.

— Fais d'abord voir ton or, répondit un grand Nadir.

Kiall plongea sa main dans sa poche et produisit l'anneau. Il le jeta à l'homme qui l'examina.

— Très joli, dit-il. Et le reste ?

— Caché jusqu'à la fin de la transaction.

— Caché, hein ? Eh bien, je connais quelques tours qui réussissent toujours à délier la langue d'un homme.

— J'en suis persuadé, répondit Kiall. À présent, mène-moi à votre chef.

— Comment sais-tu que ce n'est pas moi ? s'enquit l'homme en souriant.

Kiall sentait la colère monter en lui.

— Je ne le sais pas. Je me dis juste qu'un chef aurait plus d'une moitié de cervelle.

— Espèce de fils de vache !

L'homme brandit son épée et Kiall bondit sur la droite, dégainant son sabre.

— Laisse-le tranquille ! rugit une voix.

Les gardes s'immobilisèrent. Un grand homme, vêtu entièrement de noir, se frayait un chemin dans la foule qui s'était attroupée autour du petit groupe.

— Qu'est-ce que ça peut te faire ? lui demanda l'assaillant.

— Je connais cet homme, répondit-il, et je ne voudrais pas qu'il se fasse tuer.

Kiall regarda de plus près l'homme qui venait de parler. Il avait un visage de rapace assez maigre, une cicatrice en zigzag sur la joue ; son nez était crochu, son apparence sombre et dure. Mais Kiall ne l'avait jamais vu de sa vie.

— Pourquoi viens-tu fourrer ton long nez dans les affaires des autres, Harokas ? railla le Nadir.

L'homme se contenta de sourire froidement et dégaina lui aussi son sabre.

— Githa, espèce d'abruti sans cervelle ! Il n'est pas venu, le jour où tu pourrais me battre avec une épée.

Githa avala nerveusement sa salive et recula, réalisant qu'il était allé trop loin.

— Cela suffit ! beugla Kiall, essayant d'imiter du mieux qu'il put les intonations de Charéos.

Les deux hommes s'arrêtèrent.

— Toi, fit Kiall en approchant de Githa. Rends-moi l'anneau et retourne sur les remparts.

Le Nadir cligna des yeux pour en faire tomber la sueur et, ravi, s'exécuta. Il ne regarda pas Harokas, mais rengaina son épée et se dépêcha. L'agitation terminée, la foule se dispersa. Harokas sourit et secoua la tête.

— Pas mal pour un fermier, déclara-t-il. Pas mal du tout. Je vois que Charéos t'a bien entraîné. Il n'est pas loin d'ici, pas vrai ?

— Peut-être. Vous êtes un de ses amis ?

— Non, mais j'ai besoin de le voir. Cela fait bientôt quatre mois que je suis à votre recherche.

— Pourquoi ?

— J'ai un message de la part du comte, affirma Harokas. (Il but une gorgée d'eau avec l'écuelle.) Mais toi, Kiall, que fais-tu ici, si loin de ta maison ?

— Si vous êtes un homme du comte, alors vous le savez déjà. C'est ici que les femmes de mon village ont été emmenées.

— Et tu es venu les récupérer ? Comme c'est noble. Mais c'est dommage, tu arrives un peu tard. La dernière a été vendue voici déjà des mois. Cette ville n'est qu'un marché, Kiall. Tous les trois mois, environ, des marchands nadirs et des princes viennent ici pour acheter des esclaves.

Kiall ravala sa frustration.

— Comment se fait-il que vous – un homme du comte – soyez le bienvenu ici ?

— Je suis le bienvenu dans des endroits plus étranges. Viens, je vais t'amener au chef que tu cherchais. Peut-être que là tu auras tes réponses.

Kiall suivit le grand homme à travers différentes ruelles, jusqu'à la grand-place. C'était là que se trouvait l'immense salle qu'il avait aperçue depuis les collines. Harokas entra dans le bâtiment et guida Kiall jusqu'à un rideau qui menait à l'arrière.

Une femme se leva d'un divan en satin, et vint à leur rencontre. Ses cheveux étaient coupés court, et noirs. Elle avait de grands yeux bridés. Ses lèvres étaient charnues. Elle portait une tunique noire ceinte à la taille, ses longues jambes étaient nues. Kiall cligna des yeux et essaya de ne pas trop la regarder. Elle se planta trop près de lui, l'obligeant à reculer d'un pas, afin de mettre un peu de distance entre eux. Il la regarda dans les yeux, et remarqua qu'ils étaient bleus, teintés de violet.

— Bon, fit Harokas, voilà ce que tu désirais, Kiall. Je te présente le chef que tu as demandé à rencontrer.

Kiall s'inclina, conscient qu'il rougissait.

— Je suis ravi de… euh… je…

— C'est un débile ? s'enquit-elle auprès d'Harokas.

— Pas que je sache, princesse.

— Que viens-tu faire ici ? demanda-t-elle à Kiall.

Il prit une profonde inspiration.

— Je cherche une femme.

— Est-ce que cela ressemble à un bordel, d'après toi ? fit-elle d'un ton hargneux.

— Non, pas du tout. Je voulais dire que je cherche une femme précise. Elle a été capturée dans mon village et je veux simplement la racheter.

— Racheter ? Nos prix sont très élevés. As-tu de quoi payer ?

— Je le pense. Élevés comment ?

— Tout dépend de sa beauté, dit la femme.

— Elle s'appelle Ravenna. C'est la plus belle…

Il s'arrêta net et se retrouva à contempler la princesse dans les yeux. On ne pouvait pas dire que Ravenna était une belle femme, en tout cas si on la comparait à celle qui se tenait devant lui. Il se sentit un traître de penser ce genre de choses.

— Elle est… Je crois qu'elle est… belle, finit-il par bégayer.

— C'est toi qui chevauches avec les héros de Bel-azar ? demanda-t-elle.

Ces mots lui glacèrent le sang. Il hésita un instant, pensant mentir.

— Oui, admit-il malgré tout.

Elle acquiesça.

— Il vaut toujours mieux me dire la vérité, Kiall, dit-elle en le prenant par le bras pour l'amener jusqu'au divan.

D'un geste de la main, elle congédia Harokas, laissant Kiall debout comme un piquet. Elle s'allongea de toute sa taille sur la banquette, reposant sa tête sur un coussin en soie bleue.

— Parle-moi des héros, demanda-t-elle.

— Que voulez-vous que je vous raconte ? Ce sont des hommes forts, courageux, habiles dans l'art de la guerre.

— Et pourquoi s'intéresseraient-ils à cette… fille ?

— Simplement pour la voir rentrer saine et sauve auprès de ceux… qu'elle aime.

— Et elle t'aime, toi ?

— Non. Enfin… si.

— C'est oui, ou c'est non ? Assieds-toi, pour m'expliquer.

Il s'installa tout au bout du divan et sentit la chaleur de sa jambe contre la sienne. Il se racla la gorge et lui parla de son amour pour Ravenna et de sa décision d'épouser le fermier, Jarel.

— Je ne peux pas lui en vouloir. Évidemment, elle avait raison. J'étais… je suis un rêveur.

— Et tu n'as pas d'autre femme ? s'enquit-elle.

— Non.

— Pas de baiser volé dans les clairières, pas de douces caresses pendant un rendez-vous galant ?

— Non.

Elle se redressa et vint s'asseoir contre lui, passant un bras autour de ses épaules.

— Une dernière petite question, Kiall, et veille à me répondre honnêtement. Beaucoup de choses en dépendent. Cette quête que tu mènes – tu es bien sûr que tu m'as dit toute la vérité ? Tout ce que tu cherches, c'est cette fille, Ravenna ?

— Je vous ai dit toute la vérité, répondit-il. Je le jure.

Elle regarda dans ses yeux quelques secondes, puis elle acquiesça et sourit. Elle enleva sa main de l'épaule de Kiall et replaça la petite dague dans sa cachette sous le coussin.

— Très bien. Je vais réfléchir à tout ce que tu m'as dit. Mais je ne te promets rien. Va sur la place et trouve Harokas. Il s'arrangera pour qu'on te nourrisse.

Il se leva et s'inclina maladroitement. Alors qu'il allait se retourner pour sortir, elle parla soudainement.

— Dis-moi, Kiall, tu me fais confiance ?

— J'aimerais bien, ma dame. Ce serait bien si un homme pouvait faire confiance à la beauté.

Elle se leva en souplesse et s'approcha de lui, pressant son corps contre le sien, lui enroulant les bras autour du cou. Sa bouche n'était qu'à quelques centimètres de celle de Kiall.

— Et peux-tu faire confiance à la beauté ?

— Non.

— Tu as raison. À présent, va-t'en.

Chapitre 10

— Je commence à en avoir marre de rester assis à rien faire, déclara Beltzer. Qu'est-ce qu'il fabrique ? Pourquoi ne fait-il pas le signal ?

— Il a rencontré leur chef, répondit Okas en venant s'asseoir à côté de Beltzer. C'était une rencontre intéressante. (Le vieil homme gloussa.) Cela promet de devenir encore plus intéressant.

— Pourquoi ? s'enquit Charéos. Comment est-il ?

— Il ne s'agit pas d'un *il*, Maître d'armes. Mais d'un *elle.*

— Donc il ne court actuellement aucun danger ? demanda Charéos.

Le sourire disparut du visage d'Okas.

— Je n'en suis pas certain. Il y a eu un moment, lorsqu'il a parlé avec elle, où le danger était grand. J'ai senti qu'elle pouvait le tuer. Quelque chose a retenu sa main.

— Nous n'aurions pas dû l'envoyer, commenta Maggrig. Il n'a pas suffisamment d'expérience.

— Non pas, répondit Okas. Je crois même que c'est son manque d'expérience qui l'a maintenu en vie, là-bas. Cette femme est dure, très dure. Mais, quoi qu'il en soit, elle trouve Kiall… intéressant.

— Elle le veut dans son lit, c'est ça que tu essaies de nous dire ? intervint Beltzer.

— Peut-être. C'est une prédatrice, et c'est souvent ces gens-là qui trouvent l'innocence attirante. Mais il y a autre chose, je le sens. Elle l'a interrogé sur vous tous.

— Et il lui a tout raconté ? siffla Beltzer.

— Oui, tout. C'est, je crois, ce qui lui a sauvé la vie.

— Mais si c'est leur chef, déclara Charéos, alors c'est elle qui a envoyé les chasseurs pour nous tuer.

— Exactement, répliqua Okas. Curieux, n'est-il pas ?

— Quelque chose ne colle pas, fit Charéos.

— Oui, convint Okas. Mais il y a encore autre chose. Un homme dans le campement a sauvé Kiall. Son nom est Harokas. Il a dit à Kiall qu'il désirait te parler, Charéos.

— Harokas ? Ce nom ne me dit rien.

— Il dit qu'il a un message de la part du comte. Mais je ne sais pas ce que cela signifie.

— Rien de bon, à tous les coups, grommela Beltzer. Alors, qu'est-ce qu'on fait ?

— On attend, dit Charéos.

— Elle pourrait envoyer des hommes à nos trousses, soutint Beltzer.

— Oui, c'est vrai, convint Charéos. Quand bien même – on attend.

— Je ne comprends pas pourquoi tu es toujours en vie, fermier, dit Harokas. (Les deux hommes étaient attablés dans le réfectoire bondé.) Tanaki n'est pas si clémente avec les ennemis, d'habitude.

— Je ne suis pas son ennemi, objecta Kiall, en enfournant sa dernière cuillerée de bouillon.

— Ah bon ?

— Pourquoi le serais-je ?

— Mais c'est ici que ta bien-aimée a été vendue aux enchères. Cela ne te rend pas furieux ?

Kiall s'affaissa sur le banc et scruta les yeux froids du balafré.

— Si, un peu. Est-ce que tu sous-entends que c'est Tanaki… qui a conduit la razzia ?

— Non, répondit Harokas. Tanaki ne fait que contrôler les enchères. Les pillards nadrens viennent ici des quatre coins des Steppes. Tu devrais voir l'endroit un jour de marché ; c'est une révélation.

— Je ne comprends toujours pas comment un homme du comte peut être le bienvenu ici, dit Kiall.

Harokas gloussa.

— C'est parce que tu ne comprends pas… encore… comment tourne le monde. Mais je ne vois pas de mal à t'instruire un peu. Tu l'apprendras de toute façon bien assez tôt. Tu sais, bien sûr, que le seigneur régent a interdit le négoce d'esclaves il y a dix ans environ.

— Oui. Et il a aussi mis fin aux lois des serfs. C'était une bonne politique.

— Ça dépend des points de vue. Si tu es un serf, ou un esclave, effectivement. Mais pas si tu es un noble. La richesse de la noblesse venait de la terre. Plus maintenant – pas avec la peur constante d'une invasion nadire. Les cultures rapportent du profit, assurément, mais les terres gothires sont grasses et la nourriture est bon marché. Non, le vrai profit a toujours tourné autour de l'esclavage. Le seigneur régent n'avait pas pris cela en compte avec ses nouvelles lois. Tu commences à comprendre ?

— Non, admit Kiall.

— Tu es si lent que ça ? Je te prenais pour un homme intelligent – mais tu es aussi un romantique, et cela doit obscurcir ta raison. (Harokas se pencha vers lui.) La noblesse n'a jamais arrêté le commerce d'esclaves ; ils ont simplement trouvé un autre moyen de continuer. La razzia sur ton village a été approuvée par le comte. Il prend sa part des bénéfices, et moi je suis ici pour m'assurer que sa part est juste.

Un goût de bile monta dans la bouche de Kiall. Il déglutit d'un air écœuré et prit une gorgée de la bière qu'Harokas lui avait offerte.

— Mais nous lui payons des taxes. Nous comptons sur lui pour nous protéger. Et il nous vend pour se remplir les poches ?

— Le monde est un endroit merveilleux, pas vrai, fermier ?

— Dis-moi juste une chose : pourquoi ?

Harokas haussa les épaules.

— Tu y tiens ? Tes chances de partir d'ici vivant sont infimes. Et de toute façon, j'en suis malade également. (Il se frotta les yeux.) Je commence à me faire vieux. Il fut un temps où je croyais aux héros – lorsque j'étais jeune comme toi. Mais il n'y a pas de héros – du moins pas ceux que nous aimerions voir. Chaque homme a toujours une raison bien à lui de faire ce qu'il fait. La plupart du temps, c'est égoïste. Prends tes amis, par exemple. Pourquoi sont-ils avec toi ? Tu crois que le sort de Ravenna leur importe ? Non, ils essaient juste de reconquérir un peu de leur gloire passée, leur jeunesse perdue. Ils veulent de nouveau entendre leurs noms dans des chansons.

— Je ne crois pas, fit Kiall. Charéos et les autres ont risqué leurs vies pour moi – et pour Ravenna. Et tu les rabaisses en prononçant leurs noms. Merci pour le repas.

Kiall se leva et quitta la table. L'air dehors était frais et piquant. Il monta sur les remparts. Les deux sentinelles l'ignorèrent en le voyant regarder le paysage. Il ne regarda pas dans la direction du campement, mais attendit que la voix d'Okas se manifeste dans son esprit.

Qu'as-tu à nous dire? demanda Okas.

Rien, répondit Kiall. *Dites à Charéos de ne pas venir au mur. Je dois revoir la femme, Tanaki.*

Sois prudent avec elle. Elle a tué avant, et elle tuera de nouveau.

Je serai prudent. Mais elle... me trouble.

Il sentit Okas se retirer et retourna sur la place. L'estrade des ventes était grande, soutenue par six gros blocs de pierre ronds. Il se représenta Ravenna debout là-dessus, entourée par des Nadirs la reluquant, la convoitant. Il ferma les yeux et se força à l'imaginer. Mais tout ce qu'il arrivait à voir, c'étaient les yeux de Tanaki, grands, bridés.

Un homme lui tapa sur l'épaule, le faisant sursauter.

— Je pensais bien que c'était toi, dit Chellin.

Kiall ne reconnut pas immédiatement le petit guerrier trapu. Puis il sourit.

— Tu es bien loin des montagnes, Chellin. Je suis heureux que tu sois arrivé ici sans encombre.

L'homme s'assit sur un banc en bois et gratta sa barbe poivre et sel.

— Ça n'a pas été facile. Toi aussi tu as fait un long chemin. Comment vont tes amis?

— Ils sont vivants, répondit Kiall.

— Ce n'est pas un mince exploit, vu le nombre d'hommes qui sont partis à leur recherche pour les tuer.

— Je suis heureux que tu n'en aies pas fait partie, lui confia Kiall.

— J'en étais. Nous sommes revenus ce matin. Enfin, avec un peu de chance, tu arriveras à régler ton différend avec la princesse et nous n'aurons pas à nous affronter sur un champ de bataille.

— La princesse?

— Tanaki. Tu ne savais pas qu'elle faisait partie de la famille royale nadire ?

— Non, je ne le savais pas.

— C'est la dernière enfant de Tenaka Khan.

— Mais que fait-elle ici ? demanda Kiall estomaqué.

Chellin se mit à rire.

— Tu ne sais pas grand-chose des Nadirs, pas vrai ? Pour eux, les femmes ne valent rien. Encore moins que leurs chevaux. Tanaki est tombée en disgrâce auprès de son frère, Jungir ; il l'a bannie ici.

— Elle est très belle, lâcha Kiall.

— Elle l'est – et elle a le corps le plus désirable que j'aie jamais vu. Un homme pourrait mourir heureux après avoir couché avec elle.

Kiall rougit et se racla la gorge.

— Et maintenant, où vas-tu aller ? demanda-t-il.

Chellin haussa les épaules.

— Qui sait ? De nouveau au nord, peut-être. Peut-être pas. Je suis fatigué de cette vie, Kiall. Je pourrais aussi aller dans le sud, en Drenaï. Acheter une ferme, fonder une famille.

— Pour que des pillards t'attaquent et te volent tes filles ?

Chellin acquiesça et soupira.

— Oui. Comme tous les rêves, il ne vaut mieux pas les approcher de trop près. J'espère que ça s'arrangera avec la princesse. Je t'aime bien ; je ne voudrais pas qu'ils me demandent de te tuer.

Chellin se leva et s'en alla. Kiall resta assis une bonne heure. Puis un guerrier vint le chercher.

— Tu es attendu, dit-il.

Kiall se leva et le suivit jusqu'à la grand-salle.

Comme précédemment, Tanaki l'attendait allongée sur le divan. Elle portait à présent une petite tunique de lin blanc. Ses jambes et ses pieds étaient nus. Elle ne portait ni bijou ni ornement, à part une boucle en argent sur sa large ceinture en cuir.

Elle se leva à son approche.

— Bienvenue dans ma demeure, Kiall. Assieds-toi et parle-moi.

— Que voulez-vous que je vous dise, ma dame ?

— Très peu de choses. Donne-moi juste une bonne raison pour ne pas te tuer.

— Vous tuez sans raison ? lui demanda-t-il.

— Parfois, répondit-elle. C'est si surprenant ?

— Je commence à être endurci aux surprises, princesse. Dites-moi, allez-vous m'aider à trouver Ravenna ?

Elle le prit par la main et l'emmena s'asseoir sur le divan. Elle passa un bras autour de ses épaules.

— Je n'en suis pas certaine. Tu sais que j'ai envoyé des hommes pour vous tuer ?

— Oui, soupira-t-il.

Il avait conscience du souffle chaud de la princesse sur sa joue et son cou.

— Je l'ai fait, parce qu'on m'a dit qu'un groupe de héros venait ici se venger d'une razzia. J'ai cru que vous veniez me tuer.

— Cela n'a jamais été notre intention.

— Et voilà que je trouve un grand jeune homme, beau et innocent, à la recherche d'une femme qui se moque éperdument de lui. Cet homme m'intrigue.

Elle posa ses lèvres sur son cou et sa main droite sur son torse, la faisant glisser vers les muscles noués de son estomac. Il avait chaud au visage, et sa respiration s'emballa.

— Et je me demandais, continua-t-elle d'une voix basse et langoureuse, comment un homme qui n'a jamais connu l'amour pouvait risquer sa vie à ce point ?

Sa main descendit plus bas.

Kiall lui attrapa le poignet.

— Ne jouez pas avec moi, ma dame, souffla-t-il en se tournant vers elle. Vous savez bien que je trouve votre beauté… irrésistible. Mais pour l'instant je n'ai pas beaucoup… d'estime pour moi. Dites-moi simplement où se trouve Ravenna – que je puisse vous laisser.

Elle soutint son regard un long moment, puis détourna les yeux.

— Quelle charmante manière de me repousser – pas avec force, mais en admettant ta faiblesse. Tu me laisses le choix. Très bien, Kiall. Mais tu préférerais ne pas savoir où elle se trouve. Je te le dis avec la plus infinie tendresse. Je t'ai demandé de me faire confiance ce matin, et je te redemande la même chose maintenant. Abandonne cette quête, et rentre chez toi.

— Je ne peux pas, ma dame.

— Alors tu vas mourir. Tes amis vont mourir. Et tout cela pour rien.

Il lui souleva la main et y posa délicatement un baiser.

— Qu'il en soit ainsi. Dites-moi.

Elle s'assit.

— La fille, Ravenna, a été achetée par un nommé Kubaï. On l'a emmenée dans une ville proche d'ici où elle a été offerte à quelqu'un d'autre. Puis, elle est partie de l'autre côté des Steppes jusqu'à Ulrickham.

— C'est là que je dois donc aller. Je la retrouverai.

— Elle a été offerte à Jungir Khan.

Les mots déchirèrent Kiall telle une lame affûtée ; il ferma les yeux et baissa la tête.

— Tu vois, dit-elle tendrement, cette quête est inutile. Ulrickham est une ville fortifiée. Personne ne peut entrer dans le harem du Khan et s'échapper avec une de ses épouses. Même si tu y parvenais – où irais-tu pour échapper à sa vengeance ? C'est le Grand Khan ; il a un demi-million d'hommes sous ses ordres. Où pourrais-tu aller dans ce monde pour être à l'abri de lui ou de ses shamans ?

Kiall leva les yeux et lui sourit.

— Je dois quand même essayer. À présent c'est encore plus difficile pour moi – pas à cause de Jungir, mais à cause de vous.

— Je ne comprends pas.

Il se leva en secouant la tête.

— Je ne peux pas vous expliquer. Excusez-moi. Ai-je votre permission de partir ?

L'espace d'une seconde, il lui sembla qu'elle allait lui dire quelque chose, mais elle se contenta de hocher la tête. Il s'inclina et sortit de la salle.

Il quitta la ville au trot, la tête pleine de pensées. Une grande tristesse s'abattit sur lui. Il venait de comprendre qu'il n'aimait pas Ravenna ; c'était le rêve d'un adolescent, la beauté inaccessible. Mais que pouvait-il faire ? Il avait juré. Même si cela devait lui coûter la vie, il tiendrait sa promesse.

Il entendit le bruit de sabots derrière lui et se dévissa sur sa selle.

Harokas galopait dans sa direction. Il tira sur ses rênes en l'atteignant.

— Puis-je chevaucher avec toi ? demanda-t-il.

Kiall tira également sur ses rênes.

— Je n'ai pas envie de votre compagnie, monsieur. Mais si vous voulez voir Charéos, je ne vous en empêcherai pas.

— C'est suffisant, répliqua Harokas.

Kiall éperonna son cheval qui partit au galop. Lorsqu'il atteignit la crête de la colline, celui-ci soufflait fort.

Harokas le suivait à une allure plus tranquille. Charéos, Beltzer et Okas étaient assis dans la clairière, mais il n'y avait aucun signe de Maggrig ou de Finn. Kiall mit pied à terre et raconta aussitôt à Charéos ce qu'il en était de Ravenna, mais le Maître d'armes lui fit signe de se taire.

— Je sais, dit-il, le regard rivé sur le cavalier qui suivait Kiall.

Harokas descendit de selle et salua Charéos.

— Je vous cherche depuis un long moment, déclara-t-il. Je suis porteur d'un message du comte. Toutes les poursuites contre vous ont été abandonnées – et vous êtes de nouveau le bienvenu à Talgithir. Le capitaine Salida a rapporté au comte la façon dont vous lui aviez porté secours à Aubergeville.

— Et c'est tout ? demanda froidement Charéos.

— Oui. Je pense à présent que vos archers peuvent se montrer.

— J'ai du mal à croire que le comte soit quelqu'un d'aussi clément, répliqua Charéos, et je me demande également pourquoi c'est un guerrier qu'il a envoyé à ma recherche. Se pourrait-il que vous soyez un assassin ?

— Tout est possible, Charéos, rétorqua Harokas en souriant.

— Je dis qu'on devrait le tuer, proposa Beltzer. Je n'aime pas sa gueule.

— Et je n'aime pas la tienne, gros balourd ! cracha Harokas. Et maintenant, ferme-la en présence de tes supérieurs.

Beltzer gloussa et se leva.

— Laisse-moi lui briser le dos, Charéos. Tu n'as qu'un mot à dire.

Finn émergea des sous-bois.

— Charéos ! cria-t-il. Tu ferais bien de venir voir ça : une armée de Nadirs approche du village, et je ne crois pas qu'il s'agisse d'une simple visite.

Tanaki regarda le jeune homme quitter la salle et se leva, étirant ses bras au-dessus de la tête, et se cambrant. Ses sentiments étaient partagés. Elle retourna dans ses appartements. L'innocence de Kiall était à la fois attirante et surprenante – comme lorsqu'on trouve une fleur superbe au bord d'un précipice. Elle se versa un verre de vin. Un jeune homme en quête d'amour, un rêveur. Elle plissa les yeux.

— Le monde réserve bien des surprises, murmura-t-elle.

Une brise froide agita les rideaux, caressa ses jambes nues. Elle frissonna.

— Tu me manques, père, dit-elle en repensant au grand guerrier élancé.

Elle revoyait son lent sourire, qui adoucissait tant son visage cruel. Tanaki avait toujours été son enfant favori – même si sa naissance avait causé la mort de sa mère, Renya. Tenaka Khan avait reporté tout son amour sur son unique fille, tandis que ses fils devaient batailler pour un mot gentil de sa part – ou même un simple hochement de tête qui pouvait être interprété comme une louange. Elle pensa à son frère, Jungir. Combien il avait désiré être accepté par son père.

Désormais, Jungir était le Khan, les frères de Tanaki avaient été assassinés, et elle se contentait de mener sa petite vie en attendant l'inévitable.

Elle sourit en se remémorant sa dernière entrevue avec Jungir. Il voulait tellement la tuer… Cependant les généraux du Khan avaient catégoriquement refusé que toute la lignée de Tenaka Khan s'éteigne. Car tout le monde savait que Jungir Khan était stérile. Pas une seule de ses quarante épouses n'avait conçu d'enfant. Tanaki gloussa. Pauvre Jungir. Il pouvait dompter le plus sauvage des chevaux et se battre aussi bien à l'épée qu'à la lance. Mais aux yeux des Nadirs, il était suspect car sa semence n'était pas forte.

Tanaki appuya ses mains sur son ventre. Elle était certaine de pouvoir concevoir un enfant. Un jour peut-être, quand Jungir serait suffisamment désespéré, elle rentrerait dans ses faveurs et épouserait un général. Le visage de Tsudaï surgit dans son esprit, elle se renfrogna. Pas lui ! Jamais. Sa peau avait la froideur d'un lézard, le souvenir de ses yeux sombres comme des tombes la fit frissonner. Non, pas Tsudaï.

Elle le repoussa de son esprit et pensa à Jungir, tel qu'elle l'avait vu la dernière fois, assis sur son trône et la regardant :

« Tu n'as rien à craindre, sale chienne – pour l'instant. Mais dis-toi bien une chose… un jour, je t'humilierai. Attends-toi à ce jour, Tanaki. »

Au lieu de mourir, Tanaki avait été envoyée ici, dans les étendues désertiques du sud. Il n'y avait pas beaucoup de divertissements dans cette région, à part l'alcool et les jeunes hommes qu'elle attirait dans son lit. Mais même ces plaisirs n'avaient duré qu'un temps. Elle s'était ennuyée, surtout en regardant le manque d'organisation du commerce d'esclaves – qui oscillait entre l'abondance, avec des prix bas, et pas de marché du tout. De surcroît, il n'y avait aucun endroit central où les esclaves pouvaient être mis aux enchères avec des prix minimum. Il avait fallu moins de quatre mois à Tanaki pour bâtir un vrai village de négoce, et en moins d'une année, elle avait coordonné toutes les razzias en territoire gothir. Les prix s'étaient stabilisés, le marché abondait, et un profit incroyable s'était dégagé. Le commerce avait réussi à lui occuper l'esprit, et lui faire oublier le désir de revanche de Jungir.

Peu importe la pression des généraux, elle savait bien qu'un jour ou l'autre Jungir se sentirait suffisamment fort pour la faire tuer. *Comme c'est étrange*, pensa-t-elle, *mais je ne le hais même pas pour ça*. Il était si facile de comprendre ce qui le motivait. Il avait tellement attendu d'affection de la part de son père que, ne voyant rien arriver, il en était venu à détester tout ce que son père aimait.

Tanaki souleva un rideau violet et regarda par une petite fenêtre.

Il ne t'a rien laissé, Jungir, soupira-t-elle. *Il a presque conquis le monde entier ; il a unifié les tribus ; il a fondé un empire. Qu'est-ce qu'il te reste ? Mon pauvre Jungir. Pauvre Jungir le Stérile !*

Ses pensées se tournèrent vers le jeune homme, Kiall. Son visage remplissait son esprit, ses yeux doux, avec pourtant une touche d'acier. Il y avait une forme de passion en lui, brute et inexploitée, volcanique et dormante.

Cela aurait été agréable d'avaler ton innocence, sourit-elle en se radoucissant. *Non, en fait non*, réalisa-t-elle tristement.

— Princesse ! Princesse ! hurla Chellin en surgissant dans la salle. Des guerriers nadirs !

Elle s'approcha de lui.

— Eh bien ? s'enquit-elle. Il y en a toujours dans les parages.

— Pas les Loups Royaux, princesse, répondit Chellin. Et c'est Tsudaï qui est à leur tête.

Tanaki eut la bouche sèche.

— Les portes sont fermées ?

— Oui, ma dame. Mais ils sont au moins trois cents, et nous cinquante à peine. La plupart de nos hommes s'enfuiront à la première occasion.

Tanaki alla jusqu'à un coffre en chêne sombre et souleva l'épais couvercle. Elle sortit une large ceinture où pendaient deux épées courtes.

— Nous ne pouvons pas lutter, ma dame. Pourquoi sont-ils ici ?

Elle haussa les épaules et ne répondit pas. *Ainsi*, pensa-t-elle, *le jour est venu. Fini le bleu du ciel, l'aigle qui plane au-dessus des montagnes. Fini les hommes dans mon lit en échange de leurs âmes.*

La colère monta en elle. Elle ignora Chellin et se rendit sur les remparts pour regarder les Loups du Khan s'approcher. Comme l'avait annoncé Chellin, ils étaient plus de trois cents. Leurs heaumes brillants étaient bordés de peau de loup et leurs plastrons en argent décorés de liserés d'or. Ils semblaient avancer sans but ni formation et pourtant, au premier ordre, ils pouvaient se mettre à charger en rangs serrés, ou séparés en trois unités. Leur discipline était extraordinaire. Tenaka Khan avait formé la garde royale un quart de siècle plus tôt, et l'avait entraînée comme jamais un Nadir ne l'avait fait auparavant. Parmi les Nadirs, il était considéré comme un honneur d'être accepté parmi les Loups. Pour cent postulants, un seul recevait le heaume et le plastron où était gravée la Tête de Loup.

Tsudaï chevauchait au centre. C'était un combattant sans égal, un général hors pair.

Des hommes s'attroupèrent autour de Tanaki.

— Qu'allons-nous faire ? s'enquit l'un d'eux.

— Pourquoi sont-ils là ? demanda un second.

— Ils viennent me tuer, répondit Tanaki, surprise de constater que sa voix était restée calme.

— Est-ce qu'ils vont vouloir nous tuer aussi ? demanda un guerrier solidement charpenté.

— Ferme ta putain de gueule ! rugit Chellin.

Tanaki fit un geste pour leur intimer le silence.

— Prenez vos chevaux et partez par la porte sud. Dépêchez-vous ! Ils tueront tous ceux qu'ils trouveront.

Certains hommes descendirent les remparts en courant mais Chellin ne bougea pas.

— Je ne les laisserai pas vous prendre tant que je serai en vie.

Elle sourit et posa ses mains sur les joues barbues du vieil homme.

— Tu ne peux pas les arrêter. Et je préférerais que tu survives, Chellin. Allez, va !

Il resta là un instant, jura, et courut vers son cheval.

Les Nadirs se rapprochaient et Tanaki pouvait apercevoir clairement le visage de leur général. Tsudaï souriait. Il leva la main et les cavaliers se dispersèrent de chaque côté afin de former une seule ligne.

— Que veux-tu ? lui cria Tanaki.

— Toi, sale putain ! lui répondit Tsudaï. Nous devons t'emmener à Ulrickham pour te juger.

Tanaki essaya de contrôler la colère qui la submergeait.

— De quel droit traites-tu la fille du Grand Khan de putain, toi qui as été allaité par une chèvre scabreuse ?

Tsudaï gloussa.

— J'ai trois cents guerriers avec moi, *princesse*. Chacun d'eux se servira de ton corps d'ici à Ulrickham. Le voyage prendra soixante jours. Même avec mon petit cerveau je sais que cela fait cinq hommes par jour qui jouiront des plaisirs que tu as si gratuitement donnés aux étrangers et autres racailles qui t'entourent. Tu te rends compte, *princesse*: trois cents hommes!

—Pourquoi me prévenir, grossier fils de pute?

—Il se pourrait que tu ne veuilles pas subir une telle humiliation. Assurément, un membre de la famille du Grand Khan préférerait s'ôter la vie.

Malgré sa peur, Tanaki trouva la force de rire.

—Et cela ferait plaisir à mon cher frère, n'est-ce pas? Non, Tsudaï. Viens me chercher. Je survivrai. Quand les généraux apprendront ce qu'on m'a fait, j'aurai le plaisir de te voir écorché vif.

Il écarta les mains.

—Comme tu veux, princesse, mais n'attends pas trop de soutien de la part des autres khans. Le seigneur Jungir célébrera bientôt la naissance d'un héritier. Et tous les augures disent qu'il s'agira d'un garçon.

—Tu mens! Jungir est stérile.

—Je ne mens jamais, Tanaki! Tu le sais bien. L'une des femmes du Khan est enceinte.

—C'est qu'elle a eu un amant, cracha Tanaki, avant de réfléchir à ce qu'elle disait.

Elle réalisa soudain. Les concubines et les femmes du Khan étaient gardées dans un palais fortifié, patrouillé par des eunuques. Aucun homme ne pourrait s'infiltrer dans une telle forteresse. Et même si par miracle il y arrivait, les dizaines d'espionnes parmi les concubines rapporteraient tout au Khan.

—Alors, vas-tu sortir, ou devons-nous entrer? cria Tsudaï.

—Entrez! hurla-t-elle. Et si tu venais toi-même?

Tsudaï gloussa et leva le bras. Une vingtaine de guerriers galopèrent vers les murs. Ils lancèrent des cordes, et les nœuds coulants se refermèrent sur les pieux pointus qui formaient la palissade. Les Nadirs sautèrent de selle et escaladèrent rapidement les remparts. Tanaki dégaina ses épées. Le premier en haut mourut aussitôt, la gorge tranchée. Le deuxième tomba, un poumon perforé. Tanaki attendit patiemment que les autres arrivent au contact. Du sang coulait le long de ses lames d'acier argenté. Il y avait des Nadirs de chaque côté à présent. Elle bondit et tourna sur elle-même en plein vol, tuant un homme d'un revers au cou. Puis elle sauta des remparts dans un chariot chargé de sacs de grain. Elle s'en dégagea et courut à toutes jambes vers la salle. Quatre hommes vinrent lui couper la route, mais elle se jeta dans une ruelle, revint sur ses pas et attendit. Six guerriers arrivaient au pas de course. Elle les chargea, se frayant un passage entre eux à grands coups de taille et d'estoc.

Sur les remparts, un guerrier s'agenouilla, une fronde à la main. Il la fit tournoyer au-dessus de sa tête et tira. Une petite pierre ronde vint frapper Tanaki à la tempe. Elle tituba et manqua de tomber. Un homme lui fonçait dessus – elle fit volte-face, et lui lança l'épée de droite. Celle-ci s'enfonça dans sa poitrine et il tomba à la renverse, en essayant d'agripper la lame. Une deuxième pierre la manqua de justesse. Elle se baissa et s'adossa aux portes de l'étable qui se trouvait là. Elle avait la tête qui tournait et était sur le point de tourner de l'œil. Deux nouveaux Nadirs arrivèrent. Elle trébucha et ils lui sautèrent dessus. Son épée jaillit vers le haut, tranchant le bras de l'un d'eux. Un poing s'abattit sur son visage et on lui prit l'épée des mains. Elle encaissa deux nouveaux coups en pleine figure. Elle tomba à genoux. Il y avait des hommes tout autour d'elle, lui arrachant ses vêtements. Ils la traînèrent dans l'étable et la jetèrent nue sur le sol couvert de paille.

— Eh bien, dis donc, qui c'est qui ne ressemble plus à une princesse, maintenant ? fit la voix froide et moqueuse de Tsudaï.

Elle tenta de se relever, mais un pied se posa sur son visage. Elle partit à la renverse.

— J'avais dit cinq hommes par jour, princesse, mais ces douze-là se sont battus pour toi. Je te laisse à leurs bons soins.

Elle eut du mal à ouvrir ses yeux tuméfiés. Les hommes ôtaient déjà leurs ceintures. Elle lut le désir dans leurs yeux. Quelque chose à l'intérieur d'elle céda. Des larmes coulèrent le long des joues.

— Faites-la crier un peu, fit Tsudaï, mais ne lui laissez pas trop de marques. Il y aura d'autres hommes après vous.

Le général sortit en plein soleil. Il resta un instant pour écouter les grognements des hommes et les gémissements sourds qui émanaient de la princesse auparavant si hautaine. Elle poussa un cri, long et perçant. Tsudaï s'autorisa un petit sourire. Il avait attendu ce moment depuis si longtemps. Quatre ans, exactement. Lorsque l'arrogante princesse Tanaki avait refusé son offre de mariage. Il lui avait donné une deuxième chance ici même, quelques mois plus tôt. Maintenant, elle allait enfin comprendre l'ampleur de sa haine. Un cri retentit de nouveau. *Plus animal qu'humain*, pensa-t-il. *C'est étonnant qu'autant de désespoir puisse être contenu dans un simple son…*

Les cris furent portés par la brise jusque dans les montagnes.

— Par les dieux, que lui font-ils ? dit Kiall.

— Ce que les Nadirs font toujours, siffla Beltzer. Ils la violent. Je pense qu'ils la tueront ensuite.

— Dommage, commenta Harokas. C'était une belle femme.

— Nous devons faire quelque chose, lança Kiall en se levant.

Charéos l'attrapa par la ceinture et le retint.

— Bonne idée, convint Beltzer. On n'a qu'à grimper en selle et charger les trois cents guerriers. Grandis un peu, Kiall. C'est terminé pour elle.

— Kiall a raison, déclara doucement Okas.

Beltzer se retourna vers lui, la mâchoire affaissée.

— Hein ? Tu crois qu'il *faut* qu'on les charge ?

— Non, mon ami. Mais elle fait partie de… cette quête. Je le sais. Je le sens.

— Mais nous sommes venus chercher une paysanne, dit Beltzer.

— Plus maintenant, répliqua Okas.

— Comment cela ? s'enquit Charéos.

Okas était fatigué. Il se frotta les yeux.

— Tout est en train de s'assembler à présent, mes amis. Tous les fils. Je peux les voir. La fille, Ravenna, a été vendue à Jungir Khan. Il a couché avec elle, et elle porte maintenant son enfant. Il a fait d'elle la Kian des Loups, la reine. Vous cherchez à vous emparer de la reine des Nadirs.

Beltzer se mit à rire.

— De mieux en mieux. Dans ce cas, moi je dis qu'il *faut* qu'on les charge. Ça nous fera un bon entraînement avant d'attaquer toute l'armée nadire !

— Cette femme, en bas, est la fille de Tenaka Khan, la sœur de Jungir. Elle connaît le palais. Elle pourra nous être d'un grand secours, déclara Okas.

— D'un grand secours ? lâcha Charéos. On ne peut plus continuer comme ça. C'est de la folie, rien que d'y penser.

— Cette quête est plus importante que tu ne le réalises, Charéos Maître d'armes, renchérit Okas. Bien plus. Vous ne voyez pas ? Le rêve de Bel-azar, le fantôme de Tenaka Khan ? Tout cela fait partie d'un grand tout.

— Quelle partie ? demanda Finn, en s'agenouillant près de l'Homme Tatoué.

— L'enfant, répondit Okas. Il naîtra en avance… dans une douzaine de semaines. Les étoiles disent que cela sera un grand roi, peut-être le plus grand de tous les temps. Il appartiendra à la lignée d'Ulric et Tenaka Khan, mais aussi de Regnak, le Comte de Bronze. Il sera un guerrier et un homme d'État. En tant que Khan des Nadirs, il mènera ses armées à travers le monde entier.

— Est-ce que tu veux dire qu'il faut qu'on tue l'enfant ? s'enquit Beltzer.

— Non. Je dis simplement qu'il faut que vous continuiez votre quête – pour voir où elle vous conduit.

— Elle nous conduit à notre mort, déclara Charéos – notre mort à tous. Nous ne sommes plus en train de parler d'acheter ou de récupérer une fermière. Nous parlons de la reine des Nadirs !

— Laisse-moi parler, fit doucement Kiall. Tu as raison, Charéos, c'est trop… trop écrasant. Puis-je suggérer alors que nous procédions par étapes ? Pensons d'abord à un moyen de sauver Tanaki. Après, nous déciderons de la suite.

Charéos soupira et secoua la tête.

— Nous sommes six en terre étrangère. Et tu veux que nous dressions un plan pour enlever une prisonnière à la barbe de trois cents des plus féroces guerriers de la nation nadire ? Bon, pourquoi pas ? Il n'y a pas trente-six façons de mourir, pas vrai ?

— Eh bien, c'est discutable, intervint Harokas. Entre les mains des Nadirs, un prisonnier peut mettre une vingtaine de jours à mourir. Et chaque jour est un peu plus douloureux que le précédent.

— Tu es d'un réconfort, toi, cracha Beltzer.

— Le soleil se couche, annonça Finn. Si nous devons récupérer la fille, c'est ce soir ou jamais. Surtout que le gros de leurs troupes campe à l'extérieur des remparts. Tout ce qu'on a à faire, c'est de descendre là-bas, se faufiler au milieu des gardes, escalader les murs, tuer tout le monde à l'intérieur, et se sauver avec la fille.

— Ah bon, c'est tout, railla Beltzer. Et je sais déjà qui va porter la chienne. C'est moi, pas vrai ?

— Correct, admit Finn.

— Je vais vous accompagner, déclara Harokas. J'aime bien cette fille. Cela ne vous dérange pas si je reste avec vous, Charéos ?

— Pas du tout. Du moment que tu passes devant, Harokas.

Charéos s'agenouilla sur le flanc de la colline lorsque le soleil tomba. Les guerriers nadirs avaient traîné la fille sur la place et l'avaient jetée nue dans la poussière. Elle ressemblait à une poupée désarticulée. Puis deux hommes la soulevèrent et la portèrent sur l'estrade des enchères afin de l'attacher au bloc. Charéos détourna le regard pour se concentrer maintenant sur les cavaliers de l'autre côté du village. Ils s'étaient installés en plein air et avaient allumé des feux de camp. Le général et quatre de ses hommes étaient entrés dans la grand-salle, ce qui laissait dix-sept hommes en tout dans le village.

Bien trop…

Kiall apporta un repas de viande et de fruits secs à Charéos. Puis il s'assit à ses côtés.

Qu'est-ce que je fais là ? pensa Charéos. *Qu'est-ce que c'est que cette folie ? Cette femme n'est rien pour moi, cette quête n'a aucune espèce d'importance. Quelle différence cela fera dans mille ans qu'il y ait un nouveau Khan nadir qui naisse ?*

Il regarda la forme blanche, immobile, étalée en travers du bloc et les hommes qui lui passaient dessus.

— Tu as un plan ? murmura Kiall.

Charéos se retourna vers le pâle jeune homme.

— Tu me prends pour un dieu de la guerre, Kiall ? On peut rentrer – peut-être même sans être vus. Mais ensuite nous serons sept contre dix-sept – six si tu retires Okas, qui n'est pas un guerrier. Maintenant, imaginons que nous venions à bout des dix-sept guerriers. Arriverons-nous à le faire sans bruit ? Non. Par conséquent nous risquons d'ameuter les autres Nadirs à l'extérieur. Pouvons nous vaincre trois cents guerriers ? Même toi, tu dois connaître la réponse à cette question.

— Alors que proposes-tu ?

— Je ne sais pas, mon garçon ! répondit hargneusement Charéos. Va-t'en ! Laisse-moi réfléchir !

Le ciel s'obscurcit et la lune resplendit. Charéos examina ses idées les unes après les autres, les disséqua, les élimina. Au bout du compte, il appela Finn et lui fit part de ses observations. Le chasseur écouta, impassible.

— C'est la seule façon que tu as trouvée ? demanda-t-il enfin.

— Si tu as un meilleur plan, je suis preneur, répondit Charéos.

Finn haussa les épaules.

— Comme tu veux, Maître d'armes.

— Ce que je veux, c'est rentrer chez moi et oublier cette folie, fit Charéos en souriant.

— Je vote pour, admit Finn. Sérieusement, si on rentrait ?

Charéos haussa les épaules et montra du doigt la ville éclairée par la lune, où la silhouette de Tanaki était attachée.

— Mais on ne la connaît pas, dit doucement Finn.

— Non, c'est vrai. Mais nous l'avons vue souffrir. Est-ce que je donne l'impression d'être aussi naïf et romantique que Kiall ?

— Oui, mais ce n'est pas un mal, mon ami. Je partage ton point de vue. Le mal ne sera jamais contré si les hommes de bien ne font rien.

— Alors nous sommes une paire d'imbéciles, déclara Charéos.

Cette fois, son sourire était réel. Finn lui prit la main et la serra.

— Gagner ou perdre, de toute façon nous ne ferons jamais rien que ce monde puisse comprendre, dit-il.

— Mais le monde n'a pas d'importance, répondit Charéos en se levant.

— Non, répliqua Finn. C'est déjà bien de le savoir.

Il était près de minuit lorsque Finn et Maggrig quittèrent le campement. Charéos, Harokas, Kiall et Beltzer descendirent lentement la pente qui menait au village barricadé. Okas resta dans les bois, assis les jambes croisées et les yeux fermés. Il psalmodia doucement et une brume sortit de l'herbe, enveloppant les quatre guerriers dans leur descente.

Chapitre II

La brume s'étalait sur la pente telle une couverture fantomatique qui luisait au clair de lune. Charéos atteignit la palissade arrière et repéra la porte avec la herse. Beltzer se glissa à côté de lui.

— Et maintenant, on fait quoi ? murmura le géant.

— On la soulève.

La grille en fer faisait un mètre vingt de large sur deux mètres dix de haut. Beltzer tendit sa hache à Kiall et attrapa le barreau le plus bas. Il appliqua une levée. Les muscles de son cou et de ses épaules gonflèrent. La herse grinça et se souleva de deux centimètres. Harokas et Charéos lui donnèrent un coup de main : la herse se leva d'une trentaine de centimètres.

— C'est bon, siffla Kiall, en s'allongeant sur le dos pour ramper sous la grille.

Charéos se tourna vers Beltzer.

— Tu peux la tenir ?

Le géant grogna. Charéos passa par l'ouverture et fit une roulade pour se relever à côté de Kiall. Les deux hommes escaladèrent les marches qui menaient sur les remparts ; il n'y avait pas de gardes postés là. Ensemble, ils firent tourner les roues au-dessus de la herse, tendant les cordes et libérant Beltzer de son fardeau. Ils redescendirent rapidement jusqu'à la porte où Beltzer se faufilait difficilement par l'interstice, suivi d'Harokas.

— Et maintenant, on attend, souffla Charéos.

De l'autre côté du village, un son de cavalcade retentit.

Finn entra au galop dans le campement nadir, renversant deux feux. Les guerriers sortirent en vitesse de leurs couvertures, pour voir un cavalier passer au milieu d'eux. Finn arrêta son cheval. Il encocha une flèche à son arc court et tira dans la gorge d'un guerrier.

De l'autre côté du campement, un grand cri se fit entendre. Maggrig émergea de la brume sur son cheval. Les Nadirs se précipitèrent vers leurs montures. Finn tua un deuxième homme, puis il éperonna sa monture et s'enfuit au galop en direction du sud. Le camp était en effervescence. Les guerriers attrapèrent leurs épées et sellèrent leurs chevaux. En quelques minutes, le campement fut désert.

À l'intérieur du village, Tsudaï sortit de la salle en trombe. Il monta en haut des remparts pour voir ses soldats se scinder en deux groupes afin de pourchasser les agresseurs. Il se retourna vers un de ses aides de camp qui courait dans sa direction.

— Sors et va voir ce qui se passe !

L'homme se précipita vers son cheval. Il sauta en selle et s'en alla au galop par les portes principales.

Charéos et Beltzer entrèrent dans la salle en passant par une fenêtre et avancèrent prudemment dans le bâtiment. Quatre officiers nadirs étaient assis à une table, jouant aux dés.

Charéos bondit dans la salle, tranchant la gorge de l'un d'eux d'un coup d'épée. Beltzer entra en action juste après lui. Sa hache tua deux hommes avant même qu'ils ne puissent se lever. Le quatrième essaya de s'enfuir. Il atteignit la porte et l'ouvrit. Harokas lui plongea son couteau dans le cœur.

Puis il entra dans la salle, agrippant le cadavre afin de le déposer en douceur sur le plancher.

Dehors, Kiall se déplaçait dans l'ombre. Il avançait vers l'estrade des enchères et le bloc où Tanaki était étendue, inconsciente. Trois hommes passèrent sur la place en courant. Il se cacha derrière des tonneaux et attendit.

Les hommes grimpèrent sur les remparts pour rejoindre Tsudaï qui surveillait la chasse à l'homme. Kiall n'arriva pas à entendre leur conversation. Il se remit prudemment en mouvement, passant cette fois en terrain dégagé. Il grimpa sur l'estrade et s'agenouilla auprès de Tanaki. Il trancha les cordes qui la maintenaient attachée au bloc par les poignets. Lorsqu'il la toucha, elle gémit.

— Arrêtez, je n'en peux plus, supplia-t-elle.

Elle avait les yeux noirs et tuméfiés, la lèvre fendue, son corps tailladé de toute part, couvert de sang. Kiall serra les dents et attendit. Les hommes sur les remparts descendirent, il en entendit un rire. Caché derrière le bloc, il vit l'un des guerriers nadirs désigner Tanaki et se tourner ensuite vers elle. Les autres sifflèrent puis se retournèrent vers Tsudaï.

— C'est toujours votre jour, leur dit-il.

Le premier homme sauta sur l'estrade, défit sa ceinture et laissa tomber ses braies. Kiall surgit et lui enfonça son épée dans le bas-ventre.

Tsudaï écarquilla les yeux.

— À moi, les Loups ! hurla-t-il. (Neuf hommes surgirent de l'étable, l'épée au poing.) Attrapez-le !

Les guerriers se ruèrent sur Kiall, mais juste au moment où ils allaient atteindre l'estrade, Beltzer les heurta de plein fouet, sa hache les découpant en morceaux. Charéos et Harokas le rejoignirent. Kiall sauta au pied de l'estrade et se jeta sur trois hommes, les faisant tomber par terre.

Une épée lui tailla le biceps, mais il avait eu le temps de se relever, et il abattit sa lame sur les hommes au sol. Harokas évita de justesse un coup de taille féroce en passant sous l'arme de son adversaire, et l'embrocha. Il dégagea sa lame à temps pour bloquer le coup d'estoc d'un autre Nadir. Charéos se débarrassa de deux Loups et se précipita pour l'aider. Beltzer, lui, se battait comme un possédé. En quelques secondes, le dernier Nadir mourut, taillé en pièces.

Tsudaï courut le long des remparts et sauta à terre, roulant pour atténuer sa chute. Il attrapa les rênes d'un cheval et sauta sur le dos nu de l'animal. Charéos essaya de l'empêcher de s'enfuir, mais le cheval partit au galop.

— Prenez la fille ! cria Charéos.

Beltzer lança sa hache à Kiall et grimpa sur l'estrade. Il souleva Tanaki et la porta sur son épaule.

Charéos mena le groupe jusqu'à la herse métallique et dans la nuit brumeuse. Ils progressèrent lentement, jaugeant leur direction grâce à l'inclinaison du sol. Au bout de quelques minutes, ils entendirent un bruit de sabots.

— À plat ventre ! siffla Charéos.

Le groupe s'allongea par terre. Des cavaliers passèrent à quelques mètres d'eux sans les voir. Charéos se releva.

— Par où ? murmura Beltzer.

Ils entendaient le rappel des Nadirs, mais la brume s'était transformée en épais brouillard – les sons étaient déformés, étouffés, inquiétants. Lorsque Charéos les guida le long de la colline, Beltzer soufflait comme un bœuf, son visage était rouge sous l'effort.

— Je ne suis plus si jeune, dit-il en s'arrêtant pour reprendre son souffle.

Une sphère lumineuse apparut devant Charéos, flottant dans les airs.

— La Source soit louée ! murmura-t-il.

La sphère s'envola vers la droite. Charéos et les autres la suivirent et bientôt ils sortirent du brouillard pour se retrouver en sûreté – toute relative – au milieu des arbres. Okas était toujours accroupi dans l'herbe, mais il ouvrit les yeux dès que les quêteurs pénétrèrent dans la clairière.

— Asseyez-vous en cercle autour de moi, dit-il. Mettez la fille au centre.

Beltzer posa délicatement Tanaki sur l'herbe, et ils formèrent un cercle. Okas ferma les yeux et se remit à psalmodier, d'une voix basse et rythmée. Beltzer en profita pour l'examiner. Le vieil homme était maigre à faire peur, et son visage était marqué de gris ; ses lèvres étaient aussi bleues que ses tatouages.

Beltzer donna un coup de coude à Charéos et lui montra Okas du doigt. Charéos acquiesça. Quelle que soit la magie que le vieillard incantait, elle lui coûtait cher.

Des cavaliers nadirs débouchèrent dans la clairière et Beltzer sursauta. Il essaya d'attraper sa hache. Charéos lui agrippa le poignet. Les cavaliers avaient l'air immatériels, comme des fantômes. Ils passèrent lentement à côté des quêteurs.

Kiall frissonna et regarda les guerriers spectraux s'en aller. Okas ouvrit les yeux et s'affaissa dans l'herbe. Charéos et Kiall se précipitèrent pour l'aider mais le vieil homme leur intima d'un geste de le laisser tranquille. Il se roula en boule et s'endormit. Charéos tira une couverture sur lui et Kiall s'occupa de la fille. Malgré la nuit, il voyait les traces de coups sur son visage. Son œil gauche était complètement fermé, et le droit était à la fois noir et décoloré. Il souleva délicatement la couverture qui était sur elle et inspecta le reste de son corps. Ses jambes et ses fesses étaient également meurtries, griffées, et il y avait du sang séché sur ses cuisses.

Beltzer s'agenouilla de l'autre côté.

— Tu as besoin d'aide ? demanda-t-il à Kiall.

— Non. Nous ne pouvons rien faire. Un feu, peut-être ; il faudrait lui tenir chaud.

— Nous ne pouvons prendre ce risque, déclara Charéos. Je ne sais pas si cette magie est puissante, ni combien de temps elle va durer.

— Je ne comprends pas pourquoi elle est toujours inconsciente, affirma Kiall. Les contusions sont assez graves, certes, mais je n'ai pas l'impression qu'elle ait d'os cassé.

— J'ai déjà vu ça, lui expliqua Charéos. Ce n'est pas une blessure au corps, mais à l'esprit. C'est une sale affaire, Kiall.

Tanaki gémit doucement. Kiall s'allongea à côté d'elle, lui caressant le visage.

— Tout va bien, lui murmura-t-il dans l'oreille. Vous êtes avec des amis. Dormez, ma dame. Reposez-vous.

Charéos la couvrit avec sa propre couverture, tandis que Beltzer retirait son gilet pour le rouler en boule et le lui glisser sous la tête. Elle se tourna d'un côté et une main sortit de sous la couverture. Les doigts se fermèrent en poing, puis s'ouvrirent de nouveau en labourant la terre. Kiall lui prit gentiment la main et la serra. La respiration de Tanaki se calma, et elle s'endormit.

Par trois fois, des cavaliers spectraux entrèrent dans la clairière. Une fois, l'un d'entre eux descendit de cheval à moins de trois mètres des quêteurs et s'agenouilla pour lire les traces. Il eut l'air perplexe et parla avec ses compagnons. Mais les quêteurs n'entendirent pas leurs mots. Puis, il remonta en selle et s'en alla entre les arbres.

La nuit passa lentement. Kiall s'endormit par intermittence auprès de Tanaki, tandis que Charéos et Beltzer échangeaient des propos à voix basse. Harokas alla jusqu'à la frondaison des arbres et s'endormit à l'écart.

Lorsque l'aube pointa, Charéos et Beltzer étaient sur la crête de la colline, scrutant l'horizon à l'affût du moindre signe de Finn ou Maggrig. Le camp nadir était désert, le village silencieux.

— Ils sont rusés, fit remarquer Beltzer. Ils s'en sont sûrement sortis.

— J'aimerais en être sûr, rétorqua Charéos. Le risque était trop grand ; je n'aurais jamais dû leur demander cela.

— Ce sont de grands garçons ; ils auraient pu refuser. Et puis, nous avons la fille.

Charéos était fatigué. Son dos lui faisait mal. Il s'étira sur l'herbe.

— Tu devrais dormir un peu, lui conseilla Beltzer. Je vais faire le guet pour Finn.

Charéos acquiesça.

— Garde aussi un œil sur l'homme du comte. Ne le laisse pas passer dans ton dos.

— Tu penses que c'est un assassin ?

— Je pense seulement qu'il faut le surveiller.

Charéos ferma les yeux et sombra dans le sommeil.

Le soleil continua à grimper dans le ciel. Beltzer était assis à côté de Charéos, sa hache dans les bras, son esprit sur la montagne. Il se sentait enfin en vie, presque redevenu jeune. Presque. Porter la fille avait sapé ses forces, comme la bataille en bas. Sa grosse main se referma sur le manche de sa hache.

— On a encore des réserves pour une ou deux petites bagarres, hein, ma belle ? lui dit-il.

Loin à l'ouest, il aperçut un cavalier qui se faufilait dans les cuvettes. Beltzer plissa des yeux essayant d'identifier l'homme ; on aurait dit Finn. Il scruta les collines et les clairières et ne vit pas de trace de poursuivants. Il pensa réveiller Charéos, mais hésita. Le Maître d'armes était épuisé jusqu'à l'os. Il avait besoin de repos. Lentement, le cavalier grimpa la pente. C'était bien Finn. Il mit pied à terre et amena son cheval dans la clairière, puis il rejoignit Beltzer.

— Où est Maggrig ? s'enquit Finn.

— Il n'est pas encore arrivé, lui répondit Beltzer.

Finn se laissa tomber par terre.

— J'ai bien cru que je n'y arriverais pas ; ils ont failli m'avoir. J'en ai tué deux et je me suis enfui en sautant dans une rivière avec des rapides. J'ai perdu mon arc. J'ai cru que le cheval allait se noyer mais je me suis quand même accroché au pommeau de la selle. Eh bien, il nage très bien – il a même trouvé un fond sablonneux où prendre pied.

— Va te reposer, lui conseilla Beltzer.

Finn secoua la tête.

— Je dois retrouver Maggrig.

— Ne sois pas stupide ! Il y a des Nadirs partout. Maggrig est probablement caché au fond d'une caverne. Il attendra la tombée de la nuit pour nous rejoindre. Si tu y vas en plein jour, tu risques de les ramener jusqu'à nous.

Finn soupira.

— Tu as raison. Je vais dormir un peu. Réveille-moi s'il arrive.

Beltzer acquiesça.

— On a la fille, lui dit-il. Ça s'est bien passé.

Finn ne répondit pas. Il s'allongea sur l'herbe et s'endormit. Beltzer alla s'adosser à un arbre et somnola pendant toute la matinée. Il se réveilla et vit Harokas agenouillé aux côtés de Charéos. Le guerrier au visage de rapace regardait fixement le visage de l'homme endormi ; son expression était difficile à déchiffrer, mais Beltzer pouvait voir qu'il était perplexe.

—Ne le réveille pas, dit doucement Beltzer.

Harokas leva les yeux.

—On m'a envoyé pour le tuer.

—Je sais, répondit Beltzer. Et lui aussi.

—Mais ce n'est pas la peine, n'est-ce pas ? Vous avez tous décidé de mourir. Je suis ravi d'être débarrassé de cette tâche.

Harokas se leva, enfourcha son cheval. Beltzer le regarda s'éloigner.

Au centre de la clairière, Kiall se réveilla. Il s'assit et contempla Tanaki. Elle avait repris des couleurs. Il ouvrit son paquetage et prit des feuilles de camphrier qu'il écrasa dans un peu d'eau froide. C'était bon pour les ecchymoses. Il travailla un long moment à son cataplasme. Lorsqu'il fut satisfait, il toucha la main de Tanaki et celle-ci se réveilla en sursaut.

—Vous êtes avec des amis, lui dit-il d'une voix apaisante. C'est moi, Kiall. J'ai un cataplasme pour vos yeux. Ne bougez pas.

Il lui appliqua sur les yeux la pâte froide enveloppée dans un linge, et elle resta silencieuse. Puis, il lui prit la main et la tapota gentiment.

—Les Loups ? murmura-t-elle.

—Partis.

—Comment as-tu… ?

—Ne parlez pas, ma dame. Reposez-vous. Nous nous sommes infiltrés dans le village la nuit dernière et avons tué les hommes qui vous avaient… agressée. Ensuite, nous vous avons amenée ici. Vous êtes en sécurité.

— Pourquoi ?

— Là. Reposez-vous. Laissez le cataplasme agir.

Il essaya de lâcher sa main mais elle serrait ses doigts.

— Pourquoi ? demanda-t-elle de nouveau.

— Parce que vous aviez besoin d'aide, dit-il sans conviction.

Il resta assis à ses côtés plusieurs minutes ; puis elle relâcha son étreinte. Il s'aperçut qu'elle s'était rendormie. Il se leva et s'étira. Beltzer dormait contre un arbre sur le sommet de la colline. Charéos et Finn étaient juste à côté de lui. Mais il n'y avait aucun signe d'Harokas ou de Maggrig.

La voix d'Okas résonna dans son esprit.

Kiall, tu m'entends ?

— Oui, fit-il à voix haute, en regardant le corps endormi du vieil homme. (La voix dans sa tête était comme une sorte de murmure venu du passé, incroyablement lointaine et pourtant très nette.) Je t'entends.

Dis à Charéos qu'il se rende dans les Montagnes de la Lune. Dis-lui de chercher Asta Khan. Dis-lui que je suis désolé.

La voix s'effaça. Kiall alla s'agenouiller devant Okas. Il était raide et froid.

L'Homme Tatoué était mort.

Ils enterrèrent le vieil homme au sommet de la colline et restèrent silencieusement autour de la tombe.

— Le premier d'entre nous à mourir, murmura Beltzer.

Ses mots flottèrent un moment. Puis, il retourna au campement et s'assit pour regarder les lames de sa hache. Il l'attrapa par le manche qu'il fit rouler dans ses mains.

—Je suis désolé, dit Kiall à Charéos. Si seulement je ne vous avais pas demandé de l'aide. Tout cela me semble si futile à présent. Je ne sais pas pourquoi.

—Nous sommes tous libres, Kiall. Nous faisons nos propres choix.

—Je sais, répondit le jeune homme. C'est juste que… le monde est tellement sauvage. Regarde Tanaki. Comment des hommes ont-ils pu lui faire subir ça ? Je ne comprends pas.

—Tant mieux pour toi.

—Pourquoi, tu comprends, toi ?

Charéos se détourna et contempla les Steppes.

—Malheureusement, oui. Cela ne me viendrait jamais à l'idée de faire ce genre de chose, mais je le comprends. C'est lié à la guerre, Kiall, et à la nature du guerrier. Il a l'esprit de compétition, il désire dominer ou détruire ses ennemis. Mais le mot dont il faut se souvenir, c'est *domination*. Il y en a un autre d'importance : l'*excitation*. Un homme peut être excité par la colère aussi facilement que par le sexe. Les deux émotions sont étroitement liées. La colère et le désir. Ainsi, le guerrier est excité par le combat et se bat pour dominer. Tanaki, et les autres dans son cas, en sont les victimes. Dominées, maltraitées, humiliées.

—Ces gens sont mauvais, dit Kiall. Un point c'est tout.

—Si seulement c'était aussi simple. Parmi ces hommes, il y en a qui ont des femmes et des enfants. Ils ont même peut-être été de bons pères de famille ; ils ont vécu l'amour et la compassion.

—Mais moi je ne leur montrerai pas de compassion. Je suis content qu'on les ait tués.

—Content ? Il ne faut jamais être content de la mort d'un autre homme. *Jamais*. Remercie le ciel d'être en vie.

J'avais un professeur, un grand homme nommé Attalis. Il m'a dit que le chemin vers le mal commençait souvent par une juste colère. Une troupe de Nadirs pille un village gothir ; ils violent et tuent. Un groupe de soldats gothirs part venger les morts ; ils veulent faire du mal à leurs ennemis, alors eux aussi violent et tuent. C'est sans fin. Ne sois jamais… au grand jamais… content de tuer.

Charéos s'écarta de Kiall pour aller sur la tombe. Kiall le laissa seul et s'en alla voir Beltzer. Le visage du géant était crispé, mais un muscle bougeait sur sa joue. Il avait des cernes rouges et clignait des yeux.

Kiall s'assit en face de lui.

— Tu vas bien ? demanda le jeune homme.

— Moi ? Impeccable, impeccable. Je me disais juste qu'avec tout ça on n'avait pas mangé. Je meurs de faim. (Sa bouche tremblait, mais il serra les mâchoires.) Vieux débile, dit-il. Crétin ! Il s'est tué pour nous protéger. Crétin. (Il renifla… puis se racla la gorge et cracha.) Bon sang, j'ai dû choper la crève. C'est ce temps, aussi : du vent froid et de la poussière. La Source seule sait comment des gens font pour vivre ici. Donnez-moi juste une ville… et des tavernes. Que regardes-tu comme ça ?

— Je suis désolé, fit Kiall. Je ne pensais pas te regarder fixement. Tu sais, il avait un message pour toi. Il m'a demandé de dire adieu au vieux Beltzer.

— Ah bon ? C'est vrai ?

— Oui, fit Kiall, en s'enfonçant dans son mensonge. Il n'avait pas l'air trop triste.

— Tu sais le pire, mon garçon ? Hein ?

— Non.

— Il m'aimait bien. Pour moi. Pas parce que je sais manier une hache et tuer des Nadirs. Mais pour moi. Il n'y avait pas grand-chose à aimer, mais il l'a trouvé. Et je vais te dire un truc – tu peux rire, si tu veux – j'aimais ce vieil homme. « Le vieux Beltzer. » C'est quelque chose, non ? Je l'aimais.

— Pourquoi est-ce que je rirais ?

Des larmes montèrent aux yeux de Beltzer et coulèrent sur ses joues jusque dans sa barbe roux et argent. Il baissa la tête et pleura. Kiall lui posa une main sur l'épaule.

— Va-t'en ! dit Beltzer. Laisse-moi seul. Un homme a le droit d'être seul avec son chagrin, non ?

Kiall se leva et recula. Tanaki était réveillée. Elle s'était assise au centre du campement, une couverture autour des épaules. Ses yeux étaient toujours gonflés, mais au moins elle pouvait voir.

Kiall s'assit à côté d'elle.

— Comment vous sentez-vous ?

— Tu préférerais ne pas le savoir, répliqua Tanaki. Vous les avez tous tués ?

— Oui. Non. Il y a un homme – leur chef, je crois – qui a réussi à s'échapper.

— Bien.

Kiall fut surpris, mais ne chercha pas plus loin.

— Est-ce que vous voulez rester seule ? s'enquit-il.

Elle lui sourit, et grimaça car sa lèvre venait de se rouvrir. Une goutte de sang apparut.

— Non. Reste à côté de moi, j'aime ta compagnie. Pourquoi m'avez-vous sauvée ?

— Est-ce vraiment important ?

— Pour moi, oui.

— Cela ne vous suffit pas de savoir que vous étiez seule et aviez besoin d'aide ?

— Nous ne sommes ni dans une chanson ni dans une fable, Kiall. Je ne suis pas une de vos femmes blondes prisonnières dans une tour.

— Mais vous êtes une princesse, rétorqua-t-il en souriant. On doit toujours sauver les princesses.

Elle ignora son sourire ; l'ennui se lisait dans ses yeux.

— Et les autres ? Pourquoi t'ont-ils aidé ?

— L'Homme Tatoué leur a dit que vous faisiez partie de notre quête. Êtes-vous satisfaite ?

Elle acquiesça.

— Je vous revaudrai ça à tous.

— Ce n'est pas la peine.

— J'en suis seule juge. Je ne veux pas de dette. Où allez-vous à présent ?

— Trouver un homme nommé Asta Khan.

Elle le regarda bizarrement. Mais il n'arriva pas déchiffrer son expression à cause des blessures.

— Il est toujours vivant ? Surprenant. Mon père lui attachait beaucoup d'importance.

— Il lui en attache toujours, dit Kiall.

— Quelle idiotie es-tu encore en train d'inventer ? Mon père est mort ; depuis des années.

— C'est difficile à expliquer.

— Essaie ! cracha-t-elle. Je suis peut-être meurtrie, mais mon cerveau est en parfait état.

Du mieux qu'il put, Kiall lui résuma son duel avec les démons et le guerrier aux yeux violets qui était venu à son aide.

— Okas m'a dit que c'était l'esprit de Tenaka Khan.

— Comment se battait-il ?

— Avec deux épées courtes. Il sautait comme un danseur ; je n'avais jamais rien vu de tel.

Elle acquiesça.

— C'était effectivement l'un de ses surnoms : Danse-Lames. On l'appelait aussi le Prince des Ombres.

— Charéos et Beltzer l'ont rencontré, dit Kiall, tout comme Maggrig et Finn. Ce sont les héros de Bel-azar ; il s'est assis avec eux lors de la dernière nuit de la bataille.

— Je sais. Mon père me l'a raconté. Ce sont les *fantômes-à-venir.*

— Qu'est-ce que cela signifie ?

Elle haussa les épaules.

— Je ne sais pas. Mon père était quelqu'un de secret. Il m'a parlé des guerriers de Gothir ; il m'a dit que l'un d'entre eux était un parent éloigné – un prince drenaï. Je présume qu'il s'agit de Charéos. Il serait inconcevable que ce soit le gros chauve.

— Je comprends ce que tu veux dire. Beltzer n'est pas quelqu'un d'éduqué.

Le son d'un cheval qui arrivait au galop retentit et Beltzer sauta sur sa hache. Kiall se leva, dégainant son sabre. Harokas entra dans le campement. Il mit pied à terre.

— Je croyais que tu étais parti pour de bon, déclara Beltzer.

— Moi aussi, répondit Harokas, d'un ton las, mais j'ai trouvé votre ami.

— Maggrig ? murmura Beltzer.

— Oui.

Finn se leva d'un bond et courut aux nouvelles.

— Où est-il ? cria l'archer en attrapant Harokas par son gilet noir.

Harokas posa une main sur l'épaule de Finn.

— Les Nadirs l'ont capturé.

— Oh, non ! Mon Dieu, non ! cria Finn en titubant.

Il se précipita vers son cheval, mais Charéos s'interposa. Il l'agrippa par les bras et le retint.

— Attends ! fit doucement Charéos. Nous allons y aller ensemble. Calme-toi, mon ami.

Finn sembla s'effondrer dans les bras de Charéos. Il posa sa tête sur l'épaule du Maître d'armes. Charéos se retourna vers Kiall.

—Attends ici avec la femme. Nous allons revenir.

—Inutile, déclara Harokas. Les Nadirs sont partout. C'est de la folie.

—Quand bien même, dit Charéos, acceptes-tu de nous mener au corps ?

—Cela compte tellement pour vous ? Vous êtes prêts à risquer vos vies pour un cadavre ?

—Oui.

Harokas n'en croyait pas ses oreilles. Il secoua la tête.

—Alors suivez-moi, mais chevauchez prudemment.

Les quêteurs avançaient en file indienne derrière Harokas. Ils passèrent au milieu d'arbres épars et débouchèrent devant une étendue gigantesque de plis et de replis, comme un manteau géant qu'on aurait laissé tomber du Paradis.

Ils se déplacèrent prudemment pendant une heure, arrivant finalement à un promontoire rocheux. Harokas mit pied à terre, et guida son cheval le long de la montée. Les quêteurs l'imitèrent. Il attacha sa monture à un peuplier squelettique et attendit. Charéos le rejoignit. Personne n'avait ouvert la bouche depuis le départ du campement. Finn était comme figé, livide, impassible, les yeux tourmentés. Beltzer se tenait à ses côtés.

—Suivez-moi, chuchota Harokas, et, je vous en prie... pas d'héroïsme ?

Il les mena vers une petite falaise avec une fissure dans la roche. Ils s'engouffrèrent à l'intérieur, et ressortirent sur une saillie rocheuse. Là, dans la lumière déclinante, il s'accroupit et désigna le camp nadir en dessous. La majorité des trois cents Loups était là, et six feux avaient été allumés. Au centre du camp, attaché nu à un poteau, se trouvait Maggrig, le corps couvert d'entailles et de brûlures. Finn grogna et Beltzer l'agrippa par l'épaule.

— Vous en avez vu assez ? murmura Harokas. Pas besoin d'avoir un œil de guerrier pour savoir qu'il est mort.

Charéos acquiesça. Maggrig avait été torturé, sa peau en partie écorchée et ses yeux crevés.

— Ils vous recherchent toujours, déclara Harokas, ce qui prouve qu'il ne leur a rien dit. Il a été courageux. Très courageux.

— Oui, comme toujours, convint Charéos en jetant un coup d'œil à Finn. C'était un homme bien.

— Je crois que son cheval s'est brisé une patte, continua Harokas. C'était un coup de malchance. Il a failli atteindre les collines.

— Nous n'avons plus rien à voir, fit doucement Charéos. (Il toucha le bras de Finn.) Partons, mon ami.

— Oui, murmura Finn.

Harokas revint sur leurs pas par le rebord de la saillie et les quêteurs se hissèrent dans la faille. En arrivant aux chevaux, ce fut Beltzer qui remarqua le premier l'absence de Finn.

— Non ! cria-t-il.

Il fit demi-tour et repartit dans la fissure. Charéos et Harokas étaient sur ses talons. Ils arrivèrent sur la saillie juste à temps pour voir Finn descendre lentement la pente couverte d'éboulis qui menait au camp nadir. Beltzer fit mine de le suivre, mais Charéos l'attrapa par le col de son gilet et le tira d'un grand coup en arrière, le faisant tomber.

Beltzer heurta douloureusement le sol. Il leva les yeux vers Charéos.

— Cela ne sert à rien, déclara Charéos. Il ne voudrait pas que tu ailles avec lui ; tu le sais bien.

Beltzer essaya de parler, mais aucun mot ne lui vint. Il se mit à genoux, ramassa sa hache et s'engouffra dans la fissure. Harokas s'agenouilla aux côtés de Charéos.

Le Maître d'armes l'ignora. Il n'avait d'yeux que pour la petite silhouette sombre qui se rapprochait du camp nadir. *Ce serait si facile*, pensa Harokas, la main sur le manche de sa dague… *tu n'as qu'à enfoncer la lame entre ses côtes, en plein cœur.* Si facile. Il pourrait retourner voir le comte, réclamer son or et continuer sa vie. Mais cela voudrait dire quitter Tanaki. Il jura dans sa tête et retira sa main de sa dague.

Au-dessous d'eux, Finn avait atteint le bas de la pente. Il marcha devant lui, le dos droit, la tête haute. Il y avait une sorte de grondement dans ses oreilles, comme une mer lointaine, et ses yeux étaient embrumés. Tant d'années passées ensemble, des années de joie et de peur. Cela n'était jamais bon de trop aimer, il l'avait toujours su. La vie était toujours une question d'équilibre. Il y avait toujours un tribut à payer. Il aurait mieux valu ne jamais aimer. Il passa devant deux guerriers nadirs qui astiquaient leurs épées ; ils le regardèrent passer et se levèrent dans son dos. Finn continua à avancer. À présent il pouvait voir Maggrig et la terrible cruauté dont ils avaient fait preuve sur lui. Un homme attrapa Finn par le bras. Sans même y réfléchir, Finn lui enfonça son couteau de chasse dans la gorge.

Une fois, Maggrig avait attrapé la peste rouge. Personne n'y survivait. Pourtant Finn était resté à ses côtés, le suppliant de rester en vie. La fièvre avait consumé toute la chair du corps de Maggrig, ne lui laissant qu'une peau translucide collée sur les os. Mais Finn l'avait soigné jusqu'à ce qu'il retrouve la santé. Il se souvint du jour où il avait compris que Maggrig allait s'en sortir. Le ciel était sombre, les montagnes couvertes de brume. De l'humidité suintait des arbres. Pourtant ce fut une belle journée – si incroyablement belle que Finn avait été capable de la contempler sans pleurer.

Un deuxième guerrier se rua sur lui. Finn le tua, mais l'homme eut le temps de lui enfoncer son épée dans les côtes. Il ne sentit presque pas la douleur. Il continua à avancer. Quelque chose le frappa dans le dos, mais il ne le remarqua pas. Il était près du corps à présent. Il tomba à genoux et coupa les cordes qui retenaient Maggrig au poteau avec son couteau. Puis, il laissa tomber son arme et souleva la tête de Maggrig. Du sang monta dans la bouche de Finn, mais il le cracha.

— Tu ne m'apportes que des ennuis, mon garçon, dit-il en luttant pour soulever le cadavre raidi.

Une lance lui transperça le dos, fracassant ses côtes, pour ressortir par sa cage thoracique. Il sentit Maggrig lui échapper des mains. Pourtant il essaya, de toutes ses forces, de poser doucement le corps du garçon sur le sol.

Lentement, il tomba à son tour, et reposa sa tête sur la poitrine de Maggrig.

Si seulement il pouvait emmener Maggrig dans les montagnes, alors tout irait bien. Le ciel serait sombre, les montagnes couvertes de brume.

Si seulement…

Des épées et des dagues s'enfoncèrent dans son corps, mais il ne les sentit pas.

Du haut de sa saillie Charéos avait regardé toute la scène. Ses mains tremblaient. Il baissa la tête et fixa le sol. Il prit une profonde inspiration et s'adossa à la paroi. Il resta quelques minutes assis en silence, se remémorant Finn et Maggrig du temps de Bel-azar. Puis il regarda Harokas.

— Tu as eu ta chance, dit-il doucement. Elle ne se représentera plus. Pourquoi ne m'as-tu pas tué ?

Harokas écarta les mains sans répondre. Charéos quitta la saillie pour retourner aux chevaux. Beltzer était assis sur un rocher, sa hache posée sur le sol à côté de lui.

— Il a eu une belle mort ? demanda le géant.

— Oui... quoi que cela veuille dire, répondit Charéos. (Il sauta en selle.) Retournons au campement.

— Qu'est-ce qu'on va faire, Maître d'armes ? s'enquit Beltzer. J'ai l'impression qu'hier remonte à des siècles. Okas est mort. Finn et Maggrig sont morts. Est-ce qu'on continue quand même ?

— Personne ne nous attend au pays. On continue.

Charéos éperonna son gris et sortit de la clairière. Beltzer ramassa sa hache, monta en selle et le suivit.

Harokas attendit un bon moment. Enfin, il sauta en selle et les suivit. Charéos l'entendit revenir. Il tira sur ses rênes lorsque l'assassin arriva à sa hauteur.

— Eh bien ? demanda Charéos.

— Vous ne pouvez pas attaquer l'armée nadire à vous trois, déclara Harokas.

— Que proposes-tu ?

— À quatre, ce serait plus équilibré.

Chapitre 12

Chien-tsu ouvrit les yeux. Autour de lui, les montagnes jaillissaient du sol comme des lances divines, vertigineuses et menaçantes. Un vent glacé soufflait dans les crevasses. Son serviteur, Oshi, était calfeutré près d'un petit feu, le visage bleu de froid. Chien-tsu frissonna.

— Elle est morte, dit-il en se remémorant Mai-syn telle qu'il l'avait vue la dernière fois.

Radieuse, heureuse, dans sa robe de soie jaune et brillante au soleil.

— Vous aviez raison, comme toujours, seigneur, déclara Oshi.

— J'espérais avoir tort. Viens, essayons de trouver une caverne.

Oshi hésitait à quitter l'illusion de chaleur que lui prodiguait le petit feu, mais il se leva sans se plaindre et les deux hommes guidèrent leurs chevaux le long du sentier qui serpentait. À cette hauteur, il n'y avait plus d'arbres, seulement quelques arbustes occasionnels couverts de neige. Les flancs de la montagne grimpaient à pic de chaque côté des voyageurs, et il n'y avait aucun signe d'une caverne ou d'un abri quelconque au-delà de la petite dépression dans la paroi rocheuse. Oshi était persuadé qu'ils allaient mourir là. Déjà trois jours depuis leur dernier repas – un lièvre famélique que Chien-tsu avait tué d'une flèche.

Ils continuèrent leur progression. Chien-tsu ne ressentait pas le froid ; il lui ferma son esprit, et pensa plutôt à la belle Mai-syn. Dans sa forme spirite, il avait parcouru la région à la recherche de son âme, tentant de percevoir le chant de son esprit.

À présent, il était d'humeur sombre, et plus froid que le vent.

Le sentier descendait vers une petite vallée et remontait aussitôt. Ils purent chevaucher un moment, mais il leur semblait qu'il faisait plus froid assis à ne rien faire sur leurs selles, aussi mirent-ils pied à terre. Oshi trébucha et tomba. Chien-tsu se retourna.

— Tu es fatigué, vieillard ?

— Un petit peu, seigneur, admit-il.

Chien-tsu continua. Il ne pouvait empêcher son serviteur de s'adresser à lui en utilisant son titre, et il avait d'ailleurs abandonné la lutte depuis longtemps.

Ils arrivèrent à un tournant sur le sentier. À la sortie, ils virent un très vieil homme, assis jambes croisées sur un rocher. Il avait l'air incroyablement âgé, la peau de son visage était tavelée comme du grès. Il n'était vêtu que d'un pagne de peau pâle et d'un collier de dents humaines ; son corps était émacié, ses os pointus saillaient comme des lames de couteau sous du cuir. De la neige s'était accumulée sur ses épaules squelettiques.

— Bonsoir, vieux père, le salua Chien-tsu en s'inclinant.

Le vieil homme leva les yeux et Chien-tsu frissonna intérieurement en croisant son regard. Ses yeux étaient plus noirs que la nuit, glacés d'une méchanceté ancestrale. L'homme sourit, révélant plusieurs dents noircies.

Sa voix était un chuchotement semblable à une brise soufflant sur des tombes.

— Mai-syn a contrarié Jungir Khan. Il l'a jetée en pâture à ses Loups, qui l'ont violée et jetée à leur tour. Au comble du désespoir, elle s'est tranché la gorge avec une paire de ciseaux en argent. C'est arrivé moins d'un mois après sa venue.

Chien-tsu sentit son estomac se soulever, mais s'efforça de n'en rien laisser paraître.

— Un simple « bonsoir » aurait suffi pour débuter la conversation, vieux père. Mais merci pour l'information.

— Je n'ai pas de temps à perdre en plaisanteries, Chien-tsu, ni en rituels kiatzes idiots et compliqués. (Le vieil homme se mit à rire.) Regarde autour de toi : tu es en pays nadir, froid et inhospitalier. Seuls les forts survivent. Ici, il n'y a pas de verts pâturages ni de champs en fleurs. Un guerrier est âgé à trente ans. Nous n'avons pas d'énergie à dépenser en jolis mots. (Il agita sa main.) Mais c'est sans importance. Ce qui est important, c'est que tu sois ici et que ton désir de vengeance soit fort. Suis-moi.

Avec agilité, il sauta de son rocher et s'en alla dans la neige.

— C'est un démon, gémit Oshi. Son pagne est en peau humaine.

— Son manque d'élégance vestimentaire m'importe peu, déclara Chien-tsu. Si c'est un démon, je m'en occuperai. Espérons simplement que ce démon ait une caverne au chaud.

Ils suivirent le vieil homme jusqu'à ce qui semblait n'être qu'une paroi rocheuse. Il disparut et Oshi se mit à trembler. Mais Chien-tsu marcha jusqu'à la paroi et trouva une fissure, presque invisible de l'extérieur. Il y fit pénétrer son cheval et Oshi l'imita.

À l'intérieur il faisait froid et noir. Chien-tsu entendit un chant venir de quelque part dans les ombres.

Des torches accrochées à des anneaux dans la paroi s'enflammèrent. Son cheval rua mais il calma la bête, lui flattant le cou et lui murmurant des mots apaisants. Les voyageurs avancèrent le long d'un tunnel qu'éclairaient les torches, et qui débouchait dans une vaste caverne où un feu brûlait sans bois.

— Assis, fit Asta Khan. Réchauffez-vous. (Il se tourna vers Oshi.) Je ne suis pas un démon ; je suis pire qu'un démon. Mais tu n'as aucune raison d'avoir peur de moi.

— Merci, monsieur. Merci, fit Oshi en s'inclinant profondément.

— Et toi, tu n'as absolument pas peur de moi, homme de Kiatze. Voilà qui est bien. Je ne suis pas à l'aise entouré de peureux. Assis ! Assis ! Mettez-vous à l'aise. Cela fait longtemps que je n'ai pas eu de visiteurs.

— Depuis combien de temps êtes-vous ici ? s'enquit Chien-tsu, en s'asseyant près du feu magique.

— Je suis venu quand mon seigneur a été assassiné. C'était Tenaka Khan, le Khan des Loups, le Prince des Ombres, raconta le vieil homme, les yeux brillant de fierté. Il était Celui qui est Grand, l'héritier d'Ulric.

— Le nom me dit vaguement quelque chose, fit Chien-tsu.

La colère jaillit dans les yeux d'Asta, mais il la dissimula par un fin sourire.

— Tous les hommes connaissent ce nom, même les bedonnants Kiatzes. Bah, oublions ça. Ton peuple est renommé pour son cynisme – mais je t'ai vu te battre, Chien-tsu, je t'ai vu tuer Kubaï et les autres. Tu es très habile – et rapide. Très rapide.

— Auriez-vous besoin de mes services, vieux père ?

— Je vois que ton esprit va à la vitesse de ton corps. Oui, j'ai besoin de toi. Et tu as besoin de moi. La discussion risque d'être intéressante, je pense. Qui a le plus besoin de l'autre ?

— Je n'ai pas besoin de vous pour le moment, en ce qui me concerne, répliqua Chien-tsu.

— Alors tu sais comment rentrer dans le palais du Khan ? demanda Asta.

— Pas encore. Mais je trouverai un moyen.

— Non, rétorqua Asta, aucune chance. Mais moi je peux te guider sur un chemin qui t'amènera directement dans la salle du trône. Tout seul tu ne survivrais pas, car il est habité par des créatures des ténèbres qui essaieront de t'arrêter. Je t'offre Jungir Khan. Et les moyens de te venger.

— Et en échange, vieux père ?

— Tu aideras les *fantômes-à-venir*.

— Dites-m'en plus.

Asta secoua la tête.

— D'abord, mangeons. J'entends l'estomac de ton serviteur gargouiller. Prends ton arc et sors de la caverne. Un cerf t'attend – tue-le.

Chien-tsu se leva et regagna l'entrée de la caverne. Le vieil homme avait raison, une biche attendait tremblante près du seuil, les yeux grands ouverts. Chien-tsu encocha sa flèche et contempla un instant la bête. Il fit demi-tour et revint sur ses pas.

— Oshi, prends un couteau et va t'occuper de la bête. Il n'y a pas de sport.

Asta Khan ricana fortement, se balançant d'avant en arrière sur ses hanches.

Chien-tsu l'ignora.

— Parlez-moi de Tenaka Khan, dit-il.

Le vieil homme prit une profonde inspiration.

— Il était le soleil et la lune du peuple nadir – mais il était affligé d'un sang souillé. Moitié Drenaï, moitié Nadir, il s'est autorisé à aimer une femme. Je ne veux pas dire qu'il l'a faite sienne – même si c'est le cas. En fait, il lui a abandonné son âme. Elle est morte en donnant naissance à sa fille, Tanaki. En mourant, elle a emporté avec elle une partie de l'âme du Khan, que ce soit au Ciel ou en Enfer. Après, la vie ne lui importait plus vraiment. Il a laissé les années défiler. Son fils, Jungir, l'a empoisonné. Voilà Tenaka Khan. Que souhaites-tu savoir d'autre ?

— Vous étiez son shaman ?

— Je l'étais et je le suis toujours. Je suis Asta Khan. J'ai ceint le Heaume d'Ulric sur sa tête. J'ai chevauché à ses côtés lorsqu'il a conquis les Drenaïs, les Ventrians, et lorsque les armées nadires sont entrées en Mashrapur ou en Lentria. Il était l'aboutissement de nos rêves. Il n'aurait jamais dû mourir. Il aurait dû vivre éternellement, tel un dieu !

— Que souhaitez-vous, Asta Khan ? s'enquit Chien-tsu. Pas seulement la vengeance, n'est-ce pas ?

Les yeux d'Asta luisirent un instant, puis il détourna son regard.

— Ce que je souhaite ne regarde que moi. C'est déjà bien que je puisse combler tes désirs.

— En ce moment, tout ce que je désire est un bon bain chaud.

— Alors tu en auras un, fit Asta en se levant. Suis-moi.

Le vieil homme se leva et s'en alla au fond de la caverne, où un bassin peu profond était rempli de neige fondue, gouttant d'une fissure située au-dessus. Asta s'agenouilla et plongea sa main dans l'eau. Il ferma les yeux et prononça trois mots gutturaux que Chien-tsu ne comprit pas. Des bulles apparurent à la surface du bassin, puis le sifflement caractéristique de l'eau qui bout se fit entendre.

— Et un bain chaud pour le seigneur kiatze, déclara Asta en se levant. As-tu besoin de quoi que ce soit d'autre ?

— Une jeune concubine pour me lire les œuvres de Lu-tzan.

— Contente-toi du bain chaud, lui rétorqua Asta en s'éloignant.

Chien-tsu ôta ses vêtements et se glissa dans le bassin. L'eau était chaude et même si elle avait juste été portée à ébullition, ce n'était pas trop inconfortable. Il se remémora l'histoire de Hai-chuan, un jeune homme accusé d'avoir volé un joyau royal. Hai-chuan avait plaidé l'innocence, mais avait été condamné à une épreuve judiciaire. Il devait placer ses mains dans un pot d'eau bouillante. S'il était innocent, les dieux protégeraient sa peau ; s'il était coupable, sa peau cloquerait et crèverait. Il venait des montagnes et avait supplié le magistrat de subir l'épreuve directement sous les yeux du Père de tous les Pères, dans les Cieux. Touché par sa piété, le magistrat avait accepté, et Hai-chuan avait été emmené en haut d'une montagne. Là, ils avaient fait bouillir de l'eau et il avait plongé les mains dedans. Il n'y avait pas eu une marque sur sa peau – il avait été libéré. Plus tard, il avait vendu le joyau et avait vécu comme un prince. Chien-tsu sourit. Il savait que ce prodige était dû à l'altitude. L'eau bouillait à une température plus basse dans les montagnes.

Il traîna un peu dans l'eau, puis sortit pour aller s'asseoir nu auprès du feu.

Oshi avait découpé les meilleurs morceaux dans les côtes de la biche, et une odeur de viande grillée emplit la caverne.

— Maintenant, parle-moi de ces *fantômes-à-venir*, fit Chien-tsu.

Tanaki regarda les cavaliers s'éloigner. Elle se releva en étouffant un gémissement, car la douleur la lançait dans tout son corps. Chancelante, elle essaya de se tenir droite et s'étira. La nausée faillit avoir le dessus, mais elle força son estomac à se calmer.

— Vous devriez vous reposer, lui dit Kiall qui s'était approché d'elle en lui tendant la main.

Elle ne répondit pas. Elle se pencha d'un côté et étira doucement les muscles de sa taille et de ses hanches. Elle passa ses bras au-dessus de sa tête, et essaya de détendre les muscles de son cou et de ses épaules. Son père lui avait appris tous ces exercices des années auparavant.

— Le corps du guerrier doit toujours être souple, avait-il dit.

Ayant retrouvé un peu de confiance, elle se hissa sur les talons et bondit, tournant sur elle-même. Elle atterrit maladroitement.

— Puis-je vous aider ? s'enquit Kiall.

— Oui. Tends tes mains devant toi.

Il s'exécuta et elle leva haut une de ses longues jambes pour poser son talon dans le creux de ses mains. Elle se pencha en avant, attrapant l'arrière de sa cheville, et garda la position un moment avant de changer de jambe. Enfin, elle retira la couverture de ses épaules et apparut nue devant Kiall. Il rougit et se racla la gorge.

— Place tes mains sur mes épaules, lui dit-elle en lui tournant le dos, et appuie doucement sur les muscles avec tes pouces. Ne t'attarde pas là où ils sont bien ronds et souples. Soulage-les aux endroits où ils sont tendus et noués.

— Je ne sais pas faire cela, dit-il.

Il toucha quand même le dos de Tanaki. Elle s'assit sur la couverture et Kiall s'agenouilla derrière elle. Sa peau était douce et blanche, ses dorsaux forts et fermes. Les doigts du jeune homme se déplacèrent sur son corps.

— Détends-toi, Kiall. Ferme les yeux. Ne pense à rien. Laisse tes mains se débrouiller.

Les doigts du jeune homme glissèrent le long des omoplates. Les muscles du côté droit étaient aussi durs que des galets. Il les massa avec une extrême précaution, s'enhardissant au fur et à mesure.

— C'est très bon, Kiall, lui dit-elle. Tu as de bonnes mains – des mains guérisseuses.

Il réalisa qu'il commençait à être excité, et s'en voulut atrocement. Après tout ce par quoi elle était passée, il était mal qu'un homme réagisse ainsi à son contact. Ses mains perdirent de leur assurance. Il se leva et s'éloigna. Tanaki se couvrit de la couverture et s'allongea sur le sol. Son corps la faisait moins souffrir, mais elle n'oublierait jamais l'abjecte humiliation dont elle avait été victime. Le souvenir de ces hommes suants, leur puanteur, leur contact et la douleur resteraient pour toujours avec elle. Elle frissonna et se leva. Le cheval de Kiall était attaché non loin ; elle le sella et passa un pied à l'étrier pour se hisser sur la bête. En la voyant faire, Kiall se précipita vers elle.

— Où allez-vous ? demanda-t-il d'un ton inquiet.

— Je ne peux pas rester habillée comme ça, déclara-t-elle. Mes affaires sont dans la grand-salle en bas. Et je vais avoir besoin d'armes.

— Je viens avec vous, proposa-t-il en lui tendant la main. (Elle l'agrippa et l'aida à monter derrière elle.) Mais ce n'est pas prudent, Tanaki.

— Nous ne le saurons qu'après, rétorqua-t-elle.

Les cadavres avaient été enlevés, mais il restait des traces de sang sur le sol du village et sur les planches de l'estrade. Tanaki se laissa glisser de selle et entra dans la salle. Kiall attacha le cheval puis se rendit sur les remparts, faisant le guet au cas où des Nadirs reviendraient. Les minutes s'égrenèrent. Il devint de plus en plus nerveux. Il entendit un bruit de bottes sur les marches derrière lui et fit volte-face, la main sur la poignée de son sabre. Tanaki se moqua de lui. Elle était vêtue d'un pantalon en cuir souple lustré et portait des bottes montantes d'équitation. Le haut de son corps était habillé d'une tunique à capuche de même couleur. Elle portait deux épées courtes à sa ceinture. Elle avait jeté sur ses épaules un manteau de cuir noir bordé de fourrure, et avait un sac en toile à la main.

— Vous avez tout ce qu'il vous faut ? s'enquit-il.

— Pas complètement. Il me manque la tête de Tsudaï – mais cela viendra.

Ils repartirent jusqu'à leur campement et attachèrent le cheval. Tanaki dégaina ses épées.

— Viens, dit-elle à Kiall, fais-moi voir ce que tu sais faire.

— Non. Je… Je ne suis pas très doué. Voyez-vous, je ne suis pas un guerrier.

— Fais voir.

Gêné, Kiall dégaina son sabre et se mit en garde dans la position que lui avait enseignée Charéos. Elle lui bondit dessus. Il para le coup d'estoc avec son sabre, mais elle fit une pirouette, et sa deuxième épée manqua son cou de justesse.

— Tu es trop raide, lui expliqua-t-elle.

— Je me détends un peu quand j'ai peur, avoua-t-il en souriant.

— Alors, aie peur ! dit-elle d'une voix sourde et glacée.

Son épée courte jaillit vers la tête de Kiall qui recula à temps, mais elle suivit. Il bloqua un coup, puis un deuxième… Pirouette… Il tomba à genoux, et l'épée de la princesse fendit l'air au-dessus de sa tête. Comme la deuxième épée courte s'abattait sur lui, il se jeta sur sa gauche puis fit une roulade.

— Voilà qui est mieux, déclara-t-elle, mais à moins d'être un maître – ce que tu n'es pas – il est préférable que tu te battes avec un sabre et un couteau. Cela doublera tes chances de tuer ton adversaire.

Elle rengaina ses armes et gravit la colline pour scruter l'horizon.

Kiall la rejoignit.

— Tu as toujours l'intention d'aller sauver ta dame ? lui demanda-t-elle.

— Oui, si je peux. Mais ce n'est pas ma dame, elle ne l'a jamais été. Je le sais à présent.

— Tu m'en veux pour ça, Kiall ?

— Je ne vous en veux pas, princesse. J'étais bête. J'avais un rêve, et je croyais ce rêve réalité.

— Nous avons tous des rêves, dit-elle. Nous sommes toujours à la recherche de l'inaccessible. Nous croyons aux idioties dans les fables. L'amour pur n'existe pas ; il n'y a que le désir et l'envie.

— Je ne peux le croire, princesse.

— Un autre rêve que tu crois réalité ?

— J'espère que non. Il y a tellement de tristesse et de haine dans ce monde. Cela serait terrible si l'amour n'était qu'une illusion.

— Pourquoi t'es-tu éloigné de moi un peu plus tôt, quand tu me touchais ?

— Je… Je ne sais pas.

— Tu mens, Kiall. J'ai senti tes mains devenir de plus en plus chaudes. Tu voulais coucher avec moi, n'est-ce pas ?

— Non ! cria-t-il instinctivement. (Puis, le rouge aux joues, il détourna les yeux.) En fait, si, dit-il avec colère. Et je sais que c'était mal.

— Mal ? Tu es un imbécile heureux, Kiall. Ton désir était franc – il ne faut pas en avoir honte, mais n'écris pas de poème dessus non plus. J'ai eu une cinquantaine d'amants. Certains étaient doux, d'autres cruels, il y en a même que j'aimais bien. Mais l'amour ? Si cela existait, je l'aurais trouvé depuis le temps. Oh, Kiall, ne prends pas cet air outré. La vie est courte. Il n'y a que la joie. La renier, c'est renier la vie.

— Vous avez un avantage sur moi, convint-il doucement. Je n'ai pas votre expérience de la vie. J'ai été élevé dans un petit village de fermiers, nous élevions du bétail et des moutons. Mais il y avait là des gens qui avaient passé la moitié de leur vie ensemble. Ils étaient heureux ; je crois bien qu'ils s'aimaient.

Elle secoua la tête.

— Un homme et une femme sont attirés l'un vers l'autre par des passions animales ; ils restent ensemble par sécurité. Mais si un homme meilleur, peut-être aussi plus riche, vient à passer, ou une femme plus jeune, plus belle, il n'y a que là – et seulement là – qu'on peut juger de leur *amour*. Regarde-toi, Kiall. Il y a trois jours à peine, tu aimais une femme suffisamment pour risquer ta vie pour elle. Et maintenant, voilà que tu dis que tu ne l'aimais pas. Pourquoi ? Parce que je suis apparue. Cela ne prouve-t-il pas que j'ai raison ?

Il resta silencieux plusieurs secondes, scrutant les Steppes. Puis, il reprit la parole.

— Cela prouve seulement que j'étais un crétin. Et ce n'était pas difficile.

Tanaki s'approcha de lui.

— Je suis désolée, je n'aurais pas dû te dire tout ça. Je te remercie de m'avoir sauvée. Je t'en serai reconnaissante tous les jours de ma vie. C'était noble de ta part – et courageux. Et je te remercie également de t'être éloigné tout à l'heure ; tu as été très attentionné. Mais si tu m'accordes quelques jours, je t'enseignerai la joie.

— Non ! dit-il. Je ne veux pas apprendre ce genre de joies.

— Alors reste un crétin, rétorqua-t-elle hargneusement.

Elle fit demi-tour et alla s'asseoir toute seule un peu plus loin.

Pendant près de trois semaines, les quêteurs s'enfoncèrent plus profondément au cœur des Steppes désolées, en direction des lointaines montagnes grises. De temps à autre, ils restaient dans de petits camps de tentes nadirs, mais la majeure partie du temps, ils campaient dans des ravins cachés, des cavernes ou des clairières. Il n'y avait aucun signe de poursuite, et ils ne revirent plus les soldats de Tsudaï.

Charéos se montra plutôt taciturne durant le voyage. Son visage était grave et sinistre, ses yeux hantés. Beltzer non plus n'avait pas grand-chose à raconter. Harokas se révéla un adepte de l'arc et par deux fois tua un cerf. Néanmoins la plus grande part de leur nourriture venait de ce que la terre leur offrait, sous la forme de longues racines tordues, de couleur violette, qui donnait une soupe peu épaisse mais nourrissante.

Tanaki se remit plutôt bien et se lançait fréquemment dans de grandes discussions avec Harokas. Cependant Kiall lisait la peur dans ses yeux chaque fois qu'un quêteur s'approchait un peu trop près d'elle. Elle tressaillait dès qu'on la frôlait. Il resta plusieurs jours sans le faire remarquer. Il la traitait avec courtoisie, même si elle l'ignorait la plupart du temps ; il estima qu'elle devait toujours être en colère à cause de ce qu'elle pensait être un rejet de sa part.

Mais une nuit elle se réveilla en hurlant, roulant de ses couvertures pour chercher ses épées à tâtons. Beltzer se leva d'un bond, sa hache d'argent à la main. Charéos et Kiall s'approchèrent d'elle.

— Tout va bien, lui affirma Charéos en essayant de l'attraper. Ce n'était qu'un rêve.

— Reculez ! Ne me touchez pas ! cria Tanaki.

Ses épées jaillirent et Charéos fit un bond en arrière. Une lame passa à un doigt de sa tête.

— Tanaki ? fit doucement Kiall. Tout va bien. Vous avez rêvé. Vous êtes avec des amis. Amis.

Elle recula d'un pas, la respiration saccadée, ses yeux violets emplis de peur. Progressivement, sa respiration redevint normale.

— Je suis désolée, murmura-t-elle.

Elle fit volte-face et sortit du campement. Beltzer retourna sous sa couverture en grommelant. Kiall partit à la recherche de Tanaki, et la trouva assise sur un rocher plat. Son visage éclairé par la lune était pâle comme de l'ivoire. Il fut de nouveau sous le charme de sa beauté. Il resta un instant immobile et silencieux, puis il alla s'asseoir à côté d'elle.

Elle se retourna et le dévisagea.

— Ils doivent penser que je suis faible, déclara-t-elle.

— Personne ne pense cela, la rassura-t-il. Je ne sais pas comment vous aider, Tanaki. Je suis capable de soigner les contusions, recoudre une blessure, préparer des herbes qui font baisser la fièvre. Mais je ne peux rien faire contre votre souffrance.

— Je ne souffre pas, affirma-t-elle. Je suis guérie.

— Je ne crois pas. Toutes les nuits vous vous agitez dans votre sommeil. Souvent vous vous mettez à gémir, parfois même vous pleurez. Cela me fait mal de vous voir souffrir ainsi.

Tout à coup elle se mit à rire et se releva les mains sur les hanches, le toisant.

— Je sais ce que tu veux, dit-elle. Tu veux ce que voulaient ces soldats. Admets-le. Sois un homme ! Ne viens pas me voir avec tes « cela me fait mal de vous voir souffrir ainsi ». Je ne compte pas pour toi. Et c'est normal. À tes yeux je ne suis qu'une salope de Nadire de plus que tu peux prendre quand tu en as envie.

— Ce n'est pas ainsi que je vous vois, rétorqua-t-il. Oui, vous êtes très belle. Oui, n'importe quel homme vous désirerait. Mais je parlais d'amitié – et, si, vous comptez beaucoup pour moi.

— Eh bien, je ne veux pas de ta pitié non plus, cracha-t-elle. Je ne suis pas un poulain qui s'est cassé la patte, ou un chiot aveugle.

— Pourquoi êtes-vous en colère après moi ? Si j'ai dit – ou fait – quelque chose qui vous a déplu, alors je m'excuse.

Elle fut sur le point de parler, mais il ne sortit qu'un long soupir de sa bouche. Elle se rassit sur la pierre à côté de lui.

— Je ne suis pas en colère après toi, Kiall. (Elle ferma les yeux et se pencha en avant, les coudes sur les genoux.) Ce n'est pas après toi que j'en ai, répéta-t-elle. C'est juste que je n'arrive pas à oublier. Chaque fois que je ferme les yeux je revois leurs visages, leurs mains et leurs… Chaque fois. Dès que je m'endors, ils viennent pour moi. Et dans mes rêves je crois que mon sauvetage n'était qu'une illusion. Je n'arrête pas d'y penser. Ce n'est pas le viol lui-même, ni les coups, c'est… (Sa voix s'estompa un moment et Kiall resta silencieux, laissant planer un silence.) J'ai toujours su que ces atrocités existaient, mais jusqu'à ce qu'on en soit victime soi-même, il est impossible d'en comprendre l'énormité. Et pire que tout, on ne peut pas l'expliquer. Deux de ces hommes étaient autrefois des gardes du palais d'Ulrickham. L'un d'entre eux me portait sur ses épaules quand j'étais enfant. Alors, j'essaie de comprendre pourquoi il a fait ça. Pourquoi a-t-il voulu le faire ? Pour moi, c'est comme si le monde n'était plus tel que je le voyais – comme s'ils avaient déchiré un voile pendu devant mes yeux, me permettant de voir la vilenie de la réalité. Il y a quelques semaines, si j'avais vu le même regard dans l'œil d'Harokas, j'aurais pris cela pour un compliment. Cela m'aurait fait du bien. Et maintenant ? J'ai l'impression que c'est le regard d'un renard qui observe une poule, et cela me terrifie. (Elle leva la tête pour le regarder.) Est-ce que tu comprends quelque chose à ce que je dis ?

—Je comprends *tout*, lui assura-t-il. (Il tendit sa main, mais elle recula.) La peur, dit-il gentiment, est généralement une bonne chose. Elle nous empêche d'être trop téméraires ; elle nous apprend la prudence. Mais Charéos dit que la peur est une servante qui aspire à devenir maîtresse. Et c'est une terrible maîtresse qu'il faut combattre et garder enchaînée. Vous êtes forte, Tanaki. Comme du fer. Vous êtes fière. Prenez ma main.

—Je ne crois pas pouvoir y arriver, dit-elle.

—Pensez à la femme que vous étiez quand je vous ai rencontrée. Vous êtes la même. Vous avez beaucoup souffert, mais vous êtes toujours la princesse Tanaki, fille de Tenaka Khan. Dans vos veines coule le sang des grands.

Il tendit de nouveau sa main. Les doigts de Tanaki s'en approchèrent, s'éloignèrent de nouveau, puis revinrent brusquement et l'enserrèrent.

Des larmes coulaient sur ses joues, et elle s'effondra contre Kiall. Il la prit dans ses bras et resta ainsi un long moment sans parler. Enfin, elle se dégagea.

— Alors nous sommes amis ? s'enquit-elle.

— Pour toujours, lui répondit-il en souriant.

Ils rentrèrent ensemble au campement. Charéos était assis à l'écart. Il contemplait le ciel à l'est. Il ne parut pas remarquer Kiall qui s'approchait de lui.

— Comment te sens-tu ? demanda le jeune homme.

Charéos leva les yeux.

— Je n'ai pas besoin d'être réconforté, répondit-il avec un sourire torve. Tu t'es bien comporté avec elle. Tu es quelqu'un de bien.

— Tu m'as suivi ?

— Oui. Mais je ne suis pas resté longtemps. Elle aussi c'est quelqu'un de bien. Elle est forte et belle.

— Je le sais, répondit Kiall mal à l'aise.

— Si tu me demandais mon avis – ce que tu ne fais pas – je te conseillerais de l'emmener loin d'ici. Retournez en Gothir, mariez-vous et élevez de grands garçons.

— Et toi, que ferais-tu ?

— Je continuerais cette quête insensée, répondit Charéos.

— Oui, je sais. Tu ne peux plus arrêter maintenant, fit tristement Kiall. Plus maintenant que cela a coûté la vie à trois de nos amis.

— Tu es un garçon doué, Kiall. Intuitif et intelligent.

— Si seulement je ne t'avais pas demandé de l'aide. Je regrette, vraiment.

— Je sais. Dors bien, mon garçon.

Les semaines qui suivirent, Tanaki s'aperçut qu'elle regardait sans cesse Kiall – appréciant son sourire nerveux et hésitant, et la façon dont il inclinait légèrement la tête chaque fois qu'il parlait. Elle n'avait pas entièrement perdu sa nervosité en présence des autres, mais l'amitié de Kiall lui avait donné la force de combattre ses peurs. Durant de longues soirées, Tanaki s'éloignait pour aller s'asseoir le dos à un rocher, ou un arbre, et observait les hommes. Ils ne parlaient pas beaucoup, mais leurs gestes en disaient long. Beltzer était un ours, une montagne en mouvement, qui n'arrivait pas à exprimer son amertume. Pourtant ses actions étaient confiantes, et sa rapidité démentait sa carrure. Charéos était un loup gris, mince et rusé, qui vérifiait toujours qu'il n'était pas suivi, qui réfléchissait tout le temps, toujours en éveil. Harokas était le léopard, raffiné et sauvage à la fois.

Et Kiall ?

C'était le plus fort de tous, suffisamment sûr de lui pour être doux, assez humble pour être sage. Sa force était née de son inquiétude permanente pour les autres, alors que ses camarades avaient construit leur forteresse sur leur penchant pour la violence.

Mais elle se demandait quel animal il pouvait bien être. Elle s'adossa et ferma les yeux. Elle chercha le calme dans les souvenirs du passé. Elle se revoyait dans le froid palais d'Ulrickham. Jungir jouait avec des soldats en bois, les disposant en formation de combat, pendant qu'elle était assise sur la peau d'ours, blottie contre Naméas, l'énorme chien de guerre. Celui-ci avait été offert à Tenaka par le régent de Gothir, il suivait le Khan chaque fois qu'il partait chasser. À la guerre, Naméas était un tueur, ses mâchoires broyaient et déchiquetaient tout sur son passage, pourtant, au palais, il était doux et gentil, tournant sa tête de temps à autre pour lécher le petit enfant pelotonné contre lui.

Oui, c'était Kiall. Le chien de guerre.

Tanaki souriait souvent à Kiall, lui demandant de venir, et ils passaient des soirées à parler pendant des heures. Elle tendait sa main et il la prenait. Ensemble, ils contemplaient les étoiles.

Un soir de la troisième semaine de voyage, alors qu'elle était assise à l'écart, une ombre tomba sur elle. Elle pensa que c'était Kiall et leva les yeux, tout sourires.

— Puis-je me joindre à toi, princesse ? lui demanda Harokas en s'asseyant à côté d'elle.

Elle déglutit avec peine mais continua à sourire.

— Je ne pensais pas que tu te joindrais à cette quête, déclara-t-elle. J'ai toujours pensé que tu étais un homme qui ne s'intéressait qu'à lui-même.

— Comme toujours, tu as raison, Tanaki, répliqua-t-il. La quête ne m'intéresse pas.

— Alors pourquoi es-tu avec nous ?

— Cela devrait être évident, lui dit-il en lui touchant le bras.

Elle se recroquevilla instinctivement et son visage s'assombrit.

— Tu n'étais pas si timorée au village, autant que je me souvienne. Je ne compte plus les fois où tu m'as invité dans ton lit, les soirs d'hiver.

— C'était alors, dit-elle le dos bien droit contre l'arbre.

— Et qu'est-ce qui a changé ? Nous étions bien tous les deux, Tanaki. Tu es la meilleure que j'ai connue. Ne te procurais-je pas du plaisir ?

— Oui, c'est vrai. Tu n'es pas un amant égoïste, Harokas. Tu savais te retenir. Mais j'ai changé.

Il se mit à rire en secouant la tête.

— Changé ? Non, pas toi. Tu es une coureuse, et dans n'importe quel pays civilisé tu serais la courtisane du roi. Non, n'essaie pas de te mentir. Tu ne changeras jamais. (Il s'écarta d'elle pour mieux scruter son visage.) Au début j'ai cru que c'était à cause du viol, mais non. C'est à cause du fermier. Tanaki des Lames est amoureuse d'un puceau ! (Il gloussa.) Voilà qui égaie cette soirée tristounette.

— Fais attention, Harokas, le prévint-elle. On ne fait pas grand bruit de ma patience – avec raison. Laisse-moi.

Il secoua la tête, le visage grave.

— Je ne pourrai jamais faire ça, princesse. Je t'ai dans la peau. Je te désire plus que tout au monde.

Elle resta un instant interdite puis se leva.

— Nous avons pris du bon temps ensemble. C'était même mieux que « bon ». Mais cela appartient au passé ; n'en parlons plus.

Il se leva à son tour et fit une révérence distinguée.

— Je crois que tu te trompes, Tanaki. Mais je ne vais pas te forcer la main. Je serai là quand tu auras retrouvé ton bon sens. Le fermier n'est pas fait pour toi, et ne le sera jamais. Que connaît-il à la vie ? Je vous ai vus vous tenir par la main. Bon sang ! Emmène-le dans ton lit et il te baisera comme le bon paysan qu'il est. Et sans son innocence, que deviendra-t-il, si ce n'est un fermier comme les autres ? Tu sais ce qui t'attire chez lui, pas vrai ? Quelque chose qui existe depuis la nuit des temps, mon amour : le désir de l'expérimentée pour l'innocent, le piège magnétique de la virginité. C'est excitant, je te l'accorde, tu deviendrais la première et il ne t'oublierait jamais. Mais après ? Non, Tanaki, nous n'avons pas fini d'en parler. Je te souhaite une bonne nuit.

Chien-tsu regarda le petit groupe faire bifurquer ses chevaux vers le col. Il remarqua que le cavalier de tête s'arrêtait souvent pour étudier la piste : gauche, droite, devant, derrière. Un homme prudent, donc. Chien-tsu acquiesça silencieusement. Il se leva, fit un signe à Oshi, et partit à pied à la rencontre des cavaliers qui tirèrent sur leurs rênes en l'apercevant. Un géant sur un hongre leva une hache à deux têtes dans ses mains et se laissa tomber de selle, mais Chien-tsu l'ignora. Il avança jusqu'au cavalier de tête et s'inclina un peu plus bas qu'il n'était exigé.

— Vous devez être Charéos, le Maître d'armes, fit Chien-tsu en regardant les yeux sombres de l'homme.

— Et vous venez de Kiatze, répondit Charéos en mettant pied à terre devant le petit guerrier.

Chien-tsu fut à la fois satisfait et contrarié. Satisfait qu'on le reconnaisse comme un être supérieur, mais l'homme ne lui avait pas retourné sa révérence, ce qui montrait un manque d'éducation flagrant.

— Oui, mon nom est Chien-tsu. Je suis l'ambassadeur de la cour de Kiatze. Le shaman, Asta Khan, m'a demandé de vous guider jusqu'à lui.

— Je n'aime pas son allure, Maître d'armes, déclara Beltzer en approchant de Charéos.

— Vous ne m'impressionnez guère, fit remarquer Chien-tsu. À part peut-être votre odeur, qui est réellement intimidante.

— Tu as une grande gueule pour quelqu'un d'aussi petit, siffla Beltzer.

— Mieux vaut ça que d'être un géant avec un cerveau de la taille d'un caillou, répliqua Chien-tsu en reculant d'un pas pour se mettre en garde, prêt au combat.

— Ferme-la, Beltzer, fit Charéos, nous avons suffisamment d'ennemis comme ça. (Il se tourna vers

Chien-tsu et s'inclina profondément.) C'est un plaisir de vous rencontrer, ambassadeur. J'espère que vous pardonnerez les paroles de mon compagnon. Cela fait des semaines que nous sommes à cheval, avec très peu de nourriture, et nous avons perdu trois de nos camarades. Nous manquons de provisions, d'énergie et de courtoisie.

Chien-tsu acquiesça.

— Une excuse des plus gracieuses, monsieur. Peut-être voudrez-vous me suivre, afin de terminer les présentations plus tard ? Il y a du gibier et un bon feu dans la caverne.

Chien-tsu fit demi-tour sur ses talons et s'en alla, suivi d'Oshi.

Beltzer sourit.

— Voilà un petit coq prétentieux, pas vrai ? Que je sois damné si je ne l'aime pas déjà.

— Et c'est tant mieux, lui dit doucement Charéos. Si tu l'avais attaqué, il t'aurait tué.

Sans un mot de plus, Charéos grimpa en selle et éperonna son gris.

Dans la cave, les quêteurs finirent le gibier à une vitesse qui correspondait plus, d'après Chien-tsu, à une curée qu'à un dîner. Mais c'étaient des barbares, après tout, et on ne pouvait pas s'attendre à mieux de leur part.

— Où est Asta Khan ? s'enquit Charéos, essuyant ses doigts gras sur le devant de sa chemise.

— Il dort, répondit Chien-tsu. Il nous rejoindra ce soir. Peut-être pouvons-nous finir les présentations ?

— Bien sûr. Voici Beltzer.

Le géant sourit et lui tendit la main. Chien-tsu la regarda avec répugnance. Elle était aussi tentante qu'une pelle : les doigts étaient courts et épais, les ongles couverts de saletés, et il y avait des taches de graisse sur la peau. Chien-tsu soupira et serra brièvement la main. Harokas se contenta de lui faire un signe de tête, tout comme Tanaki, mais Kiall lui tendit également la main. Au moins, celle-ci était propre.

— Dites-moi, que fait un ambassadeur oriental habillé en cavalier nadir ? l'interrogea Charéos. (Chien-tsu lui parla de l'envoi des présents et de l'attaque sur son groupe.) Malheureusement, la traîtrise est un mode de vie chez les Nadirs, ajouta-t-il.

— Pas seulement les Nadirs, intervint Tanaki, le visage rouge. Les Gothirs ont un lourd passé de trahisons et de promesses déçues.

— Je suis désolé, princesse, s'excusa Charéos. Vous avez évidemment raison ; c'était une réflexion discourtoise. Quels sont vos projets, ambassadeurs ? Pourquoi n'avez-vous pas essayé d'atteindre un port afin de rentrer chez vous ?

— Chaque chose en son temps, Charéos, répondit le petit guerrier. Pour l'instant j'offre mon aide à Asta Khan, et lui vous aidera en échange. Ce qui, je crois, fait de nous des compagnons.

— Vous êtes plus que le bienvenu avec nous, mais j'apprécierais de connaître votre but. Cela ne me plaît pas d'avoir un compagnon avec des projets mystérieux.

— Je peux le comprendre. Mais j'obéirai à vos ordres et je suivrai vos instructions de chef du groupe. Vous n'avez pas besoin d'en savoir plus. Quand mes projets seront un peu plus concrets, je vous en informerai – et nous nous séparerons.

Chien-tsu se rendit à l'arrière de la caverne et s'installa à côté d'un second feu, que lui avait allumé Oshi. Il se sentait plus détendu à présent. Charéos était presque civilisé, et il se servait de son cerveau. Beltzer n'était manifestement pas un grand penseur, mais il était capable de soulever sa hache comme si elle ne pesait rien. La femme était inhabituelle – un visage magnifique, mais un corps trop maigre, presque garçon, qui n'était pas du goût de Chien-tsu. Mais ses yeux rayonnaient de force et de détermination. Chien-tsu n'arrivait pas à trouver un point faible dans le groupe, et cela lui fit plaisir.

Il s'allongea pour dormir.

Charéos se balada jusqu'à l'entrée de la caverne et contempla les étoiles. Il n'y avait pas beaucoup de nuages. La voûte céleste était gigantesque, d'une ampleur à couper le souffle.

— Bienvenue dans ma modeste demeure, dit une voix sifflante qui fit dresser les cheveux de Charéos sur sa nuque.

Il se retourna lentement. Accroupi dans les ombres se tenait un vieil homme, vêtu d'un léger pagne en peau et d'un collier de dents humaines.

— Je te remercie, Asta Khan, répliqua Charéos en allant s'asseoir en face du vieil homme. Je suis heureux de te voir en bonne santé.

— Ton aide m'a été vitale. Je ne l'oublierai pas.

— Okas est mort, annonça Charéos.

— Je sais. Me protéger s'est avéré une tâche trop lourde avec le peu de force qui lui restait. Mais c'est à mon tour de vous aider. Je connais un chemin pour pénétrer dans la ville – au cœur même du palais. Là, vous pourrez sauver la femme.

— Pourquoi ferais-tu cela, shaman ? Ne me parle pas de payer une dette : ce n'est pas dans la tradition nadire. Qu'espères-tu gagner ?

— Quelle importance ? demanda Asta, le visage tel un masque, les yeux froids et insondables.

— Je n'aime pas jouer la partie d'un autre.

— Alors écoute bien : la femme ne m'intéresse absolument pas. Tu peux la prendre ; c'est bien ce que tu veux, non ? Il n'y a rien d'autre que tu désires ?

— C'est assez vrai, répliqua Charéos, mais maintenant cela me fait deux compagnons aux projets mystérieux.

Asta ricana, faisant frissonner Charéos.

— Le Kiatze ? Il veut seulement tuer Jungir Khan. Rien de plus. Quand le moment sera venu, il vous quittera. Désormais tu n'as plus qu'à te soucier d'un seul homme.

Charéos était mal à l'aise mais ne le fit pas remarquer. Il n'aimait pas Asta Khan et savait qu'il y avait d'autres choses à discuter, mais il ne trouvait pas les mots. Le vieil homme le scruta, sans ciller des yeux. Charéos avait le sentiment qu'il lisait dans son esprit.

— Il faut te reposer ce soir, annonça Asta. Demain nous marcherons sur le Sentier des Âmes. Cela ne sera pas un voyage facile, mais avec du courage et un peu de chance, nous arriverons au bout.

— J'ai entendu parler de ce Sentier, murmura Charéos. Il se situe entre les mondes et on dit que des créatures maléfiques l'habitent. Pourquoi devons-nous l'emprunter ?

— Parce qu'au moment même où je te parle, le général Tsudaï approche de nous au galop. Il sera dans les montagnes à l'aube. Bien sûr, si tu préfères affronter trois cents hommes…

— Trois des nôtres sont déjà morts. Je ne veux pas qu'il y en ait d'autres.

— Malheureusement, Charéos, tel est le destin des *fantômes-à-venir*.

Chapitre 13

Beltzer n'arrivait pas à dormir. Il s'allongea dans la lumière vacillante des torches et ferma les yeux. Mais il revoyait sans cesse les visages de Finn, Maggrig et Okas. Il se mit sur le côté et ouvrit les yeux. Sa hache reposait contre la paroi derrière lui ; il regarda son reflet dans les larges lames.

Tu ressembles à ton père, se dit-il, en se remémorant le fermier au visage sinistre et son sempiternel combat contre la pauvreté. Levé une heure avant l'aube, au lit à minuit, il luttait toute la journée dans une guerre qu'il ne pouvait pas gagner. Les terres autour de la ferme étaient rocailleuses, presque arides, mais son père avait réussi à déjouer la stérilité de l'environnement, produisant juste assez de nourriture pour Beltzer et ses cinq frères. Lorsque Beltzer atteignit l'âge de quatorze ans, trois de ses frères s'étaient enfuis à la ville, à la recherche d'une vie plus douce. Les deux autres étaient morts avec sa mère, durant l'épidémie de peste rouge. Beltzer était resté, travaillant avec le vieil homme amer jusqu'à ce que finalement, alors qu'il conduisait le cheval de labour, son père s'agrippe la poitrine avant de s'écrouler sur le sol. Beltzer était en train de couper des arbres dans la clairière et l'avait vu tomber. Il avait lâché sa hache et s'était précipité vers lui, mais lorsqu'il était arrivé, le vieil homme était mort.

Beltzer n'arrivait pas à se souvenir d'un seul mot tendre de son père, et il ne l'avait vu sourire en tout et pour tout qu'une seule fois, un soir d'été où il était ivre.

Il l'avait enterré dans la fine couche de terre. Puis, il s'en était allé de la ferme sans se retourner.

Il n'entendit jamais plus parler de ses frères. C'était comme s'ils n'avaient jamais existé.

Sa mère était une femme paisible, dure et hardie. Elle non plus ne souriait pas souvent, mais en y repensant il réalisa qu'elle n'avait jamais eu de raison de sourire. Il avait été à ses côtés lorsqu'elle était morte. Son visage avait perdu sa lassitude perpétuelle ; à cet instant précis, elle avait presque été belle.

Beltzer s'assit, mélancolique. Il regarda autour de lui et vit que Charéos dormait près du feu qui mourait doucement mais sûrement. Il se leva et prit sa hache, voulant voir les étoiles et sentir le vent de la nuit sur son visage.

Finn lui manquait. Cette fameuse nuit, sur la tour de garde, lorsque les Nadirs avaient attrapé l'archer sur les murs, Beltzer leur avait sauté dessus, taillant et tuant dans la masse. Il avait été surpris de voir Charéos et Maggrig à ses côtés. Il avait pris Finn sur son dos, et, voûté, il était reparti en courant jusqu'aux portes.

Plus tard, lorsque Finn avait repris connaissance, un bandage sur le front, Beltzer était allé le voir.

— Comment te sens-tu ? avait-il demandé.

— J'irais drôlement mieux si tu ne m'avais pas râpé le crâne contre le montant des portes, grommela Finn.

Par tous les dieux du Ciel, c'était le bon temps pour être en vie !

Beltzer sentit la brise sur son visage et déboucha dans la dernière partie du tunnel.

Il s'arrêta net…

Là, devant lui, se trouvaient des tas de guerriers nadirs, se faufilant dans l'entrée. Ils ne l'avaient pas encore vu, et il recula rapidement dans l'ombre.

Il pensa aussitôt à ses amis, qui dormaient tranquillement à moins de trente mètres de là. Les Nadirs allaient leur tomber dessus dans quelques secondes.

Mais s'il restait exactement où il était, il serait en sécurité. Il pourrait survivre. Il lui restait l'or qu'il avait enterré près de la cabane de Finn ; il y avait de quoi tenir des années.

Dieux du Ciel, je ne veux pas mourir !

Il vint se planter devant les Nadirs. La lumière des torches se reflétait dans sa barbe roux et argent, sa hache brillait d'une lueur pourpre.

— Nadirs ! beugla-t-il.

Le cri résonna dans les tunnels.

Ils dégainèrent leurs épées et le chargèrent. N'étant pas du genre à attendre, Beltzer brandit sa hache, poussa un cri de guerre, et les attaqua. Les lames tombèrent et les premiers blessés hurlèrent de douleur. Le géant tranchait et hachait de toute part malgré l'étroitesse du tunnel. Des épées lui transpercèrent la chair, mais il ne sentit pas la douleur. Un homme surgit devant lui et Beltzer lui enfonça sa hache dans le corps, les lames en forme de papillon perforant son torse. Les Nadirs reculèrent. Beltzer tituba, mais se redressa aussitôt.

— Eh bien, mes enfants, dit-il. Vous voulez aller sur ma montagne ? Vous voulez voir le ciel ?

Un guerrier banda son arc et lui décocha une flèche. Beltzer leva sa hache et la flèche ricocha sur les lames, lui éraflant la tempe. Les Nadirs repartirent à l'assaut, mais ils ne pouvaient venir que trois de front à cause de l'exiguïté du couloir. Beltzer rugit sa colère et brandit sa hanche ensanglantée. Quatre de plus tombèrent, puis trois autres, avant de se replier une nouvelle fois.

Pendant ce temps, dans la salle, Charéos muni de son sabre se précipitait dans le tunnel, suivi d'Harokas et des autres dans son sillage.

Asta Khan s'interposa sur son chemin.

— Tu ne peux rien faire ! siffla le vieil homme.

— C'est mon ami, protesta Charéos, tendant la main pour écarter le shaman.

— Je sais ! murmura Asta. C'est pour cela qu'il meurt pour toi : afin de te donner une chance. Ne le laisse pas tomber. Cela le briserait si tu mourais aussi. Tu ne comprends donc pas ?

Charéos grogna. C'était vrai, et le fait de le savoir était trop douloureux.

— Suivez-moi ! ordonna Asta en partant dans les ténèbres.

Il emmena les quêteurs dans une deuxième salle, plus petite que la première ; il s'agenouilla et leva les mains, paumes vers le haut. Il ne prononça aucun mot, pourtant la chambre devint de plus en plus froide. Tanaki frissonna et se colla contre Kiall, qui lui passa son manteau autour des épaules. Des ténèbres plus sombres encore se formèrent devant le vieil homme qui se releva.

— Venez, leur intima-t-il

Il passa dans le portail noir.

Et disparut.

L'espace d'un instant les quêteurs furent cloués sur place ; puis Harokas rattrapa Asta, suivi de Chien-tsu et d'Oshi qui tremblait de toute son âme.

— À toi, maintenant, fit Charéos à Kiall.

Le jeune homme regarda Charéos, lisant son intention dans ses yeux.

— Non, Charéos. Nous allons passer ensemble – ou nous reculerons ensemble.

— Je ne veux pas que tu meures, mon garçon !

— Et je ne veux pas non plus que tu meures – mais le shaman a raison. Beltzer ne voudrait pas que tu ailles là-bas. Il aura gagné – si nous nous échappons.

Des larmes piquaient les yeux de Charéos. Il sauta à travers le portail. Tanaki et Kiall l'imitèrent.

Dans le tunnel, Beltzer sentait ses forces le quitter progressivement. Une dague saillait de son ventre, et du sang coulait à gros bouillons d'une terrible entaille en haut de son bras gauche. Celui-ci pendait inutilement le long de son corps, et il sut que l'os était brisé. Pourtant il maniait toujours sa hache de la main droite, défiant les guerriers devant lui. Le sang avait rendu le sol du tunnel glissant. Les cris des mourants résonnaient tout autour de lui.

Ils revinrent une nouvelle fois à la charge, l'obligeant à reculer. Une épée s'enfonça dans son flanc, lui brisant les côtes. Sa hache partit instinctivement en représailles, soulevant un Nadir de terre sous la violence du coup. Des lames lui lacérèrent la peau, le transperçant de toute part. Il rugit au visage de ses ennemis et tomba à genoux. Ils se jetèrent sur lui, mais il se releva dans un effort surhumain, les éparpillant un peu partout. Du sang coulait de sa gorge et de sa poitrine ; il avait un œil entièrement fermé qui saignait aussi.

Les Nadirs reculèrent une fois de plus – mais pas de peur.

Le géant se mourait. Il était inutile qu'un guerrier meure à présent pour tenter de se frayer un passage. Ils restèrent là, immobiles, fixant le géant et sa hache.

Il pouvait lire un mélange de haine et de respect dans leurs yeux noirs.

— Vous en avez assez ? croassa Beltzer en crachant du sang. Vous ne voulez pas de la montagne du vieux Beltzer ? Allez ! De quoi avez-vous peur ? Ce n'est que… la mort.

Il leva les yeux vers les hommes devant lui et réalisa qu'il était à genoux, et que sa hache lui était tombée des mains. Il essaya de l'atteindre, mais le sol vint à sa rencontre et il resta allongé paisiblement une seconde ou deux, le temps de réunir ses forces. Son bras se tendit vers l'arme. Celle-ci était trop loin.

Mais cela comptait tellement pour lui. Un guerrier nadir s'agenouilla à ses côtés, prit la hache et la plaça dans la main du géant.

Beltzer leva les yeux vers lui.

— Attends-moi sur la montagne, dit-il.

L'homme acquiesça. Un dernier souffle s'échappa de la gorge de Beltzer. Le Nadir se releva pour s'engouffrer dans le tunnel, laissant le géant avec les dix-huit hommes qu'il avait tués.

Le choc du passage fit pousser un cri à Kiall. C'était comme si on lui avait versé de l'encre dans les yeux et qu'elle était rentrée dans son crâne, recouvrant son cerveau et son âme d'un voile noir. Au bord de la panique, il sentit la main chaude et bien vivante de Tanaki agripper la sienne.

Puis, une lumière dorée brilla, émanant des mains d'Asta Khan. Kiall s'aperçut qu'ils se tenaient sur un étroit sentier d'argent luminescent. La lumière n'allait pas très loin dans les ténèbres environnantes, et il semblait à Kiall qu'ils se trouvaient dans une caverne sphérique dont les parois pesaient tout le poids du monde.

— Ne vous écartez pas du sentier, chuchota Asta. Nous sommes dans le lieu du mal parfait. Ceux qui s'en écartent… meurent. Le seul chemin sûr est le Sentier d'Argent. Suivez-moi.

Asta se mit prudemment en marche, suivi de Chien-tsu et Oshi, et derrière eux Harokas, Charéos, Kiall et Tanaki.

Au début leur voyage se déroula sans problème, mais bientôt un sifflement s'amplifia dans les ténèbres, se rapprochant. Des centaines d'yeux brillants apparurent tout autour d'eux. Le sentier était trop étroit pour que Kiall continue à tenir la main de Tanaki, aussi se retournait-il toutes les trente secondes pour voir son visage, puisant de la force dans sa présence.

À droite du sentier, des loups blancs apparurent et s'accroupirent pour regarder passer les voyageurs. C'étaient des bêtes monstrueuses de la taille d'un poney.

Tout à coup, les créatures poussèrent un hurlement et se ruèrent sur eux. Kiall eut un mouvement de recul, mais Tanaki l'agrippa par le gilet.

— Reste sur le sentier, siffla-t-elle.

Les bêtes se rapprochèrent – mais s'arrêtèrent, montrant les crocs, à quelques centimètres du Sentier d'Argent.

Le groupe continua sa progression dans la nuit éternelle. Un cri retentit juste à côté d'eux, puis un rire, frénétique, de défi. Mais ils ne virent rien. Un battement d'ailes se fit entendre au-dessus d'eux, mais lorsque Kiall leva la tête il n'y avait que les ténèbres.

Puis, l'espace d'un instant, ce fut le silence total.

Charéos avançait, sans faire attention aux environs. Beltzer était mort. Maggrig et Finn avaient été tués. Son esprit essaya de s'éloigner de ces tragédies, et il se mit à chercher des souvenirs plus heureux. Il suivait Harokas aveuglément, sans même y penser.

Une voix résonna sur la gauche du sentier.

— Charéos, aide-moi.

Le Maître d'armes jeta un coup d'œil dans la direction de la voix, et vit que Beltzer venait à leur rencontre. Le géant avançait péniblement, blessé mais vivant. Charéos fit un pas en dehors du sentier, et la peau de Beltzer pela, révélant une créature écailleuse qui se rua sur le Maître d'armes.

Charéos resta immobile.

Kiall lui sauta dessus, l'attrapant par la taille et le soulevant de terre. Mais la bête se déplaçait à une vitesse vertigineuse. Elle bondit sur eux. La petite silhouette de Chien-tsu sauta par-dessus l'homme au sol et son épée d'argent trancha le cou de la bête. Harokas et Tanaki aidèrent Charéos à se relever. Kiall les rejoignit sur le sentier, imité par Chien-tsu.

Asta jeta un regard à Charéos et secoua la tête. *Ces idiots n'apprendront jamais*, pensa-t-il. Leur jugement, leur raison étaient bâtis sur des émotions : l'amour, l'honneur, le devoir, l'amitié. Les Nadirs comprenaient également la valeur de ces quatre mots, mais ils les voyaient sous un angle différent. Au lieu de l'amour de la personne, il y avait l'amour de la tribu. L'honneur et le devoir n'étaient pas des concepts abstraits mais des réalités, gagnées en servant le chef élu. Et l'amitié, forgée dans la guerre, était la moins importante de toutes. Sur l'ordre d'un Khan, un homme pouvait trancher la tête à un ami. Il le regretterait, mais il n'aurait pas une seconde d'hésitation. Aucun guerrier nadir ne se serait écarté du Sentier d'Argent. Asta reprit sa route.

Les ténèbres se refermaient sur eux, quand soudain la voix d'Asta leur parvint.

— Restez immobiles, attendez de voir réapparaître la lumière. Ensuite, dépêchez-vous, car je ne pourrai pas garder le portail ouvert très longtemps.

Un silence suivit ses paroles, brisé seulement par le battement d'ailes au-dessus de leurs têtes et le bruit de griffes qui raclaient le sol rocheux de part et d'autre du sentier. Un trait de lumière grisâtre illumina la scène, puis grandit en taille et en largeur.

— Maintenant ! cria Asta.

Et le shaman se dirigea vers l'ouverture. Chien-tsu, Oshi et Harokas se précipitèrent à sa suite. Charéos s'élança et trébucha, suivi de Kiall. Tanaki voulut passer à son tour, mais en courant, elle posa le pied légèrement en dehors du sentier et une main poilue l'attrapa par la cheville, la faisant tomber. Elle fit une roulade, se redressa, dégaina une épée et donna un coup sur le bras qui l'avait saisie. La main se recroquevilla, mais elle aperçut alors les loups géants qui lui fonçaient dessus. Elle plia les jambes tant qu'elle put et se jeta dans le portail qui se refermait.

Elle tomba douloureusement sur le sol, roula sur elle-même et se redressa. Le portail avait disparu. Elle se trouvait à genoux sur une corniche qui surplombait la cité d'Ulrickham.

Kiall l'aida à se relever.

— Je n'aimerais pas avoir à repasser par ce sentier, dit-il.

Incapable de répondre, elle se contenta d'acquiescer. Charéos était assis à l'écart, contemplant le sol. Il avait l'air plus vieux et plus fatigué que Kiall ne l'avait jamais vu.

Le jeune homme alla le rejoindre.

— Nous sommes des idiots, murmura Charéos. Mais je veux savoir comment va finir cette partie. (Il scruta la ville.) Qu'en penses-tu, Kiall ? Est-ce qu'on encercle la ville pour exiger la libération de Ravenna ?

— C'est toi qui vois, Charéos.

Le Maître d'armes se leva et s'étira le dos. Il sourit, puis donna une grande claque dans le dos de Kiall.

— La vie continue, mon garçon. Ne t'inquiète pas pour moi.

Asta Khan s'approcha d'eux et s'accroupit devant Charéos.

— Une rivière souterraine passe sous Ulrickham. Le grand Tenaka le savait et y a fait relier les égouts. Il a aussi fait renforcer les tunnels de façon à ce qu'il y ait une issue de secours si jamais la ville était assiégée.

— Elle est gardée ? s'enquit Kiall.

— Pas par des hommes. Ce ne serait pas vraiment un secret si tous les soldats d'Ulrickham connaissaient son existence.

— Mais elle est gardée par quelque chose, insista Charéos.

Asta leva la tête. Ses yeux sombres étaient cachés par sa capuche.

— Oui, Maître d'armes. Par quelque chose. Le sang des tués a été utilisé pour lancer un sortilège des plus noirs. J'ai fusionné le tunnel avec le Vide.

— Le Vide ? s'enquit Kiall.

— Tu viens de passer à travers, lui expliqua Asta. Seulement, sous Ulrickham, il n'y a pas de Sentier d'Argent.

— Et nous devons y repasser ? Je ne pourrai jamais ! s'exclama Tanaki.

— Tu pourras ! siffla Asta. Ce n'est pas long – une vingtaine de mètres à peine. Je vous guiderai.

— Et une fois passés ? demanda Charéos. Comment atteindrons-nous Ravenna ?

Tanaki s'avança.

— On ne peut pas, Charéos. Asta le sait bien. Aucun homme n'entre dans le Palais des Femmes – mais moi je le pourrai.

— Non, protesta Kiall. Non, hors de question. C'est...

Tanaki gloussa.

— Ne dis pas *trop dangereux*, Kiall. C'est notre seule chance.

— Elle a raison, intervint Asta dont les yeux brillaient à présent. Elle est bien du même sang que le Grand Khan.

Chien-tsu et Harokas rejoignirent le groupe afin d'écouter le plan de Tanaki.

— La question est de savoir quand, déclara Charéos.

— C'est maintenant ou jamais, répondit Asta. Le voyage à travers le Vide nous a pris des semaines, même si cela n'a semblé que quelques heures. Ravenna accouchera d'ici à quelques jours à peine.

— Ne ferions-nous pas mieux d'attendre qu'elle ait accouché ? l'interrogea Harokas.

— Non ! fit Asta. Jungir va emmener la reine et l'héritier à travers tout le royaume. Ils seront entourés par des guerriers, et nous n'aurions aucune chance de les approcher. Non, il faut le faire maintenant. Ce soir.

Chien-tsu ne dit rien, mais il riva ses yeux sur le visage du shaman. Il y avait beaucoup de choses que le vieil homme ne disait pas. Il n'aimait pas Asta Khan, mais sa quête ne concernait absolument pas le Kiatze. Il aiderait les quêteurs et demanderait son dû. Il se leva et retourna auprès d'Oshi. Le visage du vieil homme était gris, les yeux toujours écarquillés. La traversée du Vide l'avait terrorisé.

— Dors un peu, Oshi, dit Chien-tsu.

Le vieil homme secoua la tête.

— Je reverrai cet endroit, et je ne me réveillerai pas.

Chien-tsu acquiesça et sortit un couteau pointu de sa manche.

— Dans ce cas, veux-tu te rendre utile ? Rase-moi.

Le petit serviteur sourit.

— Oui, seigneur.

Le soleil se coucha derrière le lointain horizon brumeux. Charéos se tenait seul au-dessus de la cité, regardant les premières lanternes du soir s'allumer. Il repensa à son enfance, au rêve d'Attalis, selon lequel un jour il retournerait en Drenaï et trouverait l'Armure de Bronze cachée.

« Tu deviendras un grand chef, mon garçon. Je le sais. Je peux le voir en toi. »

Comme tu me connaissais mal, pensa Charéos. *Tu me regardais à travers les yeux de l'espoir. Un grand chef ? J'ai emmené mes meilleurs amis en quête de la mort, aujourd'hui leurs cadavres sont loin de chez eux, sans sépulture. Et pour aboutir à quoi, je me le demande ? En quoi leurs morts ont-elles changé le monde ?*

Ce n'est pas encore fini, chuchota une voix dans son esprit.

— Okas ? dit-il à voix haute.

Mais il n'y eut pas de réponse. Il se demanda s'il n'avait pas imaginé la voix du vieil homme dans le murmure de la brise du soir. Il frissonna.

Beltzer les avait tous sauvés, seul dans les ténèbres de la montagne. Charéos sourit. Un poids s'ôta de ses épaules. Il leva la tête vers le ciel.

— Tu étais un fils de pute, acariâtre, mauvais et puant, Beltzer. Mais tu n'as jamais abandonné tes amis. Que la Source t'emporte. Puisses-tu boire tout ton soûl dans le Hall des Héros.

Il se retourna et aperçut Harokas qui se tenait non loin, à moitié dissimulé dans les ombres. L'assassin s'avança.

— Je suis désolé, Charéos. Je ne voulais pas espionner tes adieux.

Le Maître d'armes haussa les épaules.

— Ce n'est pas grave. Que veux-tu ?

— Tu as l'intention de te rendre dans la ville ?

— Oui.

Harokas acquiesça.

— Il m'apparaît évident que nous risquons d'avoir un sacré problème si tu réussis. Nous n'avons pas de chevaux. Même si tu arrives à faire sortir cette femme, comment nous enfuirons-nous ?

— Le sorcier trouvera bien quelque chose, fit Charéos mal à l'aise.

— Oui, c'est certain, répondit Harokas en baissant la voix, mais j'ai l'impression qu'il joue son propre jeu – et je n'ose pas penser à ce dont il s'agit. Chaque fois que j'ai entendu parler de shamans nadirs, cela avait un rapport avec la mort et des sacrifices humains. Tu crois que c'est pour cela qu'il veut la femme ? (Comme Charéos ne répondait pas, Harokas acquiesça, interprétant le silence.) Oui, je me doutais bien que ça t'inquiétait aussi. Écoute, je ne vais pas venir avec vous. Je vais aller en ville pour acheter des poneys. Je ne suis pas connu là-bas, et nous ne sommes pas encore en guerre avec les Nadirs. Dès que je les aurai achetés, je chevaucherai en direction du sud, puis je bifurquerai pour vous retrouver derrière cet escarpement, près du bosquet de peupliers.

Charéos scruta l'homme au plus profond des yeux.

— Vas-tu nous trahir, Harokas ? Est-ce que tu vas nous échanger pour de l'or nadir ?

Le visage de l'assassin s'assombrit, mais il étouffa une repartie cinglante.

— Garde-le pour toi, Maître d'armes : j'aime Tanaki. Je donnerais ma vie pour elle. Tu comprends ? Je pourrais vous vendre, tous autant que vous êtes, mais pas elle. Elle, jamais.

— Je te crois, fit Charéos. Nous nous retrouverons à l'endroit convenu.

Harokas dépassa le Maître d'armes et descendit la pente en direction de la ville. Charéos essaya de le suivre des yeux, mais sa silhouette vêtue de noir se fondit vite dans l'ombre.

— Loin de moi l'idée de critiquer la décision d'un chef, déclara Chien-tsu en s'inclinant profondément, mais je ne crois pas qu'on puisse lui faire confiance.

— Vous vous déplacez sans faire de bruit, ambassadeur.

— Cela a son utilité, parfois. Devons-nous vraiment le rejoindre au lieu de rendez-vous ?

— Non. Pour s'y rendre, il doit passer par la piste qui mène au sud. C'est là que nous l'attendrons.

— Excellent. Il se pourrait, Charéos, que je ne sois pas avec vous à ce moment précis. Si cela s'avérait être le cas, soyez assez gentil pour vous occuper de mon serviteur, Oshi. Faites qu'il puisse atteindre un port sain et sauf. Je lui laisserai de l'argent pour payer son passage en Kiatze.

— Vous avez l'intention de tuer Jungir Khan ? Tout seul ?

— Tout à fait. Ce barbare a maltraité la fille de mon empereur. Avec raison, celle-ci s'est ôté la vie. À présent, je dois prendre la sienne. C'est une question d'harmonie et d'équilibre.

Charéos baissa les yeux vers le petit guerrier, notant la franchise de son regard ainsi que la fierté grave de ses traits.

— Il me semble, ambassadeur, que la vie d'un homme comme Jungir Khan ne compenserait pas la perte de celle de Chien-tsu.

— Un compliment des plus gracieux ! s'exclama le Kiatze, stupéfait. (Il s'inclina respectueusement.) Et pourtant la tâche doit être accomplie. J'irai avec vous dans les entrailles de la terre, et j'attendrai que la femme soit sauvée. Après quoi, je chercherai le Khan.

Asta Khan guida les quêteurs jusqu'au bord d'une fissure, comme une larme sur le visage de la terre. Kiall se pencha et regarda les profondeurs obscures.

— Voici l'entrée, annonça Asta. Maintenant, un peu d'escalade.

Le vieil homme s'accroupit et se laissa glisser dans le vide. Kiall secoua la tête et regarda Charéos.

Le Maître d'armes défit son baudrier et le passa à l'épaule, avant de se mettre à plat ventre pour suivre le shaman.

— Attends ici, Oshi, fit Chien-tsu. Si je ne reviens pas, prends tes ordres du nommé Charéos. Sers-le comme si c'était moi. Tu comprends ?

— Oui, seigneur, répondit misérablement le serviteur.

Tanaki et Kiall furent les derniers à descendre. Il y avait suffisamment de prises pour les pieds et les mains ; la descente s'avéra moins périlleuse que prévue. Asta Khan leva les bras en atteignant le dernier palier. Une faible lumière jaune éclaira les murs de la caverne.

— Une femme enceinte de neuf mois ne pourra jamais escalader cette paroi, fit remarquer Charéos.

— Elle n'aura pas à le faire, lui répondit Asta. J'ai tout prévu. (Il avança contre la paroi et passa la main derrière un morceau de roche saillant, pour en sortir un rouleau de corde de chanvre.) Dès que nous l'aurons libérée, nous grimperons jusqu'à la surface et la remonterons.

Il passa la corde autour de la saillie et traversa la caverne faiblement éclairée. Les autres le suivirent à travers les tunnels. Il y en avait tellement qu'on aurait dit une ruche. Au bout d'une heure, ils atteignirent un endroit que la lumière n'éclairait pas.

Asta désigna le mur de ténèbres inhospitalier.

— Vous savez tous ce qui se trouve de l'autre côté : c'est le Vide. Je vais passer avec la femme, Tanaki, et le guerrier Chien-tsu. Toi, Charéos, et ton ami, vous allez rester ici.

— Pour quoi faire ? s'enquit Charéos.

— Si nous sommes poursuivis, vous couvrirez notre retraite. Beaucoup seront tués dans le Vide, mais certains pourraient quand même passer. De plus, cela pourrait mal se passer pour nous, de l'autre côté de cette barrière. Mais comme tu pourras entendre ce qui se passe, tu pourras toujours venir nous aider.

— Vous avez dit qu'il n'y avait pas de Sentier d'Argent, fit Kiall. Comment allez-vous traverser sans danger ?

— Je ne suis pas sans pouvoirs, mon enfant, cracha Asta. Mais toute vie est périlleusement fragile. Un homme ne peut pas vivre sans danger, peu importe qu'il le veuille ou non. (Il se retourna vers Chien-tsu et Tanaki.) Dégainez vos épées et soyez prêts à vous en servir.

Kiall toucha le bras de Tanaki.

— Soyez prudente, dit-il, tout en sachant que ces mots étaient superflus.

Mais il n'en trouva pas d'autres. Elle lui sourit, se pencha et l'embrassa sur la joue.

— À présent, restez près de moi, ordonna Asta, et placez vos mains sur mes épaules.

Chien-tsu se posta à la gauche du shaman, Tanaki à sa droite. Ils pénétrèrent lentement dans les ténèbres.

À l'intérieur, un cercle de feu surgit autour d'eux tel un mur. La chaleur était incroyable et la lumière leur brûlait les yeux.

— Je ne pourrai le maintenir qu'un petit moment, déclara Asta. Tenez-vous prêts !

Il se mit à courir, et les autres s'élancèrent derrière lui. Le cercle de feu les entourait quelle que soit la vitesse à laquelle ils couraient.

De l'autre côté des flammes silencieuses, on pouvait entendre le bruit de pas feutrés, de griffes sur la pierre et les hurlements effrayants de bêtes. Asta continuait à courir, infatigable.

Les flammes rétrécirent et Tanaki aperçut des formes floues qui les suivaient pas à pas derrière la barrière de feu. Elle jeta un regard à Chien-tsu et ses yeux noirs croisèrent son regard. Il lui adressa un sourire serré.

Un bras écailleux frappa les flammes. La peau se recroquevilla et un cri d'épouvante retentit.

— On y est presque ! clama Asta.

Soudain, le feu jeta une brève lueur – et disparut.

Asta hurla. Une créature gigantesque fondit sur eux en piqué. Un coup d'aile en cuir projeta le shaman au sol. Tanaki plongea sa lame dans le ventre de la bête et releva Asta ; il se dégagea de sa prise et se remit à courir.

Un monstre couvert d'écailles surgit des ténèbres. L'épée de Chien-tsu jaillit de haut en bas et la bête se tortilla de douleur sur le sol.

— Si vous tenez à la vie, COUREZ ! fit la voix d'Asta.

Chien-tsu risqua un coup d'œil en arrière et vit des loups blancs géants se diriger droit vers eux. Le petit guerrier prit ses jambes à son cou. Il vit Asta disparaître devant lui, puis Tanaki. L'espace d'un instant, Chien-tsu fut paniqué. Il sentait l'haleine chaude des bêtes sur son cou.

Un poids énorme atterrit sur son dos. Il tomba et fit une roulade. Alors que le loup se redressait, tournant la tête pour attaquer, l'épée de Chien-tsu lui passa à travers la gorge. La meute hurla, puis le chargea. Chien-tsu fit demi-tour et se jeta dans l'ouverture – tombant à genoux devant Tanaki et le shaman.

Tanaki lui tendit la main pour l'aider et Chien-tsu la prit, s'aidant à se relever. Il jeta un regard derrière lui.

— Comment se fait-il que les créatures ne nous suivent pas ? s'enquit-il.

— Elles ne peuvent pas passer. Dis-toi que c'est comme un lac, déclara Asta. Tu peux plonger à travers sa surface, mais les poissons ne peuvent pas en sortir : c'est leur monde. Il est possible de leur créer un portail, mais un tel pouvoir réclamerait plusieurs centaines d'âmes.

— Je ne voudrais pas paraître défaitiste, shaman, dit Chien-tsu, mais pour le retour, je ne vois pas comment Ravenna va pouvoir courir plus vite que ces loups. Il serait dommage que nous la sauvions si c'est pour la voir mourir dans le Vide.

— Elle ne mourra pas ici, promit Asta. Je n'ai plus de pouvoirs, je vous ai donné le maximum. Mais avec elle, je maintiendrai mon cercle de feu. À présent, mettons-nous en route.

Le tunnel s'élargissait. Pour la première fois il était possible d'y voir la main de l'homme – les murs étaient polis, renforcés de bois. Il y avait un escalier taillé dans la roche, et Asta le gravit. Il s'accroupit en atteignant le plafond. Il demanda le silence, puis fit signe à Chien-tsu et Tanaki de le rejoindre.

— Au-dessus de nous, murmura-t-il, c'est la salle du trône. Il est près de minuit. Il ne devrait y avoir personne. Es-tu prête, princesse ?

— Oui.

— Si la salle du trône n'est pas déserte, c'en est fini de nous, déclara Asta qui pour une fois ne semblait pas si sûr de lui, mais presque nerveux.

Chien-tsu gloussa doucement.

— Un homme ne peut pas vivre sans danger, shaman, lui rappela-t-il.

Asta prononça une obscénité et souleva la dalle en pierre au-dessus de sa tête. Elle grinça et crissa. Chien-tsu l'aida. À deux, ils la délogèrent et la posèrent de biais à côté de l'ouverture. Tanaki se hissa dans les ténèbres de la salle du trône. Chien-tsu l'imita.

— Je vais attendre ici, annonça Asta.

Tanaki courut jusqu'aux grandes portes et posa son oreille contre la fente. Chien-tsu la rejoignit.

— Normalement, il n'y a pas de gardes dans ce corridor, déclara Tanaki. Les appartements du Khan se trouvent de l'autre côté du palais. Mais le quartier des femmes sera gardé à l'extérieur, et des eunuques armés se trouveront à l'intérieur.

Chien-tsu acquiesça.

— Je vais venir avec vous – je vous attendrai.

Elle ouvrit délicatement la porte et sortit dans le couloir éclairé par des torches. Tout était silencieux. Ils continuèrent en restant dans l'ombre, tournant à gauche sous un petit porche, et sortirent dans une ruelle. Tanaki guida le guerrier dans les rues désertes jusqu'à ce qu'ils arrivent sur une grande place derrière laquelle se trouvait un haut mur ; trois sentinelles patrouillaient devant.

— Comment allez-vous entrer ? murmura Chien-tsu.

Tanaki sourit.

— Vous n'avez qu'à distraire les gardes, dit-elle.

Elle retira son baudrier mais conserva une dague à lame courbée. Puis elle attendit que les sentinelles soient passées et se précipita à toutes jambes vers le mur, s'accroupissant dans l'ombre.

Fouillant dans les poches de son pantalon, Chien-tsu y trouva quatre pièces d'or. Il les glissa dans son ceinturon et attendit les sentinelles. Puis, il prit une grande respiration et se mit à chanter à tue-tête. Il déboucha sur la place en titubant, rota bruyamment, manqua de se casser la figure, et avança en zigzag en direction des sentinelles.

— Bonsoir, mes frères, lança-t-il.

— Que fais-tu ici, imbécile ? demanda l'un des gardes, en faisant un pas en avant pour coller la pointe de sa lance contre la poitrine de Chien-tsu.

— Imbécile ? répéta Chien-tsu en ricanant bêtement. (Il tanguait dangereusement.) Tu crois que je suis un imbécile ? Pas moi, mes frères. J'ai… (Il regarda à droite et gauche, comme s'il craignait qu'on l'entende.) J'ai découvert le Grand Secret. Je le tiens d'un shaman. Et je ne serai plus jamais pauvre. Imbécile ? Non, mes frères. Je ne faisais que fêter des richesses au-delà de vos rêves les plus fous.

— Des richesses ? intervint un autre. Qu'est-ce que c'est que ces sornettes ? Allez, dégage !

Chien-tsu regarda par-dessus les épaules de son interlocuteur. Tanaki avait commencé à escalader le mur derrière eux.

— Sornettes ? Tu ne me crois pas. (Il agita ses mains.) Donne-moi une pièce de cuivre et je vais te prouver ce que j'avance. Je vais transformer du cuivre en or, devant tes yeux. Et après on verra bien. Oh, oui. On verra.

Les hommes gloussèrent. L'un d'entre eux posa sa lance et plongea sa main dans la poche de son gilet. Il tendit à Chien-tsu une pièce en cuivre frappée grossièrement à l'effigie de Tenaka Khan.

Chien-tsu fit rouler la pièce entre ses doigts et la lança d'une chiquenaude dans les airs. Il la rattrapa avec adresse et tendit le poing. Puis, il se mit à psalmodier dans un obscur dialecte kiatze.

— Vas-tu te dépêcher, fit une des sentinelles qui commençait à perdre patience.

— C'est fini, annonça Chien-tsu. Voici ta pièce.

Il ouvrit sa main et l'éclat de la lune se refléta sur l'or. L'homme ramassa la pièce et l'examina. Sa mâchoire s'affaissa.

— Fais-m'en une, dit la seconde sentinelle.

Tanaki était presque en haut du mur.

— Pourquoi c'est toujours toi d'abord ? rétorqua le troisième homme. Fais-en une pour moi !

— Je vais faire les deux ensemble, leur dit Chien-tsu.

Il accepta leurs pièces et réitéra sa psalmodie.

Tanaki enjamba le mur.

— Voilà ! fit Chien-tsu en leur tendant des pièces en or.

— D'autres ! Fais-en d'autres, le pressa le premier.

— Demain, quand je me serai reposé, promit Chien-tsu. Où pouvons-nous nous retrouver ?

— Tu connais le Poney d'Argile, derrière la caserne des Loups ?

— Bien sûr, fit Chien-tsu. Mais je ne veux voir que vous trois. Je ne pourrai pas faire ça pour tout le monde ; ça m'épuiserait. Rien que vous trois, d'accord ?

— Oui, oui, rien que nous. Sois là-bas à midi, hein ?

— Oh, oui, convint Chien-tsu. J'y serai. Et maintenant, je vais aller me coucher. Et vous, vous devriez retourner à votre devoir.

Il s'en alla et se fondit dans les ombres.

La princesse était à l'intérieur, et c'était une victoire en soi.

Mais il savait qu'en sortir n'allait pas être aussi simple.

Chapitre 14

Tanaki se laissa tomber sur les remparts, la dague à la main. Il n'y avait pas de sentinelles. Elle se rendit rapidement aux escaliers et les descendit quatre à quatre jusqu'à la cour. Le poste de garde se trouvait à sa gauche ; elle pouvait voir la lumière d'une lanterne filtrer entre les lattes des volets et entendre des voix d'hommes qui parlaient et riaient – cela devait être les eunuques. En face d'elle, se trouvait l'allée du jardin et, sur sa droite, les grandes chambres meublées de façon sophistiquée où les femmes du Khan passaient leurs journées. Là, ce devaient être les bains et les piscines. Derrière se trouvaient les dortoirs. La plupart des concubines y dormaient, très peu de privilégiées ayant leur propre chambre.

Tanaki marcha accroupie dans la cour et rentra dans la chambre de jour cloîtrée. Elle longea le mur, alla jusqu'au fond de la chambre, ouvrant une porte qui menait à un couloir de rideaux suspendus. Il y avait plusieurs chats qui dormaient là. Elle franchit le dortoir et gravit en vitesse un escalier.

Connaissant la disposition du quartier des femmes, elle essaya d'imaginer quelle chambre principale pouvait abriter Ravenna. Certainement pas la plus proche du passage secret du Khan – il garderait celle-là pour sa dernière concubine en date. Non, Ravenna devait se trouver le plus près possible du quartier des sages-femmes, dans l'aile est. Elle continua à avancer sur la pointe des pieds jusqu'à une petite porte qui menait, elle le savait, à une suite donnant sur les Steppes orientales. Là, le soleil inondait les chambres, apportant de la chaleur le matin, les laissant fraîches l'après-midi. Elle ouvrit une porte et se glissa à l'intérieur. Le lit avait été collé contre la fenêtre et Tanaki put y découvrir une jeune femme allongée sur le dos. En se rapprochant, il devint évident qu'elle était enceinte. Tanaki se rendit jusqu'au bord du lit et toucha le bras de la jeune femme.

— Ravenna, murmura-t-elle. Ravenna, réveillez-vous.

La femme ouvrit les yeux.

— Qu'y a-t-il ? demanda-t-elle encore endormie.

— Kiall m'envoie.

— Kiall ? (Ravenna bâilla.) Est-ce que je rêve ?

— Non. Écoutez-moi. Je suis ici pour vous faire sortir de la cité. Votre ami Kiall a traversé les Steppes pour venir vous sauver. Par pitié, réveillez-vous et écoutez-moi.

La femme se redressa en position assise.

— Kiall ? Le rêveur ?

— Celui-là même.

— Mais on ne pourra jamais s'enfuir d'ici, chuchota Ravenna. Il y a des gardes partout.

— Je suis bien venue jusqu'à vous.

Ravenna fit une grimace et posa une main sur son ventre distendu.

— Il donne de grands coups de pied, fit-elle en souriant.

C'était une belle femme, réalisa Tanaki, mais pas une beauté. La ligne de son menton était trop forte et ses yeux trop petits. Mais elle avait un sourire radieux.

— Habillez-vous, Ravenna. Je vais vous conduire à Kiall.

— Pourquoi est-il venu me chercher ? Je ne comprends pas.

— Lui non plus. Est-ce que vous voulez partir ?

— Vous n'avez pas idée à quel point j'en ai envie. Je déteste cet endroit, je déteste ces gens. Mais par-dessus tout, je méprise le Khan. Puisse un millier de malédictions s'abattre sur sa lignée !

— Faites attention avec vos souhaits, cracha Tanaki. Votre bébé en fait partie.

Ravenna eut aussitôt l'air contrit.

— Ce n'est pas ce que je voulais…

— Habillez-vous, dit Tanaki.

Ravenna enfila une longue robe de laine bleue et des chaussures de soie.

— Vous n'avez pas un manteau ou des chaussures de marche ? lui demanda Tanaki.

— Pourquoi aurais-je besoin d'un manteau ici ? On ne nous laisse jamais sortir.

— Suivez-moi, déclara Tanaki en guidant la femme dans le couloir.

Ravenna se déplaçait lentement. Tanaki jeta un regard derrière elle, sentant l'irritation la gagner, mais la pauvre n'y pouvait rien. La grossesse était bien avancée, et son ventre énorme.

Lorsqu'elles atteignirent la porte de la cour, Tanaki l'entrebâilla afin de jeter un coup d'œil. Deux sentinelles patrouillaient à présent sur les remparts. Elle jura.

— Que se passe-t-il ? s'enquit Ravenna.

— Des gardes. Ils sont deux.

— Est-ce qu'on peut les éviter ?

— Pas à la vitesse où vous vous déplacez.

Elle ouvrit de nouveau la porte et observa les gardes, comptant les secondes avant qu'ils ne se croisent.

Leur seule chance était de bouger au moment où les guerriers atteindraient les angles des murs, juste avant qu'ils ne reviennent sur leurs pas. Elle les regarda répéter trois fois la manœuvre, puis elle agrippa Ravenna par le poignet.

— Maintenant ! siffla-t-elle.

Elles passèrent la porte et se retrouvèrent dans la cour.

— On ne s'en sortira jamais, murmura Ravenna.

Les deux femmes se cachèrent dans l'ombre et se rapprochèrent de la porte poterne. À présent, les sentinelles passaient juste au-dessus d'elles. Tanaki posa sa main sur les verrous. Ils étaient couverts de rouille. Elle jura entre ses dents – et fit glisser le loquet. Celui-ci bougea d'un centimètre à peine et se mit à grincer. Tanaki s'immobilisa. Les gardes n'avaient rien entendu. Elle força de nouveau sur le loquet. Cette fois, il s'ouvrit sans bruit. Tanaki déglutit. Puis, elle prit une grande inspiration et tira la porte. Elle passa la tête à l'extérieur et vit trois gardes à moins d'une vingtaine de mètres. Aucune chance de passer sans se faire voir. Et elle ne pouvait pas non plus tous les tuer.

C'est alors qu'elle vit Chien-tsu. Il traversait la place en direction des gardes. L'un d'entre eux leva sa lance à son approche. Tout à coup, le petit guerrier sauta en l'air et balança son pied dans la tempe de la sentinelle, la catapultant contre le mur. Un deuxième garde mourut un couteau dans la gorge. Le troisième se rua sur le guerrier kiatze, mais Chien-tsu fit un pas de côté pour éviter le coup de lance et brisa le cou du Nadir du tranchant de la main.

— Dépêchez-vous ! fit Tanaki en entraînant Ravenna à l'extérieur.

Une sentinelle sur les remparts donna l'alarme alors que Chien-tsu courait vers Ravenna. Il la prit par le bras pour la faire avancer plus vite. Le trio atteignit la première ruelle et se cacha dans l'ombre. Ravenna haletait. Elle avait le visage tout rouge.

— Je suis désolée, dit-elle en s'affalant contre un mur. Je ne peux pas courir plus.

Ils entendirent des bruits de bottes dans une rue parallèle et des soldats qui criaient.

Le trio se mit en route. Chien-tsu dégaina son épée recourbée et prit la tête.

— Ils sont en train d'essayer de nous empêcher d'atteindre les portes principales, déclara Tanaki. C'est bon pour nous.

Chien-tsu avait le sentiment qu'il n'y avait pas assez de « bon » dans cette aventure, mais le garda pour lui. Ils atteignirent le couloir du palais et coururent jusqu'à la salle du trône.

Des guerriers émergèrent de l'ombre. Chien-tsu tua le premier d'un coup net, passa en dessous d'un coup de taille, et en embrocha un deuxième. Tanaki lança sa dague au visage d'un soldat – quand soudain elle aperçut Tsudaï. Toute pensée de la quête s'évapora. Elle se jeta au sol pour ramasser l'épée d'un guerrier mort et fit une roulade pour se relever. Tsudaï courut à sa rencontre en poussant un cri de guerre. Elle bloqua son attaque, tourna sur elle-même et lui enfonça son épée dans la poitrine.

— Pourris en Enfer ! siffla-t-elle alors qu'il tombait.

Chien-tsu était encerclé. Tanaki dégagea son épée du cadavre de Tsudaï et courut à son aide. Il avait six soldats face à lui, mais elle entendait des bruits de pas à l'extérieur. D'autres arrivaient dans le couloir. Elle donna un coup en traître dans le dos d'un guerrier et sabra le visage d'un second. Ils reculèrent brièvement.

Asta Khan surgit de l'ouverture dans le sol et poussa un étrange hurlement. Un vent glacial souffla dans la salle du trône, et les Nadirs s'enfuirent en criant. Les trois premiers guerriers tombèrent à genoux, du sang coulant de leurs yeux.

Tanaki attrapa Ravenna par le coude et la traîna vers le trou dans le sol.

— Descendez ! ordonna-t-elle.

Ravenna se laissa glisser tant bien que mal dans le passage. Tanaki passa après elle et la guida le long de l'escalier. Chien-tsu fermait la marche.

— Vite, fit Asta. Le sortilège ne les retiendra pas bien longtemps.

Ravenna tituba mais se rattrapa, et Chien-tsu la prit par le bras.

Derrière eux, ils pouvaient entendre les Nadirs descendre l'escalier à leur tour…

Ils atteignirent enfin les ténèbres. Asta prit la main de Ravenna. Elle tressaillit et essaya de se dégager du shaman, mais il la tenait bien.

— C'est le moment d'avoir du courage, femme, dit-il en l'attirant dans le Vide.

Comme auparavant, le cercle de flammes jaillit autour d'eux et ils traversèrent les ténèbres. Les Nadirs les poursuivirent – sans s'en douter – à travers le portail. Leurs hurlements furent affreux.

Le cercle de feu commença à s'estomper et les habitants des ténèbres se rapprochèrent. La sueur brillait sur le front d'Asta Khan qui continuait à grand-peine. Des mains griffues essayèrent de les atteindre, mais les flammes les repoussaient encore. Ils atteignirent enfin l'autre bout – et franchirent le portail. Asta s'écroula sur les dalles du sol. En voyant Ravenna, Kiall bondit et la prit dans ses bras. Tanaki vit la scène et se détourna, confuse.

Charéos aida Asta à se relever.

D'un mouvement d'épaule, le vieil homme refusa son aide.

— Nous devons partir d'ici, dit-il. Aidez la femme. Portez-la s'il le faut.

Ils repartirent dans la ruche de tunnels, pour arriver finalement à la fissure. Kiall, Charéos, Tanaki et Chien-tsu grimpèrent jusqu'à la surface, Kiall portant la corde. Ils la déroulèrent le long de la paroi et Asta fit une boucle dans laquelle Ravenna s'assit. Lentement, les trois hommes la hissèrent jusqu'en haut.

Puis ils marchèrent en direction des collines. Charéos jeta un coup d'œil en arrière et vit qu'à moins d'un kilomètre de là, les grandes portes de la ville s'ouvraient. Une colonne de cavaliers galopait dans leur direction.

Un bruit de sabots retentit sur leur gauche. Charéos dégaina son sabre et se retourna... Harokas arrêta son cheval et la file de poneys qu'il traînait derrière lui.

— Vous feriez mieux de grimper en selle, dit l'assassin.

Ils aidèrent Ravenna à monter sur le premier, avant d'enfourcher leurs montures.

— Il n'y a qu'un endroit que nous pouvons atteindre avant qu'ils nous rattrapent, déclara Asta Khan. Suivez-moi.

Il donna un coup de talons à son poney et s'en alla en direction de l'ouest. Les quêteurs le suivirent, bifurquant sur la droite à travers une série de petits cols. Après une heure de cavalcade éprouvante, et les Nadirs sur le point de fondre sur eux, ils émergèrent dans une vallée étroite.

La lune était haute dans le ciel. Charéos poussa un grognement en apercevant la tour brisée et les remparts qui se dessinaient sur l'horizon.

— Non ! soupira-t-il.

Mais ils chevauchaient bel et bien vers la forteresse fantomatique de Bel-azar.

Les portes orientales étaient grandes ouvertes. Les quêteurs poussèrent leurs montures épuisées à l'intérieur. Charéos et Kiall mirent pied à terre et coururent vers les portes afin de les fermer. Harokas trouva une grosse poutre que Tanaki aida à faire passer dans les anneaux métalliques. Puis, ils grimpèrent sur les remparts et virent trente cavaliers nadirs s'arrêter devant la forteresse. Asta Khan les rejoignit. Il grimpa péniblement sur le mur et contempla les cavaliers, les laissant le repérer.

— Est-ce qu'ils vont attaquer ? demanda Kiall.

Charéos ne répondit pas.

Asta Khan se mit à danser sur la base précaire, sautant et tournant sur lui-même. Il hurlait comme un loup. Le son était angoissant et effrayant à la fois, d'autant plus qu'il résonnait dans les montagnes. Trois cavaliers nadirs tournèrent bride et repartirent en direction de la cité ; mais les autres sautèrent de selle et vinrent s'asseoir sur des rochers. Asta leur tourna le dos et descendit des remparts ; ses yeux noirs brillaient.

— Ils ont peur, dit-il. C'est un endroit hanté. Ils savent que des esprits maléfiques vivent ici.

Dans la cour en dessous, Ravenna poussa un cri et agrippa son ventre. Kiall et Tanaki descendirent les marches en courant pour aller l'aider. Ils l'emmenèrent dans un poste de garde en ruine où se trouvait un lit couvert de poussière. Tanaki écarta la couverture moisie et posa la sienne sur le matelas ; puis ils allongèrent Ravenna.

— Le bébé arrive ! cria Ravenna. Je le sens.

Kiall entendit un mouvement derrière lui et vit Asta Khan sur le pas de la porte. Le visage du shaman brillait et une étincelle de triomphe se lisait dans ses yeux. Kiall frissonna.

— Laisse-nous, fit Tanaki à Kiall.

Celui-ci ne se fit pas prier. Il dépassa le shaman et sortit dans la lueur de l'aube. Charéos était toujours sur les remparts au-dessus de la vieille tour de garde en ruine. Chien-tsu et Oshi avaient allumé un feu près de la caserne principale. Ils étaient assis ensemble et parlaient à voix basse. Harokas avait emmené les poneys dans les étables, où il les avait dessellés. Il était en train de les bouchonner. Kiall gravit les marches et alla s'asseoir au côté de Charéos.

— On a réussi, fit Kiall. Quoi qu'il arrive à présent, nous avons accompli notre tâche.

Charéos leva la tête et sourit.

— Oui, on a réussi. Nous avons trouvé ta dame et l'avons ramenée en territoire gothir. C'est un exploit en soi. Mais ne te fais pas trop d'illusions, Kiall. Je ne veux pas te paraître défaitiste, mais je ne crois pas que cinq guerriers et un shaman puissent repousser la nation nadire tout entière.

Kiall gloussa.

— Je ne sais pas comment l'expliquer, Charéos, mais je m'en moque. Toute ma vie j'ai été un doux rêveur. À présent, je sens qu'un rêve s'est concrétisé. Je n'ai même plus peur de mourir.

— Moi si, admit Charéos. Surtout ici. (Il désigna la tour de garde.) Le voici, mon garçon – le lieu des grands exploits. C'est de là que Beltzer s'est jeté pour rechercher l'étendard. C'est là que nous avons parlé avec Tenaka Khan.

Et c'est là qu'on nous a affublés du titre de *fantômes-à-venir*. Ce n'est pas une sensation agréable d'y être assis en attendant la mort.

— Et une naissance, rectifia Kiall. Okas nous a dit que l'enfant deviendrait un grand roi – peut-être le plus grand qui ait jamais vécu. Ce n'est pas rien, non ?

Charéos acquiesça et détourna les yeux. La forteresse l'oppressait avec son apparence triste et menaçante. Il pouvait en ressentir les souvenirs gravés dans la pierre, entendre de nouveau les cris des mourants et les épées qui s'entrechoquaient.

Tanaki les rejoignit.

— C'était une fausse alerte, déclara-t-elle. Elle se repose à présent. Il y a du neuf?

— Non, répondit Kiall. Ils sont assis là à ne rien faire – je me demande pourquoi.

— Ils attendent Jungir Khan, dit-elle. Ils ne savent pas pourquoi nous avons pris leur reine, et ils ne veulent pas risquer quoi que ce soit qui mettrait sa vie en danger. Jungir décidera de ce qu'il faut faire.

Elle se dirigea vers la tour de garde, poussa la porte et disparut. Kiall la suivit, gravissant les marches ébréchées de la tour même. Elle s'était assise. Quand il entra, elle s'adossa contre un mur.

— Eh bien, dit-elle, tu as donc revu ta femme.

Il baissa les yeux vers elle et s'agenouilla, lui prenant la main.

— Ce n'est pas ma femme, Tanaki. C'était comme de revoir une vieille amie. Je ne suis pas très doué pour ce genre de choses, mais je… je veux que tu saches, avant…

Il n'arrivait pas à finir sa phrase.

— Avant que nous mourions ? proposa-t-elle.

— Oui, avant que nous mourions. Je veux que tu saches que je t'aime. Je sais que tu ne crois pas en l'amour, mais je préférerais mille fois tenir ta main ici toute la nuit que de vivre cent ans sans toi. C'est idiot, mais…

— Oui, dit-elle, en lui caressant le visage, mais c'est merveilleusement idiot. C'est magnifiquement idiot.

Elle l'attira vers elle, et du bout des lèvres effleura les siennes. Il la prit dans ses bras.

— Veux-tu faire l'amour ? murmura-t-elle.

Il recula.

— Oui, mais nous ne le ferons pas – pas dans cet endroit, au milieu des pierres froides, qui puent la mort et le malheur. On ne peut pas simplement rester assis l'un contre l'autre ?

— Pour un homme qui n'a pas d'expérience, tu sais souvent trouver les mots qu'il faut, lui dit-elle.

Derrière eux le soleil commençait son ascension dans un ciel limpide et zébré de rouge.

— Cela va être une belle journée, déclara-t-il.

Mais elle ne répondit pas.

Harokas les vit de la cour et soupira. Puis, il aperçut Asta Khan se déplaçant furtivement depuis la caserne principale ; il portait quelque chose. En plissant des yeux pour s'abriter du soleil, Harokas se rendit compte que c'était un crâne blanchi qu'il emmenait dans la pièce où Ravenna se reposait. Harokas le regarda se faufiler à l'intérieur.

L'assassin alla retrouver Charéos qui était assis.

— Je pense que ce serait le moment de s'enfuir dans le Gothir, déclara-t-il.

Charéos secoua la tête.

— La femme perdrait le bébé. L'accouchement n'est plus qu'une question d'heures.

Harokas soupira.

— Si nous restons, nous allons mourir. Et les femmes peuvent enfanter une deuxième fois, Charéos. Le monde ne tomberait pas dans les ténèbres si elle venait à perdre l'enfant.

— Cet enfant est spécial, insista Charéos. De toute façon, j'étais censé revenir ici. Je ne peux pas me l'expliquer – mais cela fait des années que je sais que c'est ici que se jouera mon destin.

— Je pense qu'Asta Khan ressent la même chose. Je viens de le voir porter un vieux crâne dans la chambre de la femme. Décidément, le comportement des shamans me dépasse – et je n'en suis pas mécontent.

— Un crâne ?

Les paroles d'Okas surgirent dans sa mémoire.

Pourquoi est-ce que les os de Tenaka Khan sont cachés à Bel-azar ?

Charéos se releva et descendit les marches brisées, traversa la cour et ouvrit la porte du poste de garde. Ravenna dormait. Asta Khan était au pied du lit, les jambes croisées, un crâne dans ses bras.

— Qu'est-ce que vous faites ici ? s'enquit Charéos.

Le shaman leva la tête.

— Rien qui fera du mal à la femme, Charéos. Tu as ma parole.

— Et l'enfant ?

— L'enfant ne faisait pas partie de notre marché – mais elle va donner naissance à un bébé en parfaite santé.

— Qu'est-ce que vous me cachez, Asta ? Quelle diablerie préparez-vous avec ces… ces reliques ?

— Reliques ? Si tu avais la moindre idée de ce que ces os… (Il s'interrompit et eut un sourire forcé.) J'ai respecté ma part du marché, Maître d'armes. Tu ne peux pas dire le contraire. Mais moi aussi j'ai une quête – et elle est plus importante que ma vie.

— Vous avez promis que vous ne feriez pas de mal à Ravenna – mais à l'enfant ?

— L'enfant va naître, fit Asta avec un sourire plein de sous-entendus. Il sera fort et grandira vite. Il deviendra le Grand Khan. Aucun mal ne lui arrivera – ni à la mère de sa chair.

— Charéos ! retentit la voix de Kiall. Viens vite !

Le Maître d'armes se détourna du shaman et retourna en courant sur les murs. De l'autre côté, dans la plaine, une horde se dirigeait vers la forteresse. À leur tête se trouvait un guerrier vêtu de noir, sur un étalon gris.

— Ce fils de pute vient me tuer sur mon propre cheval, s'exclama Charéos.

— Regarde qui est avec lui, dit Harokas. En voilà une surprise.

Sur un étalon bai, ses cheveux blonds luisant sous le soleil, chevauchait le comte de Talgithir.

Les Nadirs s'arrêtèrent à deux cents mètres de la forteresse et mirent pied à terre, tandis que le comte lançait son cheval au petit galop en direction des murs.

— Ouvrez les portes ! lança-t-il.

Charéos se pencha par les remparts.

— Pourquoi cela ? demanda-t-il.

— Parce que je te le demande ! rugit le comte en rougissant. Oh, c'est vous, Maître d'armes ? J'aurais dû m'en douter. Maintenant ouvrez les portes – et vous aurez tous la vie sauve.

— Je vous ai demandé pourquoi, dit Charéos.

— Je n'ai pas à vous répondre, bretteur. Je suis le comte de Talgithir, appointé par le seigneur régent.

— Vous n'avez donc aucune juridiction à Bel-azar, rétorqua Charéos. Vous êtes loin de Talgithir.

Le comte se recula sur sa selle et partit d'un grand rire.

— Vous êtes parti depuis trop longtemps, Charéos. Je suis à présent l'émissaire du régent auprès des Nadirs, et en tant que tel, mes ordres doivent être obéis n'importe où dans le royaume. À présent, allez-vous ouvrir les portes ?

— Je ne crois pas, répondit Charéos. Je me moque de votre promotion. Vous êtes un marchand d'esclaves et un traître à votre peuple. Lorsque le seigneur régent entendra parler de vos agissements, vous serez pendu.

— Vous n'êtes pas en position de me menacer. J'attendrai.

Il fit faire demi-tour à son cheval et repartit au petit galop vers les Nadirs.

— Je ne comprends pas, fit Harokas. Pourquoi est-il si calme ?

Charéos haussa les épaules.

— J'ai le sentiment désagréable que nous n'allons pas tarder à le savoir.

Toute la matinée, les Nadirs restèrent là où ils étaient, mais lorsque vint midi et que les ombres disparurent, le martèlement des chevaux se fit entendre à l'ouest. Charéos et Kiall coururent aux portes occidentales et les ouvrirent. Trois cents lanciers chevauchaient vers la forteresse, avec Salida à leur tête.

Kiall jura.

— C'est pour cela que le comte était si calme – ses soldats viennent à sa rencontre. Nous sommes faits comme des rats.

— N'en sois pas si sûr, murmura Charéos. Salida n'est pas un courtisan.

— Peut-être bien, mais il y a peu de chances qu'il s'en prenne à l'armée nadire – et à son propre comte, déclara Kiall.

Charéos s'avança à la rencontre des cavaliers. Salida tira sur ses rênes et mit pied à terre.

— Heureuse rencontre, fit l'officier. Vous avez le chic pour vous trouver là où on ne vous attend pas.

Il souleva une gourde en métal accrochée à sa selle et but goulûment.

— Le comte est à l'extérieur de la forteresse, annonça doucement Charéos. Il est avec Jungir Khan et un millier de guerriers nadirs.

— Nous sommes en train de négocier un traité. Cela n'a rien à voir avec vous, le rassura Salida.

— Il y a un *léger* problème, lui dit Charéos.

Salida s'approcha d'un rocher et s'assit dessus.

— Je m'en doutais un peu, fit-il d'un air las.

Charéos s'assit à ses côtés et lui retraça rapidement son voyage en terres nadires, et le secret qu'ils avaient découvert à propos des accords entre le comte et les Nadrens. Puis, il termina avec le sauvetage de Ravenna et la naissance imminente.

— Qu'est-ce que je vous ai fait, Charéos ? demanda Salida. Pourquoi surgissez-vous comme une mauvaise odeur dès que ma vie prend un tour favorable ? J'ai été augmenté, je commande trois cents hommes. Nous avons un traité en cours et j'ai une carrière en or. Et voilà que vous me dites que le comte est un traître – et que vous avez capturé la reine des Nadirs. Excellent !

— Qu'allez-vous faire ?

— Que voulez-vous que je fasse ? cracha Salida. Le seigneur régent attend un traité – un traité par lequel il pense sauvegarder la nation gothire. Vous croyez qu'il va risquer une guerre à cause d'une paysanne enlevée ?

— C'est votre décision, mon ami, fit doucement Charéos. Tout ce que veut Jungir Khan, c'est ma tête, et la vie de mes compagnons. Un bien petit prix à payer pour garantir la paix, n'est-ce pas ?

— Je paierais bien plus que cela pour garantir la paix, siffla Salida. (Le capitaine se leva et regarda ses hommes.) Pied à terre ! lança-t-il. Emmenez vos chevaux à l'intérieur. Beris ! (Un jeune officier fit un pas en avant.) Je veux vingt groupes sur le mur et huit en réserve. Que les autres s'occupent des chevaux et préparent à manger.

— À vos ordres. Capitaine ?

— Qu'y a-t-il ?

— Est-ce que nous allons nous battre ? Je croyais que nous devions escorter le comte jusqu'à la Nouvelle-Gulgothir avec le traité.

— Moi aussi, mon garçon. La vie est pleine de surprises, non ? (Il se retourna vers Charéos.) Je présume que vous avez de quoi prouver vos accusations ?

— Bien sûr : la meilleure preuve de toutes, la parole de la reine nadire et de l'homme qui a collecté les bénéfices pour le comte. Et pour finir, la princesse nadire qui a négocié avec lui.

— C'est de la folie, Charéos. Vous le savez, n'est-ce pas ?

— Je sais que vous êtes un homme meilleur que celui que vous servez.

— Gardez vos compliments, cracha Salida.

Le capitaine entra dans la forteresse et gravit les marches qui menaient aux remparts. Il se renfrogna en apercevant Harokas.

— Bienvenue, Salida, mon vieil ami, l'accueillit Harokas.

Le soldat grogna et regarda ses hommes se répartir le long du mur.

En voyant les hommes en armure prendre position, les Nadirs se levèrent. Une fois de plus, le comte monta sur son bai et galopa jusqu'au mur.

— Cela me fait plaisir de vous revoir, Salida, lança-t-il. Arrêtez ces gens et ouvrez les portes.

Derrière lui, les Nadirs avaient enfourché leurs montures et s'approchaient lentement.

— Vous êtes accusé de traîtrise, lui répondit Salida. Je vous demande de vous rendre. Vous serez emmené à la Nouvelle-Gulgothir pour comparaître devant le seigneur régent.

— Êtes-vous fou ? cria le comte. Qui m'accuse ? Charéos, un homme à qui j'ai pardonné un meurtre ?

— Moi, fit Harokas. Vous êtes un trafiquant d'esclaves – et j'encaisse votre or. La princesse Tanaki est également présente. Répondez donc à cela… *mon seigneur*.

— Je n'ai pas à te répondre. Allons, Salida, pensez à votre situation. Vous n'avez que trois cents hommes. Il y en a un millier de ce côté-ci – et mille milliers de plus qui n'attendent qu'un ordre. Vous ne pouvez pas gagner. Ouvrez les portes, et nous oublierons cette… cette insubordination.

— Je vous le demande encore une fois, mon seigneur : rendez-vous.

— Je te ferai tuer, misérable ! hurla le comte.

Jungir Khan aligna son gris au côté du noble.

— Pourquoi ne vous ouvrent-ils pas les portes ? demanda-t-il avec douceur.

— Ce sont des traîtres, répondit hargneusement le comte. Tuez-les tous !

— Vous ne contrôlez même pas votre propre capitaine, déclara Jungir. Dans ce cas, comment pouvez-vous me servir ?

Le comte allait répondre quand la main de Jungir jaillit – et la lame courbée de sa dague s'enfonça dans son cœur. Il glissa lentement de selle. Jungir fit avancer son cheval.

— Qui commande ce château ? lança-t-il.

— Moi, Salida.

— Je suis Jungir Khan. Descendez, j'aimerais vous parler. Il n'est pas convenable que deux commandants négocient de cette manière.

Sur le mur, Harokas se tourna vers Salida.

— Ne l'écoutez pas, c'est un piège. Une fois que les portes seront ouvertes, ils s'empareront du château.

— Ces murs ne pourraient pas les retenir de toute façon, répondit Salida.

Il descendit des remparts et donna l'ordre d'ouvrir la porte. Charéos alla avec lui, mais attendit dans l'entrée.

Alors que Salida marchait en terrain découvert, Jungir donna un coup de talons à son gris – qui soudain se cabra, le faisant presque tomber de selle. Il s'agrippa avec acharnement et l'étalon baissa la tête puis rua. Jungir tordit la tête de la bête qui tomba au sol – le Khan sauta de selle et roula dans la poussière. L'étalon, les oreilles aplaties sur le crâne et les yeux roulant de droite et de gauche, donna un coup de patte au chef nadir qui recula sur les fesses. Le cheval se redressa et se cabra au-dessus du Khan, prêt à lui fendre le crâne d'un coup de sabot. Charéos se précipita.

— Calme-toi, Gris, lança-t-il. Viens me voir !

L'étalon tourna la tête au son de sa voix et trotta dans la direction de Charéos, abandonnant le Khan. Charéos flatta le long cou de la bête.

Jungir se releva et frotta la poussière sur son pantalon. Il savait pertinemment que ses hommes regarderaient attentivement ce qui allait suivre. Le Khan avait perdu la face. Pire, il avait été sauvé par l'ennemi.

— Mon seigneur, vous n'avez rien ? s'enquit Salida.

— Je vais bien. Toi ! lança le Khan à l'intention de Charéos. Tu peux garder le cheval. C'est un cadeau. (Il se retourna vers Salida.) Capitaine, vous avez dit que le défunt était un traître. Je m'en suis occupé. Puis-je donc vous demander de me rendre ce qui m'appartient ? Un refus serait considéré comme une déclaration de guerre au peuple nadir. Est-ce ce que vous souhaitez, capitaine ?

— Non, Votre Altesse, absolument pas, répondit Salida. Cependant vous êtes actuellement sur le sol gothir et Bel-azar est une forteresse gothire. Acceptez-vous d'attendre que je reçoive des instructions de mes supérieurs à Gulgothir ? Je vais envoyer immédiatement un messager – et je devrais recevoir une réponse dans la journée.

— Je pourrais m'emparer de cette ruine en moins d'une heure, déclara Jungir.

— Les Nadirs sont effectivement un ennemi féroce, convint Salida. Mais laissez-moi une journée.

Jungir resta silencieux un moment. Il s'éloigna un peu, comme pour réfléchir à la demande, et jeta un coup d'œil à ses guerriers. L'incident avec l'étalon les avait inquiétés. Les Nadirs prêtaient une grande attention aux présages ; le cheval avait désarçonné le Khan, et voilà maintenant qu'il se tenait dans l'entrée, acceptant les caresses du grand guerrier aux yeux noirs qui était là. Un shaman expérimenté pourrait l'interpréter comme étant de bon augure, mais Shotza était mort, et Asta Khan était assis sur les remparts aux yeux de tous. Si Jungir en donnait l'ordre, ses hommes attaqueraient, mais ils ne le feraient pas de bon cœur, ayant peur des mauvais présages. Et s'ils n'arrivaient pas à prendre les murs rapidement, il n'était pas impossible que – croyant leurs dieux contre eux – ils s'en prennent à leur chef. Jungir fit le tour du problème. Le risque d'échec était minime – mais avec ce qu'il venait de se passer… Il se retourna vers Salida.

— Les hommes devraient toujours avoir le temps de réfléchir à leurs actes, déclara-t-il. Je t'accorde cette journée. Mais personne ne doit quitter la forteresse à l'exception de ton messager. Et tous ceux qui ne sont pas soldats devront m'être livrés. Sinon je vous détruirai tous. Explique-le bien dans ton message au seigneur régent.

Le Khan s'en alla à travers ses lignes à grandes enjambées ; les Nadirs le suivirent. Ils dressèrent un camp à huit cents mètres du mur.

— Vous avez du cran, fit Harokas à Salida.

— Vous devrez en avoir aussi, dit Salida, si le seigneur régent envoie le message auquel je m'attends.

La journée passa et avec la tombée de la nuit les ombres s'étendirent à travers la vallée. Les Nadirs allumèrent des feux de camp. Salida fit descendre la plupart des hommes des remparts. Les soldats préparèrent leurs propres feux de cuisine et Salida apporta un bol de soupe épaisse à Charéos qui était assis sur le mur.

Le Maître d'armes l'accepta et le posa le temps qu'il refroidisse.

— Je suis désolé, Salida. Je viens une fois de plus de vous causer des ennuis.

Salida haussa les épaules.

— Je suis un soldat, Charéos. Je suis payé pour les ennuis. Mais – et j'espère que vous ne le prendrez pas mal – quand tout ceci sera fini, je ne veux plus jamais vous revoir.

— Vu les circonstances, c'est compréhensible, convint Charéos avec un sourire narquois.

Il baissa les yeux vers le cadavre du comte.

— C'est étrange, mais voilà un homme qui avait bien des talents et qui m'a toujours dit envier mon rôle à Bel-azar. Il me répétait souvent qu'il aurait voulu avoir la chance de s'y battre. Voilà qui est fait… mais du mauvais côté.

— *Ceci* est une question de point de vue, Charéos. Le mauvais côté, c'est celui des perdants. Nous ne savons pas encore de quel côté nous sommes.

— Que pensez-vous que décidera le seigneur régent ?

— Nous verrons bien, répondit Salida en détournant le regard.

— Je me disais la même chose, convint Charéos. Il va nous donner. Mieux vaut cela, je pense, qu'une guerre coûteuse qu'il ne peut gagner.

Un ululement, comme un chant, monta du poste de garde et Salida frissonna.

— Je n'aime pas cet homme, déclara-t-il. Comme tous les shamans nadirs, il pue la mort.

Tanaki les rejoignit sur les remparts, Kiall à ses côtés.

— C'est un chant de naissance, expliqua-t-elle. Je vais aller aider.

Charéos bâilla et s'étira. Il était fatigué, ses os lui faisaient mal. Il roula sa couverture en oreiller et s'allongea dans les ombres afin de dormir.

Défends le bébé, Maître d'armes, fit la voix d'Okas.

Charéos se réveilla en sursaut. Salida était reparti voir ses hommes. Il n'y avait plus que six sentinelles sur les murs. Charéos s'assit. Asta Khan lui avait promis que la mère et son bébé seraient saufs. Alors quel était le danger ? Il se remémora une fois de plus les propos d'Okas à Aubergeville.

Pourquoi est-ce que les os de Tenaka Khan sont cachés à Bel-azar ?

Tenaka Khan – le Roi sur le Seuil, le Prince des Ombres. Un homme qui d'après Asta n'aurait pas dû mourir. Et le shaman était à présent dans la salle d'accouchement, se cramponnant au crâne du Grand Khan. Charéos avait la bouche sèche. Il rassembla toutes ses pensées. Qu'avait dit Asta Khan ?

Aucun mal ne lui arrivera – ni à la mère de sa chair.

Oui, mais qu'en était-il de son âme ?

Il jeta un coup d'œil au poste de garde. En ce moment même, Asta Khan attendait de tuer l'âme de l'enfant. Charéos se leva d'un bond et descendit les marches quatre à quatre.

Il atteignit la porte du poste de garde et alors qu'il allait entrer il entendit un bruit derrière lui. Il se retourna, mais trop tard. La dague d'Asta jaillit et lui fit une légère estafilade sur le visage. Le petit shaman recula et Charéos essaya de dégainer son sabre. Mais ses membres étaient léthargiques et lourds.

— Je savais, chuchota Asta Khan, que tu devinerais mon but. Mais il est trop tard pour toi, Charéos. Meurs en paix.

Le poison se propagea dans ses veines. Ses jambes cédèrent et il ne sentit même pas son visage heurter le sol.

Asta tira le corps sur le côté du bâtiment, et retourna s'asseoir près du lit. Il s'assit sur le sol froid et ferma les yeux. Son esprit quitta son corps.

La douleur des contractions fit gémir Ravenna. Tanaki s'assit sur le rebord du lit. Kiall, qui dormait contre le mur opposé, se réveilla et se dressa.

— Qu'est-ce qu'il se passe ? demanda-t-il.

— Elle a perdu les eaux. Le bébé naîtra d'un instant à l'autre, expliqua Tanaki.

— Qu'est-ce que je peux faire ?

— Ce que font tous les hommes dans cette situation : rien, répondit-elle, enrobant le venin de ses mots dans un sourire.

Kiall se leva et quitta la pièce. Dehors, la nuit était belle et fraîche. La plupart des soldats dormaient, à part les gardes sur les murs. Il chercha Charéos des yeux, mais ne le vit pas. En apercevant Chien-tsu sortir de ses couvertures, Kiall se dirigea vers lui.

Le petit guerrier s'étira et enfila son baudrier. La longue lame descendait entre ses deux omoplates. Son serviteur dormait en ronflant doucement.

— Où est Charéos ? demanda Chien-tsu.

— Sur le mur, je suppose.

— Espérons-le, fit Chien-tsu en gravissant les marches qui menaient aux remparts.

Ils parcoururent tout le mur et fouillèrent la tour de garde. Chien-tsu était inquiet. Il se retourna pour scruter la forteresse et ses yeux s'illuminèrent en découvrant une silhouette immobile adossée au mur du poste de garde. Les deux hommes se précipitèrent vers le corps. Chien-tsu le retourna, cherchant le pouls.

— Que lui est-il arrivé ? demanda Kiall.

— Je ne sais pas. J'ai entendu son âme crier. Cela m'a réveillé.

— Regardez, il a une coupure sur le visage.

— Il a pu se la faire en tombant, dit Chien-tsu. Nous devons le conduire près d'un feu. Son corps est glacé, mais son cœur bat toujours.

Charéos se réveilla dans un paysage désolé – le ciel était d'un gris impitoyable, la terre était dépourvue de toute forme de vie. Un arbre mort se dressait tel un squelette en haut d'une colline éloignée, et une lumière y brillait. Charéos secoua la tête. Il ne se souvenait absolument pas être venu dans cet endroit aride. Il se mit en marche, entendant des hurlements de loups retentir dans le lointain. C'était un son inquiétant et caverneux. Charéos gravit la colline et s'assit à côté de la source de lumière, qui émanait d'un point au-dessus du sol. Il essaya de le toucher, mais une voix l'arrêta.

— C'est fragile, Charéos, et pur, fit Okas.

Charéos se retourna. L'Homme Tatoué lui tendit la main en souriant. Charéos la serra.

— Qu'est-ce que c'est que cette lumière ? s'enquit le Maître d'armes.

— Il y en a deux, fit Okas. Ce sont les âmes des jumeaux que porte Ravenna.

— Elles sont magnifiques, souffla Charéos.

— Tous les enfants ont des âmes éclatantes, mais ces deux-là sont spéciaux. Ils vont changer le monde, Charéos. Pour le meilleur ou le pire.

— Comment es-tu venu ici ? Et puisqu'on en parle, comment suis-je arrivé ici ?

— Asta Khan a empoisonné ton corps. Alors que nous parlons, tu es en train de mourir dans l'autre monde. Il veut détruire ce qu'il croit être l'âme de l'enfant.

— Je me souviens, fit Charéos. Il veut rendre la vie à Tenaka Khan. Est-ce possible ?

— Oui, s'il choisit bien le moment. C'est pour cela que les os étaient à Bel-azar. C'est également pour cela que Jungir a fait jeter un millier de sortilèges sur le Tombeau d'Ulric, non pour empêcher des pilleurs de tombes d'y entrer, mais pour empêcher Tenaka Khan d'en sortir. Cependant, Asta l'a roulé ; il a remplacé les os du Khan et les a emmenés à Bel-azar – afin d'attendre les *fantômes-à-venir*.

— Alors nous avons accompli son rêve ?

— Nous l'avons gardé en vie lorsqu'il était faible. Mais il est de nouveau fort.

— Que pouvons-nous faire ?

Okas haussa les épaules.

— Nous pouvons défendre l'enfant.

— Avons-nous une chance de réussir ?

— Non, Charéos. Mais depuis quand cela importe-t-il ?

Un vent glacial souffla sur le haut de la colline et une brume noirâtre se forma. La brume se solidifia pour devenir une horde de démons aux yeux rouges et aux griffes acérées. En leur centre se trouvait Asta, au côté de Tenaka Khan, le Roi sur le Seuil.

Charéos se leva et dégaina son sabre. Celui-ci brillait d'une lumière argentée.

— Tu t'opposes encore à moi ? le railla Asta Khan. Tu n'arriveras à rien. Regarde mon armée !

Aussi loin que portait le regard, s'étendaient des créatures des ténèbres. Charéos sentit leur soif de sang le repousser comme un mur.

— Écarte-toi, Charéos, déclara Tenaka Khan. Tu as fait tout ce que tu devais faire. Les *fantômes-à-venir* ont rempli leur quête – ils m'ont donné une seconde chance de vie.

— Non, grand Khan, répliqua Charéos. Tu as eu ta vie, et elle s'est achevée. L'enfant mérite de voir le ciel et de vivre sa propre vie. Et je ne crois pas que mes amis ou moi-même soyons morts pour ta plus belle gloire. Je crois que c'était pour l'enfant.

— Cela suffit ! cria Asta. Tu penses nous arrêter, à toi tout seul ?

— Mais il n'est pas seul, fit Beltzer en venant se placer aux côtés de Charéos.

Lorsque le Maître d'armes regarda son ami, Beltzer n'était plus ni vieux, ni gros, ni chauve. Des cheveux et des poils roux entouraient son visage comme une crinière de lion. Sa hache d'argent brillait de mille feux.

Maggrig et Finn apparurent sur sa gauche, l'arc à la main.

Charéos sentit sa gorge gonfler et des larmes montèrent à ses yeux. Il les essuya du revers de sa manche.

— À présent, Tenaka, dit-il, tu connais la signification des *fantômes-à-venir*. Envoie tes démons. Nous vous défions tous !

Beltzer brandit sa hache, Maggrig et Finn bandèrent leurs arcs. Asta leva son bras, mais Tenaka l'agrippa. Le Khan s'avança, son regard violet, triste et contemplatif.

— J'ai cru que vous existiez pour moi, avoua-t-il. Je savais que vous aviez un but – c'est pour cela que je vous ai laissé vivre, et que j'ai entaché ma vie de victoires de cette seule défaite. (Il baissa les yeux vers la lumière et soupira.) Mais tu as raison, Charéos. Mes jours sont comptés. Que l'enfant voie le ciel.

Il fit volte-face et retourna au milieu de la horde de démons. Un chemin s'ouvrit devant lui et il disparut.

Asta s'avança, mais Charéos s'interposa entre lui et la lumière.

À présent, le shaman avait l'air vieux, misérable et désespérément triste. Il leva la tête vers Charéos en clignant des yeux.

— Tu dois me laisser l'enfant, dit-il.

— Non.

— Je ne veux pas le tuer. Je ne peux plus – pas sans la bénédiction de Tenaka. Mais les Nadirs doivent avoir un Khan. Tu comprends, n'est-ce pas ? Il est de la lignée des rois. Laisse-le-moi.

— Qu'offres-tu en échange, Asta Khan ?

— J'ai un antidote pour le poison. Tu seras sauvé.

— Tu ne m'as pas bien compris. Qu'offres-tu à l'enfant ?

— Ma vie. Je le défendrai tous les jours de ma vie. Je lui enseignerai à devenir le Khan.

— Alors tu peux l'avoir.

La surprise d'Asta fut réelle.

— Laisse-moi voir son esprit.

— Non. Retourne à Bel-azar et fais-moi prendre l'antidote. Tu verras le bébé lorsqu'il sera né.

— Puis-je te faire confiance, Charéos ?

— J'ai bien peur que oui, répondit le Maître d'armes.

Asta fit demi-tour et disparut. La brume se forma de nouveau autour des démons. Le vent souffla, la dissipant dans le ciel gris.

Et les héros de Bel-azar se retrouvèrent seuls au sommet de la colline. La lumière des esprits jumeaux grandit, touchant l'arbre mort. Des feuilles poussèrent sur les branches, des fleurs rose et blanc jaillirent à la vie et des pétales fragiles tombèrent comme des flocons de neige autour des âmes.

Chapitre 15

Charéos resta près de seize heures entre la vie et la mort, ne respirant qu'à peine. Asta Khan était à ses côtés, lui versant régulièrement un liquide nauséabond entre les lèvres, et lui massant les membres afin de forcer la circulation du sang. Chien-tsu offrit son aide, mais Asta le congédia d'un geste.

— Est-ce qu'il fait ce qu'il faut ? demanda Kiall au guerrier kiatze.

— Je n'ai jamais vu quelqu'un s'acharner à ce point. C'est à croire qu'il tient réellement à ce que Charéos vive. Enfin, presque.

Kiall retourna au poste de garde où Ravenna avait donné le jour à deux jumeaux, forts et en bonne santé. Tanaki était toujours à ses côtés, mais les deux femmes dormaient. Kiall était sur le point de s'éclipser lorsque Tanaki ouvrit les yeux ; fatiguée, elle lui sourit, et se lova dans ses bras.

— Et maintenant ? demanda-t-elle en le regardant dans les yeux.

— On attend la réponse du seigneur régent.

L'un des bébés se mit à crier et Tanaki se rendit au berceau de fortune où l'enfant dormait avec son frère. Elle le souleva, puis le porta jusqu'à Ravenna, repoussa les couvertures et lui donna le sein de sa mère. Ravenna ne se réveilla même pas.

Tanaki frotta le bébé dans le dos et le reposa dans le berceau. L'autre bébé se réveilla mais ne pleura pas. Tanaki le souleva à son tour, l'amenant également à Ravenna. Il but avec vigueur.

— Quel dommage que Ravenna ne soit pas la femme de Charéos, fit Tanaki.

— Pourquoi ?

— Il aurait pu défier Jungir pour la garder. C'est une coutume nadire que même le Khan ne peut refuser. Ainsi, il aurait pu éviter une guerre.

— Je pourrais le défier, moi, dit Kiall.

La peur jaillit dans les yeux de Tanaki.

— Je te l'interdis ! Je t'ai vu en action et tu n'arrives pas à la cheville de Jungir. Il te taillerait en pièces.

— Avec un coup de chance, argua-t-il.

— La chance n'a pas sa place dans un tel combat. Chasse cette idée de ton esprit.

Il s'arrêta sur le seuil de la porte.

— Je t'aime, déclara-t-il. Tu le sais ?

— Oui, je sais.

Il la quitta et marcha jusqu'aux remparts où Salida se tenait en compagnie d'Harokas et Chien-tsu. Il jeta un coup d'œil à Charéos, toujours inconscient, et vit que le shaman était toujours à ses côtés.

— Je crois que son cœur a lâché, fit Harokas.

— Ce n'est plus un jeune homme, dit Salida, mais j'espère qu'il va s'en sortir.

À l'extérieur de la citadelle, les Nadirs s'agitèrent. Ils éteignirent leurs feux et sellèrent leurs chevaux. Salida regarda le ciel. C'était presque l'heure.

Un cavalier arriva au galop à la porte occidentale et descendit de selle. Son cheval était couvert d'écume. Il courut en direction de Salida, lui tendit un parchemin scellé à la cire verte et frappé du sceau du seigneur régent. Salida s'écarta du groupe et ouvrit le parchemin. Il renifla bruyamment puis lut le texte lentement ; ensuite, il le roula et le glissa à sa ceinture.

Il enfila ses gantelets et rejoignit les autres.

Les Nadirs s'approchèrent, Jungir Khan à leur tête. Ils firent halte sous les remparts et Jungir leva les yeux.

— Vous avez votre réponse, capitaine Salida ?

— Oui, Votre Altesse. J'ai reçu l'ordre de défendre cette forteresse au nom du peuple gothir et d'interdire l'entrée à toute force étrangère.

— Alors c'est la guerre, fit Jungir en dégainant son épée.

— Attendez ! cria Kiall. Puis-je vous dire un mot, Votre Altesse ?

— Qui es-tu, mon garçon ? lança Jungir.

— Je suis Kiall. Ravenna était ma femme. On l'a capturée dans mon village. Nous étions fiancés. J'invoque le droit du combat afin de décider de son avenir.

Jungir se pencha sur sa selle et fixa ses yeux sombres sur Kiall.

— Tu veux me défier personnellement ?

— C'est mon droit, comme le veut la coutume nadire.

Jungir jeta un coup d'œil à gauche, scrutant les hommes qui l'entouraient. Ils connaissaient tous la coutume et il ressentit, avec une certitude inébranlable, que le défi du garçon les avait séduits.

— Et si tu perds ? cria Jungir Khan. Que se passera-t-il alors ? Je récupère ma femme – et quoi d'autre ?

— Je ne peux parler que pour Ravenna, sire.

— Très bien. Descends – et nous nous battrons d'homme à homme. Je promets de te tuer rapidement, car tu as suivi ta femme comme un homme doit le faire.

Un grognement d'approbation émana des guerriers nadirs autour de lui.

À l'intérieur de la forteresse, Asta Khan entendit l'échange entre les deux hommes. Alors que Kiall descendait les marches des remparts, Asta courut à sa rencontre et lui agrippa le bras.

— Qu'est-ce que vous voulez ? demanda Kiall en essayant de se dégager.

— Écoute-moi, imbécile, il est inutile de te faire tuer ! Je vais t'aider dans cette bataille, mais il faut que tu me fasses confiance.

— Je ne veux ni tricherie, ni magie, fit Kiall.

— Pas de tricherie, lui assura Asta. Répète simplement ces mots après moi. Tu es d'accord ?

Kiall haussa les épaules.

— Quels mots ?

— C'est une sorte de phrase porte-bonheur qui t'ouvrira à un ami. Fais-moi confiance, Kiall. Tu ne vois donc pas que je suis de ton bord ? Je me bats pour sauver la vie de Charéos. Cela ne compte-t-il pas à tes yeux ? Je suis ton ami.

— Les mots ! fit l'ancien villageois.

Asta Khan ferma les yeux et se mit à chanter.

Nadirs nous,
Jeunes nés,
Massacreurs
À la hache,
Vainqueurs toujours.

Kiall répéta les mots.

— Que signifient-ils ?

— *La vie*, soupira une voix calme à l'intérieur de son esprit.

Kiall recula.

— N'aie pas peur, fit la voix de Tenaka Khan. Je suis le guerrier qui t'a aidé contre les démons et je vais t'aider de nouveau. Je veux que tu te détendes, afin de me permettre de vivre – mais pour un court instant. C'est tout ce que je demande en échange de mon aide.

Kiall sentait monter la pression en lui.

— Cède-moi la place, Kiall. Et laisse-moi sauver tes amis.

— C'est mon combat, protesta-t-il faiblement.

— Jungir Khan m'a empoisonné, fit Tenaka. Il a empoisonné son propre père. Tu dois m'accorder l'heure de ma revanche.

— Je… je ne sais pas.

— Fais-moi confiance. Détends-toi.

Kiall se sentit perdre du terrain. La puissance de Tenaka Khan envahissait son corps. Leurs souvenirs fusionnèrent et Kiall ressentit l'excitation d'innombrables batailles – il vit le mur de la puissante citadelle de Dros Delnoch, il éprouva le grand amour que le Khan avait pour Renya, la jeune Unie. Mais plus encore, il éprouva en lui la confiance du guerrier-né. Il essaya d'imposer sa volonté, mais découvrit avec terreur qu'il ne contrôlait plus ses membres. Ses bras se tendirent. Ses poumons se remplirent d'air.

— Oh, fit sa voix, oh, comme il est bon de respirer de nouveau !

Tenaka Khan avança jusqu'à la porte poterne. C'est à cet instant que Tanaki sortit du poste de garde en courant.

— Kiall ! cria-t-elle, Oh, je t'en prie, ne fais pas ça.

Elle se jeta dans ses bras et Tenaka l'embrassa sur le front.

— Je vais revenir, dit-il doucement. Il ne peut pas me battre.

— Mais si. C'est le plus grand bretteur depuis mon père. Pas un homme au monde – à part peut-être Charéos – ne peut le vaincre.

— Est-ce que tu aimais ton père ?

— Tu sais bien que oui. Plus que tout.

— Est-ce que tu m'aimes ? s'enquit-il.

Prisonnier derrière ses propres yeux, Kiall désespérait d'entendre la réponse.

— Oui, répondit-elle simplement. Je suis avec toi, Kiall. Maintenant et pour toujours.

— Ton père t'aimait, déclara-t-il. Tu étais la joie que Renya... lui avait laissée. Regarde le combat des remparts – et n'aie pas peur. Kiall te reviendra. J'en fais le serment, Naki.

Il se tourna vers les portes, les ouvrit et avança vers la horde qui l'attendait. L'espace d'un instant, Tanaki fut comme assommée. Il avait eu l'air différent, et puis il s'était servi de son petit nom – le nom qu'elle portait enfant. Elle se retourna vers Asta Khan.

— Qu'as-tu fait ? hurla-t-elle.

Le vieil homme ne répondit pas. Il repartit vers la forme inerte de Charéos. Le Maître d'armes ouvrit les yeux.

— J'ai tenu parole, murmura Asta Khan. Vas-tu tenir la tienne ?

— Oui, répondit Charéos. Que se passe-t-il ?

— Kiall est sorti se battre avec Jungir Khan.

— Par la Source, non, grogna Charéos. Aide-moi à monter sur les remparts.

Le shaman squelettique aida Charéos à se relever et le porta à moitié jusqu'aux marches. Charéos les gravit douloureusement pour atteindre le sommet du mur.

Sur le sol de la vallée, Tenaka Khan marchait, confiant, à la rencontre de son fils. Jungir portait l'épée sertie de pierres précieuses que lui avait offerte Chien-tsu. Tenaka dégaina son sabre de cavalerie, en testa le poids et le jeta dans l'herbe. Il dépassa un Jungir médusé et s'arrêta devant un vieil homme sur un poney gris.

— Ils m'ont dit sur les remparts que vous êtes Subodaï, le plus vieil ami de Tenaka Khan, déclara-t-il.

Le vieil homme posa ses yeux graves sur le jeune homme et acquiesça.

— Accepteriez-vous de me prêter une des épées courtes que Tenaka vous a données lors de votre dernière rencontre ?

Le vieil homme scruta plus attentivement le visage de Kiall, la façon dont il se tenait, dont il penchait la tête, dont ses yeux gris étaient rivés sur les siens. Il frissonna et, sans un mot, dégaina son épée, qu'il tendit par la lame au jeune homme.

Tenaka se retourna et fendit l'air deux fois. Puis il s'approcha de Jungir Khan.

— Quand vous voudrez, Votre Altesse, dit-il.

Jungir lança une attaque à la vitesse de l'éclair. Tenaka para – et se glissa dans la garde de Jungir.

— Est-ce que tu pensais vraiment que le poison m'éloignerait de toi, mon fils ? lui souffla-t-il à l'oreille.

Jungir pâlit. Il recula d'un pas. Son visage s'assombrit et il repartit à l'attaque, encore – et encore. Mais chaque fois la lame éblouissante de Tenaka Khan bloquait son approche. Le combat se rapprocha des guerriers nadirs. Jungir donna un coup de taille sauvage. Tenaka le bloqua, et s'approcha de nouveau de son fils.

— Asta a dérobé mes os il y a des années. Pourtant, je sens toujours le poison qu'il y avait dans ta coupe.

— Arrête ! hurla Jungir.

Il baissa légèrement son arme et Tenaka bondit en avant, lui arrachant l'épée des mains d'un coup de poignet. Celle-ci tomba dans la poussière à une dizaine de mètres.

— Va la ramasser, ordonna Tenaka.

Jungir courut récupérer son épée et se rua garde baissée sur Tenaka. Avant qu'il ne puisse s'en empêcher, Tenaka enfonça son épée courte dans la poitrine de son fils. Jungir s'affaissa contre lui.

— Je t'aimais, père, dit-il, mais tu n'as jamais fait attention à moi. Jamais.

Tenaka agrippa son fils et se laissa tomber au sol avec lui, les larmes aux yeux.

— Oh, mon fils ! J'étais tellement fier de toi. Mais je voulais que tu sois fort – un vrai Nadir. Je n'ai jamais montré mes sentiments – à part à Tanaki. Pourtant je t'aimais, ainsi que tes frères. Jungir… Jungir !

Mais le Khan était mort.

Tenaka se leva, la tête contre sa poitrine. D'un mouvement brusque, il dégagea l'épée du corps de son fils et la lança loin de lui. Puis il s'agenouilla auprès de son enfant mort.

Le vieux général trotta jusqu'à lui et mit pied à terre. À présent il boitait, mais c'était toujours le même homme que Tenaka avait sauvé des années auparavant.

— Qui es-tu ? siffla le général. *Qui ?*

— Je ne suis qu'un homme, répondit Tenaka en se tournant pour contempler les remparts où se trouvait son unique fille.

Le garçon imprudent lui avait confié son corps, et il s'en était servi pour tuer son dernier fils. Il sut à ce moment précis qu'il ne pouvait pas déposséder sa fille de cet amour. Non, il valait mieux accepter la mort et s'envoler à la recherche de Jungir.

— Kiall, reprends ta place, dit-il doucement.

Kiall sentit la pression s'en aller. Il s'étira et dévisagea le général.

— Je vous remercie pour m'avoir laissé utiliser votre épée, monsieur. L'esprit de Tenaka Khan m'avait demandé de m'en servir.

— L'espace d'un instant…, fit le général. (Il secoua la tête.) Cela n'a pas d'importance. Retourne à ta forteresse ; tu mourras bien assez tôt.

Asta Khan bondit sur les remparts.

— Subodaï ! lança-t-il.

— Qu'y a-t-il, sorcier ?

— Le fils du Khan est né !

— Est-ce vrai ? siffla Subodaï en regardant Kiall.

— Oui. Dans la nuit.

— Je vais l'amener, cria Asta. N'attaquez pas.

Kiall retourna à la forteresse, où deux soldats ouvrirent les portes. Asta se précipitait vers le poste de garde, lorsque Charéos s'interposa.

— Attendez, dit-il. Je vais le chercher.

Charéos rentra dans la pièce où Ravenna était éveillée, un enfant contre le sein ; l'autre dormait.

Il s'assit à côté d'elle.

— Je ne sais pas comment vous dire cela, ma dame. Mais, afin d'éviter une guerre, j'ai promis que l'un de vos fils deviendrait Khan. Désormais, je suis tenu par cette promesse.

Elle vit la douleur dans ses yeux et posa une main sur son bras.

— L'un d'entre eux est né pour être Khan. L'autre serait tué – c'est la coutume nadire, dit-elle. Donnez à Asta ce qu'il demande. J'élèverai l'autre. (Elle souleva le bébé qui était sur sa poitrine et l'embrassa tendrement.) Prenez-le avant que je ne change d'avis.

— Je vous aiderai à l'élever, je vous le jure. (Il prit le bébé.) Et maintenant, pas un bruit. Asta ne doit pas apprendre que ce sont des jumeaux.

Il ouvrit la porte et sortit dans la lumière. Asta courut à sa rencontre, tendant les bras pour que Charéos y dépose l'enfant.

— Un nouveau Grand Khan, dit-il, satisfait.

Charéos lui tendit l'enfant qui se mit à hurler. Asta se pencha pour lui murmurer quelque chose à l'oreille. Le bébé se calma, et s'endormit.

— J'ai fait ce qu'il fallait que je fasse, dit-il avec jubilation. Mais je te suis reconnaissant, Maître d'armes.

Charéos acquiesça et regarda le shaman s'en aller vers l'armée qui l'attendait.

En quelques minutes, ils eurent quitté la vallée. Charéos s'assit au soleil et s'adossa contre le mur. Salida se joignit à lui.

— Je n'aurais pas cru que le seigneur régent puisse être si héroïque, déclara Charéos.

— En effet, fit Salida en prenant le parchemin à sa ceinture et en le lançant à Charéos.

Le Maître d'armes l'ouvrit. Le message était simple :

Donnez à Jungir Khan tout ce qu'il désire.

— Je crois bien que c'est ce qu'on a fait, non ? fit remarquer Salida.

Épilogue

Kiall et Tanaki n'attendirent pas d'être mariés selon la coutume gothire. Ils s'entaillèrent les paumes des mains à la façon nadire et se déclarèrent leur amour devant témoins, à Bel-azar. Puis, à cheval, ils quittèrent la forteresse en direction des Steppes et disparurent des pages de l'histoire nadire.

Chien-tsu et Oshi retournèrent dans l'Empire kiatze. L'ambassadeur fut couvert de guirlandes et on lui donna des terres d'une grande richesse et d'une grande beauté.

Harokas rentra avec Salida à la Nouvelle-Gulgothir. À contrecœur, le seigneur régent accorda une belle récompense au capitaine ainsi qu'une promotion.

Sept ans plus tard, trois cavaliers s'arrêtèrent devant la première des sept portes du Castel Tenaka.

— Dans le temps, mon fils, déclara Charéos, ce lieu s'appelait Dros Delnoch, c'était la plus grande forteresse drenaïe. À l'époque, elle était gouvernée par le Comte de Bronze. Un jour, ce titre te reviendra.

Le garçon posa ses yeux violets sur les six murs massifs qui s'élevaient derrière le long de la passe.

— Je la prendrai par l'autre côté, dit-il doucement.

Charéos sourit et se tourna vers sa femme, Ravenna.

— Des regrets ? s'enquit-il.

— Aucun, dit-elle en lui prenant la main.

Le garçon se tourna sur sa selle et fixa l'horizon des Steppes du nord.

À plus de mille cinq cents kilomètres de là, un autre enfant aux yeux violets se leva et regarda en direction du sud.

— Que regardes-tu ? lui demanda Asta Khan.

— L'ennemi, murmura l'enfant.

Achevé d'imprimer en décembre 2012
Par CPI Brodard & Taupin - La Flèche (France)
N° d'impression : 70874
Dépôt légal : janvier 2013
Imprimé en France
81120532-2